edition suhrkamp

Redaktion: Günther Busch

Die zweibändige Ausgabe der Stücke von Peter Weiss belegt sowohl eine individuelle als auch eine literarische und politische Entwicklung. Der erste Band ist bereits erschienen und enthält die folgenden Stücke: *Der Turm; Die Versicherung; Nacht mit Gästen; Wie dem Herrn Mockinpott das Leiden ausgetrieben wird; Die Verfolgung und Ermordung Jean Paul Marats dargestellt durch die Schauspielgruppe des Hospizes zu Charenton unter Anleitung des Herrn de Sade; Die Ermittlung.* Band 2 versammelt in zwei Bänden die Stücke: *Gesang vom Lusitanischen Popanz; Viet Nam Diskurs; Hölderlin; Trotzki im Exil; Der Prozeß.* In einem *Anhang* finden sich Hinweise zur Werkgeschichte der Stücke, Anmerkungen, Erläuterungen des Autors zu den Dramen sowie wichtige Varianten.

»Peter Weiss erscheint als der Prototyp des Schriftstellers, dessen Werk unter dem Einfluß der Zeitumstände entsteht. Der Autor ist offen für alle Härte, Fremdheit, Absurdität, Grausamkeit, Gewalt in der Welt. Er ist also verletzlich. Schließlich hat er Offenheit und Verletzlichkeit ins Positive gewendet: heute fühlt er sich universell verantwortlich. Er hat aufgeschrieben, wie er der Welt unterlag, er versucht heute, eine Position zu behaupten, von der aus die Welt sich vielleicht verändern läßt.«

Henning Rischbieter

Peter Weiss
Stücke II

Suhrkamp Verlag

Gewidmet Gunilla Palmstierna-Weiss, meiner Frau, die sich mit Rat und Kritik an der Ausarbeitung des Szenariums der meisten meiner Stücke beteiligte und die als Bühnenbildnerin zu deren Verwirklichung beitrug.

edition suhrkamp 910
Erste Auflage 1977

Satz, in Linotype Garamond, Druck und Bindung bei Georg Wagner, Nördlingen. Gesamtausstattung Willy Fleckhaus.

Inhalt

Hölderlin

Stück in zwei Akten

Neufassung

Personen

HÖLDERLIN	
HEGEL	
SCHELLING	
SINCLAIR	
NEUFFER	
HILLER	gleicher Darsteller
SCHMID	
EPHORUS SCHNURRER	gleicher Darsteller
PROFESSOR AUTENRIETH	
HERZOG KARL EUGEN	gleicher Darsteller
HERMOKRATES	
HERZOGIN FRANZISKA	
CHARLOTTE VON KALB	
HEINRICH VON KALB	
FRITZ VON KALB	gleiche Darstellerin
HENRY GONTARD	
CHRISTIANE ZIMMER	
LOTTE ZIMMER	
WILHELMINE KIRMS	gleiche Darstellerin
PANTHEA	
SCHILLER	
GOETHE	
FICHTE	
SUSETTE GONTARD	
JAKOB GONTARD	
MARGARETE GONTARD	
GOGEL	
BETHMANN	
SCHELLENBERG	
PAUSANIAS	
GLASER WAGNER	gleicher Darsteller
SCHREINER ZIMMER	
BUONARROTI	
HÖLDERLINS MUTTER	
MARX	
SÄNGER	
ARBEITER	

ARBEITERINNEN
STUDENTEN
GÄSTE BEI DEN GONTARDS

FAMULI KRANKENWÄRTER	gleiche Darsteller

EIN OFFIZIER

GENDARMEN LEIBGARDISTEN	gleiche Darsteller

MUSIKANTEN

Erster Akt

Prolog
Die Bühnenausstattung von größter Einfachheit. Ein paar Podeste und Estraden können verwendet werden. Sonst nur die Gegenstände, die für das Spiel absolut notwendig sind.
Anwesend die Studenten Hölderlin, Hegel, Hiller, Sinclair und Schelling.
Sinclair, der jüngste von ihnen, Studierender der Rechte, in Kniehosen und offnem Hemd. Die andern in der Kleidung des Theologischen Stifts: leichter schwarzer Mantel mit weißen Überschlägen.
Die Kleidung des Sängers ist unauffällig, mit leichter Andeutung einer Zugehörigkeit zur Landbevölkerung. Gleichbleibend im ganzen Stück.
Alle tragen Girlanden und Kränze, mit denen sie sich zu einem Tableau rings um Hölderlin stellen.

SÄNGER
Prolog
HÖLDERLIN
Ein Stük um Friedrich Hölderlin
kann sich den düsteren Aspecten nicht entziehn
denn dacht er sich auch eine heile Welt
so ward sie immer wieder durch die Umstände entstellt
Zwar sah zu Staub er die Bastille fallen
und war wie viele andere erfüllt von allen
Lobreden auf die Brüderlichkeit
ALLE
Bald aber zeigte sichs es war noch weit
zur wahren Gleichheit und Gerechtigkeit
HÖLDERLIN
Im Julius Siebzehnhundert Dreiundneunzig
am Stift zu Tübingen aber erfreun sich
umstehende Genossen in der Theorie
des Reichs der zukünftigen Democratie
Sie sehn die Thore weit geöffnet schon
vom Ansturm der Französischen Revoluzion
sonst jedoch wekt das stralend helle Licht
aus ihrem Sumpf die teutsche Blindheit nicht

ALLE

Denn hier wenn auch in sich zerrissen und entzweit
geplagt geschunden und voll Neid und Streit
verharrt man büklings vor der Obrigkeit

HÖLDERLIN

Sich nicht an das Vereinzelte zu binden
auf Erden überall Beheimathung zu finden
in Sprache ganz seine Bestimmung zu erfüllen
dafür so gut es ging spannt er den Willen
doch zogen sich um seine Stimme Mauern immer enger
bis daß er es ertragen konnte nicht mehr länger
Von stetem Druk wird größte Klarheit auch entmachtet
und dürr und dumpf der Tag bis er sich ganz umnachtet
Lang noch vernahm er wie sie Wahnsinn nannten
die Worte ihm weil sie nicht deren Wahrheit kannten
Die Umstehenden zeigen auf Hölderlin.

ALLE

Und das führt weiter bis in unsre Zeit
so lang ein solcher nicht aus seinem Thurm befreyt
und fortbestehn Entbehrung Auszehrung und Laid

HÖLDERLIN

Der Cathegorie gemäß ist dies ein ThrauerSpiel
doch spielt mir von der Thrauer nicht zu viel
weil Thrauer immer nur das Secundäre ist
zur Freude selbst wenn diese ich zumeist vermisst
Fügt deshalb auch dem Reden von Musick was bei
dass uns nicht einthönig die Auseinandersezung sey
Auflösung des Tableaus.

SÄNGER

Als hingekommen in die Stadt er war
zum ersten Mahl da lag der Thurm schon da
ganz nah am Nekar drauf er runtersah
durchs nidre Fenster seiner Cammer sonderbar
lag dort sein Kercker und er nahm ihn wahr

1.

Zwei komfortable Sessel. Im Hintergrund eine Wandfläche. Ein paar Pfähle zum Befestigen der Dekorationen.
Die Studenten hängen die Girlanden und Kränze zu einer festlichen

Veranstaltung auf.
Sinclair, mit Farbtopf und Pinsel, malt an die Wand:
ES LEBE DER 14. JULI.
Der spätere philosophische Disput kann einen spielerischen und ironischen Anklang gewinnen, wenn die Sprecher gleichzeitig mit dem Aufhängen der Dekorations-Elemente beschäftigt sind.

SÄNGER
Erste Scene worinn
Hölderlin und seine StudienFreunde
das Wesen der Freyheit erörtern und
in Conflict gerathen mit der Tyranney
Auftritt Neuffer: in Reisekleidung, mit Proviant tasche.
SCHELLING
Du siehst zufrieden und gediegen aus
Neuffer
hast diese Schul ganz überwunden
riechst schon nach Pfaffenspeck
NEUFFER
Und ihr in euerm Ochsenstall
laßt noch mit Lust und Liebe
jene berühmten Fittige wachsen
die euch aus Mist und Jauche einst
aufheben solln zu grossen Thaten
HEGEL
Hast dich eingesessen in der Canzel
und deinen Hang nach Lorbeer
aus der Hand der Muse
aufgegeben
Hölderlin tritt auf Neuffer zu.
HÖLDERLIN
Was bleibt uns als zu stöhnen
an der theologischen Galeere
oder elend zu verschmachten
unterm Joch der Paedagogik
Er umarmt Neuffer.
NEUFFER
Holder du Kloz
Knarrt noch das Holz von Holzens Schritt
wenn er voll schöpferischen Glüks

nach Reimen suchend
durch Augias Stall stampft
die Zeilen rechnend mit dem Tritt
des Fusses
von sich gebend Murmelndes Konfuses
den Kopf sich an den Balken stoßend
fluchend
schwankend stehend
durch die Luke spähend
wo es tosend
drunten dampft
vom Styx

HÖLDERLIN

Ich wollt ich könnte auch
am frühen Morgen schon
so halsbrecherisch
frölich seyn wie du
die schlimmste Zeit
wo riesig dick
unübersteigbar aufgebläht
der Tag noch vor mir liegt

NEUFFER

Das kommt von wegen weils
ein Wahn ist zu versuchen
das zu erforschen
was doch ewig
ausserhalb des Wahrnehmbaren
bleiben muss

HEGEL

Du hast geschwenzt oder geschloffen
als wir uns abkehrten vom Ding
an sich
das losgelöst von Raum und Zeit
aus unbekannter Dimension
uns durch und durch beherrschte
und zerknirschte
und warst längst nicht mehr da
als wir zu andern Gegenständen übergingen
die sich in der ErscheinungsWelt
auf Ursache und Wirckung

untersuchen liessen

NEUFFER

Und kommt doch
an die Quelle der Erkenntniss
nie heran

HEGEL

Nachdem kein überwircklich
Dings mehr ist
und wir dem Universum
ein Ich entgegen sezten
und zwar ein Ich das denckt
so ist das einzig wahrhaft
Wirckliche
fortan dies Ich
das hier und izt
in diesem Diesseits
denckt

HÖLDERLIN

Da zeigt der Hegel uns mahl wieder
wie man bei ihm sich orientiren kann
wenn man nicht weiss
in welchem Falle man mit sich
und mit der Welt begriffen ist

HEGEL

Es ist ganz einfach
hier
steht das Subject der Mensch
dort
sein Object die Welt
Ins Wesen dieser Welt
dringt unser Geist
und in uns wird die Welt
zu reinem Wissen
So wissend von sich selbst
bringt sich die Welt
in immerwährendem Process
in unserm Geist hervor
Neuffer schüttelt den Kopf.

NEUFFER

Und wo bleibt Gott

HEGEL

Auf dieser Erde wird
das Reich Gottes democratisch
sich verwircklichen
Und nicht von Gott
ist dieses Reich gestiftet
für uns stellt sich das Göttliche
im Menschen dar welcher
im FreyStaat der Vernunft
erreicht das höchste Stadium
der Entwiklung
Sieh doch wie die Historie
durch alle Widersprüche und Tragödien
mit Nothwendigkeit und
folgerichtig anstieg
indem der Mensch begriff
dass er mit seinem Thun
selbst Schöpfer
der Historie ist
Hegel nimmt eine Prise Schnupftabak.

SÄNGER

Denn alles was in der Gesellschaft drinn
von Eigenthum Verlust Gewinn
Familienbanden Politick
Religion Moral und Juridique
und was da sonst noch ist an Dunst
von Staats und Kriegs und andrer Kunst
und von hochlöblich Wissenschaft
ist Theil von dem was unser Wissen schafft
Hegel schneuzt sich.

NEUFFER

Ich weiss nur dass ein fremdes
Wircken hinter allem ist
was sich uns zeigt

HILLER

Und dieses Wircken ists
dass wir jetzt thun
was man von uns verlangt
nemlich
den Hof schön herzurichten

zur Visitation
der allerhöchsten allergnädigsten
väterlichen Instance

SINCLAIR
Aber wir widerrufens gleichzeitig

SCHELLING
Und auch das wirst du widerrufen
Sinklär
wenn du in den Carzer kömmst
so bleibt alles beim alten

SINCLAIR
Nein
nichts bleibt beim alten
Der Stahl ist geschliffen
Was wir hier aufhängen
sind Begräbniskränze

Auftritt Ephorus Schnurrer, in Begleitung von ein paar Famuli, die Kissen für die Sessel, sowie ein paar Fußschemel mitbringen. Sinclair stiehlt sich davon.

SÄNGER
Es naht es naht
in feierlich Ornat
das hohe Rectorat
und schreitet gleich zur That
vertheidigend den Staat
vorm rabiaten Potentaten
Attentat

SCHNURRER
Wol an
das arthet sich
Worann ich Sie meine Herrn
noch erinnern möcht das ist
dass Sie in Gegenwart Seiner Durchlaucht
keinen Gebrauch machen
vom freyheitlichen Geist
der hier an unsrer Schule gilt
Sind doch Gerüchte vom Democratismus ja
vom Jacobinerthum an diesem Stift
zum Herzoglichen Ohr gedrungen
Wie sieht Er denn wieder aus

Magister Hegel
will Er sich Seiner Hoheit darstelln
als verlumptes Genie

HEGEL

Ich überschreite die Schranken
meiner Individualität und tret
ins Allgemeine das heisst
ich arbeite
und dabei geht
die Kleidung drauf

SCHNURRER

Geh Er in die Eck
und richte Er sich her
Und was ist das für eine
liederliche Frisur
Gleich zum Barbier Hiller
und lass Er sich frisiren

Hegel zum Hintergrund, wo er sich an seiner verrutschten Kleidung zu schaffen macht. Hiller ab.

SCHNURRER

Mein lieber Neuffer
Immer seh ich gern
bei solchen Feiern
die alten Stiftler
Zeigt sich darinn
doch noch etwas
von ehrenwerther Tradition
welchselbe heutzutage
laider laider
allzu leicht
verloren geht

Er sieht die Schrift an der Wand. Steht einige Augenblicke sprachlos. Zeigt dann darauf.

SCHELLING

Menetekel Upharsin

Sinclair zurück, zusammen mit andern Studenten. Alle bestaunen den Text.

SCHNURRER

Wollt ihr damit
den Herzog begrüssen

SINCLAIR

Der Mann hält vest
an der LeibEigenschaft

SCHNURRER

Was ist das für ein Ton

SINCLAIR

Er stützt die Réfugiés in Coblentz
und jetzt wo die Revoluzion
an der Spitze eines Haares hängt
will er die Besitzlosen in unserm Land
mobilisiren
um sie zu jagen gegen jene
die Erneurung wollen
in der Gleichheit

SCHNURRER

Ihr übermahlt sofort
diese Parolen
Ein paar Studenten ab.

SINCLAIR

Haben Ephorus Schnurrer
uns doch selbst belehrt
über Rousseau und
über die Verfassung drüben
von den MenschenRechten

SCHNURRER

Das Lehren und die Kenntnisse
von den Unbilden der Zeit
ist ganz was andres als
derselben sich in eigner Handlung
anarchisch anzunehmen
Wir werden diese Sache untersuchen
und dienlich corrigiren
Bedenckt
ihr werdet alle ausgehalten
von Herzoglichen Gnaden
Schnurrer ab. Die Studenten zurück mit Farbtopf und Pinseln. Sie übermalen den Text.
Die Famuli überwachen die Arbeit.

FAMULUS

Ich habs gesagt es ist blöd

zu provociren
Ohne was zu erreichen sezt ihr
eure Zukunft aufs Spiel

HÖLDERLIN

Dies ganze studio ecelt mich
all die verstaubte Weisheit
die uns eingetrichtert wird
verstopft uns nur den Blik
ins Eigentliche
Solln alle Magisters und
Doctors Tittel doch
zur Wüste fahrn

SÄNGER

Geswind geswind
als armer frommer Leute Kind
gotzferchtig in der Seel geknikt
sind sie in dieses Loch geschikt
allhier gespeist und dazu bestimmt
dass sie geschnigelt und getrimmt
dem Land der Stümper und Barbaren
den rauchenden Heerd und die Scholle bewahren
dabei thun Famuli sie überwachen
mit Ohren am Arsch es ist zum Lachen
Der Famulus tritt drohend näher.

HÖLDERLIN

Ja spionir du nur
davon hast du dein erbärmlich
Auskommen
Zeig uns an
dass uns die mores eingebleut werden
Ach wenn ich
an unsre strebsamen Eltern denck
wie entsezlich Ehr erbietig
sie uns in imperiale
Nahmen kleideten
Johann Christian Friedrich Hölderlin
Friedrich Wilhelm Joseph Schelling
Georg Friedrich Wilhelm Hegel
Ach was erhofften sie sich
von uns

Hegel ist inzwischen vorgetreten. Neuffer geht auf ihn zu, schnüffelt.

NEUFFER

Was hast denn in der Eck getrieben
was schwelt dir da für eine Fahne
aus dem Mund
O Hegel du saufst dir no
dei bissle Verstand ab

Neuffer zieht Hegel ein Fläschchen aus der Tasche, nimmt einen Schluck, reicht das Fläschchen an Hölderlin weiter, der trinkt die letzten Tropfen.

FAMULUS

Die Pflicht verlangt von mir
dass ich dies melde

Hölderlin zieht eine Pfeife aus der Tasche, stopft sie.

HÖLDERLIN

Und melde gleich
dass uns troz RauchVerboth
die Pfeifen qualmen
dass wir troz AusgangsVerboth
durchs Fenster steigen nachts
und uns im Wirtschäfftle
bewusstlos sauffen
Melde dass es ein Wunder ist
dass wir noch röcheln
obgleich wir müssten seyn
in diesem Regiment
erstarrt zu Blei

Der Famulus will ihm die Pfeife wegnehmen.

HÖLDERLIN

Und überhaupt
wie spricht denn dieser
Kriecher hier zu uns
Er hat den Hut vor uns
ab zu nehmen

Er schlägt ihm den Hut vom Kopf. Im gleichen Augenblick Hiller herbeieilend, jetzt mit gestraffter Frisur. Der Famulus wütend und drohend ab.

HILLER

Cammarathes

die Kutschen kommen schon
mit dem Despoten drinn
und hier stehn wir
den Plünderer von Arbeitskraft
mit Leberufen zu begrüssen

HEGEL

Halt den Affect
Sind wir im Club nicht
überein gekommen
unsre Meinung zu censuriren
und aus politischer Erwägung
sachte vorzugehn

HILLER

Der Punct ist überschritten
wo mit gehobenen Gefühlen
der Revoluzion gedient ist
Ihr stekt noch
in der arcadischen Periode
während sie in Paris
ums Überleben kämpfen

SCHELLING

Die Jacobiner haben sichs
selbst eingebrokt
mit dem Geschrey nach Terror
dass sie so viele Köpfe rollen lassen
das kan auch sie nur
unters Messer bringen

HILLER

Was wär geschehn
wenn die Feudalen
die Revoluzion geschlagen
und *ihren* Terror
ausgebreitet hätten
der Herzog von Braunschweig
wollte Paris
dem Erdboden gleich machen

HEGEL

Die in den Strassen kämpften
sind allzu sehr noch
von sich selbst entäussert

als dass sie fähig wären
den wahren und gerechten Zustand
der Befreyung herzustellen

SINCLAIR

Fortschritt
so ist deine These
entsteht nur in Conflikt
und Streit
Da ist die Revoluzion
gewalthsamster Zusammenstoss
und wirft uns in weitem
Sprung voraus

HEGEL

Gewalth enthält das Element der Rache
der Blindheit und der Angst
Was umgestürtzt wird und zerfällt
macht nur die Oberfläche nicht
das innre Wesen dieser Welt aus
der Grund des Seyns
ist die Idee
Wenn die Idee
Besiz ergriffen hat
von ihrer ganzen Zeit
dann ist die Zeit reif
zur Erneurung
Dazu führt nur
andauernde
geduldige
Erziehung

SINCLAIR

Jahrhunderte lang
haben die GewalthHerrn
auf die Schwachen eingeschlagen
und wie die sich endlich
zur Wehr sezen
da hebt ein humanistisch Gethön an
es dürft nicht seyn
dass die Geknechteten
zum FaustRecht greifen

HEGEL

Der erste Anlauf musste
in der heftigen Bewegung
in sein Entgegen
Geseztes übergehn
schon hebt er selbst
sich auf und
das Zerrissne wird
sich restauriren

SINCLAIR

Was in Frankreich zu einem einzgen
Augenblik wurde da alles
möglich schien was sonst
unmöglich war
das steht in unsern FürstenWinckeln
dreihundertfach bevor

HEGEL

Uns
hat die Reformation
die Revoluzion
erspaart
Gegner sind wir
der absoluten Freyheit
denn
diese führt zum Untergang
und Todt
der individuellen Werthe
Für uns
gilt das Princip
dass nur durch Einsicht
und Besinnung
zu geschehn hat was
geschehen soll

SINCLAIR

Todt den Tyrannen

HEGEL

Die Spizel hören dich
Ein schlechter Revoluzionär
der überall sich
auf der Barricade wähnt

Sinclair eilt zur Mauer im Hintergrund. Er malt dort mit großen Buchstaben: ES LEBE DIE REVOLUZION.

SÄNGER

So sehn wir wie der Geist von Einflus entledigt
sich mit der Errichtung eigner Systeme entschädigt
doch so weit sie sich auch in die Zukunft streken
es bleibt den Denckern das meiste im Kopfe steken
Noch haben ihre Erkenntnisse die Welt nicht erhellt
der Stoss fehlt der sie auf die Füsse gestellt
Jene aber die ihnen das ganze BauWerck tragen
sie werden nicht gefragt und hätten viel zu sagen

Von der einen Seite erscheint der Vortrupp des herzoglichen Zugs: Trommler, Trompeter und Standartenträger. Auf einer Standarte ist das Wappen des Staates Württemberg zu sehn, mit der Inschrift: FURCHTLOS UND TREW.

Die Trommeln werden gerührt.

Ihnen gegenüber treten zwei Landarbeiter und eine Arbeiterin auf. Hinter dem Vortrupp erscheinen, begleitet von Leibgardisten, der Herzog und die Herzogin, in großem Staat. Ihnen folgen Ephorus Schnurrer, mit Orden, sowie Lehrer, Famuli und Studenten.

Das herzogliche Paar wird zu den Ehrenplätzen geführt.

ERSTER ARBEITER

Und dem müssen wir unsre Söhn hergeben
dass sie um fünf Kreutzer ihr Leben
am Rhein und an der Schelde lassen
so er weiter in Frieden kann hurn und prassen

ARBEITERIN

Für meine Famil ist die Hütt zu klein
und der hat sein Grafeneck Einsiedel und Hohnheim
solln ihm noch n WasserSchlössle baun
weil er weiss nicht wo all sein Gold verstaun

ZWEITER ARBEITER

Einmahl da werden auch wir aufstehn
und da wird dem Hörn und Sehn vergehn
und da giebts kein Getrommel und keine Trompeten
wenn wir den da inn Dreck treten

Einsatz von Trompeten. Die Studenten stellen sich seitwärts in Reihen auf. Ephorus, Lehrer und Famuli verweilen stehend hinter dem herzoglichen Paar. Kissen werden den Hoheiten in den Rücken geschoben, ihre Füße auf Schemel gestellt.

Sinclair hat unbeachtet die Aufschrift beendet und sich zu den Freunden begeben.
Die Arbeiter ab.

SCHNURRER UND CHOR DER LEHRER

So ist denn unser unterthänigstes Verlangen
an diesem sommerlichen Tag in Erfüllung gegangen
Herzog Karl Eugen zu Wirtemberg und Tek
sammt Gemahlin Franziska sind einzig zum Zwek
allergnädigster Begutachtung gekommen
sich zu überzeugen dass was sie vernommen
nicht zum Nachtheil dieses Stifts geräth
sondern dass alles hier wie immer zum Besten steht

CHOR DER STUDENTEN

Sittsahm und Ehr fürchtig aus einem Munde
wolln wir zur Feier dieser Stunde
all unsre Verehrung zusammen fassen
und die erlauchten Gäste leben lassen

SCHNURRER

Sie leben

ALLE

Hurra hurra hurra

SINCLAIR

Es leben die zwölf Tausend
wirtembergschen Soldaten
wo der Herzog an Holland
verkaufte
Unruhe.

SCHNURRER

Gebt uns den Stöhrer her

HÖLDERLIN

Ich wars
Schelling hält ihm den Mund zu.

RUFE

Der Sinklär wars

SCHNURRER

Wie
Isaac von Sinklär
ein Edelmann und noch
so jung
dazu Studirender der Rechte

FAMULUS
Auch das ist von ihm
Er weist auf die Inschrift. Der Herzog hat sich erhoben. Ein paar Famuli sind nach vorn gestürzt und haben Sinclair ergriffen.

DER HERZOG
Hat Er das da
an die Wand gemahlen

SINCLAIR
Ja

HÖLDERLIN
Wir alle warens
Schelling versucht, Hölderlin zu beruhigen.

SCHNURRER
Da zeigt sichs
laider laider
wie dieser FreyheitsSchwindel
aus Frankreich anstekt
Und weil Ihre Herzogliche Durchlaucht
grossen Werth auf strenge Ordnung
Auctorität und Gesezlichkeit legen
soll als abschrökendes Beispiel
dieser Knabe öffentlich
einer Bastonnade
unterzogen werden
Die Famuli haben Sinclair nach vorn geschleppt. Ein Famulus schwingt Sinclair auf seinen Rücken. Ein andrer zieht Sinclair die Hose herunter. Der tragende Famulus steht vorgebeugt, präsentiert Sinclairs entblößtes Hinterteil den hohen Herrschaften.
Hölderlin schreit.

HÖLDERLIN
Nein
nicht dies
Basta basta
Schelling umarmt Hölderlin, drückt ihn an sich.

SCHNURRER
Und ist nach der Veranstaltung
Stipendiat Hölderlin
für Ungehörigkeit
sechs Stunden hinter Carzer
Gatter einzuschliessen

Der Herzog hat wieder auf dem Sessel Platz genommen. Die Herzogin aber erhebt sich, um die Prozedur aus nächster Nähe durch die Lorgnette zu betrachten.

SCHNURRER

Die Ruthe
Es wird ihm ein Stock gereicht.

SCHNURRER

Habt ihr einen geheimen
Bund gegründet
Sinclair antwortet nicht. Schnurrer schlägt.
Ein gemeinsamer Atemzug der Versammelten.

SCHNURRER

Habt ihr einen geheimen
Bund gegründet

SINCLAIR

Ja

SCHNURRER

Wie nennt sich dieser Bund
Sinclair antwortet nicht. Schnurrer schlägt. Atemzug.

SINCLAIR

Harmonisten

SCHNURRER

Wer sind die Mitglieder
dieses Bundes
Sinclair schweigt.

HÖLDERLIN

Johann Christian Friedrich Hölderlin

HILLER

Christian Friedrich Hiller

SCHNURRER

Und mehr

RUFE

Der Hegel
Der Schelling

SCHNURRER

Billigt ihr den Königsmord
Sinclair antwortet nicht. Schnurrer schlägt.

HEGEL

Wir billigen nicht
den Königsmord

Sinclair singt, während Schnurrer mehrmals schlägt.

SINCLAIR

Zittert Tyrannen der Erde
es naht der Rache Tag
Furchtbar euer Ende werde
unter des Volkes Schlag

Hölderlin krümmt sich zusammen, beginnt zu schluchzen. Schelling und Neuffer bemühen sich um ihn.

DER HERZOG

Singt ihr auch dies feine Liedchen
was die Marseiller Gauner
zusammen gestümpert haben

RUF

Der Schelling hats übersezt

DER HERZOG

Ist das wahr
Magister Schelling

SCHELLING

Hoheit
wir fehlen alle mannigfaltig

Währenddessen singt Sinclair, unter Schnurrers Schlägen.

SINCLAIR

Allons enfants de la patrie

Der Herzog erhebt sich und bricht die Bestrafung mit einem Winken ab. Er legt den Arm um die Schultern des heftig schnaufenden Ephorus und leitet diesen an seinen Platz zurück. Zwei Famuli tragen Sinclair hinter die Reihen der Studenten.
Die Freunde richten den weinenden Hölderlin auf.

DER HERZOG

Da Wir Uns heute in einer gelinden
sanfften und heitren Stimmung befinden
wolln Wir Uns jezt nicht weiter distrahiren
und nicht Unsre Anhänglichkeit annuliren
an dieses Uns so werthe Stift
das doch die Bildung derer betrifft
die einmal als SeelSorger und Lehrer
drauss hervorgehn solln zu schwerer
verantwortungsvoller Thätigkeit
zum Besten von Staat und Christenheit

Beifall der Honoratioren.

DER HERZOG

Sind Wir doch gewiss
dass Ihr Werdegang unter baldigem
Frieden vonstatten geht denn
soeben erhielten Wir aus Coblentz
eine Kunde die
wie ein Lauffeuer sich übers ganze
freye Europa verbreitet
Der abscheulichste und Bluth Trieffendste
aller Jacobiner
der rothe Marat
ist von einer aristocratischen Heldin
zu Todte gestochen worden

Einige Sekunden Stille. Dann Schreie, Weinen.

RUFE

Die Revoluzion lebt weiter
Nider mit den Fürsten
Enteignung der Reichen
Alle Macht den Arbeitenden
Es lebe die Democratie
Vive la Liberté

Die Leibgardisten und Famuli drängen die Studenten auseinander. Der Abgang des herzoglichen Paars mitsamt Gefolge wird zu einer feierlichen Kundgebung der Macht. Die aufrührerischen Studenten stehen abwartend im Hintergrund. Da der Zug, begleitet von den Gardisten, verschwunden ist, springt Hiller vor, entrollt eine französische Trikolore. Ein andrer Student reißt die Landesfahne von der Stange. Die Stange wird mit der Trikolore umwickelt, mit Girlanden und Kränzen behängt und hochgehoben. Hiller, Schelling, Neuffer und einige andere Studenten schließen sich um das Freiheitszeichen zusammen. Hölderlin tritt auf Sinclair zu und leitet ihn nach vorn zur Gruppe.
Nur Hegel hält sich abseits.

HILLER

Wer mit der Revoluzion
dem Menschen seine Freyheit
geben will
darf nirgends ruhn
als im Grab

Hegel hat eine Prise Schnupftabak genommen. Er niest.

2.

Ein paar Stühle. Eine Chaiselongue. Ein Tisch mit Weinkaraffe und Gläsern. Ein Stickrahmen. Ein Klavier.
Im Hintergrund waagerecht übereinandergehängte Gewehre. An einem Ständer ein breiter Mantel sowie Hut und Jagdtasche. Am Klavier Charlotte von Kalb. Hölderlin begleitet sie auf der Flöte. Major Heinrich von Kalb im Lehnstuhl, die Beine von sich gestreckt.
Die Gesellschafterin Wilhelmine Kirms am Stickrahmen. Fritz von Kalb *von einer Schauspielerin dargestellt* liegt auf dem Fußboden.

SÄNGER
Zwote Scene worinn
Hölderlin die Früchte
der Gelehrsamkeit aufs Amth
des Informators überträgt
um zu erfahren
was solch BrodErwerb
ihm einbringt
Er stellt die Anwesenden vor, während Charlotte von Kalb und Hölderlin die Sonate fortsetzen.

SÄNGER
Der Sohn des Hausses Friz von Kalb
auf dem Boden liegend eilf Jahre alt
Wilhelmine Kirms ihre Bildung fundirt
Gesellschaffterin doch emancipirt
könnte zu was ganz anderm nüzen
als hier am StikRahmen zu sitzen
Frau Charlotte spielt zu Hölderlins Triller
ist bekannt von wegen Beziehung zu Schiller
welcher ihr auch den Hölderlin empfohlen
und liess ihn deshalb zum Hofmeister holen
Im Sessel Heinrich von Kalb Major
hat für die Musick aber kein Ohr
möcht lieber in Erobrungszügen und Kriegen
Fahnen aufpflanzen und Feinde besiegen
Waltershausen Herbst ist allhier
im Jahre Siebzehn Neun Vier
Hölderlin bricht plötzlich das Spiel ab. Noch ein paar verfehlte

Klaviertakte der Charlotte. Der Major klatscht gelangweilt in die Hände. Fritz von Kalb kriecht umher. Hölderlin wirft die Flöte in den Kasten. Frau von Kalb verläßt das Klavier, setzt sich neben die Gesellschafterin. Der Sänger schließt den Deckel des Klaviers. Die Gesellschafterin schenkt Frau von Kalb ein Glas ein. Fritz von Kalb nun auf den Knien vor dem Vater.

FRITZ VON KALB

Herr Vatter jezt erzählt
wie Ihr mit der Fregatte
nach Neu Orleans kamt

HEINRICH VON KALB

Als unsre Fregatte
in den Hafen einlief
da war auch just
ein SclavenSchiff
aus Africa gekommen

FRITZ VON KALB

Wie viele Sclaven waren drinn

HEINRICH VON KALB

Wol an die tausend nakte Sclaven
lagen in Reihen dicht vom Kiel
bis auf das Deck
waren zu zweien je am Fuss
und an der Hand gekettet

FRITZ VON KALB

Und waren Kinder da und Fraun
und Neugebohrne auch
und war Gestank und viel Geschrey
und waren Todte bei

Der Major nimmt Fritz auf den Schoß. Auch Hölderlin hat auf einem Stuhl Platz genommen. Er nimmt ein Buch vor, blättert darin, sitzt dann aber nur müde und geistesabwesend da.

HEINRICH VON KALB

Am Quai da warten schon die Käufer
der Hammer fällt in der Auction
da wird der Mann von seiner Frau
das Kind aus seiner Mutter Arm
gerissen.

FRITZ VON KALB

Und sind gekommen in ein Land

wos heisst dass alle gleich geschaffen
und bringen von Geburth das Recht
auf Leben mit und Freyheit

HEINRICH VON KALB

So ists mein Sohn
so stehts geschrieben
in der UnabhängigkeitsErklärung
für die mit Leib und Seel
ich kämpfte unter meinem
General Lafayette

FRITZ VON KALB

Und warum gilt es nicht für die
die schwarz sind und auch nicht
für die die da sind Kupfers roth

HEINRICH VON KALB

Siehst du da ist der Unterschied
der Hautfärbung
Von nidrigem Karakter sind
die dunklen Racen und
ermangeln jeder Bildung
Der Weisse aber ist mit allen
Gaben ausgerüstet und berufen
die Cultur
höchstes der Güter
wohinn er kommt auf dieser Erde
zu verbreiten

FRITZ VON KALB

Und warum hält er sich dann
Sclaven

HEINRICH VON KALB

Aug in Auge mit dem Praesidenten
Washington
vernahm ich seine Ansicht
daß Sclaverey zwar nicht
mit aufgeklärtem Geist übereinstimmt
dass es jedoch noch Generationen
langer Dressur bedarf
bis die Mohren fähig sind
sich sittsahm zu benehmen

FRITZ VON KALB

Und warum knallt
der Weisse dann
die Irokesen und
Huronen nider

HEINRICH VON KALB

In NordAmerica da ist
das Leben für den Siedler hart
Eh sich Ideale prägen lassen
gehts drum sich seiner Haut zu wehren
denn was da in den Wäldern lebt
ist wild wie das Gethier
verrichtet seine Nothdurft
wo es geht und steht
zerfleischt den edlen Menschen
mit den Zähnen

FRITZ VON KALB

Ist doch ihr eignes Land
und müssen gegen Eindringlinge
sich erwehren

Der Major schiebt Fritz von sich weg.

HEINRICH VON KALB

Das hat dir wol
dein Informator bei gebracht.

Hölderlin richtet sich auf. Er zieht seine Pfeife aus der Jackentasche, beginnt, sie zu stopfen.

HEINRICH VON KALB

Qualm Er uns nicht die Stube voll

Hölderlin steckt die Pfeife wieder ein.

HÖLDERLIN

Herr Major ich hab versucht
dem Friz was von der UrGeschichte
dieses Landes zu erklären
worinn die friedfertigen Völker
der Indianer
sich entwikelten bis auf den Tag
da sie an jenes stiessen was wir
Civilisation benennen

HEINRICH VON KALB

Wertvoller als

das Trotten im Krais
das Schnalzen der Zungen
sind unsre Kenntnisse
die wir mit Gedult
zu übertragen suchen
auf die armen
ungeformten Wesen

HÖLDERLIN
Gestatten Herr Major
eng sind mit der Natur
sie doch verbunden
Aus der Sprache der Gewächse
und des Himmels
wissen sie zu lesen
finden sich zurecht
in jeder Wildniss
schauen dem Lebendigen
Merckmahle ab
wie wirs mit unsern Sinnen
nicht vermögen

HEINRICH VON KALB
Das klingt mir nach
Poeterey

HÖLDERLIN
Es geht mit Verlaub
nicht nur in der Dichtung darum
die Harmonie wieder herzustelln
zwischen Mensch und Natur
wurde doch eben in Frankreich noch
der Versuch unternommen
mit dem Decret vom Cult des Höchsten Wesens
der Natur
die Nation in einer neuen
StaatsReligion zu vereinen

HEINRICH VON KALB
Wacker wacker
und dabei liess Ihr unbestechlicher
und tugendhafter Robespierre
das HackBeil fallen

CHARLOTTE VON KALB
O schweigt von den Schändlichkeiten
HEINRICH VON KALB
Recht geschah ihm
dass sie das Kinn ihm zerschlugen
und ihm selbst das Haupt dann
vom Leibe trennten
CHARLOTTE VON KALB
Ich wills nicht hören
FRITZ VON KALB
Sie hieltens hoch
dann in den Korb damit
und die Marseillaise
die ist jezt verbothen
Hölderlin schlägt die Hände vors Gesicht.
HEINRICH VON KALB
Roh und ungebärdig ist die Natur
Wenn der Mensch seine zähmende
Hand von ihr lässt
beginnt sie zu wuchern
Fritz von Kalb hat sich wie zu einer feierlichen Rezitation aufgestellt. Er spricht mit unschuldiger Stimme.
FRITZ VON KALB
Wie sie den Rothen mit SchussEisen Sitten beibringen
und die Schwarzen mit Peitschen zur Arbeit zwingen
so wird auch das Kind vom Herrn Major
getrieben aus seiner Unwissenheit vor
Ist wie ein Wilder der in abgründiger Nacht
drauf warthet dass er zum MenschenDaseyn erwacht
Charlotte von Kalb und Wilhelmine Kirms versuchen, das Gedicht belustigt aufzunehmen. Mit ihrem Lachen wollen sie den Major beschwichtigen.
HEINRICH VON KALB
Was sind das für gefärliche und
Sinn verwirrende Äußerungen
Sie lassen die Zügel fahren Doctor
an dem Knaben
Hölderlin streicht sich über Gesicht und Kopf. Fritz von Kalb fährt scheinheilig fort.

FRITZ VON KALB

Und muss ich Euch zu danken wissen
und Euch die väterliche Hand auch küssen
wenn Ihr bestrafet wie den Africaner
mich und wie den rothen Indianer

Major von Kalb springt auf. Hölderlin sinkt wieder in sich zusammen.

HEINRICH VON KALB

Mercke mein Sohn
wir sind dazu bestimmt
die Welt uns zu Füssen zu legen
Dir gilt eine andre Zucht
als jene die den Primitiven
aus den dunklen Continenten
angemessen ist
In dir trifft sie
den Auserwählten Überlegnen
dass er befähigt sey
was er besizt
auch profitabel zu verwalthen

CHARLOTTE VON KALB

Erreg dich nicht Heinrich
thut doch unser Herr Hölderlin alles
was in seiner Macht steht
unserm Sohn die Verstoktheit
auszutreiben
und hat schon wolthätig genug
auf den Jungen eingewürckt
in dem Jahr seit
er bei uns weilt

Der Major stampft zum Hintergrund, sucht nach seinem Mantel. Der Sänger legt ihm den Mantel um, reicht ihm auch Jagdtasche und Flinte.

CHARLOTTE VON KALB

Was ist denn Heinrich
willst du am späten Abend
noch hinaus

HEINRICH VON KALB

Zur Jagd

Der Major schwingt das Gewehr auf den Rücken.

FRITZ VON KALB

Der Hirschkuh
zwischen die Augen schiessen

Major von Kalb in Begleitung des Sängers ab.

Hölderlin zieht die Pfeife hervor, bleibt aber noch abwartend sitzen.

Wilhelmine Kirms füllt das Glas der Charlotte.

Charlotte von Kalb bricht in kurzes hysterisches Schluchzen aus.

FRITZ VON KALB

Wenn der Vatter weg ist
weint die Mama
ganz anders immer als
wenn er bei ihr drinnen
ist im Zimmer

Charlotte leert das Glas, gießt sich selbst nach.

CHARLOTTE VON KALB

Geh mein Junge und
kleide dich um zur Nacht
und wasch dich auch
am ganzen Leib
mit kaltem Wasser wie
der Artzt es empfohlen hat

Fritz von Kalb ab.

CHARLOTTE VON KALB

Jezt dürfen Sie auch rauchen
Holder

Hölderlin zündet die Pfeife an. Nimmt sich wieder das Buch vor.

CHARLOTTE VON KALB

Wie wol es thut
allein zu seyn
mit GleichGesinnten
Ach was uns das Leben auferlegt
mit dieser Institution
welche sich Ehe nennt
und die wir eingehn ohne Neigung
Meine Wilhelmine du
bist rechtzeitig geflohn
aus deinem Gefängniss

WILHELMINE KIRMS

Doppelt sag ich

es muss die Frau sich
doppelt revoltirn
nicht nur dagegen was
die Oberen sich
anmaassen auf die Untren
sondern auch
was an Herrschaft thätig ist
im sogenannten Schoosse
der Familie

CHARLOTTE VON KALB

In Paris
da warn die Fraun dabei

WILHELMINE KIRMS

Sie waren gut zum Waffentragen und
zum KugelnSchleppen
den Kriegern durften sie
die Wunden verbinden und
die Gräber ihnen schaufeln
Sie buken das Brod und rürten die Supp
und stürmten vorn die Zäune
zu den Tuilerien
dann hiess es aus der Revoluzionäre Mund
zurück auf die Matrace Weib
da sey dein Plaz

CHARLOTTE VON KALB

Mein armer Heinrich aber meint
sich ganz in seinem Recht
und ist auch voller Einsicht was
die LeitSäze betrift
der americanischen und
der französischen Revoluzion

WILHELMINE KIRMS

Ja grosse Zeichen von Gerechtigkeit
sezt in die Welt der Mann
und greift vergnügt Besiz
von Hauss und Geld und Leib der Frau
und bläst sich auf wie er da zieht
in ihren Grund mit Feld und Vieh
als wärs seit je her
seins

CHARLOTTE VON KALB
So dürfen Sie nicht reden
theure Freundin
WILHELMINE KIRMS
Schwächlich schwächlich
ist dies ganze Geschlecht
mit sammt was ihnen
zwischen den Beinen hängt
CHARLOTTE VON KALB
Psst Wilhelmine psst
der Kleine könnt Sie hören
er hat genug zu schaffen
mit dem Übel
was ihm sein Körper auferlegt
HÖLDERLIN
Gnädigste Frau Charlotte
CHARLOTTE VON KALB
Nicht Gnädigste
Holder
wie oft muss ichs Ihnen sagen
Sehn Sie doch die Freundin in mir
die Ihnen zugeneigt ist
aus zärthlichem Hertzen
HÖLDERLIN
Frau Charlotte
es will mir mit dem Friz
nicht mehr gelingen
Vom Nächte langen Wachen
an seinem Bett
bin ich zernichtet
Mit Milde hab ich es versucht
Gewalth war ihm im ÜberMaass
vom Herrn Major ja zugekommen
und glaubte ich in seltnen Stunden
die Unruh habe sich gelegt
und schleich mich zu ihm hin
find ich in Convulsionen ihn
bei seinem Laster
CHARLOTTE VON KALB
Und wir hatten doch

gemeint dass einer welcher
in Theologie und schönen
Wissenschaften promovirt
könnt Mittel finden
zur Heilung
der Zerrüttung

HÖLDERLIN

Halten zu Gnaden stets
hab ich die rechten
Gegenstände ihm nah gebracht
habe die Aufgabe des Erziehers
darinn gesehn
dem Kind so lang wie möglich
den ursprünglichen Zustand
der Unschuld und Reinheit
zu erhalten
Ich les ihm Homer
Gedichte
unter freyem Himmel entstanden
der Natur selbst entwachsen
ich stelle vor ihn hin
hohe ideale Gestalthen
Pindar Heraklit
Plutarch
und er nur immer
warum
heisst man die Jacobiner jezt
Pöbel
warum
musste der rothe Priester
Jacques Roux
sich zerstechen
warum
hat man diesen Buonarroti
in den Kercker geworfen
warum
frisst Saturn
seine eignen Kinder
wer ist
Leviathan

Er schlägt sich mit den Fäusten an den Kopf.

CHARLOTTE VON KALB

In welcher Noth ach
in welcher Noth
sind wir befindlich
Wie sollte das Kind auch
zu Sinnen kommen
wenn ringsum alles lautet
von Mord und Brand und Schändung
und wir nicht wissen ob
die Luft nicht bald schon
von Kanonen zittert
Seh ich doch selbst
mein Leben vergehn
und nichts ist
was mir Muth giebt

Charlotte von Kalb erhebt sich schwerfällig. Beginnt wieder zu schluchzen. Umarmt plötzlich heftig Hölderlin.

HÖLDERLIN

Aber liebste liebste

CHARLOTTE VON KALB

Wär einer mir nah
der so jung ist wie Sie
und so schön

Sie umarmt ihn noch einmal. Reißt sich dann los.

CHARLOTTE VON KALB

Kommen Sie zu mir Wilhelmine
aufs Zimmer
allzu triste ists mir
allein

Sie geht unsicher, mit tastenden Handbewegungen wie erblindet. Nach ihrem Abgang schenkt Wilhelmine Kirms Hölderlin ein Glas ein, reicht es ihm, doch er nimmt es nicht entgegen, stampft auf und ab.

Während des Gehens stößt Hölderlin zuerst rhythmisch brummende Töne aus, formt dann allmählich die Worte.

HÖLDERLIN

Ich muss dies Haus verlassen
hier lässt sich nicht mehr fassen
was an Gedancken kommt

Alles muss hier vergehen
kein Bild mehr kann entstehen
versperrt der Horizont
Soll das Gedicht doch frey stehn
im Ganzen rings die Zeit sehn
nicht nur den krancken Tag
Es soll dem Menschen zeigen
wie ihm die Welt zu eigen
und was darinnen alles er vermag

WILHELMINE KIRMS

Wenn Sie so reden Hölderlin
ist mir immer
als hör ich Sie von weit
zurük her rufen oder
als kläng es erst
den Zukünftigen auf
Hölderlin weiterstampfend.

HÖLDERLIN

Für uns ist nichts vergangen
wir können hin gelangen
wo immer wir auch sind
Was einmal ausgesprochen
in früheren Epochen
umspült uns wie der Wind
Wir spürn die klaren Stimmen
sie sind in unsern Sinnen
erneuern sich darinn
Und hört auch jezt mich keiner
so ist doch später einer
in dem ich wieder werde zum Beginn

WILHELMINE KIRMS

Sie dencken an die NachWelt
und sehen nicht
was vor Ihren Augen ist
Hölderlin blickt sie verwirrt an, als habe er ihre Gegenwart vergessen.

WILHELMINE KIRMS

In diesem Hauss
in Stall Gehöfft und Dorf
bei Kirchgang und am Markt

und wenn der Werber kommt
die Burschen auszuheben
und sich der AmthMann
seine Steuern holt
und wenn die Magd
ihr Kind erwürgt
und unterm Dach im Stroh
der Knecht in seiner Ohnmacht
brüllt
da haben Sie die Welt
ganz plazend voll
und brauchen sich
nach Ihren Bildern
nicht weiter um zu sehn

Hölderlin schlägt die Hände vors Gesicht.

WILHELMINE KIRMS

Ja schliessen Sie
Was aussen ist
nur aus
und widmen sich
dem innern Blik

Hölderlin wendet sich ab. Wilhelmine Kirms steht auf. Sie öffnet den Halsausschnitt ihres Kleides.

WILHELMINE KIRMS

Zum Beispiel hier
zum Greifen nah
ist meine Haut

Das Kleid weit auseinanderhaltend, steht sie herausfordernd vor ihm. Hölderlin erstarrt.

WILHELMINE KIRMS

Berühr mich doch

Hölderlin weicht zurück. Gelächter der Kirms.

WILHELMINE KIRMS

Schrekt dich das so
wenn eine Frau
aus freyen Stüken
nur des Vergnügens
nicht der Bindung wegen
sich zum Mann sucht

Hölderlin blickt sie fassungslos an.

WILHELMINE KIRMS

Ergeben sanfft
nicht fordernd
gefügig ihm
will er die Frau
dass sie den Boden
unter seinen Füssen
ihm nicht nehme
Hölderlin stammelnd.

HÖLDERLIN

Dieses Gewühle
ist entsezlich
wie sich die Welt
mit ihren Leibern wälzt
und klebt und schmatzt
am Schweiss
und stöhnt im Finstern
besinnungslos
sich zu vermehren
Wilhelmine Kirms geht lachend an Hölderlin vorbei.

WILHELMINE KIRMS

Wenn du nicht
nach mir sehn willst
so seh ich denn
nach unsrer Frau
Wilhelmine Kirms ab. Unmittelbar darauf erscheint Fritz von Kalb, im Nachtgewand. Er zieht ein Bettlaken hinter sich her.

FRITZ VON KALB

Ich hab alles gehört
Hölderlin in einer Bewegung, als wollte er auf Fritz einschlagen, hält aber inne und weist dann auf die Chaiselongue. Fritz legt sich dort nieder, zieht das Laken über sich. Hölderlin ergreift wieder das Buch, setzt sich auf einen Stuhl in Fritzens Nähe.
Fritz richtet sich auf.

FRITZ VON KALB

Holder
in der Scheune jezt
da wird gehobelt und
gekloppt

HÖLDERLIN

Was meinst du

FRITZ VON KALB

Da machts der Hansel
mit dem Grödel

HÖLDERLIN

Wo hast denn diese Sprache her

FRITZ VON KALB

Von der Kich

HÖLDERLIN

Als ich das Amth
des Informators annahm
so that ich es aus Achtung
vor deiner Mutter und
aus Verantwortung für
das Versprechen das ich ihr
und Herrn von Schiller gab
dich in die Humaniora
einzuführen

FRITZ VON KALB

Mama will sich auch nur
verschaamiren
was ich an Griechisch kann
das möcht sie können
auf Französisch

Hölderlin springt auf, gerät wieder in seinen Stampfschritt. Faucht und brummt rhythmisch, bleibt Augenblicke lang stehn, lauscht, als sei er Halluzinationen ausgesetzt. Fritz von Kalb beobachtet ihn angstvoll, steil aufgerichtet.

Allmählich gehen Hölderlins Laute in Worte über.

HÖLDERLIN

Unheimlich ist zu hören
wie sie wollen verstören
was uns die Sprache ist
Die beste Regung innen
wo du in allen Sinnen
mit dir selbst einig bist
Und ist so sehr gebrechlich
so unversehns bestechlich
dass schon ein Laut sie trübt

Nie kann es ganz gelingen
dass ihr die Worte klingen
wenn mans nicht wieder wieder wieder übt

Fritz von Kalb verzweifelt schreiend, während Hölderlin schnaufend weiterstampft.

FRITZ VON KALB

Hör auf es ist zum Kozen
will auf die Wörter rozen
lieber sind mir die Fozen
mit denen Weiber prozen
die will ich mir beglozen
da kannst du mich verklozen
du Kloz

Fritz hämmert eine Weile auf sich selbst ein. Kriecht dann unter die Decke.

HÖLDERLIN

Schon ist ein böses Dröhnen
von Lügen und Verhöhnen
in unsrer Sprache drinn
An schrecklichen Befehlen
die jeden Schuz dir stehlen
brichst in die Knie du hin
Die Worte sich verwirren
wie Automaten klirren
die Stimmen blind und taub
Leicht lassen sie sich morden
sind bald zu Aas geworden
und deine Rede liegt in Schutt und Staub

Hölderlin bleibt heftig atmend in Fritzens Nähe stehn. Fährt dann mit gedämpfter Stimme fort.

HÖLDERLIN

Dass wir uns ganz vermummen
grauenhaft ins Verstummen
davon sind wir bedroht
die Bilder uns gefrieren
sich aus der Sicht verlieren
das ist lebendger Todt
Ein Schritt schon kann uns trennen
von allem was wir kennen
jeglichen Nahmens blos

Da ist nur noch ein Lallen
kein Halt mehr ist im Fallen
und was noch vor dir liegt ist bodenlos
Er steht lauschend. Beugt sich dann über Fritz. Reißt die Decke zurück.

HÖLDERLIN

Was treibst du Friz
du richtest dich zugrunde
Er schlägt besinnungslos und schluchzend auf Fritz ein. Fritz schreit. Hölderlin sinkt vor ihm in die Knie. Vorbeigehend der Sänger, in Begleitung von zwei Landarbeitern.

SÄNGER

Ist ein großes Hauss mit vier Thürmen
hält Stand Regengüssen und Stürmen
denen da drinnen aber hats nichts genüzt
hat sie weder vor Furcht noch Verzweiflung geschüzt

ERSTER ARBEITER

In höheren Kraisen eine übliche Erscheinung
Wir haben keine Zeit zur eigenen Beweinung

SÄNGER

Der aber versucht im Misglüken und Scheitern
doch seinen Blik noch zu erweitern
möcht in dem was zerrinnen will und verschwinden
zum Bild eines neuen Menschen finden

ZWEITER ARBEITER

Dabei ist die Roll gering die uns zugedacht
weil von uns da wurde nicht viel überbracht
haben nur paar kleine Lieder hinterlassen
zu singen in den Höfen und Gassen
Während sie in ihrem WeltSchmertz warn
mussten wir ihnen die Ernte einfahrn
und ihnen ihre Stuben und Möbel baun
dass sie ungestört könnten nach innen schaun

3.

Im Hintergrund ein Stehpult, an dem Goethe ein Bündel Manuskriptblätter studiert.

SÄNGER

Dritte Scene worinn
Hölderlin es wagt
sich uneingeschränckt
darzustelln als
Poet
wobei er sich dem Urtheil
wahrhaft grosser Geister
aussezt
Der Orth ist Jena nach dem Calender
Jahr Vierundneunzig dritter November

Schiller tritt ein mit Hölderlin, er hat die Hand auf dessen Schulter gelegt. Hölderlin in starker Erregung.

HÖLDERLIN

Ich sprech doch nicht von einer Rükkehr
zu der Welt der Griechen sondern
von der Nothwendigkeit
SinnBilder
für unsre Zeit zu finden
die wircksam sind und tragend
wie einst Götterfiguren und Mythologien

SCHILLER

In der Antique
handelte der Mensch
als harmonisches Ganzes
Das Ideal wich nicht
von der Wirklichkeit ab
Heut aber herrscht der Bruch
zwischen dem Idealen
und dem Realen
und die Harmonie der Persöhnlichkeit
findet sich höchstens
in der Idee

HÖLDERLIN

Auch die französischen Revoluzionäre
wählten zur Darstellung
kommender Klarheit und Grösse
die griechische Kunst

SCHILLER

Bisher

sind alle Bestrebungen
zu einer gerechten
StaatsForm zu finden
an der mangelnden
Reife des Einzelnen
gescheitert
Um Erneurung zu erlangen
muß durch aesthetische Schulung
zunächst ein umfassender
Karakter hergestellt werden
Geistig verarmt im Merkantilismus
betäubt und zerrissen
vom Getriebe der Räder
an Bruchstüke gefesselt und
selbst nur ein Bruchstük
ist der Mensch

HÖLDERLIN

Lernte ich doch gerade bei Ihnen
dass uns die Kunst Waffe ist
im Kampf ums Hervorbringen
eines menschenwürdigen Daseyns
Liess ich mich hindern
vom Gegensaz zwischen
dem hohen poetischen Anspruch
und der Rükständigkeit
in der Gesellschaft
ich müsste an meiner Mission
als Dichter zerbrechen

SCHILLER

Die Zeit des unvoreingenommnen
Schaffens ist vorbei
Im furchtbaren Reich
der Verdinglichungen
sind uns nur kleine Inseln
noch übrig geblieben
dass wir dort
zur allmählichen UmWandlung
die Keime sezen

Hölderlin entzieht sich mit einem Ruck der väterlichen Umarmung Schillers. Leidenschaftlich versucht er, Schiller zu überzeugen.

HÖLDERLIN
Alle Formen und VorstellungsArthen
sollen erschüttert
und unendlich
umgekehrt werden
Wir nehmen Theil
am lezten und grössten
Werck des Menschen
Nimmer der verachtende Blik
nimmer das Zittern des Volks
vor den Weisen und Priestern
Alles für jeden und
jeder für alle
Schreibend befinden wir uns
im Anbruch
einer neuen Epoche

SCHILLER
Doch müssen Sie
Den VersFuss beachten
Ständig lassen Sie
uns stolpern
übers Metrum
Ihre sprunghafte und
schwankende Syntax
verwirrt uns
Echte Kunst
erfüllt ihren Sinn nur
wenn sie aufruft
zur Vertheidigung
des Schönen
Im Schönen
sind unsre Dissonancen
versöhnt
Schönheit ist
Freyheit in der Erscheinung
deshalb geht Schönheit
der Freyheit voraus

Sie haben sich auf ihrem Gang Goethe genähert. Schiller stellt Hölderlin vor.

SCHILLER

Dies verehrtester Meister
ist der Hölderlin
von dem ich Ihnen die paar
Niderschriften
zur Ansicht gab
Will jezt in Jena seine Studien
weiter betreiben nachdem
er sich mit unsern Kalbs
in Waltershausen nicht
arrangiren konnt

Hölderlin verbeugt sich tief vor Goethe, doch ohne zu verstehn, wer sein Gegenüber ist. Er hat auch nicht zugehört, denn er drängt auf die Fortsetzung des Gesprächs mit Schiller. Er nimmt sogleich den Gang wieder auf.

HÖLDERLIN

Wir müssen uns von dem
was habhaft ist
abwenden
ja entfremden
die Trägheit des Gegenwärthigen
durchstossen
und jenseits des All
Bekannten das Ausser
Ordentliche finden

SCHILLER

Nun seyn Sie nicht von sich
so überzogen
Sie wolln die alten Landschafften
fabelhaft neu bestralen
das versteh ich
doch anstatt des Hymnos
auf die Ahndungen des Thraums
würden wir vorziehn
das Abbild jener Wircklichkeit
die diesen Thraum umfängt

HÖLDERLIN

Sie sehen nicht
wie alles zu einander
in Beziehung steht

sehn Einzelheiten nur
in dem was für mich
die Einheit
in der Vielfalt ist
In grosser Form will ich
das Gegensäzliche zusammenfassen
Riesige Blöke sind
für mich Gedichte
reichster und leuchtendster
Materie

SCHILLER
Fliehen Sie
die filosofischen Stoffe
an denen im fruchtlosen Ringen
sich die besten Kräfte verzehren
Bleiben Sie
Der SinnenWelt näher
so werden Sie weniger in Gefahr seyn
die Nüchternheit zu verlieren und
einem künstlichen Ausdruk zu verfallen
Auch vor dem Erbfehler
teutscher Dichter
möcht ich Sie warnen
der Weitschweifigkeit nemlich
die in endloser Fluth von Strophen
den glüklichsten Gedancken erdrükt
Hölderlin mit Zeichen von Erschöpfung.

HÖLDERLIN
Zugegeben Herr von Schiller
dass ich im Kampf mit Ihrem
Genius steh
und mich die Furcht
von Ihnen ganz beherrscht zu werden
am klaren Ausdruk hindert
Kann ich vor dem was Ihnen
und dem Herrn von Göthe
gelungen ist in solch Vollendung
doch nur stammeln
Goethe blickt auf. Er betrachtet Hölderlin einige Augenblicke lang.

GOETHE

Auch der Göthe würde rathen
dass einer der in sich
die Neigung zur Poesie verspührt
nicht allzu schnell ins Höhere
der Kunst aufstreben möchte
wo er sich doch in seinen Zustand
nicht zu finden weiß
Er würde vielmehr wünschen
dass derselbe erst dem thätigen
Leben oder der Wissenschaft
sich widme um nach dem
Durchlaufen einer weiten Bahn
seines Talents gewis zu werden
Hölderlin ist ungehalten über die Unterbrechung. Wendet sich an Schiller.

HÖLDERLIN

Weiter als zu Ihrem
classischen SchönheitsBild
kann ich nicht kommen
Ich weiss es graust Sie
wenn ich zu meiner Welt auch
deren ununterbrochne
Auflösung mit nehme
wenn ich vom Fliessenden und
vom Veränderlichen ausgeh
und Zeichen suche dafür
wie alle Schranken niderbrechen
das Reich der Todten sich
mit unserm Athemzug vermengt
und heidnischer Cult
Weissagungen entrükte Abentheuer
Theil unsrer Gedancken sind
Goethe hebt das Manuskriptbündel hoch.

GOETHE

Ich hab mich eingehend befasst
mit Ihren Exclamationen
in denen abwechselnd Naives
neben gelungnen Formeln steht
Tatsächlich tragen sie die Spuhr

der Unruhe und Reizbarkeit
von der die Zeit erfüllt ist
Nun aber stellt sich mir die Frage
was Sie damit bezweken wolln
Sie klären nichts
Sie steigern nur
das Wuchern des Monströsen
das sich von allen Seiten
auf uns her macht

Hölderlin wendet sich ostentativ an Schiller, zieht diesen, in heftigem Schritt, von Goethe weg.

HÖLDERLIN

Ich seh dies so
Da ist ein nahmenloses Mühn
ringsum
will endlich von sich werfen
was es erdrükt wie Lehm
was jeden Blik erstikt
und jeden HilfeRuf zum blinden
Stöhnen macht
Sich da heraus zu graben
den Moder abzustreifen
die Hand zu finden
die sich neben dir emporstrekt
und dann
sich einen Weg zu bahnen
dazu bedarf es einer
universalen
Sprache

GOETHE

Vorerst bedarf es
eines gemässigten Naturells
dann eines Auges das
die Gegenstände rein sieht
eines Gemüths sodann das liebt
was es vor Augen hat und
schliesslich eines Triebs der Hand
das Gesehne wieder hin zu geben
so sollten Sie sich denn
ein einfaches idyllisches

Factum wählen
und dieses mit Bescheidenheit
uns zeichnen
Wir möchten sehn
wies Ihnen mit
der Menschen Mahlerey gelänge
auf die doch alles ankömmt

HÖLDERLIN

Nichts kann bescheiden
und zufrieden seyn
eh nicht die ungeheuren Forderungen
auf den Umbruch der Gesellschaft
sich Gehör erzwingen
Es wird gefragt
wie sich der Schreibende
dem ganzen Wesen nach
zu seiner Zeit verhält

Er schnellt herum, wendet sich an Schiller.

HÖLDERLIN

Sie selbst Herr Schiller stellten
Ihre Hoffnung auf die Revoluzion
wurden ernannt zum EhrenBürger
Frankreichs

SCHILLER

Die Führenden dort
vermochten nicht
das Wüthen der nidern
und zahlreichern Classen
aufzuhalten und so
musste die große Stunde
in der Entfesslung
roher Triebe
vergehn

HÖLDERLIN

Nicht die Verarmten und Hungernden
sind schuldig an den Excessen
die Oberen sind es
in Frankreich und rings in Europa
die ihre HerrschSucht nicht
aufgeben wollen

SCHILLER

Lassen Sie uns wircken
zur Heranbildung
einer neuen Moral
Lassen Sie uns warnen
vor jeder VorEiligkeit
welche die Wolfahrt
behindert
Die Entwiklung zur Freyheit
sie ist Aufgabe
für mehr als
ein Jahrhundert

Hölderlin schlägt sich mit der flachen Hand vor die Stirn.

SÄNGER

Ja schlag dir nur die Stirn
zermartre dir das Hirn
wie du erreichst was bisher nie
erreicht ward von der Poesie
und sich durch blendende Ideen
der Weg zum Practischen lässt sehn
Ja pack dich nur am Zopf
zerspreng dir nur den Kopf
wie das Ideale du bezwingst
und auf den Boden herunter bringst
und sich der Gedancken schöne Gestalt
verwandelt in materielle Gewalth

SCHILLER

Eh die Structuren der Gesellschaft
sich verändern lassen
muss erst der Mensch
verändert werden

HÖLDERLIN

Nein
erst muss von Grund auf
alles umgeworfen werden
dass Neues
entstehen kann

Goethe hat inzwischen die Manuskripte zusammengelegt.

GOETHE

Viel Aufrührerisches ist zu hören

von Schriftstellern unsrer Zeit
ihre Appelle aber verstehen
die gewöhnlichen Sterblichen nicht
Die Revolteure sind voller Klagen
und jeder giebt dem andern
Schuld an seinem eigenen Unglük
IrrLichter sind sie in farbigem Nebel
wissen keine Brücke zu schlagen
zwischen der Kunst und dem Leben
Vom Universalen ist voll ihre Rede
Zugehörigkeit aber finden sie nirgends
Errettet werden sie nur wenn
die IchSucht sie aufgeben und
dem GemeinSinn aller Menschen
sich anvertraun

HÖLDERLIN

SchaamRöthe
wird es einmahl dem
ins Gesicht treiben
der heut noch in der eiskalten
Zone des Bestehenden
verharrt

Goethe schickt sich zum Abgang an. Er wendet sich an Schiller.

GOETHE

Ich ergehe mich derweil in Ihrem Garten
und seh unsrer Discussion entgegen
über Formung und Gehalt der ZeitSchrifft
Vieles in den eingesandten Manuscripten
müssen wir noch sorgsam überprüfen
da es mir nicht in die Gesellschaft
würdiger Freunde zu passen scheint
Hat mir doch aufs neue diese Stunde
mein Anliegen in Erinnerung gerufen
dass zum besten des ZusammenLebens
politische Interessen hintan zu sezen sind
und wir im Magazin behandeln dürfen blos
was rein menschlich ist und über allen
Einflus der Zeit erhaben

Goethe ab.

HÖLDERLIN

Wer war denn dieser Herr
der uns in dem von mir
so sehr erwartheten Gespräch
behinderte

SCHILLER

Wie
Sie haben den Geheimen
Rath nicht erkannt

HÖLDERLIN

Was denn für ein Geheimer
Rath

SCHILLER

Der Herr von Göthe

HÖLDERLIN

Göthe
Er reißt den Mund zum Schreien auf.

SÄNGER

Und er als wie ein Esel schrie
aus vollem Hals A Hi A Hi
Hölderlin mit röchelndem Schreien.

HÖLDERLIN

A Hi A Hi
A Hi A Hi

4.

Ein erhöhtes Vorlesungspult. Im Hintergrund eine große Schreibtafel.
Versammelte Studenten und junge Wissenschaftler: unter ihnen Sinclair und Siegfried Schmid *gleicher Schauspieler, der Hiller darstellte.*
Der Sänger in Begleitung von zwei Landarbeitern und zwei Arbeiterinnen.

ERSTER ARBEITER

Der Herr Geheime HofRath von Göthe
hat sich um StollenEinbrüche und sonstige Nöthe
als Verwalther zu kümmern in Ilmenau
daselbst wir arbeiten im SilberBergbau

ERSTE ARBEITERIN

Der hat auch die höchste Intendantur
in Apolda über die Manufactur
wo als herzogliche EinnahmeQuellen
unsre Töchter Strümpf und Mieder herstellen

ZWEITER ARBEITER

Aber gegen die TruppenAushebungen gewehrt
hat er sich und beim Herzog drüber beschwert
und ist gegen das ganze FürstenBündniss gewesen
mein Nachbar hats in der Zeitung gelesen

ZWEITE ARBEITERIN

Von Schiller heissts er soll in TheaterGedichten
sich gegen die FronHerrn und deren Klüngel richten
dazu braucht man heut zu Tag Muth
und er hat noch Krämpfe dazu und spukt Bluth

ERSTER ARBEITER

Abers Theater ist nicht für die drekigen Stände
sondern für kostbare Kleider und gepflegte Hände
wir dürfen nicht rein denn was man KunstWerck nennt
wird nur verstanden von dem der die Regeln kennt

ERSTE ARBEITERIN

In Weimar lassen sie sich noch n PrachtTheater baun
wir sinds von den sie sich die Gelder dazu klaun
und dann sagen sie zusammen mit Göthe dass nur
aus den Tiefen des Volks käm die wahre Cultur

ZWEITER ARBEITER

In der Universität soll izt einer seyn
spricht von Aufruhr und nicht nur zum Schein
zwar wendet er sich nur an die Studirten
die Frage ist ob diese feinen Arrivirten
auch wissen wie man damit umzugehen hat
die meisten haben was von Frankreich stammt schon satt

ZWEITE ARBEITERIN

Da sollten auch unsre Söhne bei stehn
wo auf den Acker und inn Steinbruch gehn
die dürfen nicht das Lesen lern und Schreiben
weil sie solln in Unwissenheit bleiben

SÄNGER

Vierte Scene worinn
Hölderlin sich seine Absichten

von einem Meister der RedeKunst
bestätigen lässt worauf
er die Consequenzen der Aussagen
zu tragen hat

Auftritt Hölderlin. Sinclair und Schmid ihm entgegen. Herzliche Umarmungen.

SÄNGER

Hölderlin hat seine Niderlaage nicht anerkannt
ist gleich weiter zur Universität gerannt
wo er auf Freunde trift die gleich ihm
dem Lehrer Fichte zuhörn wolln der verschrien
von vielen und von vielen auch verehrt
die Nothwendigkeit der Revoluzion erklärt

Inzwischen ist Fichte aufgetreten. Einige Studenten stampfen zur Begrüßung auf den Boden. Auch ein Zischen und ein paar Buh-Rufe sind zu hören. Fichte ersteigt das Podium. Die Arbeiter und Arbeiterinnen ab.

FICHTE

Das Recht auf Revoluzion ist MenschenRecht
und dieses Recht es wird zur Pflicht
wenn ein Staat offensichtlich
seinen Zweken widerspricht
Aus Einzelnen besteht der Staat
und soll als Einrichtung nichts andres seyn
als ein Verein von selbständigen freyen
Einzelnen die dort in ihren Schritten
nur unterworfen sind dem eigenen
Gesez der Sitten
In nichts darf sie der Staat beschränken
und zu nichts sie zwingen
er sey den Einzelnen nur Mittel
sie der vollkommenen Gesellschaft
nah zu bringen
Die Einzelnen zu unterstüzen
dass sie sich bilden und zum besten
ihre Fähigkeiten nüzen
nur solche Aufgabe zu überwachen
ist Sinn des Staats
der darauf auszugehen hat
sich selbst einst

überflüssig zu machen
wie der Regierung auch
als Ziel gegeben
nur temporär zu wircken
und dann sich aufzuheben

SCHMID

Als stände jedem Einzelnen
das Urtheiln und
die Entscheidung frey
Wie wollen Sie das Recht
des Einzelnen
auf Revoluzion begründen

FICHTE

Kein andres als
das Ich
kann über den Einzelnen
bestimmen
kein andres als
mein eignes Seyn
ist in mir innen
Und weil durch nichts
als durch mein eignes Thun
Verändrung sich mir zeigt
und alle Dinge auf sich beruhn
wenn dieses mein eigenes
Thun unterbleibt
so kann für mein Ich
nur das was ich selbst bestimme
rechtmässig seyn und verbindlich

SCHMID

Rousseau sprach auch
von freyen Einzelnen
und ihrem Zusammenschlus
im gesellschaftlichen Vertrag
doch wissen wir
welch ein Vertrag
immer noch in unsrer
Gesellschaft gilt
dass jeder gegen jeden kämpfe
sich zu bereichern

zügellos und wild

FICHTE

Rousseau hat sich auf das AufZeigen
der Verderbnise beschränckt
und seine Kraft nicht
auf die Beseitigung derselben gelenkt
Wol war Rousseau voller Energie
doch mehr als eine Energie des Laidens
besass er nie
Er zeigte uns die Vernunft in der Stille
doch erst im Kampf zeigt sich
der vernünftige Wille
Zum Handeln
nur zum Handeln
sind wir als Einzelne da
dies ist es was Rousseau nicht sah

SCHMID

Wenn jeder Einzelne das Recht
auf Revoluzion besizt
besizt es in der Consequenz auch
jeder ConterRevoluzionär
und Frankreichs Emigrées könnten sich
in den Actionen gegen den Convent
darauf berufen

FICHTE

Ein Einzelner der sich gegen die Regierung erhebt
bleibt stets Rebell und gleicht nicht
einem Volk das gegen die Bedrüker aufsteht
und somit der Empörung Nachdruk giebt und Gewicht
Nur das Volk als Ganzes besizt in der That
das Recht auf Revoluzion gegen den Staat
Ich wiederhole
wo immer ein Staat bricht sein Versprechen
so ist eines solchen Staates Macht zu brechen
Ein solcher Fall ist dort gegeben
wo privilegirte Stände
übers Volk sich heben

SINCLAIR

In allen Staaten Europas

FICHTE

In solchem Fall sind die Verträge zu zerreissen
die Adel und Kirche Vortheile verheissen

SINCLAIR

Und wenn die hohen Herrn sich widersezen
und mit allen ihnen zur Verfügung stehenden Mitteln
gegen uns hezen

FICHTE

Dann tritt die Situation ein
in der es rechtmässig ist sich mit Gewalth
von allen selbsternannten Oberheiten zu befreyn
denn ist das Recht auf Revoluzion doch dergestalt
dass es mit einschliesst den Gebrauch
revoluzionärer Gewalth

Einige Studenten geraten aneinander. Rempeleien, Balgereien.

SCHMID

Doch wo Besiz ist
da ist auch Besiz von Waffen
da können wir nur stehn
und den Besizenden
ihre ÜberMacht angaffen
die lassen sie nicht fahrn so bald
auch wenn wir drohen mit Gewalth

Fichte versucht, die Studenten zur Ruhe zu ermahnen.

SÄNGER

Weil an Revolteuren stets grosser Verschleiss
kommts dass Freund Hiller jetzt anders heiss
an seiner Stell sehn wir Siegfried Schmid
von gleicher Wildheit auch des Haares Schnitt
Was Hiller in der Politick unbändig angerührt
wird vom Jacobiner Schmid weiter geführt

Die Unruhe nimmt zu. Fichtes Stimme durchdringt den Lärm.

FICHTE

Kein Staat
auch der brutalste nicht
ist unabänderlich
Wo Herrschende Gerechtigkeit verachten
sind sie als Feind der Menschheit zu betrachten
und jeder von uns hat sich zu wenden
gegen einen solchen Zustand um ihn zu beenden

Eine Gruppe deutschnationaler Ordensstudenten hat zu singen begonnen.

CHOR DER ORDENSSTUDENTEN

Und so sahn wir die Sanskulotten
sich mit Todt und Teufel zusammen rotten
die holten sich was es zu holen gab
und legten sich damit ins eigene Grab
Das Volks stand beschissen vorm Monument
und damit war die Revoluzion zu End

EINZELNER STUDENT

Und wie die französischen SchwefelBanden
wolln auch die Schurken in teutschen Landen
die Güter ehrlicher und strebsamer Leute
an sich reissen als rechtskräfftge Beute

CHOR DER ORDENSSTUDENTEN

Und überall Kaos und Anarchie
sehn wir ausbrechen wie noch nie
da gilts sich seiner Haut zu wehrn
sich nicht mit Ideologie zu beschwern
[illegible]n Phrasendreschern und falschen Profeten
[illegible]uch und in die Fresse zu treten

[illegible]ER STUDENT

[illegible]evoluzion reden dass ich nicht lache
[illegible]e Teutschland Teutschland erwache
[illegible]s rothe Gesindel raus
[illegible]t endlich Ordnung im eignen Hauss

[illegible]in Student schreibt mit großen Buchstaben auf die Tafel: ERWACHE TEUTSCHLAND. *Gleich darauf Schmid zur Tafel. Er wischt das Geschriebene weg. Studenten werfen sich auf ihn.*

SCHMID

Wie nun Herr Professor
soll aus dieser Gesellschaft
ein einheitlicher
Willen kommen

FICHTE

Die Lösung lässt sich nicht einfach finden
sie muss auf dem Weg der Aufklärung
gesucht werden
Gröblich irrten wir
wollten wir uns binden

an ein einmahliges kühnes WaageStük
das zu unsäglichen Beschwerden
führt und nur selten zum Glük
Zwar ist die Verfassung der Staaten
zumeist fehlerhaft und schlecht
und überall wird gekränckt
das unveräusserliche MenschenRecht
doch
haben wir vor der Hand nichts als Gedult
zu üben um auf uns zu laden nicht
noch mehr Schuld
Von sich aus ist es den Fürsten nicht leicht
neue GrundSäze einzuleiten
deshalb sey es des Gelehrten Pflicht
Erkenntniss der Wahrheit zu gewinnen und diese
so weit sein WirckungsKrais reicht
mit inniger Liebe zu verbreiten
Meine Herrn
die Würdigkeit der Freyheit
muss von unten kommen
die Befreyung aber
kann ohne Unordnung nur
erbracht werden
von oben her

SINCLAIR

Machten wir uns
der Freyheit auch würdig
die Monarchen würden uns doch
die Freyheit nie geben

FICHTE

Glaubt das nicht
Kein Fürst könnt es ertragen
der Gerechtigkeit nach der ihr strebt
stumm gegenüber zu stehn und selbst
der Gerechtigkeit zu entsagen

SCHMID

Sie priesen das Recht
auf Revoluzion
und geben sich jezt
der SelbstTäuschung hin

dass die staatliche Macht
welche den Herrschenden
Bastion ist
auf unser Geheiss
die Lunte an sich lege
Sie verkündeten das Recht
auf revoluzionäre Gewalth
und vertreten jezt
die Demagogie
dass die Regierung
welche den Herrschenden
ihre Rechte betreut
auf friedlichem Weg
ihren Geist aufgebe

FICHTE

Die Ändrung zum Guten ist unser Ziel
doch zeigt uns die Untersuchung des Möglichen
dass im Gegenwärthgen allzu viel
noch von jenem fehlt
was man zur GrundLaage der Revoluzion
und zur Voraussezung ihres Erfolges zählt
Eh nicht unsre Zersplittrung überwunden
und der Weg aus den Scherben der KleinStaaterei
zu einer geeinigten Nation gefunden
kann die democratische Idee nicht reifen
und in allen Schichten des Volks
als ein Gemeinsames um sich greifen

SCHMID

So soll die Idee denn
die vom Volk
auszugehn hat
dem Volk gegeben werden

FICHTE

Ein Volk
ist nicht vorhanden
da sind blos TagLöhner und arme Geselln
lungernd und streunend in verkümmerten Landen
da sind kleine Häussler an einzelnen Stellen
und Knechte und Mägde denen die Kräfte genommen
wol ist gross ihre Empörung doch

kann von ihnen ein Entschlus noch nicht kommen
Ausgehend von den Bedingungen unsrer Zeit
ist einzig das gebildete Bürgerthum
zu einer Consolidirung bereit
um im Bündniss mit dem fortschrittlichen Adel
auf die FeudalHerrn und Fürsten zu dringen
und von diesen eine Behebung der Noth
und die Einführung von Reformen zu erzwingen

Ein Student schreibt auf die Tafel: UNIVERSITAS ORDINIS IMPERANTIS ANCILLA.

Während der erneut ausbrechenden Schlägerei treten ein Offizier und ein Trupp Gendarmen auf.

FICHTE

Meine Herrn
besinnen Sie sich
dass Sie als Repraesentanten
der Erhabenheit und Würde allen vorann
zu streben haben Teutschland zunächst
und Europa sodann
vorbildlich zu verwalthen
bis schliesslich sich alle Continente
zu einem von Filosofen regirten
mächtigen Reich
umgestalthen

Die Gendarmen dringen in die Menge der Studenten ein und reißen die Kämpfenden auseinander.

SCHMID

So mache
nach all dem Geschrey
die Filosofie mit der Polizey
gemeinsame Sache

CHOR DER ORDENSSTUDENTEN

Und wir wenden uns gegen den Staat
der nur da ist zum Schein
und in dems eine Schande ist
Bürger zu seyn
Und wir rufen nach dem Staat
der von einer Elite geführt
dem Feinde giebt
was dem Feinde gebührt

Die Gendarmen ergreifen Hölderlin, Schmid, Sinclair und ein paar andre Studenten, die von den Deutschnationalen als Schuldige vorgeschoben wurden.

CHOR DER ORDENSSTUDENTEN

Und wir wolln uns von fremdländischen Racen
nicht länger zerreissen und unterwerfen lassen
raus schmeissen die levantinischen
und lateinischen Buben
die decadenten Franzosen und
vor allem die Juden
endlich erblühen lassen und genesen
was verborgen liegt im teutschen Wesen

Die Gendarmen drängen die Verhafteten mit Gewalt zu einer Gruppe zusammen.

ERSTER STUDENT

Die hier machen die LehrFreyheit zunichte
unserm hoch geschäzten Professor Fichte

ZWEITER STUDENT

Die stehn im Bund
der so genannten Freyen Männer

DRITTER STUDENT

Die wolln die Fürsten stürtzen

VIERTER STUDENT

Wolln errichten
eine democratische
teutsche Republique

DER OFFIZIER

Euch nehmen wir mit
zweks Untersuchung
von personalia

Die Verhafteten werden paarweise mit Handschellen aneinandergefesselt.

ERSTER STUDENT

Hangen solln sie
An die Latern mit ihnen

Die Gendarmen stoßen die Gruppe der Verhafteten vor sich her.

SCHMID

Lass die Schneide blinken
Sinklär

HÖLDERLIN

O Edward o Edward o
wie ist dein Schuh
von Bluth so roth

SINCLAIR

O ich hab geschlagen
meinen Vater todt

Während die Gendarmen die Gefangenen abführen, scharen sich die deutschnationalen Studenten um Fichte, der verstummt hinterm Pult steht.

CHOR DER ORDENSSTUDENTEN

Wir sagens allen dies noch nicht vernommen
Teutschlands grosse Stunde wird kommen
vereint werden wir in Europens Hertzen
alles Nidrige und Schädliche ausmerzen
und sey unser Trachten noch weiter gestellt
dass uns morgen gehöre die ganze Welt

Hölderlin, als einziger zwischen den Verhafteten, beginnt plötzlich, sich rasend zur Wehr zu setzen. Er wird von den Gendarmen übermannt und abgeschleppt, mit der Handschelle festhängend an seinem Mitgefangenen.

SÄNGER

Dieses Stük stellt vor allem zur Schau
Filosofen und Dichter im ÜberBau
deshalb ist mehr von Verkündern und Sehern
die Red als von Bauren und Plebejern
welch leztere oft aus dem Angesicht schwinden
denen die dabei sind das Sublime zu finden
Wol stand das Künstlerische bei Schiller und Göthe
im hoffnungsvollen Zeichen der Morgenröthe
einer erneuten wissenschaftlich gebildeten Zeit
doch warn sie beide nicht zur Einsicht bereit
dass sich nur von den grossen und breiten Massen
die eigentlichen Umwälzungen vollziehen lassen
So ward auch dem Johann Gottlieb Fichte
der ErlösungsGedancke in der Praxis zunichte
und er vermochte seine revoluzionäre Sendung
nicht weiter zu führn als zur dialektischen Wendung
Aufrecht steht sein Ich mit viel FreyheitsLiebe
vor den anwachsenden Haufen der FreyheitsDiebe

und statt seiner selbst sieht er die GegenWelt handeln
und das Anliegen ihm zu Unkenntlichkeit verwandeln
Seine patriotischen Thesen sind bald ganz verdorben
vom Nationalismus der studentischen Orden
und es nimmt unheilvoll im allgemeinen Gerauf
die teutsche Misere nun ihren Lauf

5.

Beschnittene Büsche und Hecken können einen Park andeuten. Im Hintergrund Gäste und Hausbewohner auftauchend und verschwindend. Ein ständiges Hin und Her. Schnelle Auftritte, schneller Wechsel in den Gruppierungen. Musik entfernt und näher kommend. Alles erinnernd an einen Totentanz.

SÄNGER
Fünfte Scene worinn
Hölderlin wenn auch
im Gedancklichen weit
seiner Zeit voraus
sich doch den Forderungen
der Gegenwarth
zu unterwerfen hat bis
der Zwiespalt ihn
zur gewalthsamen
Lösung führt
Auftretend Kaufmann Gogel und Bankier Bethmann.

GOGEL
Ich hab versucht zu lesen
was vom Informator Hölderlin
im Litterarischen Journal
gedrukt stand
das ist doch wahrer UnSinn
versteh nicht
dass für so was
sich Verleger finden

BETHMANN
Er sieht auch recht gedrükt
und ängstlich aus

so wie die Recensenten ihn
abgecanzelt haben
Schlegel sagt
was sich da als Poesie ausgiebt
ist Praetension und KrimsKrams
und Kotzebue spricht
von lächerlichen versificirten
Radotagen

GOGEL

Da lob ich mir den Hegel
der bei mir zu Hauss
im Dienst steht
Selbst Herr von Göthe
schäzt ihn
und empfängt ihn häufig
zum Gespräch

Gogel und Bethmann ab. Auftretend Hölderlin, Schmid und Sinclair.

Sinclair im Frack eines fürstlichen Beamten, Schmid in ärmlicher Kleidung, mit wilder Mähne.

Hölderlin in der einfachen Tracht eines Hauslehrers.

SINCLAIR

Solche wie du
haben in allen Zeiten
Rudel bissiger und
räudiger Hunde
an sich hängen
die geifern winseln
und heulen müssen

SCHMID

Critiker sind
CloakenRatten
Sie rächen sich an uns
für das was selbst
sie nicht
zustande bringen

HÖLDERLIN

So schreib ich
für die Verzerrer
Entsteller und Besudler

Wann werd ich gelangen an sie
die ich erreichen will
sie mit dem reinen Blik
dem offenen Gehör

SCHMID

Mich lächert immer mehr
der Ehrgeiz
irgendwelche Verse
zu hinterlassen
Wol falln mir Stoffe ein
abers genügt mir
sie in Gedancken nur
vorbei blizen zu lassen
Und wenns los geht
dann wird so wie so
nicht mehr gesungen

Schmid und Sinclair ab. Hölderlin bleibt ungeduldig wartend zurück.

SÄNGER

Ende September Siebzehn Achtundneunzig
der Adlerflychtsche Hof umzäunt sich
mit Schlehdorn Buxbaum wilden Rosen
darann man leicht die Röck zerreisst und Hosen
und sich die Hand zerkrazt beim ZettelSchieben
wie üblich zwischen denen die geheim sich lieben
irrenden Bliks TrefPuncte athemlos vereinbarn
und deren so erregt Gethue immer andre doch gewahrn
bis alles voller Thränen und Geseufz sein Ende nimmt
weil sie nun einmahl nicht fürnander sind bestimmt

Auftritt Susette Gontard. Im Hintergrund lauschend zuweilen Margarete Gontard. Susette atemlos.

SUSETTE GONTARD

So bald die Gäste weg komm
zu mir durch den hintern Eingang
lauf schnell die Treppe rauf
die Thür wird offen stehn wie immer
die Kinder sind zur Zeit
im untern blauen Zimmer
und sollt dich jemand sehn was thuts
kann doch nicht auffalln wenn Personhen

welche unterm gleichen Dach wohnen
sich eine halbe Stund zusammen bringen

HÖLDERLIN

So gehts doch nicht

SUSETTE GONTARD

O ich bin wie gelähmt
wenn du so sprichst Geliebter
möcht dir doch einen Himmel geben

HÖLDERLIN

Unmöglich

SUSETTE GONTARD

Wenn ich auch abgestorben schein
und troken
so brennt es mir doch in der Tieffe
ich hab dich unaufhörlich
in mir steken Holder
und muss wie du
mich vor der Laidenschafft
bewahrn

HÖLDERLIN

Und von Entsagung leben
und Melencolia

SUSETTE GONTARD

Du weisst wir können nie
auf dieser Erde
einander angehörn
je dies zu suchen
wäre Thorheit
Für uns ist nur
der süsse Schmertz
und dieser wird
mit Thränen uns
noch inniger verbinden

HÖLDERLIN

Was solls
Er wendet sich heftig ab. Susette eilt weiter.

SÄNGER

Im Hausse derer von Gontard
blieb Hölderlin nahzu drei Jahr
Vom Schreiben liess sichs wie bekannt nicht leben

musste zum LehrereyAmth wieder sich begeben
um beim Zögling Henri nochmahls zu versuchen
was er bereits in Waltershausen wollt verfluchen

Auftritt Henry Gontard: gleiche Schauspielerin, die Fritz von Kalb darstellte.

HENRY GONTARD

Bist du denn bei den Gästen
hier im Garten
ich hab dich überall gesucht
der Vatter hat gesagt
du solltest in der Kiche seyn
mit helfen Körb
und Tabuletten tragen

HÖLDERLIN

Ja
dazu bin ich angestellt

HENRY GONTARD

Hölder
gehn wir am Abend wieder promenirn
mit der Mama
und wirst uns in der Laube dann
Gedichte recitirn

Aus der Entfernung der Ruf: Henri Henri (französisch ausgesprochen). Henry eilt weg. Hölderlin ab.

Auftretend Kaufmann Schellenberg und Margarete Gontard.

SCHELLENBERG

Was ist denn mit der Frau Susette
sie scheint ja ganz malade
Ihr Herr Bruder sollte sie
mahl wieder in
die Bäder schiken

MARGARETE GONTARD

Es ist so unsicher in der Umgebung
im Taunus weiss man nie
ob man nicht mitten
ins französische Heer geräth
und gehts nach Süden
ist die Rede nur
von revoluzionären Umtrieben

SCHELLENBERG
Sie sind auch lang nicht mehr
bei uns an der Zeil gewesen
Ich hab für die gnädge Frau
die gern Geschencke doch vertheilt
da eine Sendung Meerschaum Pfeifen

SÄNGER
In Schellenbergs Betrieb
giebts kleine Kostbarkeiten
verspielte hübsche Dinge
die die Freundschaft unterhalten
und der Liebe nicht gestatten
zu erkalten

MARGARETE GONTARD
Wir wagen uns kaum
in die Stadt mehr
bei den Überfälln
auf offner Strasse

SCHELLENBERG
Ach ja der gute Ruf
als HandelsMetropole
geht uns bald verloren
Es wäre wircklich Sache des Senats
für mehr Konstabler zu sorgen
Schellenberg und Margarete Gontard ab.
Auftretend Hölderlin, Schmid, Sinclair.

HÖLDERLIN
Und wenn ich mich nun
aufmachte von hier
wohinn dann
mich begeben
Ich hör immer wie
die Mutter mir
in den Ohren liegt
Wähl eine veste Laage dir
in der Familie
und eine sichre Stellung
in der Gesellschaft
Als wär die Pflicht
dem eignen HandWerck gegenüber

nichts
als wäre mein Hyperion
nichts

SCHMID

Zum SchulFuchs bist du
nicht geschaffen
Kloz
wie unser Hegel ders versteht
das Nüzliche mit dem Angenehmen
zu verbinden indem er sich
nicht nur in sein phaenomenales
SelbstBewusstseyn sondern
auch in seines HausHerrn
Weinkeller vertieft
Desgleichen wirst du nicht
enden als Diplomat
wie der Sinklär
der dem LandGrafen zu Homburg
ist inn Arsch gekrochen

SINCLAIR

Von höhrer Politick
verstehst du nichts
Ich hab im Hof mich eingenistet
um von dort aus
den ganzen Despotismus
in die Luft zu sprengen

SCHMID

Wie solls hier gelingen
wenn in Paris von den
revoluzionären Stürmen
nur ein Philister Furz
ist übrig geblieben
Die Herrn Jourdan und
Talleyrand
haben die teutschen Revoluzzer
längst verkauft
die wolln die kleinen Fürsten
blos pacifisiren und
unter ihren Einflus kriegen

SINCLAIR
Wenn das Directorium nicht
für unsre Pläne
zu gewinnen ist
so machen wir es denn allein
Demnächst in Rastatt
beim Congress
sind unsrer viele
denen am Umsturtz Wirtembergs
gelegen ist selbst
wenn uns dies
gegen Frankreich führt

SCHMID
Weil aber nichts passiren wird
und ich diese Öde nicht ertrage
und weil ich ein Mann bin der Extreme
werd ich mich aufmachen
entweder
nach der Insel Otaheiti
da blühets auch im Winter schön
oder
mich anwerben lassen zur Armee
des Herzog Karl
die in Helvetia sich samlet
um
wenn der Schnee fällt
diesen roth zu färben

HÖLDERLIN
Und was bleibt mir

SCHMID
LuftGeister
HöllenGeister
Flügel
dröhnend
Hölderlin, Schmid, Sinclair ab.
Auftretend zwei Mägde, schwer schleppend an Körben, der eine voller Weinflaschen, der andre voll von Früchten.

ERSTE MAGD
Fürs kleine Wurm hab ich kein Zeit
die Milch fliesst mir über

dass die Kleider trieffen
Sie stellt den Korb ab, streicht sich über die Brüste.

ERSTE MAGD
Das thut weh du

ZWEITE MAGD
Kom schnell weiter
heut wirfts sicher
was TrinkGeld für uns ab
Beide mit den Körben ab.
Susette Gontard und Hölderlin wieder vortretend.

SUSETTE GONTARD
Komm lieber nicht
ich glaub man wacht heut
ganz besonders über uns
warth bis es dunckel ist
wir treffen uns dann
beim CastanienBaum
es heisst du musst die Gäste
mit der Kutsche fahrn
mein Jakob wills so

HÖLDERLIN
Pferde strigeln
Stiefel puzen
zum Markt laufen
Liess sich die Krafft
die ich verschleiss
in Wuth
gegen den reichen Tisch
auf dessen Krumen ich
noch angewiesen bin
doch besser nuzen

SUSETTE GONTARD
Lass dich nicht beirrn von ihm
der nichts von deinem
Genie versteht
der nur
mit Geldern umzugehen weiss

HÖLDERLIN
Und der uns alle aushält
dich mit hohen Apanagen

mich
mit rüpelhaften Tritten

SUSETTE GONTARD

Still Liebster
es darf doch alles
aus dem Gleichgewicht
nicht kommen
wir müssen uns besinnen
auf unsre Pflichten

HÖLDERLIN

Die Memme hab ich gespielt
um dich zu schonen
hab immer gethan als könnt
ich mich in alles schiken
als wär ich recht gemacht
zum SpielBall der Menschen
und Dinge
Mein Leben ist nur
ein HerumIrrn noch
mir lauern immer wieder
die Colicken auf
falln unversehns
über mich her
versezen mir einen Schlag
ich taumle brech zusammen
mahl erheb ich mich mahl
vergehn die Sinne mir
Susette
es muss Schlus seyn

SUSETTE GONTARD

In Nacht und Todt
würd ich versinken
gingst du von mir
du bist es der mich hoch hält
hast mich geführt den Weg
zur Schönheit

HÖLDERLIN

Schnell zwischen Büschen
einander zu umarmen
ein flüchtger Kuss

und dann allein
sich zu zersprengen
Susette eilt weg. Hölderlin krümmt sich zusammen.
Stürzt dann zu Boden, windet sich in Krämpfen.
Die erste Magd zurück. Beugt sich über ihn.

ERSTE MAGD

Was ist Ihm denn
Hölderlin stöhnt, preßt die Hände an den Unterleib. Die Magd richtet ihn auf.

ERSTE MAGD

Ich glaub
es wirft Ihn wol der EhrGeiz
sich unter die Gebildeten zu rechnen
so um und um
Halt Er sich an uns und
sey Er sich zu gut nicht
einzuspringen beim
Serviren
Sie klopft ihm den Staub von den Kleidern. Stützt ihn und geht mit ihm ab.
Erscheinen Gontard, Arm in Arm mit Susette. In ihrer Begleitung Kaufmann Gogel und Hegel.

SÄNGER

Jakob Gontard
fünfhunderttausend Gulden schwer
allein das Capital im KaufHauss
Unrechenbar
was in der Banque
ihm durch die Finger läuft
GrossHändler Gogel
fünf Millionen Gulden werth
GüterFinancirung CommissionsGeschäfte
Weine Spirituosen und Parfüme

GONTARD

Ach wissen Sie mein lieber Gogel
wenn mir das StammHauss auch
fürn alltäglichen Bedarf was einbringt
so ists doch unvergleichlich
mit der belebenden Wirckung
welche ausgeht von der Banque

das fliesst und circulirt
als wie in einem Organismus
nicht nur im Tausch und Wechseln
aller Gelder zu den Messen
im Incasso in der Capital Verleihung
sondern vor allem wenns
um den weltweiten Ausblik geht
Ein wenig nur besorgt
seh ich den Unwettern entgegen
die in der HandelsWelt sich
wie im Politischen verbreiten und
denen nahmhafte Firmen schon
zum Opfer falln

GOGEL

Mein Wahlspruch ist
Die Starken
müssen sich
noch stärker machen
Blühn würde das Geschäft
wärn wir so weit erst
wie die Niderländischen
und Briten
und könnten uns mit eignen Schiffen
die colonialen Waaren holn
was jezt uns
so viel mercantile Mühen kostet

HEGEL

Sehr wahr Herr von Gogel
Das Geld
hat durch die Revoluzion erst
seine expansive
Wirckungskraft erreicht
Die Erschliessung
der überseeischen Gebiethe ist
Voraussezung für das Gedeihn
des modernen IndustrieStaats
Und nicht allein
wachsender WolStand für die nun
vom Krieg verheerten Länder Europas
zeichnet in dieser Entwiklung sich ab

sondern auch die Perspective
der Humanität
gegenüber den weichen und formlosen
Völkern des Orients
denen wir Erleuchtung bringen

GONTARD
Da sind denn jene
die uns Projecte grossen Stils
misgönnen
und lieber von der VolksMacht
schwärmen
im wahren Sinne
ConterRevoluzionäre

HEGEL
Sehr wol
Herr Banquier
ErfindungsReichthum unternehmerische
Handlungsstärke
führt unsre Welt izt
in ihre höchste OrganisationsForm
Auch General Buonaparte
zeigt in Ägypten
dass Frankreich auf dem Weg ist
sich seinen Theil
zum Nuzen einzuholen
Es wäre falsch
den imperialen Zug der Zeit
zu ignorieren
Gontard, Susette, Gogel und Hegel ab.
Auftretend zwei Gärtnereiarbeiter, der eine mit einer Harke, der andre mit einem Korb voll Laub.

ERSTER ARBEITER
Eins versteh ich nicht
sind doch viel mehr von unsereinem
als von denen da im Park
Was müssen wir von denen uns
denn plaken lassen

ZWEITER ARBEITER
Das ist weil man uns schon
so lang gewürgt

dass aus dem Maul die Zung wir streken
und blöken so wir wollen seyn
ihr Vieh

Auftritt Bethmann und Susette Gontard. Die Arbeiter ziehen die Mütze und verbeugen sich tief. Die Herrschaften beachten sie nicht. Die Arbeiter ab.

BETHMANN

Die schöne Herbstluft
die beschnittnen Bäume und
die griechischen Sculpturen
in Ihrem Parque
stimmen mich musisch
Letzten Endes ists doch
die Kunst
welche einzig zwischen allen
Gütern übrig bleibt

SÄNGER

Der Herr von Bethmann
ist Banquier und StaatsMann
wird genannt
Le roi de Francfort
Mit Huldt und Orden
nur so überschüttet
von der Regierung die
durch Anleihen für ihre KriegsZüge
ihm tief verschuldet ist
Wie sagt noch Bethmann

BETHMANN

Habsucht ist nie
der Regulator meiner Geschäfte
Ich stell die Förderung
der Künste über alles und
die Courtoisie

SUSETTE GONTARD

Und kenn ich auch
kein zweites Hauss
in dem derarth
die Schäze der Cultur
aus aller Welt
sich samlen

BETHMANN

Vermögen und Erfolg
sind die Voraussetzungen
aller Tugend

SUSETTE GONTARD

Armuth wirckt immer
schädigend ein
auf die Sitten

BETHMANN

Verfeinerter Geschmak
Verstehn und Freundschafft
wachsen aus Reichthum vor

Susette Gontard und Bethmann ab.

Erscheinend Hölderlin, Flaschen und ein Tablett voller Gläser tragend. In seiner Begleitung Schmid, angetrunken.

HÖLDERLIN

Schreklich wie den Babeuf
sie hingemordet und
Buonarroti immer noch
im Kercker liegt weil
sie die Revoluzion nicht
verloren
geben wollten

SCHMID

Wer keine Compromisse kennt
der kann am besten noch
sich selbst entleiben
Da ist der grosse FürSprecher
solch heroischer That
der ausserordentlich
geheimnisvolle Rath
jezt auch angekommen und
alles knikt vor ihm zusammen
ihm die Stiefeletten zu küssen
Bedenck
wie der uns einst
mit seinem Werther
zu Thränen rührte

HÖLDERLIN

Ich aber lern

so Gläser tragend
lern meine erstorbnen
Kräfte wieder zu erweken
lern aus der Dämmrung
mich heraus
zu balanciren
und vor allem
mich in meinem Jammer nicht
sondern meinen Jammer selbst
zu begraben
Die Revoluzion
sie wird noch mahl
von vorn beginnen
doch dann als erstes muss
die Ursache des ganzen Übels
das heilige Recht
auf private AnEignung
hinweg gefegt werden
Hölderlin und Schmid ab.
Auftretend Goethe und Bethmann, in einigem Abstand Hegel.

GOETHE

Mir ist nicht bange
dass dieses Land nicht
eins werde
unsre guten Chausseen
werden schon das ihrige thun
und denck ich an die neuen
DampfWagen die in England
jezt erfunden sind und
auf Schienen rollen solln
so seh ich vor mir
VölkerVerbindung
durch Locomotion
Meine Gleichung für
den zukünftigen Fortschritt
ist das paedagogisch Evoluzionäre
plus DampfMaschine

BETHMANN

Würde uns nur
die Widerspenstigkeit

der untern Schichten nicht
am socialen Reformismus
hindern
Hegel ist an Bethmann herangetreten.

HEGEL

Gestatten Excellenz
Der Unzufriedenheit in der Population
könnte begegnet werden
liess man wie es
ja auch in Frankreich einst
die Absicht war
jeden Theil nehmen
am EigenthumsRecht

BETHMANN

Das ists ja just
sie wollen uns
ans Geld rann

HEGEL

Genügts doch schon
ihnen ein MindestMaass
von Subsistenz zu sichern
Wären die Handwercker und
die Gewerbetreibenden
zu Ersparnissen imstande
so läge die Erhaltung
des Geordneten
in ihrem eigenen Interesse

BETHMANN

Sie geben mir
Herr Doctor Hegel
ein Recept
Wir sollten nicht nur
dem grossen Handel beistehn sondern
auch denen mit bescheidnem Einkommen
zu sichren Anlagen
in SparCassen und zum Genus
von Zinsen helfen
Selbst der Heller
in rechten Umlauf versezt
kann für uns arbeiten

Bethmann, Goethe und Hegel ab.
Auftretend Susette und Margarete Gontard.

SUSETTE GONTARD
O Gredel, Gredel
bist du sicher

MARGARETE GONTARD
Mein Bruder weiss von allem
er wird nicht mehr zu halten seyn
und dir den Holder
auf der Stell entlassen

SUSETTE GONTARD
O Gott wenn nur
die Gäste nichts von erfahrn

MARGARETE GONTARD
Kannst froh seyn wenn
er ihn nicht nider schiesst

SUSETTE GONTARD
Ja er muss weg
nie darfs ans offne kommen
die Ehre der Famili muss
gewahrt bleiben
Sie beginnt zu weinen.

SUSETTE GONTARD
O mir wird kalt
ich bin doch so
verwebt mit ihm
dass nichts mich
von ihm trennen kann
und was uns bindet
wird fort dauren in
dem kurzen Leben
So lieben wie ich ihn
wird nichts ihn mehr
so lieben wie er mich
wird er nichts mehr
Margarete umarmt die heftig schluchzende Susette.

SUSETTE GONTARD
Trag ich doch heut um
seinetwillen nur
dies lila weisse Kleid

habs nähen lassen ganz
nach seinem Geschmak
O Gredel Gredel
musst ihm weiter
meine Briefe bringen
und sag ihm noch
dass jeden ersten Donnerstag
im Monat
abends um neun
er sich unter der Castanie
zeigen soll
Nur sehn will ich
dass er noch da ist
und gesund
Susette und Margarete Gontard ab.

SÄNGER

Wir sehn den Abschied nur denn davon ward gesungen
von Anfang an was auch nach aussen sonst gedrungen
sehn nicht die gestohlnen Stunden in Susettes Gemach
hinterm Gebüsch und unterm Laubendach
lauschen nicht mehr dem endlosen und plagsamen Gerede
von dem sie wussten dass es ihnen nie Erfüllung gebe
halten uns nur im Welken und Verblühen auf
in dem das GartenFest nimmt seinen Lauf
zwischen den Franckfurther FinanceAristocraten
und einigen als Zier dazu geladnen Litteraten
Erscheinend Goethe und Hegel.

GOETHE

Was ist denn das fürn
urzeitlich Ungeheuer
Ihnen gegenüber auftretend Hölderlin und Schmid.

SCHMID

Das ist der Dichter Siegfried Schmid
geht in den vordern Reihen mit
im Zug der grossen grauen Massen
die sich noch nicht erkennen lassen
und alle dies nicht glauben wollen
eines Tages überrollen

GOETHE

Dort ist ja auch

der Holterlein
Ich hab Ihr Heftchen
vom Hipperion gelesen
und bin demselben nicht
ganz ungünstig doch
scheint zuweilen mir
das Bild der Natur weniger
sinnlichem und innrem
Anschaun zu entsprechen
als vielmehr blos
ein Conterfey
vom HörenSagen

HÖLDERLIN
Nein Hellas
ist dies Griechenland nicht
es ist ein kleines Stük nur
von entlegner Helligkeit
meines eignen Landes
dessen Gegenwarth
in Finsternissen
sich verbirgt
In Griechenland war ich noch nicht
hier aber war ich allzu lang
und mein Anruf Griechenlands
ist Aufruf zur Zertrümmrung
des elendiglichen MachWercks
in dem wir uns zu jeder Stunde degradiren
Goethe hebt die Hände, um Hölderlin Einhalt zu gebieten.

HÖLDERLIN
Dies Land
es ist ein DungHauffen
Ausschütten will ich
meinen Hass
auf die Stubenheizer Speichelleker
und Schmarozzer unsrer Fürsten
die im AasGestank
all des verronnenen LebensBluths
sich räkeln
Und würde einst in einem seltnen
FrühlingsAugenblik die Welt

sich von den Sorgen lösen
und jeder Sclave
seine Ketten sprengen
hier blieb man doch
in seinem Fach und
kümmerte um nichts sich
als ums Wetter
Fremdlinge sind wir
im eignen Hauss
und sitzen gleich Ulyss
mit dem BettlerStab am Thor
indess die unverschämten Freyer
drinnen im Saale lärmen
und fragen wer
hat uns den LandLäufer
gebracht
Goethe wendet sich ab. Hölderlin und Schmid gehen auf Goethe und Hegel zu.

HÖLDERLIN
Ich wünsch den Tag herbei
dass ich die Feder
in den Kehricht werfe
die Blätter Papirs flattern lass
inn Wind
und dort hin geh
wo ich gebraucht werde
Hölderlin stampfend ab, gefolgt von Schmid.

GOETHE
Was sind denn diese Holterlings
und Schmids
so subjectivistisch überspannt
Ists die empirische Welt
in der sie leben
die auf ihren romantischen Hang
solch unglükliche Wirckung
vorgebracht
Sie Doctor Hegel
haben doch mit diesen
gleichzeitig studirt

HEGEL
Keiner
hat meinem Dencken
so viel Anregung gegeben
wie Hölderlin
Manche seiner Visionen
hab ich mir in mein System
des Rationalen übertragen
Doch keiner auch
ist dem Zermürbenden so
ausgesezt wie er
Ein Wort beiläufig
ohne Absicht ausgesprochen
trift ihn ins Hertz
Die Welt wird ihn
bis auf den Grund
zerstören

GOETHE
Was müssen diese Schmids
und Hölderlings
aber solche Mähnen tragen und
solch wüsten Blik
So ungepflegt und primitiv
wie ihre Erscheinung
ist auch die Sprache
die sie führen
Haben Sie die wunderlichen
Verzerrungen beachtet
welche Schmid
mit seinem Mund vollzieht
Mich deucht
ich könnt darinnen
das Brutale der Epoche
zuken sehn
Goethe und Hegel ab.

SÄNGER
Zu dieser Zeit als man gross redete von den Begriffen
des Guten und des Wahren und des Schönen
da waren sie schon hohl und abgegriffen
und konnten nur die Noth und Plagerey verhöhnen

Gontard mit Hölderlin vortretend. Gontard sehr leise und verhalten.

GONTARD

So kann Er allso seine Sach paken
und sich noch heut
davon machen
Sein Lohn wird Ihm für diesen
Monat ausgezahlt

Gontard ab. Unmittelbar darauf erscheint Henry Gontard.

HENRY GONTARD

Hölder
was soll denn aus mir werden
wenn du weg bist
und mit allem was du mir
gelernt hast

Er zupft Hölderlin am Ärmel. Reicht ihm ein Päckchen.

HENRY GONTARD

Du musst mirs wissen lassen
wo du hin gehst
dass ich dich kann besuchen
Hier von der Mama ein Päkchen
Canaster zum Verdampfen

Henry schlingt die Arme um ihn. Hölderlin hebt ihn hoch. Einige Augenblicke verweilen sie so. Dann reißt sich Henry los, läuft weg.
Aus dem Hintergrund treten die Gäste vor, Damen und Herren. Sie gruppieren sich zu drei Chören.
Im ersten Chor: Jakob, Susette und Margarete Gontard.
Im zweiten Chor: Schellenberg und Gogel.
Im dritten Chor: Bethmann
Seitwärts vorn stehen Hölderlin, Schmid und Sinclair. Sinclair hat den Arm um Hölderlins Schulter gelegt. Ihnen gegenüber: Goethe und Hegel.

ERSTER CHOR

Wir gehen der GlükSeligkeit
des Goldnen Zeitalters entgegen
Aus Crämerläden Handwercksbuden werden
riesige Hallen für mechanisirte Arbeitstheilung
und aus den Kellern ströhmen Fraun und Kinder
an die Webstühle und in die Mühlen
preiswerth ihren Hunger sich zu lindern

O wie die Kolben und die Räder tosen
und Rauch ohn Aufenthalt quillt aus den Schlothen
Wir investiren creditiren
und cassiren

ALLE CHÖRE

Und immer weiter steigt der Curs
an unsrer Burs

SCHMID

Prozend und brodelnd im eignen Fett
seiner Fresslust sichrer denn je
so ragt der Bau des Capitales auf
von uns zum Todt erklärt doch nie
so frech und übermüthig wie
in diesem Jahr des Herrn

ZWEITER CHOR

Aus provinciellen Wechselstuben werden
weit verzweigte HandelsCompagnien
verwalthend was sanftmüthige dunckel
häutge Schaaren eilfertig uns ernten
Caffee und Toback aus Batavia
The aus Macao und aus Siam Cautschuk
aus Indien Baumwolle und Seide
Pfeffer Zimmet Nelken aus Malaya
O wie die Schiffe stampfen in die Meere
und sich die Speicher und Tresoren fülln
Wir lombardiren confisciren anektiren
und unsre Actien schütten
Dividenden aus

ALLE CHÖRE

Und immer weiter steigt der Curs
an unsrer Burs

SCHMID

Versaut verrottet dies ganze Europa
und das nördliche America auch
Spannen ihre Neze rings um die Erde
Schäze an sich zu reissen und Sclaven
Raubnester überall sich errichtend
herrschend mit Kruzifix Feuer und Schwert

DRITTER CHOR

Aus unsern kleinen Schmieden

mit Blasebalg und Amboss werden
HüttenWercke voll von mächtgen
SchmelzTiegeln donnernden
FeuerÖfen und in unserm Dienste
stehn Armeen der besten Männer
aus dem Volk kunstreich zu formen uns
Kanonenrohre Panzerplatten und Lafetten
Granaten aller Grössen rund und blank
O Gott und Business es schreit die Welt
mit jedem Tage mehr nach Eisen
Wir projectiren produciren
und accumuliren

ALLE CHÖRE

Und immer weiter steigt der Curs
an unsrer Burs

Beim Einsatz des dritten Chors sind im Vordergrund die Mägde und Landarbeiter aufgetreten. Ihnen folgen andre Arbeiter, aus den Gruben, den Manufakturen und Industrien.
Schweigend stellen sie sich auf, in ihrer zerschlissenen Kleidung.
Zum Schluß verdecken sie als mächtige Gruppe die Chöre im Hintergrund.
Nur Hölderlin, Schmid und Sinclair sind zwischen ihnen zu sehen.

Zweiter Akt

6.

Stühle und ein großer Tisch. Bücherstöße, Haufen von Papieren. An der Wandfläche im Hintergrund Karten der Weltteile.
Ein Podium für den Chor.
Anwesend Hölderlin, Hegel, Neuffer, Schelling, Schmid, Sinclair, Glasermeister Wagner, der Sänger.
Schmid in abgerissener Uniform.
Begrüßung zwischen den Freunden.

SÄNGER

Sechste Scene worinn
Hölderlin den herbeigereisten Freunden
den Grund des Empedókles darlegt
wobei es sich zeigt
was ihn mit denen
die einst gemeinsam
mit ihm aufgebrochen
noch verbindet

Die Gäste nehmen am Tisch Platz. Wagner trägt ihnen eine Mahlzeit auf.
Hölderlin setzt sich nicht. Er sammelt sich zu seinem Vortrag, ist beim Sprechen dann sehr beweglich, geht hin und her, agiert.
Die Mitglieder des Chors tauchen vor ihrem ersten Einsatz einzeln und fast unmerkbar auf: es sind die Darsteller der Arbeiter und Arbeiterinnen.
Der Sprecher des Hermokrates: gleicher Schauspieler, der Herzog Karl Eugen darstellte.
Die Sprecherin der Panthea: gleiche Schauspielerin, die Wilhelmine Kirms darstellte.
Die Aufgabe des Chors ist es, Hölderlins eigene Vision und Stimme zu erweitern. Für die Zuhörer ist der Chor nicht anwesend. Sie nehmen dessen Aussagen als Äußerungen Hölderlins auf.
Die durch Akzente angegebenen Betonungen einiger Namen im Empedokles-Drama entsprechen dem Sprachgebrauch Hölderlins.

SÄNGER

Das novemberliche Homburg vor der Höh
ist Siebzehnhundert Neunundneunzig das Milieu
daselbst er als Beschimpfter und Gejagter
hausset beim Glasermeister Wagner

Der zweite Band Hyperion ist erschienen
doch weder dieser noch die grossen Oden dienen
zum LebensUnterhalt ihm und er muss
von Sinklär und von Muttern einen Zuschus
entgegennehmen will er nicht verhungern
und wie viele andre als Bettler draussen lungern
Neuffer kommt wolleibig von seinem PfarrAmth her
Schelling von Jena und er ist dort wer
zum Professor an die Universität berufen
auch Hegel schon auf höheren gesellschaftlichen Stufen
weil väterliches Erbtheil er erspart
was ihn vor weiterm Informatorthum bewahrt
und ihm die Musse giebt zu epochalem Werck
so sind die meisten der Versammelten hier übern Berg
institutionirte und geehrte StadtBewohner
von ihnen sticht nur Schmid ab als Dragoner
muss sich zur Rükkehr ins Quartier wol ein paar Gulden
leihn denn er hat nichts als seine Uniform und Schulden

SCHELLING

Was hat der erste Revolteur in unserm Krais
auch beim ErzHerzog Karl in der Armee zu suchen
und sich dem Zweifelhaftesten von allem
dem Todt fürs Vaterland auszusezen

SCHMID

Weils gegen den grössten
Verräther der Revoluzion geht
Die teutschen Jacobiner sind genau
wie ihre Brüder in Paris
von Buonaparte
beschissen
Kaum flieht er aus dem PyramidenSchatten
noch höhnisch lacht die Sfinx ihm nach
hat er nichts anderes im Sinn
als ganz Europa
aufzufressen

HEGEL

Er ist mit Caesar und
mit Alexander zu vergleichen
Im Willen solcher Persönlichkeiten
drükt sich der WeltGeist aus

Die Anfordrungen ihrer Zeit
hellsichtig erkennend
ergreifen sie was reif ist
zur Entwiklung

HÖLDERLIN
Ein Ungeheuer ist er

HEGEL
Ich nenn ihn einen Helden
Mit seinen Schritten wird er
das neue Jahrhundert
prägen

HÖLDERLIN
Zerstampfen wird ers

HEGEL
Ihm gehts um die Errichtung
eines starken Staats
Der Staat ist der Bewahrer der Geseze
Wo Gesezlichkeit herrscht
da ist Vernünftigkeit

HÖLDERLIN
Früher mahl
war dir die Theorie
der Sturmbock
mit dem die Wircklichkeit
gerammt wird
Und jezt errichtest du dir
einen unstürmbaren Staat
nur
dass er dir deine Theorie
erhält

SCHMID
Natürlich
Weil er wie Schelling
auf einen LehrStuhl aus ist

HEGEL
Ich steh auf dem Boden
der Gegebenheiten
Du und Holder
ihr seyd immer im Begriff
euch weg zu werfen

Dich ziehts aus lauter
Auswegslosigkeit
zur KnallPistole
den Holder hebts
zu solchen Höhn
dass er sich selbst nur
aus der Sicht verliert

NEUFFER

Und sind auch beide
blaich und abgerissen
in der Erscheynung

HEGEL

Der Holder hatte grad
seinen MonatsTag
da rennt er quer feldein
hinab gen Franckfurth
um unter den CastanienBäumen
den Hauch von seiner
Diotima
zu spührn
Derweil hat Buonaparte
den StaatsStreich vorbereitet

NEUFFER

Ich war schon froh Kloz
du hättest die Susette dir
vom Hals geschafft

HEGEL

Er braucht doch
seine Göttin noch
um seine Geilheit sich
in Geist zu sublimiren

SÄNGER

Was liegt ihr euch denn in den Haaren
wir sind hier her gekommen zu erfahren
was Hölderlin in dem was aufgewühlt ist und zerschunden
für einen bleibenden und vesten Stoff gefunden
ihm zuzuhören ist doch nicht zu viel
lasst ihn berichten uns von seinem ThrauerSpiel
Unmittelbar darauf Einsatz des Chors.

CHOR

Wer ist Empedókles

HÖLDERLIN

Er ist der TodtFeind
aller einseitigen Existenz
Er hasst das Flickwerk
die Servilität
verachtet
wer um seine Haut bangt und
um seine Ämther zittert

CHOR

Wo lebt Empedókles

HÖLDERLIN

Er lebt in einem Staat
in dem die Priester und
die SchrifftGelehrten herrschen
in dem dir nichts aus deinem Innern
frey hervorgehn darf
und jedem Thun sich ständig
Gränzen sezen

CHOR

Wo ist dieser Staat

HÖLDERLIN

Dort ist er
wo hinter Stadt und Feldern
die Landschafft wüst ist
wo verbrannte Steppen
aufsteigen zu Gebirgen
deren höchster Gipfel
riesiger Vulkan
in Wolken liegt
Ich nenn ihn Aethna
und der Staat heisst
Agrigent

CHOR

Zu welcher Zeit

HÖLDERLIN

Fünfhundert Jahr eh
unsre ZeitRechnung begann
und heut

CHOR

Warum so weit entfernt
an solchem Orth

HÖLDERLIN

Weil eine mythische Figur
erscheinen muss
jezt
da das Feuer der Grossen
Revoluzion erloschen
und in Vereinzelten nur
noch weiterglimmt
Weil einer
des StundenZählens satt
darann erinnern muss
dass etwas das einst
glühend war und
in unermessliche Vergangenheit
gerathen ist
unter starkem Athem
wieder zur Flamme
werden kann

CHOR

Und wie will dieser
das beweisen

HÖLDERLIN

Durch einen freywillgen
Entschlus
Indem er es nicht nur
bei der Idee belässt
sondern
aus der Idee sich
raus sprengt
und alles aufgiebt
was Gewohnheit Sitte
und Verordnung ist
zeigt er
worauf es ankommt
Er
Filosof Erforscher der Natur
Baumeister Artzt

von vielen ausersehn zum König
verzichtet endgültig
auf alle Bindungen und Ehren
verkörpernd
das erschrekend Unerwartete
das für ihn selbst
den Untergang
bedeuten kann

HEGEL

Was bleibt er denn nicht lieber
in seinem Staate Agrigent
und greift kraft seiner Stellung
dort verändernd ein

HÖLDERLIN

Weil das ein Staat ist
der erstarrt ist
den nichts erschüttern kann
als eine ausserordentliche
That

HEGEL

Er könnte sich
zum König krönen lassen

HÖLDERLIN

Dies ist die Zeit
der Könige nicht mehr

SCHMID

Und auch der Einzelnen
nicht mehr
sondern der Massen

HÖLDERLIN

Nun ist es so dass alles
dösend liegt
verdorben von den Litaneyn
der Hohen Priester
gefälscht die Bücher denen
die des Lesens kundig sind
Lüge
ist jedes Wort
das in den Hierarchien
der herrschenden Beamthen

geäussert wird
Was vermögen da die Arbeitenden
in den WerckStätten und Läden
fürchtend unter der Knute
das Geringe noch das sie erwerben
zu verlieren
Und seht das LandVolk
seit jeher ausgeschlossen
von jeglicher Bildung
voll AberGlaubens
dass es nur ewigliche Plage
kennen dürfe
Mit seinem Schritt
reisst er sie aus der Lethargie

CHOR
Und wohin führt ihn
dieser Schritt

HÖLDERLIN
Weg aus der Stadt
weg aus dem aufgehäuften
Reichthum
hinauf die Felder und die Hügel
zum Aethna

NEUFFER
Als wärs der Olymp

HEGEL
Man wird ihn nicht vermissen

HÖLDERLIN
Er fängt jezt erst
zu leben an

SCHELLING
Sein Hang zur unberechenbaren Handlung
wird vom Gegner ausgenüzt
Kaum wird sein Vorhaben bekannt
kommen sie schon geströhmt
den leeren Platz zu füllen
den er hinterliess
und Flüche werden ausgesprochen
über ihn
und über ihn verhängt

Verbannung

CHOR

Wir hörn von Empedókles
Viel hat er gethan
beim Baun der Strassen und
beim Regeln der Flüsse
Er hat den Feldern kunstvolle
Bewässerung gegeben
Seuchen bekämpft
mit seinen Medicinen
Unermüdlich war er am Werck
zu unterrichten
die Jugend

HÖLDERLIN

Und wie ihr erwarthet
macht Hermokrátes sich auf
der Oberste Priester
ihn anzuklagen

SCHMID

Und den vorbildlichen Schritt
wird er den Bürgern als solch
unheimlich Ärgernis darstelln
dass sies nicht fassen können
und sich geblendet
abwenden von ihm

Aus dem Chor vortretend der Sprecher des Hermokrates.

HERMOKRATES

Ein Ketzer ist er
Lästert
den altbewährten Gebothen
Dünckt klüger sich
als in den Tempel
der Hohe Rath
Schmähet
die heiligen Götter
und verschreibt
frevelhaft
sich einem Bündniss
mit den Elementen
Weh dem

der ein Wort von ihm
noch freundlich hinnimmt
der ihn beherbergt
wenn er kommt
nachts an die Thür
und der ihm
wenn er stirbt
die GraabesFlamme bereitet
Soll er büssen als Fremdling
und vergehn in der Wildniss
Solln Fluthen und Brände
Winde und Staub ihn
verschlingen

GLASER WAGNER

Ist denn keiner da
der zu ihm hält
Er muss bei seinem Wircken
doch Freunde und Gehülfen
um sich haben
Wo sind sie jezt

CHOR

Wo sind sie alle
die mit ihm
planten und entwarfen
die sorgsam sich besprachen
guthiessen seinen RathSchluss
und deren Critik
er offen stand

SCHMID

Welche Frage
Wissen wir doch allzu gut
wie aus Gefährten schnell
Würmer und Reptile werden
die dem bescholtnen Nächsten
sich in die Eingeweide wühln
und ihn zerfleischen

HÖLDERLIN

Da ist Strato
sein Bruder
hoher Herr in Agrigent

CHOR

Und was sagt
Strato

SINCLAIR

Strato schweigt

GLASER WAGNER

Leiblicher Bruder
Muss ihm doch zu Hilfe eilen

CHOR

Strato räth ab
Die Zeit ist noch nicht reif
meint er
Verweist
aufs Warthen

SCHMID

Wie unser Hegel

HEGEL

Verderblich sein Entschluss
wenn er zu früh kommt
Zum Untergang verurtheilt
die Erhebung
wird aufgerufen dazu
wenn wenige nur
folgen können
Zum Mörder wird
wer schwäzt
zu einer Zeit
wo die Verschwiegenheit
Geboth ist

HÖLDERLIN

Das ist die Stimme
meines Manes
So
soll er in diesem
ThrauerSpiel
sich äussern

CHOR

Viele Junge aber überall
sind auf Empedókles Seiten
wären jeden Tag bereit

sich ihm wo auch immer
anzuschliessen
Aus dem Chor vortretend
der Sprecher des Pausanias.

PAUSANIAS

Wie lange solln wir denn noch warthen
Jahrzehnte lang hiess es
die Zeit sey noch nicht reif
Das kann noch ein Jahrhundert lang
so dauern
wenn wir nicht selbst
die Zeit ins Rollen bringen

HÖLDERLIN

Pausánias folgt ihm
ist sein Schüler und Gehilfe
bricht auf mit ihm
gemeinsam in den Bergen
ein Laager aufzuschlagen
auszubilden dort
die Kämpfer
die den schweren Weg
zu ihnen finden werden
um später die Erneurung
nach Agrigent zu tragen

GLASER WAGNER

Ich versteh noch nicht
warum er in der Stadt nicht
die Vertrauten um sich sammelt
Findet dort Versteke Arsenale
leichter auch
Verpflegung anzuschaffen
und wenns noth thut
die Verwundeten zu heilen

HÖLDERLIN

Was ihm geschieht
ist unaussprechlich
streng und kalt
Die fremde Welt und
die Gestalten drinn
für die wir noch

Vergleichbares
nicht kennen
versuch ich
nah zu rüken
Höret gut zu
so lässt vielleicht
die grosse Trennung
von dem kühnen und
entlegnen Stoff
sich überwinden

GLASER WAGNER

AckerBauren Hirten wird er finden
die mistrauisch dem Städter
aus dem Weg gehn
und den Söldnern
die ihm nachspührn
für eine KupferMünze
seinen Pfad verrathen

CHOR

Empedókles und Pausánias
sind seit Nacht und Tag
über Felder und durch Wälder
hin gezogen
WetterWolken warn ihr Dach
AscheBoden ihre Schlafstatt
Weit entfernt von lezten Wegen
wenig Beute in den kargen
Felsen sich erlegend
müde finden in den Höhen
ein paar Hütten sie
Aus dem Chor vortretend der Sprecher eines Bauern.

PAUSANIAS

Wir möchten etwas Mais
und eine Calebass voll Wasser
von dir kaufen

DER BAUER

Manche Thüren öffnen sich für Geld
die meine nicht

PAUSANIAS

Wir zahlen reichlich

DER BAUER

Geht wo anders hin

PAUSANIAS

Ein wenig Tuch dass ichs
ihm um die Füsse winde
von scharfen Steinen
sind sie bluthend
Sieh ihn nur an
lass ihn nicht draussen stehn
an diesem Tag
wo sich das harte Wild
vorm Sonnenbrand
zur Höhle flüchtet

DER BAUER

Ich kenn ihn
Das ist der Verfluchte
von Agrigent
Hinweg mit euch

SCHMID

Ich bin gewis
FreySchärler sind jezt auf dem Weg
Ich hätt mich ihnen angeschlossen

CHOR

Und auf dem Weg sind
schwer bewaffnete Cohorten
LeibGardisten aus dem Stall
der Priesterschafft und StaatsBeamthen
können schiessen stechen Hals abschneiden
sind belehrt in jeder Art der Folter
zünden jede Hütt an die sein Blik traf
lassen im Rauch erstiken Fraun und Kinder
hängen die armen Bauren an die Bäume

HEGEL

Und sehn wir es historisch
wärs verständlich
Sie können mit Gewalt nur
reagiren
wenn es um die Erhaltung ihres
wenn auch mangelhaften
Staats geht

SINCLAIR
Der Ansicht dieses allerfahrnen
Manes
aber kann nicht Strato seyn
Er muss zu dieser Stunde sinnen
wie Empedókles
Hilfe beizubringen ist
muss wissen
dass sein Bruder
auf ihn rechnet

SCHELLING
Ich mein dass zu der Zeit
die Geister schon gespalten sind
und Muthige treten
für Empedókles ein
während Hermokrátes
die Vielzahl aller Schwächlinge
um sich schaart

SÄNGER
Schlimm ist es nur
dass alle
die den Helden lieben
so lang er blüht und glänzt
sich vor ihm scheun
wenn er verdüstert und
verödet ist

CHOR
Denn angefalln
von kleinen grünen Vögeln
deren scharfe Schnäbel sich
auf ihre Schädel richten
durchs Dikicht das von Schlangen
Scorpionen und Mosquitos wimmelt
vom Fieber ausgehöhlt
von Athemnoth bedrängt
Empedókles
und neben ihm
Pausánias

EINE STIMME IM CHOR
Doch auf der HochEbne

schliessen paar FeldArbeiter
die ihre Herrn
voll Hass verliessen
ihnen sich an
Bringen ein magres
Maulthier mit
den Weg dem Empedókles
zu erleichtern

EINE STIMME IM CHOR

Allein die Hoffnung
dass einer unterwegs war
von dem geflüstert wurde
dass er die Laage für uns
bessern wollte
genügte uns
dass wir die Lehmhütten verliessen
und uns mit den Machetas
zu ihm schlugen

CHOR

Dann wieder dorniges Gehölz
verfehlte Aufstiege
umständliches Zurükkehrn
Durst und Hunger

HEGEL

Und das ists weshalb er sich
zu solchem Sprung aufmacht
Sich als Erbärmlichster
der Armen hin zu legen
und sich am Fels
sein sterbend Haupt
zerschlagen lassen

SCHELLING

Ich beginne
die That des Empedókles
zu verstehn als
poetische Handlung
denn einzig
im schöpferischen Act
besiegt der Mensch das Böse
das ihm und der Welt

im duncklen UnGrund
innewohnt

HEGEL

Mich kann ein solcher
Opfergang
nicht rühren
Wer sich zu Zeiten
der TyrannenStürtze und
des Untergangs von Staaten
das eigne Leben mit Gewalth
entstellt
der kommt als Führer
des Volks nicht
in Betracht

SCHELLING

Wir sprechen von Dichtung
Hier sind wir erlöst
vom unseelgen Zwang
zum gemeinsamen Handeln
und wircken instinctiv
ins Unendliche
Nur in der Kunst
sag ich
vermögen wir unsre
Persöhnlichkeit total
zu revoltiren

HEGEL

Keinem wird die Weisheit
im Schlaf gegeben
Statt des abstracten Strebens
nach gränzenloser Erweiterung
bin ich für methodische
Beschränckung
Kunst
ist nur eine Stufe
im Verlauf der SelbstErkenntniss
Einmahl wird auch die Kunst vergehn
wenn sich die Wircklichkeit
vollendet hat

HÖLDERLIN

Das Gerücht von seinem Zug
hat sich verbreitet
In andern Gegenden
bahnt Ähnliches sich an
Schon ist zu hörn
vom Widerstand der Sclaven
in den SilberMinen
schon heissts
in der gebannten Stille
unsrer Städte
dass in den Bergen
eine mächtige Armee
sich sammelt

GLASER WAGNER

Wie soll denn dieses Häufflein
das sich auf seinen Beinen
kaum halten kann
uns beistehn
Sind wirs doch eher
die jene oben in den Bergen
retten müssten

HÖLDERLIN

So ist es Wagner
Das will Empedókles sagen
Reisst euch
aus der Genügsamkeit
Erwartet nicht
dass euch zu helfen ist
wenn ihr euch selbst nicht helft
Beginnet eure eigne Zeit
und macht euch auf den Weg

SCHMID

Strato muss es gelungen seyn
bei Dunckelheit
die Truppen zu umgehn und
Empedókles zu erreichen

CHOR

Von Strato nichts zu sehn
Der kleine Zug klimmt langsam

durchs Geröll empor
Weit unten in den Thälern
belln die Hunde der Verfolger

EINE STIMME IM CHOR

Einer der Knechte
aus den ViehGehöfften
der wenige Tage lang
mit Empedókles wandernd
zum freyen Mann wurde
liegt verendet
Die Fliegen legen Larven
in seinen aufgeschwollnen Leib
die Weiterziehenden
tragen den Spiess mit
den er brachte

CHOR

Pánthea aber
Pánthea
die Empedókles
seine Schwester nennt
weilt längst nicht mehr
bei ihrem Vater Kritias
dem Priester
Im Kleide einer
ihrer Dienerinnen
das Haar umwikelt
mit zerschlissnem Tuch
ein Bündel tragend
mit Früchten und Gewürtzen
einzunehmen bei Malaria
und auch mit scharfen
Dolchen
ist sie die Feldwege
entlang gegangen
unerkannt gekommen
durch die Dörfer
bis zu den Anhöhn
wo sie jezt
nach dem Gefährten sucht
Aus dem Chor vortretend die Sprecherin der Panthea.

PANTHEA
Keiner derer
von denen wirs erwarteten
ist aufgestanden
gegen die etablirte Herrschafft
Sie alle
die in ihren comfortablen
Comptoiren in den Städten
die Wichtigkeit des Kampfs
der unterdrükten Classen
bethonten
sprechen herablassend
von Empedókles
der meint
dass solcher Kampf
sich in den Einöden des Landes
beginnen liesse

NEUFFER
Dies auch noch Holder
Willst du wircklich denen
die aller Zugehörigkeit
aller Geborgenheit und Wärme
abgeschworn
dazu noch eine Frau stelln

HÖLDERLIN
Sie ist seinesgleichen
Sie gehört zu ihm
er gehört ihr

CHOR
Im schwefligen Gewölk des Aethna
zwischen LavaBroken
unterhalb des Craters
fröstelnd
die lezten Tropfen
ReegenWassers trinkend
das faulige und zähe Fleisch
des MaulEsels
den sie geschlachtet
erbrechend
nach Athem ringend

Empedókles
geschüttelt von den Fiebern
seine Glieder
die Beine von Oedemen
aufgetrieben

NEUFFER

Halt ein
Du hast uns einen Helden
in kahle UrWelten geführt
schlecht ausgerüstet
für die Entbehrungen
die er erwarten musste
Für Nachschub
hat er nicht gesorgt
gesundheitlich ist er
in miserablem Zustand
Was meint er denn
soll ihm Pausánias helfen
denn von den Burschen
die sich ihnen angeschlossen haben
und von der ganzen Sache
nichts verstehn
ist doch nichts zu erwarten
geplagt von Diarrhöe
hoken sie sich
hinters Gebüsch
Was
frage ich
hat er dort droben
noch zu suchen

HÖLDERLIN

Er ist weder todtesschwach
noch ein Verzweifelter
lebendiger ist er als mancher
der sich blühend wähnt
Was thuts
dass ihm die Zähne klappern
Klarer sind ihm die Sinne
als allen euch unten
in Agrigent

die zu bestimmten Stunden ihr
die Suppe löffelt

HEGEL

Muss doch ein Gleichniss auch
Hand und Fuss haben
Wie du den Empedókles hinstellst
wird er zur hirnverbrannt
utopischen Figur
und hätte er die Musse doch
ruhig und klug
die Praxis sich
zu überlegen

HÖLDERLIN

Ihr
seyd die Verblendeten
Versteht ihr nicht
dass dieses Fiebern diese Athemnoth
eure Seuche ist
die ihn überkommen muss
weil ihr
in eurer Sturheit euch dagegen wehrt
dass er das Darben und Dahinsiechen
beenden will
Hungern muss er
weil ihr
rülpsend und aufgedunsen
fassungslos glozt
vor seiner Anstrengung
die Bedürftigkeit ringsum
zu beseitigen

EINE STIMME IM CHOR

Pausánias
zieh du zu Thal
halt Ausschau ob nicht
Verstärkung kommt
Erleg uns Wild
und bring uns Wasser

PAUSANIAS

Und als nach Tagen
und nach Nächten

ich hinunter kam
fand ich Pánthea

PANTHEA

Und da wir wussten
dass keiner sich uns näherte
als die Schergen
aus den HofCasernen
und wir von fern schon
ihre Schwerter blizen sahn
machten wir uns auf
zum Krancken
dass ich ihn
mit den Kräutern pflege

CHOR

Die JahresWinde aber stürmen
Feuer fällt aus dem Himmel
Das dürre Gras verbrennt
Geängstigt haben Bauren
zum Aethna hoch hinauf gewiesen
und wolgenährte und
gepanzerte Soldaten
sind nah den Flüchtenden
schon auf der Spuhr

PANTHEA

An einem Bach
der vom Gewitter überschwemmt
rasend hinabfällt
trift mich der Pfeil
mit seinem scharfen Stoss
tief in den Rüken
Bring ihm das Bündel mit der Medicin
ruf ich dem Freund noch nach
Verweile nicht

CHOR

Das Wasser schwemmte sie hinab
im Thal ward sie gefunden
und die sie fanden sahn
dass es die Tochter war
des Kritias
und war zu sehn auch

wie sie da so zerschmettert lag
dass eine LeibesFrucht sie trug
den Sohn des Empedókles
o Pánthea
Pánthea
was du Empedókles brachtest
stärkte ihn
und seine KampfGefährten
dass sie Stand hielten
einge Tage
den Söldnern
die sie mit Geschossen
überschütteten

HÖLDERLIN

Pausánias fällt
die FeldArbeiter wehren sich
bis sie verbluthen
einer von ihnen nur entkommt
die Nachricht in den Dörfern
zu verbreiten
wie Empedókles
dem Feind entweicht

EINE STIMME IM CHOR

Getroffen schwer
in Brust und Bein
mit lezten Kräften
stemmend sich
durch das Gestein
erreicht die Kuppe er
des Aethna
Stürtzt sich hinunter
in den riesgen Schacht
des Feuers
lässt von dem Sprung her
an der Scharte
eine zerborstne
eiserne Sandal zurük
die unten in der Stadt
die Schächer zeigen
als wärs ein Zeichen

ihres Siegs
doch ists das Zeichen
ihrer Niderlaage

HÖLDERLIN

Denn er
der nie sich selber
zum Verräther wurde
der keinen Tag
von seinen Tagen abgab
an die Feigen
er wird den nach ihm Kommenden
zum VorBild
War ihm und den Genossen
die Zeit auch noch nicht günstig
so werden wir doch sehn
wie alle Schmähung
alles falsche Lispeln
sich verflüchtigt
und dauerhaft nur bleibt
die Handlung dieser Wenigen
die zu Vielen werden

Hölderlin in völliger Erschöpfung dastehend. Die andern schweigen. Einige erheben sich, mit Zeichen von Benommenheit.

SÄNGER

Doch sie die einst für seine Dichtung offen
sie sind mit Schreken jezt davon betroffen
Das Jahrzehnt das seit der Revoluzion verflogen
es wird in ihnen allen ausgewogen
und sie wissen nichts mehr dazu zu sagen
nur einer hat im ÜberMaass drann zu tragen
und sie ziehn sich leise von ihm zurük
doch ists noch nicht das Ende von dem Stük
bedenckt wie jung die Freunde hier sind
kaum dreissig und kommt das Altern auch geswind
so hat das neue Jahrhundert nicht mal angefangen
und mehr als vierzig Jahr wird Hölderlin drinn hangen

Hölderlin schnell ab. Sinclair folgt ihm, nach einigen Augenblicken. Nur der Chor noch an seinem Platz.

SCHMID

Dass er so weg ging und

ihn keines Menschen Hand begrub
und keines Menschen Auge weiss
von seiner Asche

SCHELLING

Und konnte früher doch
so froh seyn oft
dass er auf der Erde ging
und zwischen Menschen war
Was ist ihm denn geschehn

GLASER WAGNER

Es steht schlimm mit ihm
hör ihn die Nacht lang hin und her
in seiner Stube rennen
und ob doch keiner da ist
redet er
fragt antwortet
hadert und schreyt

SCHMID

Er hat die GränzLinie
gezogen

Hegel und Schelling langsam ab. Ihnen folgen Neuffer und zum Schluß Schmid und Wagner.

CHOR

Schwer ist es zu erkennen
dass eine That
die nichts als Mühen einbringt
und uns zunächst erschrekt
mit einer grossen Leere
die sie zurücklässt
plözlich am Werck ist zwischen denen
die sie erreichen wollte
und Unruh aufwirft
die sich immer mehr verbreitet

PANTHEA

Die Bauren FeldArbeiter und
die Hirten sehn
was von den Herrn der Güter
und von deren Abgesandten kommt
ist gegen sie
nur gegen sie gestellt

und es war Empedókles
den sie vorüber gehen liessen
der solches ihnen
ändern wollte

PAUSANIAS

Die Handwercker Geselln und
kleinen Händler
in den Städten sehn
dass überall wo einer wuchert
und Dünckel und Gemeinheit
in der Sprache führt
er unterm Schuz steht
der Herrn in den Palästen
und es war Empedókles
den sie vorüber gehen liessen
der solches ihnen
ändern wollte

CHOR

Deshalb erwägt
den Aufruf
der aus der Stille
von den Bergen kommt
und sezt ihm selbst
die Worte und
die Handlung

7.

Hölderlin auf einem hohen Podium sitzend. Er ist in eine Zwangsjacke gebunden und trägt eine lederne Maske vor dem Gesicht, die ihn unkenntlich macht. Ein Krankenwärter hält ihn am Strick der Jacke fest.
Anwesend einige Studenten.

SÄNGER

Siebte Scene worinn
Hölderlin das Gesicht genommen
und er
zu einem Fremden ernannt

in diesem sich wieder
zu erkennen hat
Auftritt Professor Autenrieth, Leiter des Klinikums zu Tübingen: gleicher Schauspieler, der Ephorus Schnurrer darstellte. Er beklopft Hölderlins Knie, um die Reflexe festzustellen.

SÄNGER

Wie ein Fall von PersöhnlichkeitsSpaltung fungirt
wird im Clinicum zu Tübingen nun demonstrirt
Patient ist auf diese Weise gekleidet
weil er an TobsuchtsAnfällen laidet
Die lederne Maske die er trägt
schüzt ihn daß er sich nicht krazt und schlägt
denn nicht nur der UmWelt ist er gefährlich
wüthet auch gegen sich selbst unerklärlich
Es ist der Herr Professor Autenrieth
der sich mit FachKenntniss um ihn bemüht
Autenrieth wendet sich an die Studenten.

AUTENRIETH

Derselbe ist seit nunmehr fünf Jahren
mit Ausnahme einiger lucider Intervallen
vernünftiger Communication nicht mehr
erreichbar
Patient traf Mitte Juni Achzehnhundert Zwei
aus Frankreich kommend
im Zustand geistiger Zerrüttung
in Stutgard ein woselbst ihn behandelte
OberAmthsPhysicus Doctor Planck
Anfänglich besänfftigt brach die Kranckheit
ein Jahr spather aufs neue aus um
nach kürzeren RuheZeiten im März
Achzehnhundert Fünf in völliger Verrükung
constant zu werden was
im folgenden Jahr zu seiner Einlieferung
in unsre HeilAnstalt
führte

ERSTER STUDENT

Aus der KranckenGeschichte erlesend
dass Patient vormahls
befähigt war einigermaassen angenehme
Gedichte zu verfassen

stellt sich uns die Frage
welche Ereignisse ihm denn
den Sinn verwirrten

AUTENRIETH

Wir werden in directer
Anrede versuchen
Reste von CausalZusammenhängen
vestzustellen
Beachten Sie dabei die Neigung
zum Halluciniren

Autenrieth tritt einige Schritte zurück und ruft Hölderlin an.

AUTENRIETH

Friederich
hört Er mich
Friederich

Hölderlin richtet sich auf, starrt vor sich hin.

AUTENRIETH

Was hat Ihn
nach Frankreich getrieben

Hölderlin spricht langsam, tonlos.

HÖLDERLIN

Gehorsam Pflicht
fleissig ergeben
immer trew
den Oberheiten

AUTENRIETH

Friederich

HÖLDERLIN

Zu was für Zweken wie
vernichtend und verdunckelnd

AUTENRIETH

Kann Er uns erklären was Ihm
in Frankreich widerfahren

HÖLDERLIN

Da rascheln so an der Garonne
die SilberPappeln
da schreyn die Hühner
schattenlose Strassen und ich
in meiner MarmorGrufft
bei Consul Meier

AUTENRIETH

Patient hatte damahls ein Amth
als Informator angenommen
beim teutschen Consul
in Bordeaux

HÖLDERLIN

O wie die Sonne nider sengte
und mich das pralle Licht verzehrte
als ich entflohen von Bourdeaux
die schrekliche Vendée durchkreutzte
wo es von Leichen aus der Erde schrie
und ich bei jedem Schritt auf Schädel
und Gebeine stiess im Acker

AUTENRIETH

Warum brach Er sein Arbeits
Verhältniss ab

HÖLDERLIN

Der ganze Bau entzweiet
das Band gerissen auseinander
die Welt zerschmettert

AUTENRIETH

Friederich
hört Er mich
was suchte Er
in Paris
Hölderlin beugt sich vor, spricht tonlos.

HÖLDERLIN

Allso geschlagen von Apoll
geriet ich in die Zeit der Wende
da du verspürst wie deine
SangArt andern Karakter nimmt
Ergriffen ging ich her und hin
vielen begegnend die voll Zweifel
Thrauer und Furcht auch den Blik
vor dem Irrenden senkten
Wie es in die Paläste mich trieb
sah ich die Wercke der Antique
die aus Italia Buonaparte sich geholt
und von Ägypten die seltnen Schäze
damit seine Schiffe er angefüllt

Sah all die Schönheit vor mir erglänzen
zwischen den Säulen im kalten Saal
indess die Gefangnen verrekten im Keller
und Hunger war Herr in den Gassen
Fand dann begleitet von gellenden Chören
die den Anbruch neuer Epoche priesen
am Ende der Treppen die enge Cammer
wo vom Marat noch steht die Wanne
drinn er gesessen als Corday
ihms Messer in die Brust gehaut

AUTENRIETH

Und hat alldorten
Contact aufgenommen
mit unterirdischen Gruppen
die wieder schürten
an der Revoluzion
Hölderlin springt auf.

AUTENRIETH

Wen traf Er da
sag Ers doch
Hölderlin starr vorgebeugt.
Buonarroti erscheinend. Er trägt einen breitrandigen Hut und einen weiten schwarzen Mantel mit hochgestelltem Kragen.

BUONARROTI

Du calme du calme
cammarade
halt dich verschlossen
lass keinen wissen
vom Bund der Gleichen

AUTENRIETH

Wen sieht Er da
Hölderlin einen Schritt vor. Der Wärter hält ihn am Strick fest.

BUONARROTI

Si brave si brave
cammarade
lass dich nicht schleifen
zur OpferStätte
wie Bruder Babeuf

AUTENRIETH

Sieht Er da vor sich

den Buonarroti
Autenrieth beklopft Hölderlins Gesichtsmaske.

BUONARROTI
Courage courage
cammarade
bleibe verborgen
warthe geduldig
bis wir dich rufen
Buonarroti verschwindet.

AUTENRIETH
Geb Er zu dass Er
Buonarroti traf
und dessen Cumpanen
Hölderlin schreiend.

HÖLDERLIN
Weg mit allen Jacobinern
vive le roi
vive le roi
Der Krankenwärter zieht ihn zum Stuhl zurück, drückt ihn dort nieder.

ZWEITER STUDENT
Das Journal verzeichnet dass Patient
unmittelbar nach seiner Rükkehr
Herrn Sinklär in Homburg aufsuchte
welcher des HochVerraths verdächtig
Auftritt Sinclair. Neben ihm, von ihm gestützt, Susette Gontard, in ihrem weißlich violetten Kleid, ihr Gesicht von einer Hautkrankheit entstellt. Hölderlin, vorgeneigt, starrt sie an.
Alle übrigen Anwesenden betrachten nur Hölderlin: als Untersuchungsobjekt.

SUSETTE GONTARD
Ich trag du siehst
ich trag das Kleid
das du so liebtest
warum hast du warum
verborgen dich vor mir
sah dein Gesicht doch eben
dein Gesicht doch
durch die Büsche schnell
komm schnell

dass wir ein Dach ach schnell
ein Dach in diesem Sturm
noch finden
Hölderlin beginnt zu wimmern. Der Krankenwärter hält ihn fest.

SUSETTE GONTARD
Das Bluth schnell
stürzt mir aus dem Mund
das Bluth
wo bist du Holder
Hölderlin versucht aufzuspringen. Der Wärter drückt ihn mit Gewalt nieder. Autenrieth klopft ihm auf Rücken und Schultern.

SUSETTE GONTARD
Ich eil voraus und du
lauf schnell die Treppe
schnell die Treppe rauf
ich warth auf dich
ich warth die Thür
die Thür wie immer wird
wie immer dir geöffnet seyn
die Kinder lernen zu der Zeit
unten im blauen Zimmer
Hölderlin in einem Anfall von Schüttelfrost.
Susette Gontard ab. Sinclair bleibt zurück.

SINCLAIR
Der Gegenstand deiner Liebe ist nicht mehr
Throst weiss ich dir keinen zu geben
Throst weiss ich dir keinen zu geben
nachdem der Winter ihre Lungen geschwächt
musste sie ihrer schweren Kranckheit erliegen
Bis zulezt ist sie dir treu
bis zulezt ist sie dir treu
in Gedancken geblieben
Hölderlin krümmt sich zitternd zusammen. Auftritt eine Gruppe Gendarmen. Sie werfen sich über Sinclair, werfen Ketten über ihn, binden ihn darin kreuzweise.

AUTENRIETH
Und ists jezt Sinklär
den Er schaut
Gesteh Er dass Er diesen
treiben wollt

Wirtemberg zum Umsturtz
zu bringen
Es gelingt Hölderlin aufzuspringen. Ein Gendarm zeigt auf Hölderlin.

ERSTER GENDARM
Der war dabei wo wir
das WaffenLaager fanden
Hölderlin beginnt zu schreien.

AUTENRIETH
Will Er zu seiner Erleichterung
nicht bekennen
dass Er zu den Verschwörern gehörte
die den ChurFürsten ermorden wollten

HÖLDERLIN
Ich weiss von keiner
Verschwörung nichts
ich kann meinem Allergnädigsten
ChurFürsten mit gutem Gewissen
unter die Augen treten

AUTENRIETH
Und steht der Herr von Sinklär
noch da
Hölderlin schluchzend.

AUTENRIETH
Erkennt Er ihn

HÖLDERLIN
Den kenn ich nicht
den kenn ich nicht

AUTENRIETH
Erkennt Er den HofRath
Isaac von Sinklär nicht

HÖLDERLIN
Den hab ich nie
nie hab ich den gesehn

AUTENRIETH
Er verläugnet allso
Seinen nächsten Freund

HÖLDERLIN
Nichts
hab ich mit ihm zu thun

AUTENRIETH

Schon am Stift droben
zählte Er zu den Jacobinern

HÖLDERLIN

Ich bin kein Jacobiner
Ich will kein Jacobiner seyn
Der Krankenwärter preßt ihn auf den Stuhl nieder.

ZWEITER GENDARM

Der gehört im TollHauss
und dieser hier kömmt
auf den HohenAsperg
Sie schleppen Sinclair ab. Hölderlin singend mit gellender Stimme.

HÖLDERLIN

O Edward o Edward o
wie ist dein Schuh
von Bluth so roth

SINCLAIR

O ich hab geschlagen
meinen Vater todt
Sinclair und die Gendarmen verschwinden.

AUTENRIETH

Und ist Ihm Sein Freund
Siegfried Schmid erinnerlich
der wahrhaft vaterländische Dichter
welcher das Schreiben aufgab
um gegen die Welschen
ins Feld zu ziehn
Siegfried Schmid erscheint, in zerrissener, lehmfleckiger Uniform. Hölderlin schüttelt sich, wendet sich ab. Autenrieth und der Wärter drehen ihn wieder nach vorn.
Ein dumpfes Getön von Trommeln und Schritten.
Ein Zug zerlumpter Soldaten erscheinend, auf der Stelle marschierend. Dazu das Klirren von Metall.
Schmids Kopf und Arme schockhaft hin- und hergeworfen.

SCHMID

Napoleon der läßt das Plebs marschirn
dass es soll andres Plebs massacrirn
ist ein unsäglich Gemezel hienieden
und uns der Untergang drinn beschieden
Von den Herrn hoch zu Pferd wird Geschichte gemacht

bei Marengo Amiens und der DreiKaiserSchlacht
und ich war im Pulverdampf mit dabei
wo die kleinen Leut mit Gestöhn und Geschrey
unter südteutschen und preussischen
unter östreichischen und reussischen
Loosungen FeldZeichen und Fahnen
sich denen stellten die aus Frankreich kamen
und waren allesammt von ehrlichem Gewerbe
nicht dazu bestimmt dass es allso verderbe
und einander inn Kopf schiess und den Bauch aufschliz
bei Ulm und Jena und Austerliz
Bin selbst zwar noch athmend davon gekommen
sonst aber ist mir auch alles genommen
und werd klappernd auf NimmerWiedersehn
bei Cassel im Spital vergehn
Schmid und die Soldaten verschwinden.
Hölderlin wieder von gewaltsamem Zittern ergriffen.

AUTENRIETH
Nun
will Ers Seinem Freund
nicht gleichthun
Hölderlin aufspringend, jammernd.

HÖLDERLIN
Basta basta
Ein paar Studenten und der Krankenwärter halten Hölderlin nieder. Der Kopf wird ihm zurückgebogen. Autenrieth flößt ihm etwas aus einem Fläschchen in den Mund.

AUTENRIETH
Zur Stillung dieser Paroxysmen
verabreichen wir dem Patienten
ein Gemisch aus Belladonna und
Digitalis
Hölderlin sinkt in sich zusammen.
Auftritt Hölderlins Mutter, eine alte Frau, schwarz gekleidet. Sie trägt ein kleines Bündel.

HÖLDERLINS MUTTER
Mein arms Büble
bring dir hier ein Wämsele
sammt zwei paar Strümpf
doch musst mir auch versprechen

dass dus trägst weil
ich habs selbst gestrikt
wie bist du doch so weit
von mir gerathen
und hast so bitterlich versäumet
was dir obliegt
vor unserm lieben Gott
und Vatter im Himmel
hättst du gehöret doch auf mich
die ich so sehnlich wünschte
dass den geistlich Weg
du gehest
und könntst geborgen sizen
in deiner Pfarrey
Izt warth ich nur
dass wir einander wieder finden
wo keine Trennung mehr
wird seyn
Sie reicht ihm das Bündel. Hölderlin starrt zu Boden.
Der Krankenwärter nimmt das Bündel entgegen.

AUTENRIETH
Will Er denn auch
Seine eigne Mutter
nicht mehr kennen
Hölderlin stumm, tief herabgebeugt. Die Mutter ab.
Sinclair wieder auftretend: jetzt ohne Ketten und Bewachung, in der vornehmen Kleidung des fürstlichen Beamten.
Autenrieth tritt auf ihn zu, begrüßt ihn untertänig.

AUTENRIETH
Da Herr Baron von Sinklär
von allen Anschuldigungen
frey gesprochen
und seine Dienste
in Ehren wieder aufgenommen
so mag es ihm vielleicht gelingen
den Stupor des Patienten
zu durchbrechen

SINCLAIR
Holder
hörst du mich

Hölderlin richtet sich langsam auf.

SINCLAIR

Holder
kannst jeder Zeit zu mir zurük
nach Homburg kommen
Ich hab veranlasst dass
der LandGraf dich zum Hof
Bibliothecar ernennt
Holder
ich trag dir nichts nach
ich seh in dem was man dir
als GemüthsVerwirrung zuschrieb
eine aus wolbedachten Gründen
angenommne Äusserungsarth
Hölderlin erhebt sich und verbeugt sich tief.

HÖLDERLIN

Sehr wol Ihro Durchlaucht
Werde Ihro Gnaden Anerbiethen
mit Sorgsamkeit erwägen

SINCLAIR

Ich mach derweil mich
nach Versailles auf
um über Homburgs Souveränität
zu verhandeln
Sinclair ab.
Auftritt Schreinermeister Zimmer: gleicher Schauspieler, der den Glaser Wagner darstellte.
Der Krankenwärter beginnt, Hölderlins Zwangsjacke aufzubinden.

SÄNGER

Dort wo er Achzehnhundert Sieben noch war
gaben die Ärtzte ihm höchstens drei Jahr
mit ihren Künsten hätten sie ihn fast zerbrochen
und lallend nur noch wär er rumgekrochen
wär nicht der SchreinerMeister Zimmer gekommen
hätt ihn zu sich in sein Hauss genommen

SCHREINER ZIMMER

Ich hatte von dem Unglüklichen
manche Gedichte gelesen
welche mir ungemein wol gefielen
da dacht ich dass ein so hoher Geist

nicht dürfe zu Grunde gehn
und kann ich ihm
der die Natur doch liebt
auch einen Ausblik erbiethen
weit übers Thal des Nekar

SÄNGER

Und wurden ihm den Dichter damit zu verpflegen
von dessen Mutter zwanzig Gulden gegeben
per Monat und das reichte auch für Wein
für Toback BrennHolz und der Kerzen Schein
bei Nacht in seinem kleinen runden Zimmer
im Thurm des Hausses drinn er blieb für immer

Der Krankenwärter hat Hölderlin die Gesichtsmaske abgenommen. Schreinermeister Zimmer nimmt Hölderlin an der Hand und leitet ihn vom Podium herab.

Ein paar Studenten vollziehn eine ironische Reverenz vor ihm, die Hölderlin mit ernsthafter Verneigung erwidert.

SÄNGER

Johann Christian Friedrich Hölderlin
eh wir in die lezte Scene steigen
befragen wir dich über dein grosses Schweigen
mit dem du dich von der Welt abtrennst
so als ob du sie nicht mehr erkennst
Weisst du es nicht oder hast dus vernommen
wie Schmid und Sinklär sind umgekommen
der eine thräumend vom StaatsStreich von oben
mit Fürsten und Generälen in Ränke verwoben
der andre unten bei denen geblieben
die immer nur umgarnt wurden und mitgetrieben
beide verscharrt in den SchlachtFeldern ihrer Zeit
und die Eingekerckerten noch nicht befreyt
Möchten wissen ob deine Absage an die Revoluzion
blos Verstellung war oder Hohn
vor all deinen FolterKnechten und ÜberMännern
den SeelenDoctoren und politischen Kennern
Sag uns besteht für dich noch ein Hoffen
siehst du den Weg zur Erneurung noch offen
oder musstest du bei der Anstrengung scheitern
dir die Gränzen deines Denckens zu erweitern

Hölderlin steht nachsinnend. Spricht dann sehr langsam.

HÖLDERLIN

Wollen Eminenz mir ein wenig
Gedult gönnen
so dass ich Ihro Erhabenheit
gebührlich zu antworten vermöge

SÄNGER

Und wie lange
Herr HofBibliothecar
kann das noch währen

HÖLDERLIN

Nicht allzu lang
Mein Sinnen ist ganz
auf besagtes Anliegen gerichtet
und werde ich Euro Heiligkeit
schon nach wenigen Jahren
oder Decaden
praecise und erschöpfend
das Resultat meiner Gedancken
Thätigkeit
vermitteln können
Schreinermeister Zimmer führt Hölderlin an der Hand ab.

8.

Ein enges Halbrund deutet das Turmzimmer an.
Ein paar schmale Fenster, ein Schlafsofa, ein Büchergestell, ein Stehpult, ein Klavier.

SÄNGER

Lezte Scene worinn
Hölderlin Antwort sucht
auf des Sängers Fragen und
dabei mehr und mehr sich
unserm Einblik entzieht bis
das Beginnen einer neuen Handlung
ihn noch einmahl anrührt
Hölderlin wird hereingeführt von einem jungen Mädchen, Christiane, der Tochter des Schreinermeisters Zimmer: gleiche Schauspielerin, die Fritz von Kalb und Henry Gontard darstellte.

Hölderlin trägt eine schlotternde, bis zu den Knien reichende Hose und ein verschwitztes, offenes Hemd.

SÄNGER

Und zwar haben wirs solchermaassen darzustellen
dass die Zeitläuffte zu einer Folge von schnellen
Augenbliken sich zusammen ziehn
und die unendlichen Stunden drauss entfliehn
Wir haben bisher ein Jahrzehnt nur geschildert
und dieses mit Ausführlichkeit bebildert
für vierzig Jahr dient nun ein einziger Raum
drinn spürt man die geschichtlichen Wandlungen kaum
so ebenmässig ist alles dass wir nicht mehr ersehn
ob ein paar Jahr oder gleich zehn vergehn

CHRISTIANE ZIMMER

Nun müssens allda
ausruhn auf dem Bettle
Herr Bibliothecar
weil Sie sind müd
nach unsrer langen
Promenad

HÖLDERLIN

Nie müd
wie sollt wol müd seyn
wenn du führst mich
Iris
unter Himmels Rund
am Gewässer lang
machs Fenster auf
Iris
schau ob der FährMann
kömmt

CHRISTIANE ZIMMER

Ich heiss doch nicht Iris
sondern Christiane
wie oft muss ichs Ihnen denn sagen
wo Sie doch so klug sind
und so fein
wie ich sonst keinen kenn
meint auch der Professor Autenrieth
vom Clinicum

dass Ihnen nun auf alle Zeit
der Kopf verdrehet wär
da kann ich nur lachen

HÖLDERLIN
Schau nach
Iris
ob er kömmt
auf dem Fluss
Christiane öffnet das Fenster, blickt hinaus.

CHRISTIANE ZIMMER
Ganz still fliesst das Wässerle
und drüben auf der Allee
unter den Platanen da gehn
die jungen Herrlein aus dem Stift
und ist kein Boot zu sehn
Hölderlin hat sich auf das Sofa gesetzt. Er hält die Hände vor die Ohren.

HÖLDERLIN
Machs zu das Fenster wieder
oben auf dem Stift da kreyscht
dass mir ganz bange wird
das WetterFähnchen

CHRISTIANE ZIMMER
Hölderle
freun thun Sie sich könne
dass Sie net sind im ArmenKeller
wo sie zusammen gepferchet schlimm
so schlimm ohn Luft und Licht
um zu vergehn von allen
verlassen und vergessen

HÖLDERLIN
Du wolltest wissen
Iris
wies da draussen ist
im Styx siehst du
da schwelt und schwappt das Volk
von denen die betaubt
verblendet und verdrossen sind
die Schönheit des Geschaffnen
nicht erkennend

und aus den Wassern steigen
blubb blubb
Blasen aus ihren Mündern
blubb

Er lacht schallend. Christiane setzt sich neben ihn. Sie ergreift seine Hand.

CHRISTIANE ZIMMER

Erzählt noch mehr
von diesem Fluss

HÖLDERLIN

Okéanos fliesst mächtig
um die Erde
ein Arm von ihm doch
dringt tief ein
in die UnterWelt
theilt sich dort
neun mahl auf
und am Gestade wo
ein Tempel steht
in goldner Kanne holt
Iris
RegenbogenGöttin
vom Wasser sich und
das ist heilig weh
wer falsch bei diesem
Wasser schwört
Hier in der Tiefe aber
herrscht auch Pluto
ist erschröklich und
so voll Gebrüll
und wüsten Flüchen
dass es dir immer
schwerer fällt
das Wahre
zu erkennen

Hölderlin springt auf. Geht schnell und stampfend hin und her.

CHRISTIANE ZIMMER

Aber Herr Bibliothecar
nicht doch so renne
gehns am Clavier

und spielens mir was vor

Hölderlin bricht wieder in Gelächter aus. Vollführt ein paar Tanzschritte, ergreift Christiane und schwingt sie im Kreis. Eilt dann zum Klavier und hämmert auf die Tastatur ein. Ein wilder, dissonanter Rhythmus.

Auftretend vorn eine Gruppe Studenten mit nationalistischen Bändern, Degen, hohen militärischen Schirmmützen. Sie tragen einen Korb voller Bücher.

ERSTER STUDENT

Da im Thurm beim Schreiner Zimmer
todt erklärt doch lebt noch immer
unser Dichter Hölderlin
Schöpfer höchster Harmonien

ZWEITER STUDENT

Teutschlands Auserwähltheit preisend
auf die leuchtend Zukunft weisend
da ein Genius ist gekommen
und die Bedrükung von uns genommen

DRITTER STUDENT

Hölderlin deine Oden im Ranzen
tragen wir wenn wir die Schantzen
durchbrechen jenseits des Rhein
und falln ins Land des ErbFeindes ein

Hölderlin springt auf.

HÖLDERLIN

Was ist da
für ein Heulen draussen

CHRISTIANE ZIMMER

Das sind die Burscheschafftler doch
wollen dem Hölderlin
Verehrung bringe

Die Studenten ziehn mit dem Korb weiter.

ERSTER STUDENT

Nur der reine teutsche
Geist soll bestehn
In deinem Nahmen Hölderlin
übergeben wir
das ArthFremde
dem Feuer

HÖLDERLIN

Was meinen sie denn
wovon reden sie Iris

CHRISTIANE ZIMMER

Da brennt ein Scheiterhauffen
auf dem Platz vorm Stift
und da werfen sie all
die unguten Bücher rein

HÖLDERLIN

Was denn für Bücher

Im Widerschein eines Feuers haben die Studenten den Korb abgestellt. Sie ergreifen einzelne Bücher und werfen diese hinaus.

ERSTER STUDENT

Gegen die Decadence und
den moralischen Verfall
Diderot

ZWEITER STUDENT

Wir übergeben dem Feuer
Voltaire

DRITTER STUDENT

Rousseau

ZWEITER STUDENT

Gegen die Frechheit
und Anmaassung
Marat

DRITTER STUDENT

Saint Just
Robespierre

ERSTER STUDENT

Wir übergeben dem Feuer
Jacques Roux

ZWEITER STUDENT

Babeuf

DRITTER STUDENT

Für die LobPreisung Hölderlins
Gegen die tollen Hunde
die mit communistischer
Revoluzion
die Welt zerstören wolln
Wir übergeben dem Feuer

Buonarroti
Hölderlin schlägt schluchzend die Hände vors Gesicht. Die Studenten singend ab.

DIE STUDENTEN
O heilig Hertz der Völker
o teutsches Vaterland
Christiane umarmt Hölderlin.

CHRISTIANE ZIMMER
Hölderle
net weine

HÖLDERLIN
Den Nahmen
den kenn ich nicht

CHRISTIANE ZIMMER
Still still
net aufrege
das bekömmt Ihne net
rauchens ein Pfeifchen
Sie geht zum Pult, stopft ihm eine Pfeife, reicht sie ihm. Sie zündet die Pfeife an, er schmaucht eine Weile, wird ruhiger. Betrachtet die Pfeife.

HÖLDERLIN
Selbige hat mir geraucht schon
als ich ausgebildet wurde
wenn zu etwas anderm nicht
so zum Wächter dieses Flusses
droben aus dem Fenster lehnend
blikend nider auf den Thurm
drinnen wir uns jetzt befinden
Ist auch eine zweite noch
mit gehämmertem Beschlag aus Kupfer
rauchte ich im rauhen Bett
auf den Höhen der Auvergne
kommend aus Lyon im Schnee
westwärts warmem Wind entgegen
Er neigt sich vertraulich zu Christiane. Flüsternd.

HÖLDERLIN
Und ein PfeifenKopf
aus MeerSchaum
ist aus Franckfurth

von der Zeil
ach solch kostbare Geschencke
wurden mir bereitet

CHRISTIANE ZIMMER

Kommens Herr Bibliothecar
kommens ins Stüble unten
der Vatter warthet schon
dass Ihr uns zum AbendMahl
wieder solch liebes
TischGebeth sprechet
von seltsamen Orthen und
vom grossen Gotte
Pan

Sie führt Hölderlin an der Hand hinaus. Er läßt sich, plötzlich gebeugt, von ihr leiten.

SÄNGER

Und lassen gleich wieder zehn Jahre vergehn
dass wir Hegel und Schelling noch einmahl sehn
zusammen mit ihrem alten Freund
den aufzusuchen sie bisher versäumt
Die beiden haben sich in Karlsbad getroffen
warn füreinand auch nicht mehr sonderlich offen
haben in der Filosofie nur polemisirt
gegeneinander und einand bös critisirt
doch bei Sprudel Trinken und gemächlicher Chur
auf Erhaltung von Gesundheit bedacht und Figur
fragten sie sich ob denn der noch am Leben
der ihnen beiden so viel Inspirazion gegeben
und so reisten sie gemeinsam ein Stük
über Tübingen zu ihren Ämthern zurük
erfragten die Adress vom Schreinermeister Zimmer
sahen ihr Stift liegen am Berghang wie immer
sahen den Nekar im SilberLicht fliessen
und fanden ihn
den sie vor dreissig Jahren verliessen

Christiane Zimmer führt Hölderlin an der Hand herein. Er wirkt stark gealtert. Seine Kleidung zerschlissen.

CHRISTIANE ZIMMER

Dies ist der Herr Rector
von der Universität in Berlin

und dies der Professor
Schelling aus München
sind beide gekommen
dem Herrn HofBibliothecar
ihre Aufwarthung zu machen
Hölderlin zieht sich mit tiefen Verbeugungen zum Stehpult zurück.

HÖLDERLIN
Bitte Euro Majestäth Plaz zu nehmen
bitte Euro wohlgewogne Königliche Hoheit
hier auf dem Sopha
bitte Eure Hoheiten die Aussicht
durch die Fenster auf den Fluss
welcher von Gebüsch und Bäumen umsäumt
und darüber von kleinen weissen Wolken

HEGEL
Holder
erkennst du uns nicht

HÖLDERLIN
Hochgeehrte welthistorische
Persöhnlichkeit
das kann ich
das darf ich nicht beantworten

SCHELLING
Friz
wir sinds doch
die mit dir im Stift
studirten
deine lieben Freunde

HÖLDERLIN
Alles Getrennte
findet sich wieder
einiges glühendes
Leben ist alles
so dacht ich
Nächstens mehr

SCHELLING
Ein hübsches Zimmer hast du hier
und siehst sehr frisch und tüchtig aus

CHRISTIANE ZIMMER
Hölderle ist izt so brav

und ist fast immer froh zu Muth
und hat nur selten noch
so einen Anfall
schreibt fleissig auch
in seinem Büchle

HEGEL

Willst du nicht
was vorlesen
wie früher
Hölderlin reagiert nicht.

HEGEL

Holder

SCHELLING

Friz
Friz Hölderlin

CHRISTIANE ZIMMER

Er hört nicht
auf den Nahmen
Müssen ihn ansprechen
Fürstlicher Bibliothecarius

HEGEL

Wollen Bibliothecarius nicht etwas
aus Ihren Gedichten

HÖLDERLIN

Lieber würd ich von Euro erstaunlichen
über alle Maassen erhobnen Majestäthen
erfahrn wies denn zugeht dort draussen
in der grossen von Ihnen durch und durch
erblikten verstandnen erläuterten und
gutgeheissnen Welt

HEGEL

Sie mögen gehört haben
Herr Bibliothecar
vom Nidergang und Todt
des Kaiser Napoleon
und wie das Königthum
in Frankreich sich
unter dem SchaffensDrang
der Bourgeoisie
wieder etablirte

Hölderlin weicht zum Fenster zurück. Er hebt die Hand, spricht tonlos.

HÖLDERLIN

O ihr mit steinern Blöken
mit euern Hämmern schwer
o aus den Wäldern ihr
in Karren rollend
ihr aus den Gruben schwarz
und aus den Mooren trieffend
mit Äxten ihr und Schaufeln
o aus dem Duncklen kommt
und werft den Tisch
an den ihr nie geladen
o werft ihn um
und um

Schelling wendet sich an Christiane Zimmer.

SCHELLING

Wir haben ihn doch wol
mit dem Besuch nicht
allzu sehr verstört

Hölderlin tritt wieder vor.

HÖLDERLIN

Weiter
erzählt weiter
was sonst noch Trefliches
in der cultivirten Welt
sich ereignet

HEGEL

So möcht ich die gegenwärthge
Laage denn zusammen fassen
Die teutsche Nation wenn auch
kein einheitlicher Staat noch
und einiger ihrer schönsten
Länder verlustig gegangen
ist nach einem Viertel Jahrhundert
ruhiger Entwiklung doch
auf dem Weg eine innre
Stärke zu finden
Zwar steht der weisen
Väterlichkeit der Regierung

die Ungeduld jener gegenüber
welche im Volk ihre Macht suchen
gefährdend somit
ein harmonisches Werden
das vorbildlich geschaffne Heer aber
sorgt dafür dass
Desorganisation das Reich
in seiner Substanz nicht erschüttre
Nicht im Frieden indessen
sondern erst in der Bewegung
des Kriegs
erweist sich die Gesundheit des Staats
und auf das Kommen solch
reinigenden Sturm Winds
bereitet Friedrich Wilhelm
sich izt vor
Hölderlin in brüllendem Gelächter.

HÖLDERLIN
Friedrich Wilhelm
Friedrich Wilhelm

HEGEL
Der Monarch von Preussen

HÖLDERLIN
Was kommt das Entsezliches
aus Euro Magnificenz Mund

HEGEL
Teutschlands Aufgabe ist es
die Welt zu regeneriren
Hölderlin eilt zum Fenster, reißt es auf, lehnt sich hinaus, wild lachend.

HÖLDERLIN
Er naht er naht
der FährKahn naht
o der Othem vergeht dir
hörst nur noch des Todtes Thöne
Schelling tritt auf Hölderlin zu.

SCHELLING
Friz
ich trag in meinem Gedächtniss
wie du schriest

aus den Wolken des Aethna und
wie dir die Stimme
im Krachen des Feuers verging
Die geschaffnen Ordnungen
wolltest du überwinden
Nach Offenbaarung suchend
zerbrachst du die Einheit
von Natur und Verstand
So musstest du stürtzen
ins Kaos
Friz
kehre zurück
zu Gott
Nur im Princip des einzigen
wahrhaften Gottes
lässt sich das Daseyn
begreifen
Friz
bete
bete

Schelling auf den Knien, die Hände betend erhoben. Hölderlin rennt zum Klavier, schlägt mit den Fäusten auf die Tastatur ein.

SCHELLING

Friz
Hölderlin

Hölderlin hämmert weiter.

HÖLDERLIN

Mein Nahme
Buonarroti

HEGEL

Wach auf
Friz
Verwirf den OpferTodt
Wem nüzest du
wenn du im Crater schmorst
wem nüzt der Rauch
deiner Knochen
Bleib
am Fusse des Berges
zwischen denen

die dich brauchen
Hölderlin weiterhämmernd.

HÖLDERLIN
Killalusimono
Killalusimono
Es geschieht mir nichts
Es geschieht mir nichts
Schelling ergreift ihn an der Schulter.

SCHELLING
Geliebter Freund
so komm doch zu Sinnen
So hör uns doch
Hölderlin stößt ihn von sich, setzt das Hämmern fort. Christiane streicht Hölderlin über den Kopf, besänftigt ihn allmählich. Schelling und Hegel ziehen sich langsam zurück. Nach einer Weile führt Christiane Hölderlin an der Hand hinaus.

SÄNGER
Bis Achzehn Dreiundvierzig geht es weiter
sein letztes LebensJahr in dem er heiter
von den Hügeln Wiesen und Feldwegen kommt
zum GartenHauss mit dessen Thurm der besonnt
dicht am Ufer des Nekar liegt
dort wo der Fluss an der Brücke abbiegt
und von der Stadt Tübingen mit Burg und Stift
tief in die offene Landschafft trifft
Hölderlin wird von Lotte Zimmer, der jüngeren Schwester der Christiane, an der Hand hereingeführt: gleiche Schauspielerin, die Christiane darstellte. Hölderlin gekrümmt. Mühsam gehend.

SÄNGER
Scheint es auch als führ ihn noch immer
eine nie alternde Christiane Zimmer
so sey den logischen Denckern genannt
dass es Lotte ist die ihn hält bei der Hand
deren jüngere Schwester doch für ihn ist sie Iris
und er nennt sie so und ist ihrer gewis
Hölderlin bleibt stehn, hebt die Hand, spricht sehr leise.

HÖLDERLIN
Zwar bist du unerreichbar mir
da mir dein Anblik nur
aus einem andern Leben schauert

doch zeigt deine Erscheinung sich hier
als ob sie auch mir
längst Vergehendem noch dauert

LOTTE ZIMMER
Wisset Se Herr Bibliothecar
dass Ihrer ein Besucher warthet
Hölderlin unruhig. Zieht sich zum Stehpult zurück.

LOTTE ZIMMER
Nicht doch nicht doch
ein grosser Verehrer sagt er
ist er Ihrer Gedichte
schreibt auch selbst und ist
Redactor
an der Rheinischen Zeitung
Auftritt der junge Karl Marx. Er bleibt abwartend stehn. Hölderlin verbeugt sich tief.

HÖLDERLIN
Anzunehmen dass Euro Hoheit
meine Gewordenheit bekannt ist
und schäz ich unterwürfig
Euro Aufmerksamkeit vor meinem
Ich und NichtIch
hab keine andre Arth zu sagen
Er beginnt zu pfeifen.

LOTTE ZIMMER
Bitte dies nicht anzusehn
als Ausdruk von Narretheit
ist vielmehr ein Zustand
seiner Schwäche

MARX
Ich hörte Herr Bibliothekar
dass Sie gleich mir
ein großer Raucher sind und
hab Ihnen deshalb von Tabak
etwas mitgebracht zwar
ist es eine Marke die
vom räuberischen englischen
Gesindel stammt doch
äusserst angenehm
zu qualmen

Er zieht aus seiner Jackentasche ein großes Paket Tabak hervor, reicht es Hölderlin. Da dieser nicht die Hand ausstreckt, nimmt Lotte Zimmer das Paket entgegen, geht damit zum Pult und stopft eine Pfeife.
Auch Marx zieht eine Pfeife hervor.
Lotte reicht Hölderlin die gestopfte Pfeife. Marx bietet ihm Feuer an, entzündet dann die eigne Pfeife. Einige Augenblicke rauchen beide. Marx beginnt zu lachen.

MARX

Es war die Begegnung
mit Ihrer Dichtung
vor allem dem Hyperion
die mir die eigenen Versuche
mit einem Schlag zerschmetterte
Vor solchem Licht und
solcher Deutlichkeit
mussten meine eignen Schreibereien
zu nichts zerfallen
Sie gaben mir Verehrtester
viel Verdruss denn
plötzlich sah ich dass alles
was ich für Poesie hielt
auf dem Mond konstruiert war
Und dann
in dem was mir da unterging
und sich auf ein verschwommnes
Jenseits eingerichtet hatte
versuchte ich
mich wieder aufzubaun
In das zerrissne Allerheiligste
mussten neue Götter gesetzt werden
Hölderlin ist Marx näher getreten. Er lauscht äußerst gespannt.

MARX

Hatten die Götter früher
über der Erde gewohnt
so waren sie jetzt
das Zentrum der Erde geworden
Das Unendliche war aufgehoben
das Endliche und
das Reale stand an dessen Stelle

Ihnen war es geglückt
aus überhöhter Schau
eine gesamte Epoche
zu spiegeln
Selbst machte ich mich dran
im Studium der Philosophie und
Jurisprudenz
die Bedingungen zu untersuchen
unter denen die Menschen leben
Vergraben ins materielle
Privatrecht
sah ich die Räubereien
und Plünderungen die Orgie
von Verrat Bestechung Meuchelmord
womit unser gesellschaftliches System
seinen Glanz erlangte

HÖLDERLIN

Nicht so rasend schnell bitte
langsamer
dass ich HochWohlgebohren
folgen kann
lebe unmittelbar an der Todtes
Schwelle
bereit jeden Augenblik auf Abruf
zu verschwinden
hat auch gekostet viel Müh
jenseits des Bewohnten
auszuhalten

MARX

Zwei Wege sind gangbar
zur Vorbereitung
grundlegender Veränderungen
Der eine Weg ist
die Analyse der konkreten
historischen Situation
Der andre Weg ist
die visionäre Formung
tiefster persönlicher Erfahrung

HÖLDERLIN

Jedoch

aber

MARX

Vor Ihnen
stelle ich die beiden Wege
als gleichwertig hin
Dass Sie
ein halbes Jahrhundert zuvor
die Umwälzung nicht
als wissenschaftlich begründete
Notwendigkeit sondern
als mythologische Ahnung
beschrieben
ist Ihr Fehler nicht
Hölderlin spricht stockend, nach Worten suchend.

HÖLDERLIN

Es tritt nun einer hier
in dieses Zimmer ein
was seit dem FreyheitsKrieg
in Griechenland
nicht mehr die äussern
Luken von sich nahm
und hör zum ersten Mahl
da so ich sehr versunken
in Betrachtung der Verlezten
und Erschlagnen war
wie eine Stimme
thönend durch mein Ohr
erinnert sich
in mir
Eine Weile Schweigen.

MARX

Ich suchte vergeblich
Herr Bibliothekar
in Ihren Schriften die Cotta
herausbrachte
nach einem Schauspiel aus Ihrer Hand
das wie mir berichtet wurde
einen bewaffneten Aufstand
zum Thema hat
Hölderlin eifrig, erregt.

HÖLDERLIN

Sie sagen so
Sie behaupten so
Eure Hoheit
und muss es damit
seine Richtigkeit haben
weil es sich handelt
vielleicht von Spartacus
dem Sclaven der es gewagt
sich den Procuratoren oder
dem Babeuf dem ich nah
stand im Bund der Gleichen
Er eilt zum Pult, kramt unruhig in den Papieren.
Marx wartet geduldig.
Doch Hölderlin scheint vergessen zu haben, was er suchte. Er verharrt am Pult, beginnt wieder zu pfeifen.

MARX

Als Sie Ihr Werk begannen
war noch niemand da
der Sie anhörn und
Ihnen antworten konnte
Unmöglich für einen Einzelnen
die gesamte Verfilztheit
aufzubrechen

HÖLDERLIN

Viele
Viele waren da

MARX

Auch die Nüchternsten
die Ausdauerndsten blieben
in ihrer Herkunft befangen
vermochten nicht
vom demokratischen Grund
hinüberzusteigen ins
proletarische Element
Hölderlin setzt wieder zum Sprechen an, stockt.
Marx wartet.

HÖLDERLIN

O diese blendend Helle
in diesem Zimmer

bedencken Sie
dass sie dem Thräumenden
in tiefster Finsternis
entsteht
Und diese Stille
unvorstellbar
wie sie aus Donnern tosend
sich hat aufgelagert
von UrZeiten an bis
zum morgigen Tag
Punct
Schweigen.

MARX

Als es in Paris
mehr als vier Jahrzehnte
nach dem Fall der Bastille
wieder zum Aufruhr kam
da war auch Buonarroti
noch einmal dabei
eh er dann starb
in Verbannung
ärmlich
vergessen
die Arbeiter niedergeschlagen
die Macht der Grossfinanz
aufs neue gefestigt
Doch sehn Sie
plötzlich sind seine Worte
wieder zu hören
unter den Arbeitenden
die sich in Paris jetzt
zum Ansturm sammeln
Hölderlin wieder in den Papieren wühlend. Er zieht ein Bündel Manuskriptblätter hervor. Spricht überstürzt.

HÖLDERLIN

Hier
sie weigerten sich
da ich an den Treppen steh
des Theaters zu Weimar
diese Rollen wo ich hab

nider geschrieben frey
nach Sophokles und Virgilius
einzustudiren und
zur Vorführung zu bringen
Können Sie veranlassen
beim Herzog
dass er sogleich
die SchauSpieler herbei
befiehlt
nur

Er tritt nah an Marx heran, flüstert.

HÖLDERLIN
Nur
darf sein Rath Göthe
nichts von erfahren

MARX
Goethe ist tot

HÖLDERLIN
Desgleichen nicht
Herr von Schiller

MARX
Ist tot

HÖLDERLIN
Und Fichten

MARX
Ist auch tot

Hölderlin in großer Erregung zum Pult, in den Papieren grabend.

HÖLDERLIN
Dann werde ich sogleich
Ihnen eine Abschrift
fertigen lassen
da kann ich endlich
ans Werck gehn
da stehn die Thürn mir
endlich offen

Den Arm voller Manuskriptblätter springt er vor, einige Papiere fallen zu Boden. Er steht eine Weile verwirrt da, wendet sich dann langsam um, geht zum Sofa, läßt sich dort niedersinken. Bleibt so sitzen, die Papiere im Schoß.

Lotte Zimmer öffnet die Fenster.

Da Hölderlin nicht mehr aufblickt, zieht sich Marx zurück.

LOTTE ZIMMER

Er ist jezt müd
er muss jezt schlafen
erlauben Sie
Herr Marx
dass ich Sie begleit
nach draussen
Lotte Zimmer und Marx langsam ab.
Hölderlin reglos.

EPILOG

Auftritt Hegel, Hiller (-Schmid), Neuffer, Schelling, Sinclair: gekleidet wie am Anfang des Stücks. Sie tragen Girlanden und Kränze. Der Sänger führt Hölderlin nach vorn.
Alle stellen sich zum Tableau einer Apotheose auf.
Hinzutretend die Arbeiter und Arbeiterinnen.

SÄNGER

Epilog

HÖLDERLIN

Wol könnt ihr Worte von mir lesen die ich hinterliess
worinnen ich Verbessrung und Erneurung pries
und was an Liebe ich fürs Einzelne besass
wie fürs Gesammte davon gabs im ÜberMaass
doch wollt es mir trotz aller Mühen nicht gelingen
innre und äussre Krafft zum Einklang zu bringen
Am Ende zwischen all den übermächtigen Gewalthen
vermocht ich nur mir mein Verstummen zu erhalten

ALLE

Und bliebst dann mehr als deine halbe LebensZeit
lieber in vollkommener Zurükgezogenheit
als dich noch einzulassen mit der Welt auf Streit

HÖLDERLIN

Ich war der Revoluzion idealisch so gewis
dass es mich grauenhaft aus den Zusammenhängen riss
als das Versprochne sich nicht mehr erkennen liess
und ich Gefangenschafft nur fand anstatt ein Paradis

ERSTE ARBEITERIN

Und wer giesst Thränen drüber aus und ist bereit
zu MitGefühl vor solch einer Persönlichkeit

ERSTER ARBEITER

Von der Entsagung die der Dichter vor geführt
sind immer die Zufriedenen nur tief gerührt
vergeben gnädig ihm die Schweigsamkeit
so wie man uns den Hunger und die Noth verzeiht

HÖLDERLIN

Wir haben die Gestalt des Hölderlin so angelegt
dass er sich drinn befindet und bewegt
als spiegle er nicht nur vergangne Tage
sondern als ob die gleichen Aufgaben er vor sich habe
denen auch manche von den Heutgen gegenüber stehn
ohne die Lösung aus den Widersprüchen noch zu sehn
Sein Wunsch ist dass man ihn nicht mehr verkenne
dass er sich nicht mehr opfre und verbrenne
will dass man ihn als einen zwischen vielen zählt
der Sprache sich zum Ausdruk und zur Kunst gewählt
nicht trennen will er aus dem Wircklichen den Thraum
es müssen Fantaisie und Handlung seyn im gleichen Raum
nur so wird das Poetische universal
bekämpfend alles was verbraucht und schaal
erloschen und versteinert uns bedrängt
und was mit Zwang und Drohung unsern Athemzug beengt
Nie mehr will er in stiller Abgeschiedenheit vergehn
sondern als Lebender im Krais lebendger Stimmen stehn
Auflösung des Tableaus.

SÄNGER

Als weggesunken aus der Stadt er war
und in der Erde lag da war der Thrum noch da
und als zu Erde er geworden ganz und gar
und man von ihm nur noch den GrabStein sah
stand nah am Nekar immerdar
sein Kercker nimmst ihn heut noch wahr

Neufassung Dezember 1971 – April 1972

Trotzki im Exil

Stück in 2 Akten

Geschrieben November 1968 bis Juni 1969

Personen

ARBEITER
SOLDATEN
MATROSEN
STUDENTEN
LEW DAVIDOWITSCH TROTZKI
ALEXANDRA SOKOLOVSKAJA, seine erste Frau
SINAIDA WOLKOW, ihre Tochter
NATALJA SEDOWA, seine zweite Frau
LEW SEDOW, SERGEJ SEDOW, ihre Söhne
WLADIMIR ILJITSCH LENIN
NADJESHDA KRUPSKAJA, seine Frau
INESSA ARMAND, seine Mitarbeiterin
SERMUX, POSNANSKI, Trotzkis Sekretäre in der Sowjetunion
ALFRED ROSMER, JOSEPH HANSEN, HAROLD ROBINS, SYLVIA AGELOFF, seine Mitarbeiter und Sekretäre in Mexiko
RAKOWSKI, MRATSCHKOWSKI, SMIRNOW, Trotzkis Freunde, Mitglieder der Opposition zur Zeit seiner Verbannung 1927
DSERSHINSKI, MACHAJSKI, LUSIN und einige NAMENLOSE, Mitgefangene während Trotzkis erster Verbannung unter dem Zarismus um die Jahrhundertwende
PLECHANOW, AXELROD, DEUTSCH, VERA SASSULITSCH, Parteigründer, Teilnehmer an der geheimen Tagung in Brüssel 1903
ARKADI KREMER, AKIMOW, MARTYNOW, ROSANOW, MARTOW, Teilnehmer an der Tagung in Brüssel 1903
PARVUS, Trotzkis Mitarbeiter bei der Entwicklung der Thesen zur Permanenten Revolution
VATER GAPON, Arbeiterführer während der Revolution 1905
GRAF WITTE, zaristischer Minister
Zaristische Richter und Gerichtspersonal, sowie Vertreter der SCHWARZEN HUNDERT
EMMY HENNINGS, HUGO BALL, TRISTAN TZARA, MARCEL JANCO, RICHARD HUELSENBECK und ANNA BLUME, Gründer des Dadaismus, Zürich, Winter 1915/1916
RADEK, KAMENEW, SWERDLOW, ANTONOW, RYKOW, SINOJEW, PJATAKOW, BUCHARIN, STALIN, Bolschewiki
CHINTSCHUK, ABRAMOWITSCH, KUTSCHIN, PETERSON, Teilnehmer am Allrussischen Kongreß, Oktober 1917

SCHLJAPNIKOW, ALEXANDRA KOLLONTAI, Sprecher der Arbeiteropposition

BLUMKIN, ehemaliger Sozialrevolutionär, später Bolschewist und Mitarbeiter Trotzkis

Ein norwegischer Arzt, mit Begleiter

Der ANKLÄGER in den Moskauer Prozessen

SAFONOWA, Zeugin in den Moskauer Prozessen, sowie einige NAMENLOSE Gefangene

SALAZAR, Leiter der mexikanischen Geheimpolizei

DIEGO RIVERA, mexikanischer Maler

ANDRÉ BRETON, Surrealist, zu Besuch in Mexiko

FRANK JACSON

Erster Akt

Ein Arbeitstisch, mit Papieren, Büchern. Ein Feldbett. Kisten, Koffer. Stühle, weit voneinander verteilt.
Keine Milieuschilderung. Kein Hinweis auf geographische Lage. Der Raum ist ein Provisorium.
Trotzki am Tisch, in einem Manuskript lesend, den Federhalter in der Hand. Diese Ausgangssituation wird zu bestimmten Zeitpunkten wiederholt. Sie entspricht den letzten Augenblicken des Stückes.
Im gleichbleibenden Raum verschiedene Zeitebenen. Stadien des Exils. Konfrontationen und Auseinandersetzungen mit Personen und Kräften der Revolution. Erklärung des Anfangs durch den Schluß: Trotzki, in Zurückgezogenheit und Isoliertheit, unmittelbar vorm Tod. Die Auftritte schnell, überraschend.

1. Die Verweisung

Trotzki richtet sich von den Papieren auf. Es erscheinen Natalja Sedowa, Lew Sedow, Sergej Sedow, Sinaida Wolkow, Sermux, Posnanski, Smirnow, Mratschkowski, Rakowski.

RAKOWSKI Komm eben vom Kasaner Bahnhof. Riesige Menschenmenge. Vor allem Jugendliche. Demonstrationen. Rufe. Es lebe Trotzki. Am Zug ein großes Bild von dir. Zusammenstöße mit der Miliz. Verletzte. Verhaftungen. Da hör ich, ihr werdet gar nicht dorthin gebracht, sondern zum Jaroslawer Bahnhof. Bucharin ist mit dem Abtransport beauftragt.

TROTZKI Sind die Türen versperrt, Rakowski?

RAKOWSKI Alles verriegelt. Sie sind schon vorm Haus.

Die übrigen Anwesenden währenddessen mit dem Packen der Kisten und Koffer beschäftigt. Sermux zum Tisch. Setzt sich, zum Schreiben bereit.

TROTZKI Das Politische Büro versucht, die Verbannung als freiwillige Vereinbarung hinzustellen. In diesem Sinn hat man die Bevölkerung informiert. Wichtig, diese Legende zu zerstören. Zeigen, wie es sich in Wahrheit verhält. Und zwar in einer Form, die Verschweigen oder Fälschung unmöglich macht. Werden den Gegner zwingen, offen Gewalt anzuwenden.

SINAIDA WOLKOW Sie sind unten im Flur. Kommen die Treppe rauf.

Trotzki steht auf.

TROTZKI Das Datum, Sermux.

SERMUX Sechzehnter Januar neunzehnhundert achtundzwanzig.

Sermux schließt das Schreiben ab. Räumt die Papiere auf dem Tisch zusammen.

TROTZKI Tagebuch, Schreibwerkzeug in den Handkoffer. Wo sind die Wörterbücher, Posnanski? Englisch, Deutsch, Französisch, Spanisch. Sind genug Bleistifte da? Tinte, Federn?

LEW SEDOW Du mußt dich anziehn, Vater.

TROTZKI Immer zum Abbruch bereit. Ordnungen auseinandergenommen, wiederhergestellt. Materialien China, Indien. Das südliche Amerika. Befreiungsbewegungen der kolonialen Völker. Kampf der schwarzen Amerikaner. Dokumente zur Internationale. Mir fehlen noch Berichte über die Haltung der indischen Partei. Smirnow, schickst du sie mir? Und, Rakowski, laß mir so schnell wie möglich die Zeitungen nachkommen.

RAKOWSKI Wenn sie uns nicht auch verfrachten.

Sinaida Wolkow kommt mit einem Mantel, einer Pelzmütze.

SINAIDA WOLKOW Deine Kleider, Vater.

TROTZKI Leg sie auf den Stuhl, Sina.

SINAIDA WOLKOW Schnell, Vater.

TROTZKI Ich geh keinen Schritt.

Trotzki setzt sich auf das Feldbett. Die letzten Papiere und Bücher werden vom Tisch geräumt und verpackt.

NATALJA SEDOWA Eine lange ruhige Arbeitszeit. Kein Telephon, keine Besuche. Schon im Zug kannst du anfangen. Du weißt, wie gut du im Zug arbeitest.

TROTZKI Serjoscha, hast du die Landkarten eingepackt?

SERGEJ SEDOW In einer Mappe. Beim Zeitungsarchiv.

TROTZKI Für die Reise das Studium Asien. Geographie, Ökonomie, Geschichte. Glasmann, die letzten Meldungen aus China. Wo ist Glasmann?

MRATSCHKOWSKI Er ist unten. Sie haben ihn festgenommen.

SINAIDA WOLKOW Sie haben die Tür aufgebrochen. Sie kommen.

Ein Offizier, ein Trupp Soldaten. Bajonette an den Gewehren.

OFFIZIER Hab den Befehl, Sie abzuholen.

MRATSCHKOWSKI Kitschkin, ausgerechnet Sie. Unser Begleiter auf den Frontreisen. Besser könnt ihr Trotzkis Degradierung nicht zeigen.

OFFIZIER Wer die Rote Armee aufgebaut hat, Mratschkowski, das weiß heut doch keiner mehr. Bürger Trotzki, ziehn Sie sich an.

MRATSCHKOWSKI Kitschkin. Vorbildlich diszipliniert. Von Lew Davidowitsch erzogen. Hat einen Auftrag auszuführen.

TROTZKI Ich bestehe drauf, daß Glasmann, und meine andern Mitarbeiter, mich begleiten.

OFFIZIER Die Zusammensetzung des Transports wird von uns bestimmt.

Unterdessen drängen die Soldaten die Anwesenden zusammen. Sergej Sedow versucht, zu entkommen. Handgemenge. Er wird zu Boden geschlagen.

NATALJA SEDOWA Serjoscha.

Sie wird von den Soldaten zurückgehalten. Smirnow und Rakowski wollen Sergej Sedow helfen. Sie werden überwältigt und abgeschleppt. Der Offizier befiehlt einem Soldaten, Trotzki anzukleiden. Dieser wirft ihm den Mantel um, stülpt ihm die Mütze über den Kopf. Trotzki weigert sich, aufzustehn. Er wird von den Soldaten hochgehoben und nach vorn getragen.

Von den Seiten her Bewohner des Hauses, der Stadt.

LEW SEDOW Seht Hausbewohner, seht, wie man den Genossen Trotzki wegträgt.

Die Gruppe wird von den Soldaten mit Kolbenstößen vorangetrieben.

Seht Bürger, seht, wie man den Genossen Trotzki durch die Stadt trägt.

Im Hintergrund ein paar Eisenbahner.

Arbeiter, seht, sie wollen den Genossen Trotzki nach Sibirien bringen.

SERGEJ SEDOW Geht nicht in die Lokomotive. Laßt den Zug nicht anfahren.

Er wird weggeschleppt. Sinaida Wolkow folgt ihm.

Die Gruppe eng zusammengedrängt in der Mitte des Raums. Die Soldaten und Arbeiter treiben die Umstehenden zurück.

Die Gruppe allein.

NATALJA SEDOWA Der Schnee in Alma Ata. Weiß, glatt, trocken. Im Frühling der rote Mohn. Mohnsteppen.

SERMUX Keine Wasserleitung in Alma Ata. Kein Licht. Keine gepflasterte Straße. Schmutz. Läuse.

POSNANSKI Malaria im Sommer.

LEW SEDOW Pest. Tollwütige Hunde.

NATALJA SEDOWA Im Garten das Obst. Es riecht nach reifen Äpfeln.

MRATSCHKOWSKI Die Berge an der chinesischen Grenze.

Die Gruppe auseinander. Das Arbeitsmaterial wird ausgepackt. Schreibwerkzeug, Bücher, Papiere auf dem Tisch geordnet. Trotzki legt Bleistifte, Federhalter zurecht, nimmt am Tisch Platz.

Alle andern zum Hintergrund, und ab. Nur Mratschkowski bleibt dort zusammengekauert sitzen.

Trotzki einige Augenblicke in der Ausgangshaltung am Tisch.

2. Strafkolonie Wercholensk

Mratschkowski, Dsershinski, Machajski, Lusin, Alexandra Sokolovskaja und andre, namenlose Gefangene. Alexandra Sokolovskaja richtet im Hintergrund eine Schlafstätte aus Decken und Fellen her. Trotzki am Tisch.

TROTZKI Meine Mitgefangenen. Vielleicht Natasha. Vielleicht Alexandra. Verbannung. Von den Eigenen verbannt. Verbannt vom Zaren. Sibirien. Vor fast dreißig Jahren. Ein neues Jahrhundert beginnt.

Er wischt mit der Hand über ein aufgeschlagenes Buch.

Die Schaben lesen Marx. Die Schaben fressen das Kapital. Alexandra, was ist mit den Kindern?

ALEXANDRA SOKOLOVSKAJA Sina schläft ruhig. Ninushka ist heiß. Hat noch Fieber.

DSERSHINSKI Das neue Jahrhundert. Vorahnungen des Sturms. Apokalyptische Offenbarungen. Rußland. Was für ein riesiges Laboratorium von Ideen. Und welch ein Despotismus. Hofstaat, Adel, Grundherrn, Offiziere, Aufseher, Werkmeister, Polizisten. Diese Patriarchen. Diese Gewalt in der Familie. Über Kinder, Kindeskinder. Das zu brechen. Woher werden die freien Menschen kommen?

NAMENLOSER 1 Und stimmt das nun, was sie in der Iskra schreiben? Die Arbeiter können den Aufstand allein nie schaffen. Brauchen Führung. Das heißt, Studierte sollen ihnen die Revolution entwerfen.

NAMENLOSER 2 Die Revolution wird auf der Straße gemacht.

NAMENLOSER 1 Unsre Planer. Unsre Volkstümler. Unsre Studenten. Ziehn in die Vorstädte. Suchen sich ihre Arbeiter. Wollen uns erklären, wie wir die Fabrik übernehmen sollen. Wissen nicht mal, wie man eine Maschine bedient.

MRATSCHKOWSKI Trotzdem kommt gleich alles zum Stocken, wenn die

Studenten verhaftet werden. Oder nur in die Ferien fahren. Keine Bewegung von unten.

NAMENLOSER 1 Ein Dutzend Schlauköpfe. Was für einen Antrieb haben sie uns schon gegeben. Vermitteln ein paar Brocken sozialistischer Gedanken, die ihnen selbst zugefallen sind. Aufgeklärt haben sie die Massen nicht.

TROTZKI Ihr zweifelt an den Studenten. Ja, sie kommen aus dem Bürgertum. Woher sonst? Nur sie haben die Mittel, die Zeit, zu lesen, zu lernen. Der Arbeiter, der schuftet sich elf, zwölf Stunden am Tag ab. Bringt keine Kraft mehr auf zur Bildung. Aber seht doch, was vor sich geht. Zum ersten Mal verwenden die Studenten ihre Kenntisse nicht dazu, sich in ihrer Klasse einzunisten. Sie verwenden sie gegen die Gesellschaft, die sie aufgezogen hat. Eine bürgerliche Revolution bahnt sich an. Daß die Studenten sich auf die Seite der Arbeiter stellen, das bedeutet, sie wollen weiter, zum nächsten Stadium, zur Revolution des Proletariats. Um diese Revolution voranzutreiben, um die Vormacht der Arbeiter zu sichern, dazu brauchen wir die politische Führung, die Partei.

NAMENLOSER 2 Ihr bleibt Literaten. Liest ein Arbeiter deine Gedichte, Dsershinski? Liest er deine gelehrten Abhandlungen, Bronstein?

DSERSHINSKI Es ist gleichgültig, woher ein Revolutionär kommt. Im Kampf um die klassenlose Gesellschaft hat er sich seine Familie bald abgewöhnt. Und einmal, da werden die Söhne und Töchter der Arbeiter an den Universitäten sein.

ALEXANDRA SOKOLOVSKAJA Was habt Ihr gegen die Intellektuellen? Sitzen sie nicht auch hier in Wercholensk? Ist das keine Arbeit, Flugblätter drucken und illegal verteilen? Agitation betreiben? Eine Organisation aufbaun?

MACHAJSKI Organisation ist der Anfang vom Ende.

TROTZKI Die Streiks, die zeigen schon, daß der bewußte Kampf begonnen hat. Aber ökonomischer Kampf ist noch kein politischer Kampf. Die Zellen der einzelnen Fabriken müssen miteinander verbunden werden.

MACHAJSKI Und es ist aus mit der spontanen Bewegung. Seht doch die starke Partei in Deutschland. Die Opportunisten, mit ihrem Bernstein an der Spitze. Anstatt Arbeiterherrschaft, Bündnis mit den Bürgerlichen. Anstatt Revolution, Liberalismus.

LUSIN Die Theoretiker da draußen. Plechanow, Axelrod, Martow, Lenin. Meinen, die Revolution muß von den Industriestaaten ausgehn. Aber hier wird es beginnen. Hier, in diesem asiatischen mittelalterlichen Rußland.

TROTZKI Spontaneität genügt nicht, Machajski. Aufstand aus Hunger, Verzweiflung, Wut kommt spontan. Das ist noch keine Revolution in unserm Sinn. Der elementare Aufstand hat seit der Pariser Kommune seine Mittel verspielt. Da behält nur die Bourgeoisie die Macht. Nicht weil sie revolutionär ist. Sondern weil sie die Bourgeoisie ist. In ihren Händen Besitz, Bildung, Presse, militärische Stützpunkte. Barrikadenkämpfe. Vielleicht. Aber was wir vor allem brauchen, das ist der Generalstreik, das sind die Massenversammlungen, die Demonstrationen. Und die Armee brauchen wir. Solange wir die nicht auf unsrer Seite haben, ist in unsrer Zeit nichts zu machen.

MACHAJSKI Kracht der alte Staat nicht schon in allen Fugen? Wir brauchen nur einen Minister zu erschießen, schon fällt der Zar in Ohnmacht.

TROTZKI Unsre Sache ist nicht der Mord an einem Minister. Sondern die völlige Niederwerfung des Zarismus.

MACHAJSKI Eine Partei, wie ihr sie euch vorstellt, wird nur wieder zu einem neuen Mittel der Herrschaft. Ausbeutung des Proletariats durch eine Elite von Beamten, Technikern, Wissenschaftlern. Ihr sprecht zwar vom Absterben des Staats. Aber das werdet ihr vergessen, wenn ihr erst mal euern Machtapparat habt. Wir wenden uns von Anfang an gegen den Staat, gegen die Institutionen, gegen die Bürokratie.

TROTZKI Sprache des vorigen Jahrhunderts, Machajski. Fortschritt liegt in der Macht der Forscher, Rechner, Organisatoren.

LUSIN Erkennen die Menschen ihre eigenen Interessen, löst sich die Machtfrage von allein. Dazu brauchen wir kein Zentralkomitee.

MACHAJSKI Wir bekämpfen den Staat mit den gleichen Mitteln, die er gegen uns losläßt. Terror gegen die vollgefreßnen Unternehmer, die Geldsäcke, die regierenden Quatschköpfe. Terror gegen die Ordenträger, die Kulturpriester. Der Mörderstaat wird offen und unverstellt sein wahres Gesicht zeigen. Jeder wird die Fratze erkennen.

LUSIN Wir kommen auch ohne Armee aus. Feuerbomben sind leicht herzustellen. Etwas Salpetersäure, etwas Kaliumklorat in eine präparierte Flasche, und das Gerichtsgebäude, die Kaserne, die Bank von Rußland steht in Brand.

TROTZKI Deine Explosionsstoffe können die Massen nicht ersetzen, Lusin. Einige von euch werden verbrennen, in heroischem Einzelkampf. Aber die Arbeiterklasse bringt ihr damit nicht auf die Beine.

Ein Soldat, mit Gewehr, Pelzmütze, hochgeschlagenem Mantelkragen, führt einen Gefangenen herein.

Lusin auf den Soldaten zu.

LUSIN Du, wie kannst du zu so was bereit sein? Was ist dein Vater? Bauer? Arbeiter?

Der Soldat droht ihm mit dem Gewehr. Lusin zieht ein Messer.

Was, auf deine Brüder schießen? Wie behandelt dich der Offizier? Was kriegst du für Sold? Was? Deine eigenen Unterdrücker verteidigen, gegen uns?

Der Soldat hebt das Gewehr zum Schuß. Mehrere der Versammelten werfen sich nieder. Trotzki nimmt Deckung hinter dem Tisch. Lusin springt mit dem Messer auf den Soldaten zu. Der Schuß knallt, doch Lusin ist nicht getroffen. Handgemenge. Ein paar weitere Soldaten herein. Lusin wird zusammengeschlagen und abgeschleppt.

ALEXANDRA SOKOLOVSKAJA Der Lusin kommt in die Katorga. Wenn sie ihn nicht gleich umbringen. Wenn man bedenkt, von was für Nutzen der noch hätte sein können. Ein Volksschullehrer.

Alle, außer Dsershinski und Mratschkowski, zum Hintergrund. Setzen sich dort nieder, oder strecken sich auf dem Boden aus.

TROTZKI Vier Jahre schon. Man könnte meinen, wir lieben diese Kerker. Aber wir lieben sie ebensowenig, wie der Ertrinkende den Meeresboden liebt. Wir werden nicht ersticken. Die Geschichte. Dieser ungeheuerliche Mechanismus. Arbeitet langsam, barbarisch langsam. Frißt unser Blut. Ja, sie kriecht weiter. Unerträglich. Wir müssen alle Kraft sammeln. Stoßen. Sie voranschieben. Nur nicht dies Warten.

Er springt auf.

MRATSCHKOWSKI Es ist Zeit, Bronstein.

DSERSHINSKI Die Reihe ist jetzt an dir. Die Flucht ist durch die Bauern gesichert. Wirst dich in einer Strohfuhre verstecken. Wir stopfen dein Bett aus. Sagen, du bist krank. Wirst ein paar Tage Vorsprung haben.

TROTZKI Die Kinder.

MRATSCHKOWSKI Wir werden für die Kinder sorgen. Alexandra ist nicht allein.

DSERSHINSKI Du nimmst Kontakt auf mit den Gruppen in Irkutsk, Samara, Charkow, Kiew. Dann über Wien, Zürich, Paris nach London. Lenin erwartet dich.

MRATSCHKOWSKI Du hast deine Papiere. Was für einen Namen hast du in den Paß geschrieben?

TROTZKI Trotzki. So hieß der Gefängniswärter in Odessa.

Dsershinski, Mratschkowski zum Hintergrund. Zu Ihnen tritt Natalja Sedowa.

Eine Gruppe von Soldaten. Alle in schweren Mänteln, Pelzmützen. Sie treiben die Gefangenen zusammen. Nur Trotzki vorn.

NATALJA SEDOWA Sie haben Sermux geholt. Durfte sich nicht mal die Stiefel anziehn. Sie verhören ihn jetzt im Keller der GPU.

Trotzki wendet sich mit heftiger Bewegung dem Hintergrund zu. Dort werden die Gefangenen lautlos einer nach dem andern abgeführt oder weggetragen.

Ljowa ist schon draußen. Telegraphieren. Aber es wird nichts nützen. Auch Posnanski haben sie abgefangen. Er konnte mir noch die Post geben. Rakowski ist nach Astrachan verbannt. Smirnow ist im Kaukasus. Serjoscha immer noch in Moskau verhaftet. Nachricht von Alexandra. Nina schwer krank. Sina ist bei ihnen.

TROTZKI Nina war damals schon krank. Ich ließ Alexandra und die Kinder in Wercholensk zurück.

Er setzt sich wieder an den Tisch. Natalja Sedowa allein im Hintergrund.

War es richtig, alles, Familie, Freundschaft, Liebe, alles den Forderungen der Arbeit zu unterstellen? Sich nur als Bestandteil des historischen Prozesses zu sehn?

Er legt die Papiere auf dem Tisch zurecht. Sitzt einige Augenblicke in der Ausgangshaltung. Erhebt sich. Geht nach vorn. Natalja Sedowa verschwindet.

3. London

TROTZKI London. Neunzehnhundert zwei. Oktober. Holford Place, Nummer zehn.

Nadjeshda Krupskaja tritt vor.

NADJESHDA KRUPSKAJA Kaum die richtige Zeit für Besuche.

TROTZKI Ja, es ist noch früh. Aber ich war drei Monate unterwegs. Da kann ich jetzt nicht warten.

Nadjeshda Krupskaja wendet sich zum Hintergrund.

NADJESHDA KRUPSKAJA Wladimir Iljitsch, die Feder ist angekommen.

TROTZKI Nadjeshda Krupskaja, da draußen wartet der Kutscher. Ich konnte ihn nicht zahlen.

Nadjeshda Krupskaja ab.

Lenin. Er geht schnell zum Tisch. Trotzki tritt ihm entgegen. Beide setzen sich. Das Gespräch beginnt unmittelbar.

Die Frage, die in Rußland überall gestellt wird. Welche Rolle soll die Partei spielen. Will die Partei für das Proletariat denken, entscheiden, handeln? Die Arbeiter sagen, niemand hat uns vorzuschreiben, wie wir die Fabrik zu verwalten haben. Sind die Besitzer an die Wand gestellt, dann gibts für uns nur noch die Selbstorganisation.

LENIN Hm. Sie können sich zusammenschließen zu Gewerkschaften. Können den Unternehmern Verbesserungen abzwingen. Aber die Erkenntnis des unversöhnlichen Gegensatzes ihrer Interessen zum gesamten System, die muß ihnen von außen gebracht werden.

TROTZKI Sie dulden keine Partei, die sich zu ihrem Vormund machen will. Sie haben bereits die Kraft, zur Diktatur über die Gesellschaft anzutreten. Die Bourgeoisie, beutegierig, brutal. Aber feige. Das Proletariat wird die bürgerliche Revolution überrennen.

LENIN Hm. Wie alt sind Sie?

TROTZKI Dreiundzwanzig.

LENIN Lew Davidowitsch. Sie wollen Stadien überspringen. Sie sind ungeduldig. Für Rußland ist zunächst die bürgerliche Revolution nötig. Vernichtung des Feudalismus. Durchsetzung von Agrarreformen. Erst in einer demokratischen Republik kann die Arbeiterklasse sich formieren, zum Kampf vorbereiten. Sie ist jetzt noch die Minderheit. Muß sich mit dem Halbproletariat, der Bauernschaft verbünden.

TROTZKI Die russische Revolution kommt zu spät, um noch bürgerlich zu sein. Es ist das Proletariat, das die Umwälzung vorantreibt. Wir können die kapitalistische Entwicklung nicht abwarten. Kämen ohnedies nie an die europäischen Verhältnisse heran. Demokratie in rückständigen Ländern kann nur erreicht werden unter der Führung der Arbeiterklasse.

LENIN Eine revolutionäre Regierung in Rußland kann vorläufig nur eine Koalition von Parteien sein. Nicht mal Majorität können die Sozialisten drin gewinnen. Außerordentlich schädlich, Ihre Illusionen.

TROTZKI Wir müssen uns von Anfang an für die sozialistische Revolution einsetzen. Für die Diktatur des Proletariats. Unaufhörlich. Bis unsre Attacken auf die internationale Bewegung übergreifen.

LENIN Lew Davidowitsch. Sie werden die Feder genannt, denn Sie können leicht und schnell Ihren Gedanken Ausdruck geben. Wir brauchen Sie für die Iskra. Vermitteln von hier aus die Kenntnisse, die einmal zur Revolution führen werden. Doch Revolutionäre, die nicht verstehn, langsam und geduldig vorzugehn, sind schlechte Revolutionäre. Keine Kunst, Revolutionär zu sein, wenn die Revolution ausgebrochen ist. Schwerer und wertvoller, Revolutionär zu sein, wenn die Bedingungen für den direkten offenen Kampf noch nicht vorhanden sind. Weiter. Revolutionäre Taktik muß aufgebaut werden auf streng objektiver Einschätzung aller Klassenkräfte. Jahrelange disziplinierte Arbeit im Untergrund.

TROTZKI Es wird breite Initiative gefordert. Erprobung der eigenen Kräfte.

LENIN Handwerklertum. Durch die Handwerklerei haben wir das Ansehn der Revolutionäre in Rußland herabgesetzt. Schlapp und schwankend in theoretischen Fragen. Enger Horizont. Das eigene Unvermögen immer rechtfertigend mit dem Gerede von der natürlichen Kraft der Massen. Unfähig, einen umfassenden Plan aufzustellen. Kostbare Zeit mit Diskussionen verlierend. Jeder verbohrt in seinem Individualismus. Leicht zugänglich der politischen Polizei. Bei jeder Razzia hochgehend.

Lenin steht auf. Drückt die Hand gegen die Stirn.

Gebt uns eine Organisation von Berufsrevolutionären, und wir werden Rußland aus den Angeln heben.

Auch Trotzki steht auf. Lenin drückt beide Hände an die Schläfen.

TROTZKI Ist Ihnen nicht wohl, Wladimir Iljitsch?

LENIN Weiter. Gehn wir weiter.

Vom Hintergrund und den Seiten her Arbeiter, Passanten, ein paar Matrosen in der Uniform der britischen Kriegsmarine.

Lenin weist mit ausgestreckter Hand im Halbkreis nach vorn.

Sehn Sie dieses London. Das London der Monopolisten. Ihr Parlament. Ihr Tower. Das Britische Museum. Aber das gehört ihnen schon nicht mehr ganz. Da haben wir uns schon eingenistet, in den Bücherhaufen. Das haben wir schon unterminiert.

Im Hintergrund ein Sprecher auf einer Kiste. Zuhörer sammeln sich um ihn.

SPRECHER Singt mit, Brüder und Schwestern. Führe uns.

DIE UMSTEHENDEN Führe uns.

SPRECHER Führe uns, o Herr.

DIE UMSTEHENDEN Führe uns, o Herr.
SPRECHER Aus dem Reich des Kapitalismus.
DIE UMSTEHENDEN Aus dem Reich des Kapitalismus.
SPRECHER In das Reich.
DIE UMSTEHENDEN In das Reich.
SPRECHER In das Reich des Sozialismus.
DIE UMSTEHENDEN In das Reich des Sozialismus.
LENIN Und hier das andere London. Unser London. Zwei Nationen.

Die Matrosen lachen ein paar Arbeiterinnen zu.

ARBEITERIN 1 Die schönen Matrosen von der Terrible.
ARBEITERIN 2 Hattet Ehrenplätze zur Prozession, was?
MATROSE 1 Am Trafalgar Square.
ARBEITERIN 2 Habt Ihr den König gut gesehn? War er noch blaß? Was hatte die Königin fürn Kleid an?
ARBEITER 1 Konnt man nicht sehn, vor Diamanten.
ARBEITERIN 2 In Sankt Paul hat er gedankt für seine Genesung. Nach langer Krankheit. Ich bin dem Leben zurückgegeben.

Gelächter.

ARBEITER 1 Von wo kommt ihr? Wo habt ihr zuletzt für Ordnung gesorgt? Südafrika? Aden? Indien? China?
PASSANT Was wär das Empire ohne unsre Marine.
MATROSE 2 Venezuela. Blockade gegen die Aufständischen.
MATROSE 1 Jetzt ist die Revolte niedergeschlagen.
MATROSE 2 Aber in Kolumbien schon wieder ne neue.
MATROSE 1 Da passen die Amerikaner auf.
ARBEITER 2 Und in Somali? Unser Schutzgebiet. Sollen schwere Kämpfe sein. Wie nennt mans? Nationale Befreiungsbewegung.
ARBEITER 1 Der Clémenceau sagt, aus den Streiks in Frankreich, da könnt eine Revolution werden. Wenn nur größere Einigkeit wär. Wenn die Arbeiter sich besser organisieren würden. Wissenschaftlich.
ARBEITER 2 Hunderttausend Kumpel sind auf die Straßen.
ARBEITER 1 Und die Polizei hat auf sie eingeschossen. Viele Tote. In Dunkerk haben sie den Streik schon abgeblasen. Haben nicht mal auf Freigabe der verhafteten Kameraden bestanden. Siebenhundert elf gegen vierhundert einundachtzig stimmten für Arbeitsaufnahme.
LENIN Aber immerhin schon vierhundert einundachtzig dagegen.
ARBEITERIN 1 In Amerika geht der Streik jetzt auf den hundertsten Tag. Hier, was der Präsident sagt, Roosevelt.

Sie schlägt eine Zeitung auf.

Denkt an den bevorstehenden Winter, sagt er. Die Kohlen sind jetzt schon knapp. Der Streik wird zur größten Gefahr, der unsre Gesellschaft je ausgesetzt war. Die brennende Frage ist, soll das fundamentale unauslöschliche Recht des Menschen auf Freiheit gewahrt bleiben, oder soll es zertreten werden unter dem Stiefel des brutalen Mobs? Menschen, das sind die Grubenherrn. Mob, das sind wir.

ARBEITER 2 Mitchell, der Führer der Bergarbeiter, sagt, der Streik wird fortgesetzt, wenn nötig den ganzen Winter.

ARBEITER 1 Der hat seine Leute doch längst an die Unternehmer verkauft. Die Bergwerke sind von Truppen besetzt, nicht von Arbeitern. Gut, er wird ein paar Cent mehr Lohn rausschlagen. Aber das Gewerkschaftswesen, das taugt genausowenig wie bei uns.

Er wendet sich Lenin und Trotzki zu.

Hier sind zwei Genossen aus Rußland. Haben in Sibirien gesessen. Der hier, der hat seine Frau und Kinder noch da.

ARBEITER 3 Wenn meine Frau ins Gefängnis käm, ich wüßte nicht, was ich täte.

LENIN Auf deinem Arbeitsplatz, sagst du dort nicht, daß du Sozialist bist?

ARBEITER 3 Was glaubst du. Wenn der Chef das rauskriegte, ich würde fliegen. Ich halt den Mund. Setz meine Familie doch nicht aufs Spiel.

LENIN Und die Veränderungen?

ARBEITER 3 Die kommen auf friedlichem Weg. Der Sozialismus kommt. Bestimmt. Da brauchen wir keine Revolution.

Alle langsam auseinander. Lenin und Trotzki nach vorn.

LENIN Sehn Sie, Lew Davidowitsch. Hier vom Hügel aus, die Stadt. Ziemlich viel Nebel. Ziemlich viel Rauch. Hier, auf dem Primrose Hill, ging Marx spazieren. Hat für die Welt gearbeitet. Da unten liegt er begraben. Das Manifest. In unserm Jahrhundert fast vergessen. Zu Feiertagen kramen sie es aus, die europäischen Arbeiterführer. Es tönt leer in ihrem Mund.

Lenin drückt wieder die Hände an die Schläfen. Geht zum Feldbett, legt sich dort nieder. Trotzki lehnt sich an den Tisch. Alle andern verschwunden.

TROTZKI Dann kamen unsre Differenzen. Mehr als ein Jahrzehnt lang. Schreckliche, unübersteigliche Differenzen. Worum ging es? In diesem Mehlspeicher in Brüssel? Juli neunzehnhundert drei. In der geheimen Tagung. Mit den Flöhen und Ratten.

LENIN Und Polizeispitzeln.

TROTZKI Saßen auf Brettern, Säcken. Übermüdet. Verschwitzt. Halb bewußtlos. Vielleicht waren am ganzen Streit nur unsre Nerven schuld. Dieses Emigrantendasein.

LENIN Es ging um die Bildung der Allrussischen Partei.

TROTZKI Verstand damals nicht, daß der strenge Zentralismus notwendig war. War empört, wie du die Alten absägtest. Axelrod, Sassulitsch.

LENIN Der Zentralismus der Revolutionäre ist ein hartes Prinzip. Kann sich unbarmherzig auswirken gegen einzelne oder Gruppen gestriger Gesinnungsgenossen. Aber die Zielsetzung rechtfertigt jede Rücksichtslosigkeit.

Auftritt der Teilnehmer an der Brüsseler Tagung. Plechanow, Axelrod, Deutsch, Martow, Vera Sassulitsch, Arkadi Kremer, Akimow, Martynow, Rosanow, Parvus und andere. Sie nehmen Platz am Tisch, auf Kisten, Stühlen, auf dem Fußboden. Im Verlauf der Diskussion ständige Unruhe. Man kratzt sich, steht auf, schlägt mit den Armen um sich, tritt mit dem Fuß aus, schleudert ein Buch in eine Ecke. Hier und da geht einer wie ein Schlafwandler umher. Lenin setzt sich, zwischen Plechanow und Deutsch, an die Mitte des Tisches.

Weiter. Wir müssen endlich vom Zirkelwesen zur vereinten Partei kommen. Vom Spießertum zur revolutionären Arbeit. Aufräumen mit der Cliquenwirtschaft, den internen Sympathien und Antipathien. Aufräumen mit dem nationalen Separatismus. Es geht um die Bildung einer Partei, die fähig ist, Millionenmassen zu führen.

PLECHANOW Und der Jüdische Bund fordert den Weiterbestand seiner Autonomie. Akzeptieren wir dies, dann werden andre nationale Minderheiten, wenn unsrer Partei mal der Sieg beschieden ist, die gleiche Selbstbestimmung verlangen. Die zentralisierte Organisation würde fallen. An ihre Stelle eine Föderation treten.

TROTZKI Was hat die Juden bisher zusammengehalten? Die Religion. Die ist zum Untergang verurteilt. Besondere Eigenschaften, kulturelle Gebräuche. Die sind Ergebnis von Bedingungen, unter denen sie jahrhundertelang gelebt haben. Eine jüdische Kultur, die sich um die eigene Achse dreht, ist zum Untergang verurteilt.

Proteste.

Und zum Untergang verurteilt ist dieser halbfiktive Nationalismus, der im Zionismus gipfelt.

ARKADI KREMER In Kischinew, in den Pogromen, da haben sie grad wieder Tausende von uns vertrieben und umgebracht. Wir müssen das Recht haben, uns zu schützen.

TROTZKI Eine abgeschlossne jüdische Gemeinschaft, das ist Ghettodenken.

ARKADI KREMER Du bist selbst Jude, Lew Davidowitsch.

TROTZKI Ich bin Sozialist. Wenn ich auch als Jude geboren bin, erkenne ich keine jüdische Nationalität an. Ebensowenig wie ich an rassische Besonderheiten des Judentums glaube. Die Lösung des jüdischen Problems ist nicht die Bildung eines jüdischen Staats, sondern die konsequente internationale Umformung der Gesellschaft.

ARKADI KREMER Wir bestehen drauf, unser eigenes Zentralkomitee zu wählen. Wir müssen in Fragen, die unsre Bevölkerung betreffen, selbst entscheiden. Eigene Schulen. Eigene Versammlungsstätten.

TROTZKI Doch nicht Schranken errichten, Arkadi Kremer. Schranken wegräumen zwischen Rassen, Religionen, Nationalitäten.

PLECHANOW Proletarische Diktatur. Dieser Begriff schließt die Beseitigung von Gruppierungen und Institutionen ein, die den Interessen der Arbeiterklasse im Weg stehn.

ARKADI KREMER Wir haben noch nicht über Diktatur gesprochen. Die Iskra hat im voraus die revolutionäre Strategie bestimmt.

PLECHANOW Voraussetzung der sozialen Revolution ist die Diktatur des Proletariats. Das heißt, Eroberung der politischen Macht durch das Proletariat, zur Erdrückung jeden Widerstands.

AKIMOW Auch der Erdrückung parlamentarischer Einrichtungen?

PLECHANOW Sollte es nach dem Sturz des Zarismus zur Wahl einer Konstituierenden Versammlung kommen, die der revolutionären Arbeiterregierung feindlich gesinnt ist, so muß diese Konstituante fallen.

AKIMOW Genosse Plechanow, wie vereinbaren Sie die Diktatur mit der Auffassung einer demokratischen Republik, von der im Programmentwurf die Rede ist? Wie bringen Sie diese Diktatur in Einklang mit der Freiheit der Presse, der Parteien, der Versammlung? Mit der Forderung nach Gleichheit für alle Bürger? Keine einzige sozialistische Partei in Europa spricht von Diktatur.

PLECHANOW Weil es alles reformistische Parteien sind, Akimow, die sich gegen die Revolution erklären.

MARTYNOW Wir, die Vertreter derer, die jetzt unter der Diktatur des Zarismus vegetieren, sollen wir die Ausübung der Diktatur für uns gutheißen?

LENIN Das revolutionäre Proletariat kann die politischen Rechte der Bourgeoisie ebenso einschränken, wie diese es mit dem Proletariat getan hat.

ROSANOW Ist Demokratie nicht etwas Absolutes? Ist es nicht ein Prinzip, für das wir auf allen Linien kämpfen? Wird die russische Arbeiterpartei die freien allgemeinen Wahlen aufheben?

PLECHANOW Sollte das Interesse der Revolution zeitweilige Einschränkung der demokratischen Grundsätze fordern, so wäre es ein Verbrechen, zu zögern.

Beifall und Proteste.

LENIN Alle Erklärungen von gleichen Rechten sind Unsinn. Man hat uns lange genug unsre Rechte verweigert. Weiter. Gehn wir weiter. Zur Frage der Mitgliedschaft.

MARTOW Lenin und Plechanow fordern eine enge Partei. Wollen die Partei mit der illegalen Organisation identifizieren. Es sollen nur die aufgenommen werden, die aktiv in einem Zweig der Organisation arbeiten. Eine Partei der Verschwörer. Keine Partei der Arbeiterklasse.

Unruhe.

LENIN Die Partei ist die höchste Form der Organisation des Proletariats. Sie führt alle Unterorganisationen der Arbeiterklasse. Sie stellt den Vortrupp dar zu den Millionenmassen. Sie muß aufgebaut sein auf der Grundlage des Zentralismus.

TROTZKI Eine autoritäre Partei, um einen autoritären Staat zu schaffen.

DEUTSCH Hört unsern Benjamin, der die Keule Lenins genannt wird.

MARTOW Wir fordern eine breite Partei. Nicht eine Partei der Elite. Eine Partei, die alle aufnimmt, die dem Programm zustimmen.

Unruhe. Pfeifen.

TROTZKI Die Herrschaft des Proletariats wird erst möglich, wenn sich die gesamte Arbeiterschaft in der Partei zusammenschließt. Dann wird es die Herrschaft der überwältigenden Majorität sein. Nicht die Diktatur einiger Auserwählter. Wir werden nach Rußland gehn und diese Partei stärken.

DEUTSCH Dämpfe deinen Optimismus, Lew Davidowitsch. Bleib im Ausland. Vervollkommne deine Erziehung. Lern ein Stück Welt kennen. Entwickle deine Gaben.

Gelächter.

TROTZKI Wenn es in Petersburg losgeht, dann bin ich da, Deutsch.

LENIN Auch in der Arbeiterklasse herrscht Verwirrung. Macht die Partei die Tore zu weit auf, dann läßt sie alle Elemente der Schwäche und Unentschlossenheit mit ein. In der Partei sollen die Bewußtesten und Mutigsten sein. Martows Partei soll allen offenstehn, die noch nicht gelernt haben, wie die Aufgaben zu bewältigen sind. Klasseninstinkt der Massen. Ja. Sie werden kämpfen. Aber siegen können sie nur, wenn die Führung da ist.

AKIMOW Ihr sprecht von Partei und Proletariat als von getrennten, einander entgegengesetzten Begriffen. Partei als aktiv wirkende kollektive Person. Proletariat als passives Milieu, auf das die Partei einwirkt. Partei als Subjekt. Proletariat als Objekt. Ist das Diktatur der Arbeiterklasse?

Gelächter.

TROTZKI Wenn Lenin Diktatur des Proletariats sagt, meint er Diktatur über das Proletariat.

Tumult.

AXELROD Lenin verhängt den Belagerungszustand über die Partei.

VERA SASSULITSCH Ein Robespierre, der die Partei zum Thermidor führt.

LENIN Sassulitsch, Axelrod, Martow, ihr Schwätzer und Kleinbürger. Wer die Partei spalten will, muß ausgestoßen werden. Notwendig ist jetzt eine Untergrundorganisation, die der politischen Polizei gewachsen ist. Eine Partei der Revolutionäre. Nicht eine Partei der Phrasendrescher.

Beifall. Pfeifen.

TROTZKI Die Organisation der Partei tritt an Stelle der Partei selbst. Das Zentralkomitee tritt an Stelle der Organisation. An Stelle des Zentralkomitees tritt der Diktator. Als erstes fällt unter der Guillotine das Löwenhaupt von Marx.

Tumult.

PLECHANOW Wir werden abstimmen über den Status der Partei. Wir befürworten auch Lenins Antrag, die Iskra dem Zentralkomitee überzuordnen.

PARVUS Das Parteiorgan muß dem Zentralkomitee unterstellt werden.

LENIN Das ist unmöglich, Parvus. Sie können uns von Rußland aus nicht dirigieren. Hier sind wir eine stabile Zentrale. Von hier aus leiten wir den Kampf.

PARVUS Uneingeschränkte Herrschaft des Zentralorgans.

LENIN Es kann unter den gegenwärtigen Kräfteverhältnissen nicht anders sein.

Abstimmung unter Tumult. Alle, außer Lenin und Trotzki, zum Hintergrund und ab.

TROTZKI Zwei Stimmen Mehrheit. Mit zwei Stimmen siegt die Mehrheit über die Minderheit. Der Bruch ist klar. Bolschewiki und Menschewiki.

LENIN Wir bilden die legitime Führung. In jeder demokratischen Körperschaft besitzt die Mehrheit, wie knapp auch immer, bestimmende Macht.

TROTZKI Wie konntest du die Spaltung der Partei zulassen?

LENIN Keine Spaltung. Sondern eine Klärung. Drüben diejenigen, die nicht rauskommen aus ihrer bürgerlichen Welt. Aus ihrem Liberalismus. Ihrer Eigenliebe. Die sich zur Geltung bringen wollen mit privaten Argumenten. Die der Vergangenheit angehören. Bei uns die Zukünftigen. Die auf individuellen Gewinn und Ruhm verzichten. Die Auslese. Die Praktiker. In einer festgefügten revolutionären Organisation.

TROTZKI Und die Gründer der Partei, kaltgestellt.

LENIN Eine illegale Bewegung, die den Zarismus stürzen will, kann es sich nicht leisten, Ehrensinekuren zu vergeben. Aus Erwägungen der Leistungssteigerung lassen wir die Alten fallen. Das müßtest du verstehn. Aber du vertraust allzusehr dir selbst. Wirst noch mal dran scheitern, wenn du nicht lernst, deine persönliche Meinung zurückzuhalten und dich dem Parteibeschluß zu fügen.

Lenin streckt sich auf dem Feldbett aus. Er legt den Arm über das Gesicht.

Vier Soldaten. Gewehr auf dem Rücken. Uniform der Roten Armee. Treten im Gleichschritt zum Feldbett vor. Heben Lenin hoch, tragen ihn zum Hintergrund und ab.

5. Neunzehnhundert fünf

Während des Abgangs der Soldaten strömt eine Menschenmenge aus dem Hintergrund. Mit Ikonen, Kirchenfahnen. Vorn ein bärtiger Geistlicher, mit umgehängtem Kruzifix, Vater Gapon. Alle langsam nach vorn.

VATER GAPON Wir, Arbeiter der Stadt Sankt Petersburg, sind zu dir gekommen, Herrscher, um Gerechtigkeit und Schutz zu suchen. Wir sind verelendet, unterdrückt, mit schwerer Arbeit überlastet. Für uns ist der Augenblick eingetreten, da der Tod besser ist als die Fortsetzung des Leidens. Wir haben die Arbeit niedergelegt und den Fabrikherrn erklärt, daß wir nicht eher arbeiten werden, als bis unsre Forderungen erfüllt sind. Wir sind an die Mauern deines Palastes gekommen, dich zu bitten, laß das Volk gemeinsam mit dir das Land regieren. Befiehl, die Vertreter aller Klassen und Stände Rußlands einzuberufen für eine Konstituierende Versammlung. Erhörst du nicht unser Gebet, so wollen wir hier, auf diesem Platz vor deinem Palast, sterben. Heute, am neunten Januar neunzehnhundert fünf.

Schüsse. Flucht. Die Menge sammelt sich wieder. Diesmal ohne Gapon.

Trotzki steigt auf den Tisch. Wendet sich der Menge zu.

TROTZKI Arbeiter, Bauern. Ihr habt gehört, wie der Zar mit euch sprach. Durch die Straßen Petrograds seid ihr ihm entgegengezogen. In euerm besten Sonntagsstaat. Mit euern Frauen, Kindern, Eltern. Zweihunderttausend wart ihr. Ihr fielt vor ihm in die Knie. Doch da betetet ihr nicht mehr. Da hatte der Zar euch geantwortet.

RUFE Der Mörder. Stürmt das Palais. Erschlagt ihn. Ihn und seine Familie.

TROTZKI Bauern, erinnert euch daran, wie er immer gesagt hat, in meinem Land bin ich der erste Edelmann, der erste Gutsherr.

RUFE Und er verschenkt uns an seine Diener. Mit seinen Hunden geht er besser um, als mit uns.

TROTZKI Arbeiter. In den Druckereien, den Stahlwerken, den Textilfabriken seid ihr in den Streik getreten. Jetzt legt das ganze Land lahm. Laßt den Generalstreik zum bewaffneten Aufstand werden.

Ein Trupp Soldaten, in zaristischer Uniform.

Bauern. Wir müssen die Armee auf unsre Seite bekommen. Sagt den Soldaten, euern Söhnen, die vom Geld des Volkes leben, daß sie ihre Gewehre nicht gegen uns heben dürfen.

Schüsse. Einige Arbeiter stellen sich zum Schutz um Trotzki.

Arbeiter, Bauern. Laßt gleichzeitig und überall in Rußland das Feuer ausbrechen, das keine Macht zu löschen vermag. Dies Feuer heißt Revolution.

Schüsse. Trotzki, umgeben von der Gruppe der Arbeiter, vom Tisch herab, zur Seite.

Arbeiter, Bauern. Ihr habt den Selbstherrscher gezwungen, euch die Freiheit zu versprechen. Ihr habt die Waffe gegen ihn gefunden, den Massenstreik. Er begann zu zittern, als ihr ihm zeigtet, wer es ist, der in Wahrheit über die Fabriken verfügt. Doch es ist noch keine Freiheit, wenn die Offiziere die Schlüssel zu den Arsenalen haben. Zwingt sie, die Schlüssel ihren rechtmäßigen Eigentümern auszuliefern.

RUFE Zu den Putilow-Werken, da gibts Maschinengewehre. Zur Pulverfabrik.

Vortretend, ein paar Soldaten, in abgerissenen Uniformen.

RUFE Die Matrosen der Schwarzmeerflotte meutern. Auf dem Potemkin haben sie die rote Fahne gehißt.

SOLDAT 1 Was hatten wir in Japan, in China zu suchen? Denen da, den Schweinen, die Eisenbahnen zu erobern. Ihnen die Häfen zu sichern. Tausende haben wir verloren da hinten. In Port Arthur. In der Mandschurei.

SOLDAT 2 Und die Offiziere. Maul halten, liegen bleiben, schreien sie. Knallen uns ab, wenn wir aufmucken. Zu Fuß mußten wir zurück. Unsre Rationen werden uns gestohlen von der Heeresversorgung. Stiefel und Mäntel stiehlt das Rote Kreuz.

TROTZKI Wo habt ihr eure Gewehre?

SOLDAT 2 Weggeschmissen haben wir sie.

TROTZKI Ihr hättet die Gewehre behalten sollen. Wir brauchen sie. Der Zar hat seinen Krieg verloren. Unser Krieg beginnt jetzt. Der Zar hat seine Ostchinesische Eisenbahn verloren. Sein Port Arthur. Das ist gut. Je schwächer er wird, desto stärker werden wir.

RUFE Zu den Kasernen. Es leben die Arbeiter- und Soldatenräte.

Eine rote Fahne im Hintergrund. Gleichzeitig ein Trupp der Schwarzen Hundert.

RUFE Die Schwarzen Hundert. Paßt auf, sie schießen.

Einer der Soldaten springt auf eine Kiste.

SOLDAT DER SCHWARZEN HUNDERT Das Wohl des Vaterlands liegt in der unbeschränkten russischen Selbstherrschaft. Das Wohl des Vaterlands liegt in der Erhaltung der orthodoxen Kirche. Das Wohl des Vaterlands liegt in der Vernunft des Volkes. Die unbeschränkte russische Selbstherrschaft entstammt der Vernunft des Volkes. Sie ist von der Kirche gesegnet und gerechtfertigt durch die Geschichte.

Während der Litanei Unruhe und Hohnrufe. Die Soldaten der Schwarzen Hundert drängen mit vorgestreckten Gewehren die

Menge zusammen. Trotzki wird von den Arbeitern zu einem erhöhten Platz getragen. Sie stellen sich wieder dicht um ihn.

TROTZKI Das ist die Freiheit, die uns der Selbstherrscher verspricht. Er verspricht uns eine Verfassung und gleichzeitig erteilt er den Befehl an seine Schwarzen Hundertschaften, spart nicht an Kugeln. Er verspricht uns die Redefreiheit, aber die Zensur besteht nach wie vor. Er verspricht Lernfreiheit, aber die Universitäten sind von Truppen besetzt. Die Unverletzlichkeit der Person wird uns versprochen, und die Gefängnisse sind überfüllt.

RUFE Amnestie. Amnestie. Zu den Gefängnissen.

Heftige Bewegung in der Menge. Die Soldaten drohend vor. Ein Arbeiter, Schljapnikow, springt auf den Tisch.

SCHLJAPNIKOW Wenn die Regierung Frieden mit uns schließen will, muß sie die Gefangenen freigeben.

RUFE Lassen sie heut hundert los, sperren sie morgen tausend ein. Die Gefängnisse mit Gewalt nehmen.

In der Menge Graf Witte. Er ersteigt eine Kiste im Hintergrund.

GRAF WITTE Brüder Arbeiter, stürzt euer Land nicht ins Unglück. Habt Mitleid mit euern Frauen und Kindern. Hört auf einen Mann, der es gut mit euch meint.

SCHLJAPNIKOW Was erlaubt er sich für Vertraulichkeiten. Die Arbeiter seine Brüder zu nennen. Wir sind mit dem Grafen Witte nicht verwandt.

Gelächter.

GRAF WITTE Geht zurück in die Fabriken. Der Zar hat ein Manifest erlassen, in dem er eine neue Konstitution in Aussicht stellt.

SCHLJAPNIKOW Ja, jetzt. Wo wir ihm den Fuß auf den Nacken gesetzt haben.

TROTZKI Ein Manifest von diesem Henker. Wir werden euch zeigen, was wir von diesem Papierwisch halten.

Er zerreißt ein Stück Papier.

Schüsse. Die Menge wird von den Soldaten auseinandergetrieben. Zwischen den Fliehenden werden Deutsch und Parvus aufgegriffen. Auch Schljapnikow und Trotzki werden festgenommen. Sie werden zum Tisch gestoßen. Die Menge ab.

Richter und Gerichtspersonal vor. Die Richter nehmen am Tisch Platz. Die Verhafteten werden von Soldaten bewacht. Bajonette an den Gewehren. Eine Handglocke wird geläutet.

TROTZKI Ja, meine Herren Richter. Unsre Tätigkeit war revolutionär. Wir trieben den Aufstand voran. Doch ein Aufstand der Massen

wird nicht inszeniert, wird nicht gemacht. Er macht sich selbst. Wir konnten nur dazu beitragen, der Bevölkerung die Gründe des Aufstands zu erklären. Ihnen zu erklären, daß der offene Konflikt unumgänglich war. Daß man uns um alles betrogen hatte. Daß wir uns die Freiheit selbst holen müssen. Die Sowjets bewaffneten die Arbeiter für den direkten Kampf gegen diesen Apparat für den Massenmord, den Sie noch Regierung nennen.
Empörung. Der Vorsitzende schwingt die Handglocke.
Wenn die Gewalttätigkeiten der Armee und Polizei, die Abschlachtungen von Arbeitern und Bauern die Regierungsform des Russischen Reichs darstellen, ja, dann erkennen wir an, daß wir uns gegen diese Regierung bewaffneten. Noch sind die Gesetze und Gerichte in der Hand dieses Regimes. Und Sie, meine Herren Richter, verteidigen es gegen uns, die gewählten Vertreter der arbeitenden Bevölkerung. Eines Tages werden Sie sich verantworten müssen vor unserm Gericht, unserm Volksgericht.
Erneutes Läuten der Handglocke. Die Richter ab. Die Verhafteten werden hinter dem Tisch zusammengedrängt. Die Soldaten ziehen sich zurück. Die Verhafteten langsam auseinander. Im Hintergrund werden Mratschkowski und Natalja Sedowa hereingeführt. Trotzki nimmt am Tisch Platz.

6. Zweite Verbannung

Die Mitgefangenen lassen sich im Hintergrund nieder. Nur Natalja Sedowa langsam vor. Trotzki stellt die Ordnung der Papiere und Bücher auf dem Tisch her. Legt sorgfältig die Schreibwerkzeuge zurecht. Sitzt dann einige Augenblicke in der Ausgangshaltung.

TROTZKI Manchmal scheint mir, die Revolution hindert mich nur dran, systematisch zu arbeiten. Als sei der Kampf der Ideen mir wichtiger als die revolutionäre Handlung. Das Schreiben, die Druckspur der Gedanken wirklicher, als die Aktionen draußen. *Natalja Sedowa tritt hinter ihn.* Die Städte, Natasha. Das Licht in den Straßen. Das Geräusch der Trambahnen. Und, vor allem, der Geruch von Druckerschwärze. Eine frischgedruckte Zeitung. Die Städte. Moskau. London. Zürich. Paris. Zum dritten Mal Verbannung. Damals. Da konnten wir noch fliehn. Da gab es noch die Hoffnung auf die Revolution.
Natalja Sedowa legt die Hand auf Trotzkis Schulter.

Paris. Wann war es? Neunzehnhundert drei. Wir waren auf dem Weg nach Hause.

NATALJA SEDOWA Rue Gassendi sechsundvierzig.

TROTZKI Gingen über die Seinebrücke. Zwei Kinder waren übers Geländer geklettert. Auf den Betonsockel. Und du, plötzlich gehst du den steilen Sockel rauf. Ganz schnell, ohne dich umzusehn, den Rock hochgehoben, ohne Anstrengung, ohne falsche Bewegung. Ich seh dich gehn, mit deinen hohen Stöckelschuhn. Die Kinder staunten.

NATALJA SEDOWA Es war Frühling. Strahlende Sonne.

TROTZKI Ist es haltbar vor der Geschichte, zu sagen, daß wir die Revolution führten? Nein. Sie überraschten uns. Neunzehnhundert fünf. In Petrograd. Lenin kam, als der Aufstand eine vollendete Tatsache war. Plechanow fand es nicht mal der Mühe wert, nach Rußland zu reisen. Riet von Bewaffnung ab. Und die Partei? Seit der Spaltung mehr als je von der Bevölkerung isoliert. Nicht wir bereiteten den Streik vor. In den Fabriken wurde er beschlossen. Wahl von Arbeitersowjets. Erster revolutionärer Faktor.

NATALJA SEDOWA Du warst da. Sie hatten dich zum Vorsitzenden gewählt. Überall deine Ratschläge. Deine Appelle.

TROTZKI Wir waren ihr Sprachrohr. Die Kraft ging von ihnen aus. Wir hielten Reden. Meinten, wir könnten uns besser ausdrücken. Selbstüberschätzung.

Die andern Gefangenen langsam vor.

Der Gapon war es. Sohn eines Bauern, eines Kosaken. Der führte die Arbeiter zum Winterpalais. Das war kein Vorbote einer Bauernbewegung. Der wußte, es sind die städtischen Arbeiter, die den Kampf beginnen.

PARVUS Du weißt, wo sie ihn wieder aufgegabelt haben, deinen Gapon. In Monte Carlo. Warf mit dem Geld nur so um sich, dein Arbeiterführer. Und woher hatte ers? Vom Grafen Witte. Für dreißigtausend Rubel ließ er sich einkaufen, für die Polizei zu spionieren. Hatte den Glauben an die Revolution verloren. Ging jetzt dran, die Revolution zu verraten.

DEUTSCH Ist ihm aber nicht geglückt. Hab jetzt erfahren, wies ihm erging. Die Genossen haben ihn in ein Landhaus gelockt, an der finnischen Grenze. Da haben sie ihn aufgeknüpft. Ja, er hing da, über einen Monat, mit dem Gesicht zur Wand.

TROTZKI Und er leitete doch die Revolution ein.

DEUTSCH Das war noch keine Revolution. Lew Davidowitsch, du

Jüngling. Säßen wir hier, in Sibirien, wenns eine Revolution gewesen wär? Die Bürgerlichen haben wir an die Macht gebracht. Selbst haben wir uns schnappen lassen. Bei uns Alten ist es was andres. Wir können nicht so schnell laufen. Aber du.

TROTZKI Du vertrittst die Parteigründer, Leo. Gut, daß wenigstens einer da ist. Die andern. Sassulitsch träumt von einem Zusammengehn mit den Liberalen. Martow schwankt hin und her, in seinen ewigen Zweifeln. Plechanow ist umgefallen, hetzt sowohl gegen Lenin als auch gegen mich. Doch die Historiker können festhalten, Leo Deutsch, der alte Umstürzler, war neunzehnhundert fünf dabei.

PARVUS Und für die Arbeiter gehts jetzt zurück in die Tretmühle. Wenn ich meine Nachdenkstunde hab, abends, seh ich diese verkommenen Straßen, diese schimmligen Wände. Und gleich nebenan Berge von Reichtümern. Da hört man, ich will mehr, mehr, immer mehr. Die steigen schon übereinander. Damen verprügeln sich mit Schirmen. Herren hauen einander die Zylinder in die Fresse. Und zu denen da in den Gassen sagen sie, bravo ihr Arbeiter, ihr habt eure Sache gut gemacht. Aber jetzt gefälligst beiseite. Jetzt sind wir dran.

TROTZKI Du kannst dir deren Leben nur im Traum vorstellen, Parvus. Selbst in unsern Gefängnissen haben wir es besser als sie. Wir haben Schonzeit. Dürfen Bücher lesen. Freie Verpflegung. Die in ihren Lumpen weit weg von uns. Wir sind immer auf einer vorgeschobenen Front.

NATALJA SEDOWA Aber du warst mitten unter ihnen. Tausende hörten dir zu. Sie trugen dich.

TROTZKI Nur Augenblicke lang. Wir geben der Gewalt Ausdruck, die auf uns zukommt. Dann wissen wir kaum mehr, was wir gesagt haben. Sind taub.

DEUTSCH Und doch haben wir fast den Achtstundentag erreicht.

TROTZKI Die Arbeiter brauchten uns nicht dazu. Wir verlassen jetzt nach acht Stunden die Arbeitsräume. Das sagten sie den Unternehmern. Bisher waren sie rechtlos. Jetzt waren sie es, die Bedingungen stellten.

PARVUS Die Unternehmer rüsten sich schon zu Gegenschlägen. Drohen mit Kündigungen. Auf erhöhte Löhne folgen erhöhte Lebensmittelpreise. Ein Teil der Arbeiter läßt sich auf Verhandlungen ein. Hier Zehnstundentag. Dort Neunstundentag.

SCHLJAPNIKOW Die Arbeiter in den Metallwerken werden nicht nachgeben.

DEUTSCH Der Massenstreik nur ein Moment in einer langen Kampfperiode. Zeit für den Aufstand noch nicht da. Noch nicht genügend Erfahrung. Die Bürgerlichen verbünden sich mit dem internationalen Kapital. Zar und Kaiser haben ihre Verwandtschaft wiederentdeckt. Arbeiterklasse unbewaffnet. Was war die Triebkraft? Gefühl der Unmöglichkeit, die alte Gesellschaft länger zu ertragen. Kein Plan. Ohne die Partei verfliegt die Energie der Massen wie Dampf.

TROTZKI Aber die Bewegung wird erzeugt vom Dampf.

PARVUS Was in Petrograd geschah, das wird sich auf ganz Europa auswirken. Dies versaute Land ist doch Teil des Weltmarkts. Jetzt kommts auf die Arbeiterparteien im Westen an. Unser Proletariat im Augenblick erschöpft. Wird aber seine Stellungen halten.

TROTZKI Bei der nächsten Welle werden sich Arbeiterräte übers ganze Land bilden. Ein Allrussischer Arbeitersowjet übernimmt die Führung. Die Geschichte wiederholt sich nicht. Aus diesen fünfzig Tagen wird sich das zukünftige Aktionsprogramm herleiten lassen. Die revolutionäre Kooperation mit der Armee, der Bauernschaft, die Abschaffung der Polizei, der Bürokratie, die Bewaffnung des Volkes, die Umwandlung der Sowjets in Organe einer revolutionären Selbstverwaltung.

DEUTSCH Sibirische Träume. Du Benjamin. Glaubst du, Rußland ist reif für eine sozialistische Revolution?

TROTZKI Das russische Proletariat hat gezeigt, daß es die führende Kraft der Revolution ist. Es wird seine Diktatur errichten, vielleicht noch vor den Umstürzen im Westen.

MRATSCHKOWSKI Was aber, wenn uns der Westen im Stich läßt? Die Bolschewisten setzen eine lange bürgerlich demokratische Phase voraus. Der Zarenthron ist nur etwas angeschlagen. Der Westen wird alles tun, um ihn zu stützen. Was ist die Antwort auf den berühmten Funken, von dem ihr meint, er würde auf Europa überspringen? Mehr Schlachtkreuzer. Mehr Kanonen. Mehr Truppen an die strategischen Punkte.

Parvus hat währenddessen gymnastische Übungen ausgeführt, Armstreckungen, Kniebeugen. Ist mit kurzen schnellen Schritten einigemal hin- und hergegangen. Tritt jetzt auflachend vor.

PARVUS Ja, die Bolschewisten. Reden schon abschätzig von Trotzkismus. Gibt ein paar, die sprechen von der jüdischen Masche. Wir stehn allein da mit unsrer Vorstellung einer unaufhörlichen Revolution. Die Fakten gegen uns. Da ist dieser deutsche Sozialdemokrat, dieser griesgrämige Kautsky, dieser wilhelminische Philister. Der wird dem russischen Proletariat keine Waffenhilfe geben. Gut, da ist die Rosa. Aber die steht auch ziemlich allein. Lew, die Sache sieht übel aus. Obgleich wir recht haben. Auf lange Sicht.

TROTZKI Die Revolution ist permanent. Die Welt ist von ihr angefressen. Eine nationale Revolution ist nie in sich geschlossen. Ist Glied in einer internationalen Kette. Unsre Niederlage in der Mandschurei zeigt die Stärke Asiens. China wird vordrängen. Indien. Die südamerikanischen Länder. Der revolutionäre Kampf wird ausbrechen in den Kolonien. Klar, es wird Höhen und Tiefen geben. Die Fettwänste sind noch nicht mürbe. Aber sie werden in eine Panik getrieben. Sie werden aufeinander losziehn, um ihr Raubgut zu verteidigen. Sie werden einander zerfleischen.

SCHLJAPNIKOW Und auch uns zerfleischen. Wer schlägt sich für sie? Wir. Immer wir.

Parvus hat seinen Marsch wieder aufgenommen. Mit kurzen Schritten, schlenkernden Armen. Jetzt bleibt er stehen.

PARVUS Werden wirs noch erleben? Den Weg aus dem Irrenhaus ins friedliche Reich der Arbeit? Ich bezweifle es. Das Klassenproblem, das ist für die bürgerliche Welt des Westens schon seit einem halben Jahrhundert wissenschaftliches Objekt. Die Verhältnisse der Arbeiter werden in allen Details erforscht, rubriziert, katalogisiert. Man füllt dicke Bücher mit den Untersuchungen, reiht sie in Bibliotheken zusammen. Das Elend auf dem Papier wird zur Rechenaufgabe. Darüber kann man disputieren, ohne sich aufzuregen. Wann reicht die Luft nicht mehr zum Atmen aus? Wann reicht die Nahrung nicht mehr zum Leben? An welchem Punkt beginnt die sittliche Verkommenheit in einer von Männern, Frauen, Kindern überfüllten Wohnung? In welchem Augenblick läßt die Leistung des übermüdeten Arbeiters nach? So wird langsam die untere Grenze des Erträglichen gehoben. So kanns noch ein halbes Jahrhundert weitergehn. Der Arbeiter fühlt sich immer besser. Wer weiß, ob er bis dahin mehr als den Achtstundentag erlangt hat.

DEUTSCH Mach lieber deine Übungen, Parvus. Stähl dich. Stähl dich zur Flucht. Wir haben nicht die Zeit, wieder monatelang, jahrelang in unserm Diskussionsklub zu hocken.

PARVUS Ja, siehst du, du Ausbrecherspezialist. Ich mißtrau auch uns, genau wie du. Ich bin zwar mal meiner eigenen Klasse untreu geworden, seh aber im Sozialismus immer noch nicht mehr, als ein abstraktes Prinzip. Wir sprechen von den Massen. Was sind die

Massen für uns? Sind sie mehr als eine anonyme Zahlenmenge? Mehr als historischer Staub? An was denk ich jetzt, wenn ich so genug hab von der Armut? An Lugano denk ich. Da oben in den Kastanienwäldern. Da ein Haus zu haben. Oder Cannes, Nizza. Auf einer Caféterrasse. Wir sind nicht besser als der Gapon. Das Meer. Könnt ihr euch das Meer vorstellen? Tiefblau. Weiche ebenmäßige Wellen. Ich hab jetzt meine Nachdenkstunde. Ich geh jetzt an den Strand. *Er setzt sich wieder in Bewegung. Geht im Hintergrund auf und ab. Bückt sich, zeigt pantomimisch das Werfen eines Steins. Auch Deutsch, Schljapnikow und Mratschkowski zum Hintergrund. Alle ab, außer Natalja Sedowa. Trotzki ordnet die Papiere auf dem Tisch.*

Aus dem Hintergrund Lew Sedow vor.

TROTZKI Die Bleistifte. Warum sind die Bleistifte nicht gespitzt? Wo ist der Rotstift, Lew? Warum sind die letzten Seiten noch nicht reingeschrieben? Natasha, hast du meine Medizin?

Natalja Sedowa reicht ihm eine Medizinflasche, ein Glas Wasser. Er schüttet ein paar Tropfen ins Glas, trinkt, schüttelt sich. Fühlt sich den Puls.

Malaria. Ich werd hier an Malaria umkommen.

Lew Sedow reicht ihm ein paar Briefe und Zeitungen.

LEW SEDOW Wir haben Nachricht von Alexandra, Vater. Ninas Zustand hat sich verschlechtert. Auch Sina ist krank. Sie haben ihren Mann verhaftet. Fast achttausend von den unsern sind deportiert.

Trotzki blickt in die Briefe.

TROTZKI Unsre Situation. Auf der einen Seite die tyrannische Bürokratie. Auf der andern Seite die apathische Arbeiterklasse. Unsre nächsten Freunde, die mitgewirkt hatten zum Sieg der Revolution, die entscheidenden Anteil hatten an der Schaffung der Sowjetrepublik, sie sind in deren Gefängnissen und Verbannungsorten. Einige werden sich unterwerfen. Werden den Repressalien nachgeben. Die andern. Werden sie standhalten?

NATALJA SEDOWA Und von Serjoscha nichts?

LEW SEDOW Nichts.

Trotzki liest in einem Brief.

TROTZKI Rakowski schreibt über Dante. Ja, natürlich, Produkt eines gegebenen sozialen Milieus. Natürlich. Commedia, diktiert von bestimmten Klasseninteressen. Aber wärs nur Abbild der herrschenden Klasse im Florenz des dreizehnten Jahrhunderts, dann könnten wirs leicht abfertigen. Historisches Dokument. Doch weil

Auseinandersetzung mit seiner Zeit, Schilderung psychologischer Entwicklung, Gedankenverbindung mit uns herstellt. Sprengt die Zeitgrenzen. Ja. War zum Tod durchs Feuer verurteilt. Schrieb im Exil. Durfte nie mehr zurück.

Ein Offizier.

OFFIZIER Wie gehts Ihnen, Lew Davidowitsch, Natalja Sedowa? Und Ihnen, Ljowa? Ich seh, bei bester Gesundheit. Aber wohl etwas einsam hier.

TROTZKI Es ist so einsam, wie man sichs macht.

Trotzki erhebt sich. Geht dem Offizier aber nicht entgegen.

OFFIZIER Glauben Sie nicht, daß irgendwelche Schritte denkbar wären, zur Aussöhnung?

TROTZKI Aussöhnung? Kann keine Rede sein von Aussöhnung. Nicht weil ichs nicht will. Sondern weil es in den Möglichkeiten des Gegners nicht enthalten ist. Ich werde den Weg, der mir von der Bürokratie vorgezeichnet wurde, bis zum Ende gehn.

OFFIZIER Ich habe den Auftrag, Ihnen folgendes mitzuteilen. Stellen Sie Ihre konterrevolutionäre Tätigkeit nicht ein, Lew Davidowitsch, dann sind wir gezwungen, Ihren Aufenthalt zu verändern.

Er überreicht Trotzki einen Brief und geht ab. Trotzki liest den Brief. Geht zum Schreibtisch. Läßt sich auf den Stuhl fallen. Lew Sedow nimmt den Brief, liest ihn.

LEW SEDOW Brief von Alexandra. Neunter Juni achtundzwanzig. Das war vor drei Monaten. Nina. Nina ist heute gestorben.

Natalja Sedowa legt ihren Arm um Trotzkis Schultern. Verweilt so einige Augenblicke. Dann Natalja Sedowa und Lew Sedow ab. Trotzki erhebt sich. Geht zum Feldbett. Legt sich nieder.

7. Zürich

Lenin sitzt im Hintergrund auf einem Stuhl. Trotzki ausgestreckt auf dem Feldbett.

TROTZKI Den Aufenthalt verändern. Den Aufenthalt verändern. Fast zehn Jahre Emigration. Abgeschnitten von den Ereignissen in Rußland. Was ist ein Revolutionär wert, der zehn Jahre außer Landes ist? Wir konspirieren. Die Fraktion in tödlichem Streit miteinander. Ein Jahr dauert der Krieg schon. Ich hab das Morden gesehn. Diese Gruben, voll Blutschlamm, voll Knochensplitter. Hab dies Schreien gehört. Ich weiß, humanitäre, moralische Betrachtung der Geschichte ist unfruchtbar. Aber es zeigt sich, daß wir immer noch in der Epoche der tiefsten Barbarei herumkriechen. Die Wissenschaften. Wie hoch hielten wir sie. Alle, alle im Dienst der Zerstörung. Soll dies die vorrevolutionäre moderne Zeit sein? Pathologische Würdenträger. Salbadernde Priester. Strauchräuber, Falschspieler in den Parlamenten. Und die Lügner, Verleumder in der Presse. Wie können wir von hier aus, ein Zimmer in Zürich, Koffer gepackt, Durchreise, wie können wir von hier aus die Lokomotive der Geschichte in Gang setzen?

LENIN Hm. Haben unsre Zeit nicht müßig verbracht. Ohne revolutionäre Theorie keine revolutionäre Praxis. Zehn Jahre. Was sind zehn Jahre? Ich war jeden Tag, jede Stunde in Einklang mit unsrer Gegenwart. Wir haben im Verborgenen gearbeitet. So wie sie in Rußland in den unterirdischen Zellen gearbeitet haben. Von dort kommen die Neuen. Rücksichtslos, tatkräftig, listig, geschickt. Den Sinn nur aufs Ziel gerichtet. Diese gelten. Die andern haben sich selbst überlebt. So wie die deutsche Partei die Internationale betrogen hat und ins Geschäft gestiegen ist mit dem Kaiser, so sind unsre Veteranen im nationalistischen Rummel auf die Seite des Zaren geraten. Verstehen Sie jetzt, warum ich die alte Garde ausschloß?

TROTZKI Ich bin für Verständigung eingetreten. Wollte vermitteln zwischen den Fraktionen.

LENIN Ja, Sie streichen sich heraus als der, der über der Partei steht. Weder Bolschewik noch Menschewik, sondern revolutionärer Sozialist.

TROTZKI Es ging mir darum, die Gruppen zu vereinen.

LENIN Ein frommer Wunsch. Es möge weniger inneren Kampf unter den Sozialisten geben. Das heißt, man soll die Meinungsverschiedenheiten verleugnen. Deren Wurzeln und Ursachen nicht aufdekken. Damit machen Sie sich zum Helfershelfer unsrer Feinde.

TROTZKI Ich wollte die Konflikte beilegen. Damit die Verwirrung in der Arbeiterklasse beenden. Wieder Vertrauen, Entschlußkraft herstellen.

LENIN Welche Tugend. Gegensätzliche Richtungen neutralisieren. Mit Ihrer Versöhnlerei betrügen Sie nur die Arbeiter. Wer soll denn miteinander versöhnt werden? Die Partei und die Liquidatoren der Partei? Es gibt keine Kompromisse.

TROTZKI Ja, ich sah ein, die Alten wollten gar nicht ins proletarische Stadium der Revolution. Diese Demokraten wollten sich überhaupt nicht auf die Arbeiter stützen, wollten nicht deren Sieg. Denn sie fürchteten sich vor ihnen. Wollten nicht mehr sein als linker Flügel der bürgerlichen Demokratie.

LENIN Die einzige aktive internationalistische Kraft, das sind die russischen Arbeitergruppen, die zu uns stehn. Der revolutionäre Vortrupp. Die Armee weiß noch nicht, welche Macht sie darstellt. Viele Soldaten werdens noch am Vorabend der Entscheidung nicht wissen. Unsre Propaganda, unsre Agitation muß an die Front, in die Schützengräben getragen werden. Auch in den Westen. Den imperialistischen Krieg verwandeln in eine sozialistische Revolution. Die Waffen nicht gegen die Lohnsklaven anderer Länder richten, sondern gegen die eigenen Regierungen.

TROTZKI Und darin sind wir uns nun einig. Daß wir den Kampf vorantreiben müssen, selbst wenn er zur militärischen Niederlage Rußlands führt. Nicht länger warten, bis ein andres Land beginnt. Unsre Initiative wird Europa mitreißen.

Radek, Rakowski, Inessa Armand treten auf.

INESSA ARMAND Parvus ist hier, Iljitsch. Drängt drauf, dich zu sprechen.

RADEK Er tritt auf wie Gott Vater zwischen den Emigranten. Verteilt Almosen. Wohnt in einer Suite im Baur au Lac. Nährt sich von Champagner und dicken Zigarren. Hat einen Harem von blonden Geliebten.

LENIN Ich will ihn nicht sehn, diesen Opportunisten, diesen deutschen Sozialchauvinisten. Was gibts neues in Petrograd, Radek?

RADEK Kein Brot, keine Kohlen. Aber der Hofjuwelier Faberget macht vorzügliche Geschäfte. Das Hoffräulein Wyruba prahlt, sie habe in keiner Saison soviel Kleider bestellt und Brillanten gekauft wie in diesem Winter. Die Nachtlokale überfüllt von Etappenhelden, Abgeordneten, Intendanten, Ballerinen, Generalen und andern erlauchten Muckern. Ich sag euch, ein Festgelage, ein goldner Regen in der Pest. Die Aristokraten stoßen auf die Mushiks an, die sie nach Galizien zur Offensive gejagt haben.

Parvus. In offenem Pelzmantel, den steifen Hut in der Hand.

PARVUS Genosse Lenin, ich hab die Mittel, hunderttausend Arbeiter in Rußland zu mobilisieren und den Generalstreik hervorzurufen.

LENIN Wir arbeiten nicht zusammen mit Agenten der deutschen Regierung.

PARVUS Sie wissen, daß ich die russische Revolution unterstütze.

LENIN So wie die Imperialisten Revolutionäre und nationale Befreiungsbewegungen gelegentlich unterstützen. Auch ein Umsturz kann gewinnbringend sein.

PARVUS Sie, Wladimir Iljitsch, müßten Sinn für meine Taktik haben. Ich nütze die Situation im kaiserlichen Deutschland aus. Der Kapitalismus soll sich selbst das Grab schaufeln.

LENIN Ich kenn Ihre Pläne, Parvus. Sie wollen sich als Reformator und Retter der russischen Revolution in Szene setzen. Gehn Sie hinaus. Sagen Sie Ihrem Auswärtigen Amt, daß wir nicht käuflich sind.

PARVUS Sie geben sich der Illusion hin, daß das Proletariat in Deutschland seine revolutionäre Aufgabe erkennt. Ich sage Ihnen, solange der Krieg dauert, wird es in Deutschland keine Revolution geben. Nur in Rußland ist sie möglich. Ich kann Ihnen unmittelbar eine Million Rubel zur Verfügung stellen.

LENIN Verschwinden Sie. Kommen Sie mir nicht mehr unter die Augen.

PARVUS Ich verachte politisch Verfolgte, die für ihre Ideale hungern. Wie leben Sie denn hier? In schmierigen Kammern. In Dachstuben. Sie, Lenin, hausen über einer Wurstfabrik. Ich weiß, der Gestank von verfaultem Fleisch macht Sie verrückt. Aber ausharren. Ausharren.

Parvus ab. Trotzki, der währenddessen auf dem Feldbett lag, richtet sich auf. Lenin nach vorn.

LENIN Lump. Spitzel. Abschreckendes Beispiel für den Verfall der Zweiten Internationale.

Radek lacht.

RADEK Kriegsgewinnler. Börsenspekulant. Aber seine zwanzig Millionen Schweizerfranc hat er im Fach. Wir werden ihn noch brauchen.

RAKOWSKI Wir sollten ihm nicht mißtrauen. Er hat viele Genossen durch Deutschland geschleust. Er glaubt, jedes Problem ist zu lösen, wenn ausreichende Finanzen da sind. Vielleicht hat er recht. Er ist der einzige, der uns zur Rückreise verhelfen kann, wenn es Zeit ist.

LENIN Wir brauchen wohl gerissene Leute, Rakowski. Aber sie müssen reine Hände haben.

Radek blickt lachend auf seine Hände

RADEK Haben wir reine Hände? Haben wir nicht Postkutschen und Züge ausgeraubt, Banken überfallen, Kaufleute, Industrielle expropriiert? Die Revolution frißt Geld. Haben wir nicht Seite an Seite gekämpft mit Banditen, und Seite an Seite mit ihnen gesessen in den Gefängnissen? Haben wir gefragt, wer mit uns Stricke dreht und Dynamitpatronen legt? Sind nicht Schufte, Zuhälter, Diebe an den Galgen getreten mit dem Lied der Roten Fahne auf den Lippen? Gehören nicht auch die Deklassierten zu uns? Die Niedrigsten der Niedrigen? Haben nicht grade Sie, Wladimir Iljitsch, die Rosa verhöhnt, als sie über den Terror jammerte, den wir für notwendig erklärten? Gedenken Sie des Parvus, später, wenn wir zur Macht gekommen sind, wenn wir Abkommen, Bündnisse schließen mit deutschen, französischen, englischen, amerikanischen Supergangstern.

Es erscheint eine Gruppe von Schriftstellern, Künstlern. Stammpublikum der Kneipe an der Ecke der Spiegelgasse. Gründer des Café Voltaire und des Dadaismus.

Emmy Hennings, Hugo Ball, Tristan Tzara, Marcel Janco, Richard Huelsenbeck, sowie deren Schützling, Anna Blume.

EMMY HENNINGS Alle versammelt in unsrer Kneipe, die Revolutionäre. Der Radek, der Lenin. Und der Trotzki. Sie bleiben jetzt wohnen gegenüber, Herr Lenin, hab ich gehört. Weil Ihre Wirtin gesagt hat, die Soldaten, die müssen jetzt die Gewehre auf die eigenen Regierungen richten. Hat sich rumgesprochen.

HUGO BALL Glauben Sie immer noch an die europäische Kultur, Trotzki? An ihre harmonischen Bögen, an ihre idealistischen Spitztürme? Ich hab gelesen, was Sie alles verzapft haben über Kunst und Dichtung. Merken Sie jetzt nicht auch, wies in den herrlichen Fassaden knistert und bröckelt?

TRISTAN TZARA Ich, Tristan Tzara, und Janco, und Emmy Hennings und Hugo Ball, und Richard Huelsenbeck, und das Strichmädchen von der Ecke, Anna Blume, und Max Ernst, und der Duchamp in New York, merkt euch die Namen. Eine Internationale. Wir werden in die Geschichte eingehn wie ihr. Ihr sagt, die bürgerlichen Ordnungen, die müssen zerschlagen werden, wir wollen nichts von ihnen übernehmen, sie müssen verschwinden, wir beginnen neu. Das ist auch unser Manifest. Wir werden alles zertrümmern, was die sich aufbauen ließen. Weg mit der Venus von Milo. Weg mit der Sixtinischen Madonna. Weg mit diesen Denkmälern, diesen Tempeln, diesen Bibliotheken, diesen Museen. Weg mit dieser ganzen Scheiße auf Sockeln, in Rahmen, in Glasschreinen. Alles Betrug. Alles Täuschung. Die wahre Stimme, die ist zu hören im Geratter der Tanks, im Krachen der Shrapnells, im Dröhnen der Aeroplane.

Stöhnen, Röcheln, Furzen, Rülpsen, Grölen. Das ist unsre Sprache. Musik? Könnt ihr euch Musik noch vorstellen? Wer hört Musik, mit dem Messer in den Rippen, mit der Kugel im Bauch?

Hugo Ball steigt auf einen Stuhl.

HUGO BALL Ihr müßt euch verbünden mit uns, ihr Rationalisten, ihr Revolutionsingenieure. Ihr stürzt die Despoten, die Blutsauger in den Fabriken und Banken. Wir stürzen die Bosse, die unsre Impulse, unsre Phantasie hinter Schloß und Riegel halten. Aus den Trümmern wird sich der geschundene Arbeitsknecht, der verhungerte Gedankennarr erheben und eine unvorstellbare Kraft entwikkeln. Wir müssen zusammengehn. Wir, die Emotionalen, die Unberechenbaren, und ihr, die Planer, die Konstrukteure. Keine Trennung. Sonst werden unsre Revolutionen im Sand versickern. Der neue Mensch muß ein Schöpfer sein. Die neue Kunst ist Leben. Atmen ist Kunst. Bewegung ist Kunst. Wir schwimmen in der Luft. Wir fliegen. Leben ist Fliegen.

Er springt mit ausgebreiteten Armen vom Stuhl. Fällt hin. Wird unter Gelächter hochgehoben. Trotzki verläßt das Feldbett.

ANNA BLUME Ich versteh nicht, was er meint. Wladimir Iljitsch hat mir gesagt, nach der Revolution, da werden die Bibliotheken und Museen uns gehören, und die Schlösser und die Theater. Warum sollen sie dann zerschlagen werden? Dann haben wir doch nichts mehr davon.

MARCEL JANCO Wir brauchen von alldem nichts. Es war nur gemacht für die da oben, die dir auf den Kopf spucken. Denen du dich stundenweise verkauft hast. Wie wir alle.

ANNA BLUME Aber ich möcht es mal sehn. Ich möcht mal rein.

LENIN Ja. Es hat die Klassen voneinander getrennt. Ja. Es hat vor allem den Herrschenden gedient. Aber wir haben gelernt, es zu benützen. Wir haben Wissen dran erworben. Es hat uns geholfen, Fähigkeiten zu entwickeln. Über unsre Grenzen hinauszugelangen. Die Pseudorevolutionäre, die können es sich leisten, das Kulturgut zu vernichten. Ihnen ist es ja bis zum Überfluß zugute gekommen. Aber wir, wir brauchen es noch. Wir wollen es heil übernehmen. Diejenigen, die davon abgeschnitten waren, die sollen beurteilen, was davon zu verwerfen, was davon noch zu gebrauchen ist.

EMMY HENNINGS Nichts. Nichts ist zu gebrauchen. Auch für dich nicht, Anna. Wir müssen alles neu lernen. Bla bla bla. Da da da. Dada. So soll die neue Kunst heißen. Die Antikunst. Geboren in der Spiegelgasse in Zürich. Im Café Voltaire. Im Jahr des Bluts. Im

Monat der heraushängenden Gedärme. Am Tag des Todesschreis. An die Welt. An die Weltöffenlichkeit. Die Dadakultur ist geboren. Da da. Da da da. An die Zukünftigen. An die Visionäre. Laßt eure Kleider in Fetzen gehn. Hüllt euch in euer eigenes Haar. Kommt und geht wie Regen und Nebel. Da da. Da da da.

ANNA BLUME Was meint sie, Inessa? Hat sie den Verstand verloren?

HUGO BALL Nein. Aus ihr spricht die höhere Vernunft. Die Vernunft, die sich befreit hat aus dem Joch der Vorschriften und Gesetze.

TROTZKI Wir dachten mal, die Welt würde vom Bewußtsein, vom kritischen Denken bewegt. Aber das Bewußtsein ist die ganze Geschichte lang hinter den Tatsachen hergewackelt. Soweit habt ihr recht.

Lenin plötzlich in heftigem Zorn. Alle wenden sich ihm bestürzt zu.

LENIN Und weil die menschliche Intelligenz so winzig ist, eben weil sie so winzig ist, deshalb werde ichs nicht zulassen, daß sie diesen schwachen Schimmer noch auslöschen.

Einen Augenblick Stille. Lenin geht erregt hin und her.

TROTZKI Diese ungeheuren Erfahrungen jetzt überall. Diese Erschütterungen. Daraus muß eine neue Kunst entstehn. Mit den Umwälzungen in der gesellschaftlichen Ordnung wird sich auch die künstlerische Vorstellung von ihren alten Mustern befreien.

RICHARD HUELSENBECK Und dieser Prozeß soll zu einer Gewaltkur werden. Das Irrationale, alles was bisher verschlossen war, was noch nie in Worte, in Zeichen gefaßt wurde, soll zur Sprache kommen.

TROTZKI Doch ohne Mystik, ohne Ekstase. Die Kunst muß dazu beitragen, die Welt zu verändern. Die Kunst, die sich losgesagt hat von ihren Händlern, Spekulanten, Profiteuren, die neue Kunst, die allen gehört, sie muß im Dienst der Revolution stehn.

RICHARD HUELSENBECK Um sich wieder einfangen zu lassen? Niemandem darf sie gehören als sich selbst.

LENIN Es gibt keine absolute Freiheit für die Kunst. Kunst muß parteilich sein. Wir werden uns wehren gegen die Selbstbespiegelung in der Kunst. Gegen die Angriffe des Hohns, der Vulgarität, des Zynismus, der Menschenverachtung, wenn sie auf uns zukommen unterm Tarnmantel des schöpferischen Genies.

RICHARD HUELSENBECK Ihr habt viel zu viel Respekt vor der Kunst. Ihr glaubt noch immer an die großen Werke.

TROTZKI Ein einziges großes Werk. Kollektiv geleistet. Es wird seinen Ausdruck finden. Zuerst in einem riesigen Gemisch von Stilübungen, Experimenten, Übertreibungen, Verirrungen. Vieles formlos, platt, grob, verzeichnet. Vieles Echo von Altem. Vieles begeisterte Utopie. Das meiste unbrauchbar, schnell wieder verworfen. Doch der Entwicklungsgang des neuen Menschen wird sich drin markieren.

INESSA ARMAND Wer aber soll beurteilen, ob es revolutionäre Kunst ist? Wer bestimmt, was revolutionärer Kunst schadet, was ihr nützt? Wo sollen die Grenzen gesetzt werden? Wer bestimmt den Punkt, an dem die Einmischung beginnt?

LENIN Das Proletariat setzt die Normen.

RAKOWSKI Wie wird sich das Proletariat verhalten, unsern Neuerern gegenüber? Habt ihr die Bilder gesehn von Malewitsch, Kandinsky, Chagall, Tatlin, Lissitzky? Kennt ihr die Gedichte von Blok, von Majakowski? Und was da an den Theatern gemacht wird. Meyerhold, Wachtangow, Tairow. Werden die Arbeiter verstehn, daß dies revolutionäre Kunst ist?

LENIN Wenn die Bibliotheken, die Museen, die Schulen, die Universitäten in der Hand der revolutionären Klasse sind, dann wird eine proletarische Kultur entstehn, und damit eine proletarische Kunst. Und weil die Arbeiter studieren, lernen, forschen, sich bilden wollen, deshalb werden sie auch hohe Ansprüche an die Kunst stellen. Hohler Zauber kommt bei ihnen nicht an. Ihre Kunst wird realistisch und wissenschaftlich sein.

TROTZKI Was wir uns jetzt vorstellen, und was schon im Entstehen begriffen ist, wird das noch proletarische Kultur sein? Wird es proletarische Kultur je geben? Vor uns Jahre der Revolution, des Bürgerkriegs, des erbitterten Klassenkampfs. Ja, die Kunst kämpft mit. Das Proletariat aber, es wird alle Kräfte brauchen, die Macht zu erobern, die Macht zu halten und zu nutzen. Kultur, das ist erstmal, daß hunderte von Millionen Menschen lesen, schreiben, rechnen lernen. In der sozialistischen Gesellschaft wird das Proletariat aufhören, Proletariat zu sein. Die Revolution macht allen Klassenkulturen ein Ende. Was kommen wird, das ist die Massenkunst, die Gemeinschaftskunst, das ist die klassenlose Kunst.

Tristan Tzara zieht Anna Blume zum Hintergrund.

TRISTAN TZARA Brüder, Schwestern. Zum Sturm auf die Marmorhallen, die Krematorien des Geistes. Raus mit den Frackbrüsten, den Lorbeerkränzen. Rein mit den Obdachlosen. Den Armlosen, den Beinlosen.

HUGO BALL Den Kopflosen.

Anna Blume wendet sich nach Lenin um.

Anna Blume Iljitsch. Iljitsch.

Sie wird von Tristan Tzara hinausgezogen. Die ganze Gruppe folgt ihnen, unter Gelächter und herausgeprusteten Trompetentönen. Inessa Armand, Radek, Rakowski schließen sich ihnen an. Alle ab. Nur Lenin und Trotzki bleiben zurück. Lenin drückt die Hände an die Schläfen.

TROTZKI Der Arzt hat dir Ruhe empfohlen. Entspannung. Spaziergänge.

LENIN Hm. Ferien? Jede Stunde brauchen wir.

Er geht zum Feldbett. Streckt sich dort aus.

Hab nicht mal mehr Zeit, Inessa zuzuhören. Die Appassionata. Ha. Ha ha ha. Was für wunderbare Sachen können Menschen sich ausdenken. Aber ich kanns nicht hören. Musik greift die Nerven an. Man will dumme nette Dinge sagen, den Leuten übern Kopf streichen. Ha. Ha ha ha. Sich so was Schönes ausdenken, während sie in der Hölle leben. Ich ertrag es nicht. Nein, streichelt man, dann wird einem die Hand abgebissen. Auf den Kopf schlagen muß man sie.

TROTZKI Wladimir Iljitsch, wir dürfen nicht verkümmern. Wann warst du mit Inessa Armand in Kopenhagen? Wieviel Jahre her?

LENIN Neunzehnhundert zehn. September. Zehn Tage.

TROTZKI Und das ist alles?

Lenin lacht.

LENIN Klavierspiel. Ein Spaziergang. Ein Hotelzimmer. Sowas geht schnell vorbei. Hinterläßt keine Spuren.

TROTZKI Nur für die Revolution leben. Tag und Nacht. Konsequent. Klar. Fleckenlos. Beispielhaft.

LENIN Alles andre stört die Arbeit.

Er drückt die Hände an den Kopf.

TROTZKI Ich weiß, du hast die Nacht wieder nicht geschlafen. Und morgens lachst du, ha ha, wie gehts, wollen Sie Tee, was gibts neues? Wie kannst du dich so beherrschen? Ich weiß, deine Nerven sind entzündet. Brust, Hüften. Dein ganzer Körper brennt. Ausschlag. Flechten. Wie kannst du das ertragen?

LENIN Es ist nicht wichtig.

TROTZKI Nicht wichtig? Der Körper. Spür ihn ständig. Magen. Darm. Herz. Nieren. Diese Prozesse nehmen mich oft tagelang in Anspruch. Das Älterwerden. Der beginnende Tod. Die Zeit. Hab schon als Kind drüber nachgedacht. Früher stellte ich mir die Zeit vor, wie den großen Stein vor der Hausschwelle. Die Zeitrechnung. Das Zählen. Die Zeit formlos. Erhält Gestalt durchs Zählen. Wach manchmal auf, heulend. Furchtbar beunruhigt. Als wenn du in vollem Lauf eine Tür aufstößt. Vor dir ein Zimmer, das du nicht kennst. Merkwürdiges Licht. Stimme widerhallt. Dies Suchen nach Zusammenhängen. Die Bücher. Noch nie gehörte Worte. Unverständliche Beziehungen. Manchmal alles wie auf einer riesigen Bühne. Iljitsch, als ich zum ersten Mal im Theater war, das war ungeheuerlich, das läßt sich gar nicht beschreiben. Wurde fast ohnmächtig vor dem, was sich da abspielte. Stand in der Pause nicht auf, um nichts zu versäumen. Was hast du denn gesehn, fragt man mich. Ich kanns nicht erzählen. Was hab ich gesehn? Was hab ich gesehn?

Lenin reglos ausgestreckt auf dem Feldbett.

Die vier Soldaten, wie zuvor. Gewehr umgehängt. Uniform der Roten Armee. Im Gleichschritt zum Bett. Heben Lenin hoch. Tragen ihn zum Hintergrund. Verschwinden.

8. Fünfundzwanzigster Oktober

Eine Menge von Arbeitern, Matrosen, Soldaten langsam vor. Zerschlissene Kleider. Lehmfleckige Soldatenmäntel. Kopftücher. Schwere Pelzmützen. Umgehängte Gewehre. Patronengurte. Sie nehmen Trotzki in ihre Mitte. Führen ihn nach vorn.

TROTZKI Da drinnen, da sitzen sie jetzt. Die Bürger. Zusammengekauert. Lauschend. Versuchen zu erraten, was wohl in den gefährlichen Straßen vor sich geht. Beamte schreiben noch Verordnungen aus, die nie mehr gelesen werden. Schüler hocken über Lehrbüchern, die längst verbraucht sind. Dichter schwitzen über Versen, die kein Mensch lesen wird. Still. Sie haben sich Barrikaden erwartet. Feuerbrände. Plünderungen. Blutströme. Aber es ist still. Sie begreifen es nicht. Warum ist es so schrecklich still? Da hocken sie. Vor uns. Wir sind langsam nach vorn gekommen. Sie haben uns noch nicht erkannt. Wir brauchten keine lauten Rufe, um uns zu sammeln. Wir kommen aus den Werkstätten, aus den Fabriken. Aus den Schiffen. Von der Front. Sie keuchen und schwitzen schon leicht. Aber sie wollen uns noch nicht sehn. Sie können es sich nicht vorstellen, daß wir, die immer hinten standen, ganz weit zurück, unsichtbar, daß wir nun vorn sind, ganz dicht vor ihnen.

Wir haben uns vorbereitet. Jahrelang. Jetzt zeigen wir uns ihnen. Wir werden sie zwingen, uns zu sehn. Sie beginnen zu zittern.

Die Versammelten langsam zurück. Ein Teil ab. Andere bleiben als Wachposten, Meldegänger, Mitglieder der Roten Bürgergarde zurück. Ein paar strecken sich zum Schlafen auf dem Boden aus. Ein Telephon wird bedient. Brot und Wurst wird gebracht, ein Kessel mit Tee.

Es erscheinen Lenin, Dsershinski, Kamenew, Rakowski, Swerdlow, Smirnow, Schljapnikow, Posnanski, Mratschkowski. Trotzki setzt sich an die eine Ecke des Tisches, Lenin an die andere. Ein ständiges Kommen und Gehen. Zettel werden geschrieben, übergeben. Soldaten, Matrosen kommen mit Meldungen, gehen mit Befehlen ab.

DSERSHINSKI Das haben sich die Adelstöchter im Smolny nicht träumen lassen, daß von hier aus die Revolution gelenkt wird. Auf dem Türschild draußen steht Klassendame.

SOLDAT 1 Da ist jetzt ne andre Klasse drin.

TROTZKI Wie weit sind die Besetzungen, Dsershinski?

DSERSHINSKI Am Telegraphenamt haben wir das Kexholmer Regiment. Zwei Mann an die Hauptschalter. Das genügte. Die Beamten begriffen, wer hier bestimmt.

TROTZKI Die Telephonzentrale?

MATROSE 1 Das war ein Geschrei, als wir mit unserm Trupp kamen. Die Telephonistinnen hysterisch durcheinander. Werfen die Arme hoch. Was ist Frauen, glaubt ihr, wir wollen euch erschießen? Ihr könnt gehn. Wir werden mit den Apparaten schon fertig. Und die raus. Die ganze Morskaja Straße voll von kreischenden Mänteln und Hüten.

Gelächter.

Ein Soldat zu Mratschkowski.

MRATSCHKOWSKI Elektrizitätswerk, Wasserturm, Hauptpost, alles gesichert. Zuverlässige Wachen.

MATROSE 2 Die Aurora ist jetzt vor Anker an der Nikolajewski-Brükke. Haben die Brücke herabgelassen. Den Übergang hergestellt. Ein paar Panzerwagen aufgefahren. Von Junkern keine Spur.

TROTZKI Wie ists in der Peter-Pauls-Festung?

MATROSE 2 Haben achtzig Maschinengewehre. Kontrollieren von hier den Kai und die Troizki-Brücke. Ein paar Genossen agitieren auf Hochdruck im Radfahrerbataillon. Typisch, die auf ein paar Rädern sitzen, kommen meist aus höheren Regionen.

SCHLJAPNIKOW Die Bahnhöfe haben wir ohne einen Schuß genommen. Da waren Pioniere. Die haben sich im Dunkeln verdrückt. Bubnow steht in Verbindung mit den Eisenbahnern. Miljutin sorgt für die Zufuhr von Lebensmitteln.

TROTZKI Und die Staatsbank?

DSERSHINSKI Marineabteilung, vierzig Mann, unterwegs.

LENIN Und wir haben Genossen unter uns, die öffentlich erklären, es wär für den bewaffneten Aufstand zu früh. Die meinen, wir sollen bis zum Sowjetkongreß morgen warten. Als wär der Aufstand eine Frage der Abstimmung.

KAMENEW Wir haben bisher absolut dran festgehalten, die Politik der Partei nach Mehrheitsbeschluß zu bestimmen.

LENIN Jetzt ein unsichres Wahlresultat abzuwarten, wär Verrat an der Revolution. Kamenew. Die Bedingungen zum bewaffneten Aufstand sind gegeben. Sie lassen sich nicht konservieren. Die Geschichte kennt kein Pardon für Revolutionäre, die zögern, wenn sie heut siegen können.

KAMENEW Nicht nur Sinowjew und ich, auch andre Praktiker sind der Ansicht, die Erklärung des bewaffneten Aufstands gefährdet nicht nur die Partei, sondern auch die russische und internationale Revolution.

LENIN Wir haben den Befehl zum Angriff lang genug zurückgehalten. Die Massen fordern ihn jetzt. Sie dulden keine Zweifelnden und Neutralen mehr. Auch das europäische Proletariat ist in Bewegung. Revolte in der deutschen Marine. Aufstand italienischer Sozialisten. Ein ungeheurer Umschwung in der gesamten Weltlage steht bevor.

KAMENEW Die Revolte in der deutschen Flotte hat symptomatische Bedeutung. Aber das ist noch keine aktive Unterstützung der russischen Revolution. Wir haben nie gesagt, daß die russische Arbeiterklasse allein zur Revolution imstande ist. Es genügt nicht, daß die Mehrheit der Arbeiter und Soldaten für uns ist. Da ist das riesige Lager des Kleinbürgertums. Die Partei muß erst wachsen. Ihr Programm muß der Bevölkerung klar werden.

LENIN Lassen wir die Arbeiter im Stich, dann wenden sie sich von uns ab, wie von den Menschewiki und Sozialrevolutionären. Ohne Führung werden sie ihre Kräfte verbrauchen. Konvulsive Bewegungen. Anarchistische Ausbrüche. Verzweifelte Partisanenkämpfe. Unsre Bourgeoisie, und die Weltbourgeoisie, die würden die Atempause benützen, unsre Organisationen zu zerschlagen.

Der Erfolg der Revolution hängt jetzt von ein, zwei Kampftagen ab.

SCHLJAPNIKOW Wenn ich euch so reden hör, Genossen. Als brauchte unser Aufstand eine Rechtfertigung. Als wir im Februar in der Metallfabrik anfingen, da fragte keiner um Erlaubnis. Das war ein Aufstand der Arbeiter. Und ein Aufstand der Arbeiter und Soldaten ist es geblieben. Wir geben nichts mehr ab.

Arbeiter 1 zum Telephonisten.

ARBEITER 1 Was ist, wir warten. Hast du immer noch keinen Bescheid von der Waffenfabrik? Die Bürgergarde braucht Gewehre.

TELEPHONIST Jetzt. Ich bin durch. Ihr könnt hin. Fünftausend Gewehre mit Munitionskisten. Nimm die Order mit, von Trotzki.

Zwei schwerbewaffnete Matrosen herein.

MATROSE 3 Wir haben die Staatsbank besetzt.

RAKOWSKI Die heiligste aller Institutionen.

MATROSE 3 Am Jekaterinski Kanal ein Zug von Kadetten. Wie die uns sehn, gaffen sie nur. Wir haben den Auftrag, die Bank zu schützen, sagen wir. Die lassen uns vorbei, ohne Widerstand. Wir ins Gebäude rein. Die Türen waren nicht mal verschlossen. Haben gleich an jedem Telephon einen Posten aufgestellt.

MATROSE 4 Die Bankleute, die hättet ihr sehn müssen. Wo habt ihr denn hier das Gold? Tupfen einen nur so an mit dem Bajonett. Und der schwingt schon das Schlüsselbund. Dann runter in die Keller, zu den Tresoren.

RAKOWSKI Und?

MATROSE 4 Da liegen die Barren wie Brotlaibe im Ofen.

RAKOWSKI Das hat die Pariser Kommune nicht gewagt.

Antonow herein. Erstattet Trotzki Bericht. Lenin währenddessen über Papieren. Macht Notizen.

ANTONOW Das Winterpalais umringt. Blockade enger gezogen am Admiralitätskai, Newski Prospekt, Marsfeld, Schloßkai. Stehn am Gartengitter und an den Gräben der Eremitage. Alle Tore zum Schloßpark besetzt. Sind vor bis zum Hauptportal, haben die Wache entwaffnet. Die Kadetten haben sich hinter Holzstößen verschanzt. Brennholz. Haben Verstärkung erhalten. Ein Frauenbataillon. Die Aurora drüben wartet auf das Signal von der Festung. Wie vereinbart erst Blindschuß. Dann, wenn nötig, Feuer.

TROTZKI Die Erklärung der Genossen Kamenew, Sinowjew kann uns nützlich sein. Wird Kerenskis Ansicht stärken, daß wir nicht bereit sind, loszuschlagen, daß wir verhandeln wollen. Unsre Taktik bisher, alle Vorbereitungen als Sicherungsmaßnahmen zu tarnen. Um Gegenrevolution von rechts abzuwehren. Brauchen jetzt nur noch eine Provokation, Antonow. Dann ist der Angriff Defensivhandlung.

ANTONOW Im Palais torkeln sie rum wie hypnotisierte Hühner. Wir haben von den Kellern her Späher reingeschickt. Die Regierung hat sich im Thronsaal verkrochen. Hinter jedem ein Greis in Livré, der das Glas nachfüllt.

Hereineilend eine Arbeiterin, ein Druckereiarbeiter.

ARBEITERIN Waren grad beim Ausdrucken der Prawda. Da kommt ein Trupp Junker. Die fegen mit den Gewehren die Druckfahnen vom Tisch. Zerschlagen uns die Matrizen. Wir werden rausgetrieben, die Türen verschlossen, Siegel drangehängt. Gebt uns militärische Begleitung und wir versprechen euch, wir lassen die Zeitung erscheinen.

TROTZKI Amtlicher Siegellack an der Tür der bolschewistischen Redaktion. Das ist das Kampfsignal. Sofort Befehl ans Litowsker Regiment. Eine Kompanie zum Schutz der Arbeiterpresse.

DRUCKEREIARBEITER Laßt auch welche vom sechsten Pionierbataillon kommen. Das sind Nachbarn, gute Freunde.

Trotzki schreibt ein paar Zettel aus. Übergibt sie einem Meldegänger.

TROTZKI Antonow, jetzt die rote Laterne auf der Peter-Pauls-Festung hoch.

Antonow ab.

Posnanski, schreiben Sie. Befehl Nummer Eins. Der Petrograder Sowjet ist in Gefahr. Konterrevolutionäre Putschisten, Junker und Stoßtrupps ziehen sich zur Offensive zusammen. Wir befehlen euch, in Alarmbereitschaft zu treten und auf neue Anweisungen zu warten. Befehlsverweigerung oder Verzögerung in der Ausführung gilt als Verrat an der Revolution.

Posnanski übergibt das ausgeschriebene Papier einem Soldaten. Dieser ab.

LENIN Der Verzicht auf den Einfluß über die Presse. Das kommt auch von denen, die meinen, eine Koalition mit den Menschewiki und Sozialrevolutionären wär noch möglich. Das Gerede dieser Demokraten, auch der Allerlinkesten, über die Pressefreiheit. Warum wollen die Liberalen eine freie Presse? Um uns zu verleumden. Das Recht auf das Wort steht nicht über dem Recht aufs Leben. Das erste ist, proletarische Diktatur über die Presse. Die Presse ist

Waffe im revolutionären Kampf. Alle Moralbegriffe sind den Interessen der Revolution zu unterwerfen.

SMIRNOW Im Zentrum, ganz in der Nähe vom Schloß, es ist nicht zu glauben, da gehn Leute spazieren, die Straßenbahnen fahren wie üblich, die Restaurants sind geöffnet, auch die Kinos und Theater. Ich komm von der Mojka. Wie ich da rumging, Offiziere, Kutschen, aufgeputzte Frauen, da kam ich mir vor wie ein Pygmäe, der einen Berg versetzen will. Und auf dem Weg hierher, da hat man mir den Mantel gestohlen. Ich dachte erst, es wär eine Patrouille. Es waren ein paar Jungens.

TROTZKI Wo war das, Smirnow?

SMIRNOW Hier, vorm Smolny. Die kommen auf mich zu. Sagen, Genosse zieh den Pelz aus, der hat dich lang genug gewärmt, wir frieren. Schnell, sagen sie, schnell, zieh ihn aus. Ich mußte ihnen den Mantel lassen.

Gelächter.

TROTZKI Posnanski, sofort raus mit dem Befehl. Wer in den Straßen Petrograds Wirren, Plünderungen, Messerstechereien oder Schießereien hervorruft, wird unmittelbar vom Kriegsgericht zum Tode verurteilt.

DSERSHINSKI Wie wir aussehn. Graugrün. Unrasiert. Wir werden die Revolution verlieren, wenn wir nicht erst mal ausschlafen. Ah, ein Bad, ein reines Hemd.

Eine Arbeiterin mit Soldatenmantel kommt mit einer Wasserschüssel, stellt sie Dsershinski hin. Der wäscht sein Gesicht, füllt den Mund mit Wasser, gurgelt, spuckt das Wasser aus. Lenin steht auf, geht hin und her.

LENIN Gleich nach der Verfolgung, der Illegalität zur Macht. Es schwindelt einem.

Er vollführt eine kreisende Handbewegung über dem Kopf.

Wir müssen eine Regierung bilden. Wie nennen wir das jetzt? Nur nicht Minister. Widerliche Bezeichnung.

SWERDLOW Vielleicht Kommissare? Aber es gibt jetzt zu viele Kommissare.

SMIRNOW Oberkommissare. Oder Volkskommissare.

LENIN Volkskommissare. Hm. Und die Regierung in ihrer Gesamtheit?

TROTZKI Sowjet. Natürlich Sowjet. Sowjet der Volkskommissare.

LENIN Volkskommissare. Ausgezeichnet. Riecht furchtbar nach Revolution. Zum Vorsitzenden des Rats der Volkskommissare schlage ich Genossen Trotzki vor.

TROTZKI Ich beantrage, den Vorschlag abzulehnen.

SWERDLOW Trotzki stand zu lange außerhalb der Partei. Ist erst seit ein paar Monaten bei uns.

LENIN Es gibt keinen besseren Bolschewisten als Trotzki. Er steht an der Spitze des Petrograder Sowjets. Ich halte dies fest. Es gibt von diesen Tagen nur Zettel, mündliche Befehle. Es gibt keine Protokolle. Keiner von uns hat Zeit, Geschichte zu schreiben. Wir wissen nicht, wie viele von uns in den nächsten Wochen, Monaten noch da sind. Die nach uns kommen werden mangelhaft berichten. Vielleicht fälschen. Ich halte fest, Genosse Trotzki plante jeden Schritt des Aufstands. Er führte den Petrograder Sowjet zum Sieg.

TROTZKI Ich möchte außerhalb der Regierung bleiben. Die Parteipresse übernehmen.

LENIN Leiten Sie das Kommissariat des Innern. Der Kampf gegen die Konterrevolution ist jetzt Hauptaufgabe.

TROTZKI Sollen wir dem Feind auch noch eine solche Waffe wie mein Judentum in die Hand geben?

LENIN Wir haben eine große internationale Revolution. Was bedeuten da solche Lappalien?

TROTZKI Die Revolution ist groß. Aber Dummköpfe sind noch genug da.

LENIN Sollen wir uns den Dummköpfen anpassen?

SMIRNOW Lew Davidowitsch muß man Europa gegenüberstellen. Er kennt es. Er soll die auswärtigen Angelegenheiten übernehmen.

LENIN Akzeptieren Sie Smirnows Vorschlag?

TROTZKI Widerwillig. Was gibts da schon zu tun? Werd ein paar revolutionäre Proklamationen an die Völker erlassen und dann die Bude schließen.

Ein Matrose herein, in verschmutzter Uniform.

MATROSE 2 In der Peter-Pauls-Festung, da haben die Fähnriche erst gemeldet, Schießen unmöglich. Die Geschütze verrostet. Die Kompressoren ohne Öl. Und die Belegschaften, die haben sich verkrochen. Da kommen ein paar Marineartilleristen. Keine erfahrenen Leute, aber gute Bolschewiki. Die richten die Geschütze her. Die schießen auch ohne Öl in den Kompressoren. Aber ne rote Laterne war nicht zu finden. Verloren viel Zeit mit Suchen. Dann endlich. Sie ist oben. Und von der Aurora die Antwort.

TROTZKI Habt ihr Feuer gegeben?

MATROSE 2 War nicht nötig. Das Winterpalais ist in unsrer Hand.

TROTZKI Ist es bestätigt?

TELEPHONIST Nein, noch nicht. Aber Kerenski hat sich aus dem Staub gemacht.

SOLDAT 2 Die Frauen sind noch hinterm Holz.

SWERDLOW Genossen, in wenigen Stunden beginnt der Kongreß. Gehn wir in den Saal. Bereiten wir uns vor. *Die meisten ab. Nur Lenin und Trotzki vorn. Im Hintergrund der Telephonist. Hin und wieder Meldegänger ein und aus. Lenin legt sich auf das Feldbett. Trotzki, in seiner Nähe, streckt sich auf ein paar aneinandergestellten Stühlen aus. Eine Arbeiterin legt ihnen ein paar Soldatenmäntel über.*

LENIN Die da draußen in der Stadt, die meinen immer noch, die Arbeiter wären unfähig, sich des Staatsapparats zu bemächtigen. Sich des alten Apparats zu bemächtigen. Als ginge es darum. Nicht übernommen, nicht umgeformt wird der Apparat. Zertrümmert wird er. Und was neu aufgebaut wird, das kann von jedem Arbeiter geleitet werden.

9. Sechsundzwanzigster Oktober

TROTZKI Und trotzdem. Vielzuwenig Arbeiter in der Liste der Regierung. Vielzuviel Intellektuelle, Redner.

LENIN Sie mißtrauen der Parteiführung?

TROTZKI Wladimir Iljitsch, Sie wissen, Ihre Beschlüsse werden von jedem anerkannt, Swerdlow, Rykow, Bucharin, die meisten, sie fielen aus allen Wolken, als Sie im Mai nicht mehr von der bürgerlich demokratischen, sondern von der proletarischen Revolution sprachen. Manche hielten Sie für wahnsinnig. Meinten, Sie hätten in der Emigration den Sinn für die Realitäten verloren.

LENIN Sagten, ich sei Trotzkist geworden. Ha. Ha ha ha.

TROTZKI Sie lehnten sich eine Weile auf. Stellten sich dann auf den neuen Kurs um. Und Kamenew, Sinowjew, mit dem Ausschluß wurde ihnen gedroht, den Rücktritt boten sie an. Aber alle blieben. Die Einheit wurde gewahrt. Die Führungsgruppe, sie funktioniert. Weil Sie da sind. Und weil dahinter die eigentliche Macht steht. Die Arbeiter und Soldaten.

LENIN Sie glauben, wenn die Weißgardisten Sie und mich umbringen, dann fällt die Partei auseinander?

TROTZKI Vielleicht bringen sie uns auch nicht um.

LENIN Und wenn wir nicht da wären? Glauben Sie, die Oktoberrevolution hätte ohne uns nicht stattgefunden?

Sie liegen einige Augenblicke schweigend. Swerdlow tritt ein, sieht nach ihnen. Kehrt wieder um.

TROTZKI Manchmal glaube ichs. Manchmal nicht. Im Februar, da wurde die Monarchie einfach weggeschwemmt. Von einem ungeheuren Energieausbruch. Da gab es keine Führung. Dann die kurze Etappe der bürgerlichen Herrschaft. Die provisorische Regierung ohne Beziehung zur Bevölkerung. Neue Initiativen von unten. Einzelaktionen. Selbsthilfe. Bildung von Räten. Nun kommen wir. Unsre Leistung, die zahllosen spontanen Aktionen miteinander zu verbinden. Sie mit den bolschewistischen Bestrebungen zu verschmelzen. Wir haben den Überblick. Erkennen die unmittelbar bevorstehenden Möglichkeiten. Wir konkretisieren, was im Rohzustand vorhanden ist. Beschränken uns auf eine militärische Operation. Durchgeführt von einer begrenzten Anzahl Rotgardisten. Jetzt kämpfen nicht die Massen. Nur die Avantgarde des Proletariats. Wie viele sind wir? Fünf- bis zehntausend. Die Geschichte wird die Namen von einigen Dutzend festhalten. Die Millionen Namenlosen, sie fragen jetzt, werden wir ihren Bestrebungen gerecht werden?

LENIN Und der Streit zwischen uns? Jetzt zu Ende?

TROTZKI War es ein Streit? Wars nicht nur ein Kräftemessen? Haben einander vorangetrieben. Haben Gedanken voneinander übernommen. Gegensätzlichkeiten zur Synthese gebracht. Die Revolution war noch unerprobt. Verschiedene Ansichten und Möglichkeiten mußten aneinanderstoßen und sich in der Praxis beweisen. Auch in Zukunft muß es Kontroversen, Widersprüche geben. Wären wir sonst Marxisten, Dialektiker?

LENIN Ha. Ha ha ha. Meine Wut auf dich war oft groß. Weil du nicht bei uns warst. Weil du dich an diese falschen Humanisten hieltest. Wolltest du mich eigentlich überspielen? Die Führung an dich reißen?

TROTZKI Gab vielleicht solche Impulse. Irgendwo noch dieser arme Judenjunge Lew Bronstein aus Janowka. Dieser phantastische Trieb nach Macht und Einfluß. Schwer anzuerkennen, daß es dies alles für dich nicht gibt. Ehrgeiz. Drang, sich zu beweisen. Das alles gibts nicht für dich.

LENIN Wir sind einander gewachsen. Aber ich hab nur noch wenige Jahre. Stundenweise bin ich schon weg, ausgelöscht. Die andern, sie werden dich nicht neben sich dulden, wenn ich nicht da bin. Deine Selbstsicherheit, deine Weltsicht, sie werden nur Hochmut, Eitelkeit drin sehn. Sie werden sich zusammentun und dich aussto-ßen. Dann wird es sich zeigen, was aus den revolutionären Massen geworden ist. Ob sie dann noch für dich Partei ergreifen.

Maschinengewehrfeuer.

Es erscheinen die Teilnehmer am Allrussischen Kongreß. Unter ihnen Swerdlow, Smirnow, Kamenew, Sinowjew, Dserhinski, Rykow, Rakowski, Schljapnikow, Mratschkowski, Martow, Chintschuk, Abramowitsch, Arkadi Kremer, Deutsch, Kutschin, Peterson. Sie nehmen am Tisch und rings um den Tisch Platz. Es ist eine große Menge. Lärm. Stimmengewirr. Trotzki, Lenin, Kamenew, Swerdlow zur Mitte des Tisches. Ein Soldat übergibt Trotzki eine Meldung.

TROTZKI Im Namen des Revolutionären Kriegsrats erkläre ich, daß die Provisorische Regierung nicht mehr existiert.

Jubel. Bestürzung.

Kerenski ist in einem Auto der amerikanischen Regierung aus dem Winterpalais geflüchtet. Hat die Hauptstadt verlassen. Einzelne Minister sind verhaftet. Andre werden in den nächsten Stunden verhaftet. Wir stehn im Begriff, das Winterpalais einzunehmen.

Beifall. Tumult.

CHINTSCHIK Das Winterpalais schonen. Es darf nicht gestürmt werden.

RUF Das Winterpalais liegt in Ruinen.

MATROSE I Es gibt keine Ruinen. Nur Schreckschüsse. Das hat genügt. Setzt die Arbeit fort, Genossen.

MARTOW Ihr habt die Frage der Macht durch eine Verschwörung entschieden. Alle revolutionären Parteien sind vor eine vollendete Tatsache gestellt worden. Die friedliche Lösung der Krise kann nur erreicht werden durch die Schaffung einer Macht, die von der gesamten Demokratie anerkannt ist.

SCHLJAPNIKOW Das war keine Verschwörung, Martow. Das war der bewaffnete Aufstand der Petrograder Arbeiter und Soldaten.

MARTOW Der Kongreß kann nicht tagen unter Waffendrohung.

CHINTSCHUK Es muß mit der Provisorischen Regierung verhandelt werden.

ABRAMOWITSCH Sprengt ihr die Konstituierende Versammlung, so führt das zu einer Katastrophe. Ihr stürzt das Land in den Bruderkrieg.

TROTZKI Mit wem sollen wir eine Verständigung eingehn? Mit wem, frage ich. Mit denen, die sich jetzt auf die Beine machen? Millionen Arbeiter und Bauern sind in diesem Kongreß vertreten. Sollen diese sich als gleiche verständigen mit dem kläglichen Haufen, hinter dem niemand in Rußland steht?

ABRAMOWITSCH Ihr repräsentiert nicht das ganze Volk.

RYKOW Wir repräsentieren den Teil des Volkes, auf den es ankommt. Wir Bolschewisten repräsentieren das städtische und ländliche Proletariat.

MARTOW Wir fordern sofortige Einstellung der Kriegshandlungen auf beiden Seiten. Wir fordern die Schaffung einer demokratischen Einheitsfront.

Spottrufe. Gelächter. Beifall.

RUF Seid ihr Menschewiki noch da?

LENIN Wenn hier Genossen sind, die unser Programm nicht akzeptieren, dann sollen sie mit den übrigen Deserteuren und Anpaßlingen verschwinden. Weiter. Gehn wir weiter.

Martow, Abramowitsch, Chintschuk springen auf.

MARTOW Dieser Kongreß ist unrechtmäßig.

Gelächter. Tumult. Die rechte Fraktion der Menschewiki tritt den Abmarsch an.

KAMENEW Zu Protokoll. Martow, Abramowitsch, Chintschuk verlassen mit der rechten Fraktion der Menschewiki den Saal.

Ein Schreiber notiert. Trotzki ruft den Abziehenden nach.

TROTZKI Ihr seid bankrott. Ihr habt eure Rolle ausgespielt. Geht, wohin ihr gehört. Auf den Kehrichthaufen der Geschichte.

Gelächter. Beifall. Ein paar Delegierte springen auf.

ARKADI KREMER Unter diesen Umständen ist es unmöglich für die Delegierten des Jüdischen Bundes, an den Verhandlungen teilzunehmen.

KAMENEW Zu Protokoll. Die Delegierten des Jüdischen Bundes verlassen den Saal.

KUTSCHIN Politische Heuchler entscheiden hier über das Leben der Nation. Die Soldaten in den Schützengräben sind nicht mit euch.

Proteste. Ein Soldat, Peterson, ergreift das Wort.

PETERSON In wessen Namen sprechen Sie, Kutschin?

KUTSCHIN Ich spreche für die Frontgruppe. Wir lehnen jede Verantwortung für die Folgen dieses Abenteuers ab.

PETERSON Genug mit dem Geschwätz. Du vertrittst nicht die Front. Ich komm von dort. Wir erwarten ungeduldig die Übernahme der

Macht durch die Sowjets. Die Delegierten, die keiner hergeschickt hat, sollen den Kongreß verlassen.

Beifall. Kutschin ab. Andere Delegierte schließen sich ihm an.

KAMENEW Wie heißt du, Genosse?

PETERSON Peterson. Lettischer Soldat.

KAMENEW Protokoll. Die Delegierten der Frontgruppe verlassen den Saal. Die Fraktion der rechten Sozialrevolutionäre verläßt den Saal.

Tumult. Beifall. Pfeifen.

Eine Arbeiterdelegation herein.

ARBEITER 1 Genossen, ihr müßt sofort Maßnahmen ergreifen gegen Kaledin. Der will die Kohlenminen im Don-Becken abschneiden und die Lebensmittelversorgung blockieren.

ARBEITER 2 Kerenski hat von Gatschina aus Kosakenregimenter auf Eilmarsch nach Petrograd geschickt.

Trotzki schreibt Zettel aus, übergibt sie Meldegängern. Wendet sich an Schljapnikow, Mratschkowski.

TROTZKI Verstärkungen für Miljutin. Zum Güterbahnhof. Zu den Markthallen.

Schljapnikow, Mratschkowski ab.

Herein ein Matrose.

MATROSE 2 Das dritte Radfahrerbataillon ist auf die Seite der Revolution übergegangen.

Begeisterung. Ein Meldegänger überreicht Rykow ein Telegramm.

RYKOW Ein Telegramm von der Zwölften Armee. Meldet Grüße an den Kongreß. Meldet die Bildung eines Militärischen Revolutionskomitees, das die Überwachung der Nordfront übernimmt. Versuche der Provisorischen Regierung, bewaffnete Hilfe zu bekommen, sind am Widerstand der Truppen gescheitert. Der Hauptkommandierende der Nordfront, General Tscheremissow, hat sich dem Komitee untergeordnet.

Begeisterung.

Eine Gruppe Frontsoldaten herein. Kosaken.

SOLDAT Wir sind Delegierte der Staffeln, die von der Provisorischen Regierung nach Petrograd geschickt wurden. Wir erklären unsern Anschluß an die revolutionäre Petrograder Garnison.

Jubel. Delegierte umarmen einander. Trotzki erhebt sich.

TROTZKI Der Kongreß bestimmt, die ganze Macht geht über auf die Sowjets. Arbeiter, Bauern, Soldaten, in euern Händen liegt die Zukunft der Revolution.

Kamenew erhebt sich.

KAMENEW Genosse Lenin.

Lenin steht auf, unter Jubel und Beifallskundgebungen. Steht vorgebeugt. Legt erst die Hand beschirmend über die Augen. Stützt dann beide Hände vor sich auf den Tisch.

LENIN Wir beginnen jetzt mit dem Aufbau der sozialistischen Ordnung.

Beifallskundgebung.

Genossen. Die Arbeiter- und Bauernrevolution, deren Notwendigkeit die Bolschewisten so oft mit Nachdruck vertreten haben, ist Tatsache geworden. Wir werden eine Sowjetregierung haben, ohne die geringste Beteiligung der Bourgeoisie. Die unterdrückten Massen werden selbst die Führung übernehmen. Der alte Staatsapparat wird verschwinden und an seiner Stelle wird eine neue, von Sowjetorganisationen geschaffene Regierungsform erstehn. Die ausgeplünderten Nationen Asiens, die kolonialisierten Völker warten ebenso leidenschaftlich auf den Sturz des kapitalistischen Regimes, wie das Proletariat Europas. Diese Kräfte zu einer Weltrevolution zu vereinen, ist die historische Aufgabe der Arbeiter und Bauern Rußlands. Die Flamme der Oktoberrevolution wird sich zu einem orkanartigen Brand entwickeln, der die Urheber dieses mörderischen Kriegs niederwerfen und ihre Gewaltherrschaft vernichten wird.

Beifallskundgebung.

Weiter. Die Arbeiter- und Bauernregierung, gestützt auf die Sowjets der Arbeiter-, Bauern- und Soldatendeputierten, schlägt allen kriegführenden Ländern vor, unverzüglich in Verhandlungen über einen gerechten und demokratischen Frieden einzutreten. In einer Fortsetzung des Krieges, die den starken und reichen Nationen dazu verhilft, die schwachen und besiegten Länder unter sich aufzuteilen, sieht unsre Regierung das größte Verbrechen gegen die Humanität. Eine Unterzeichnung des Friedens setzt für alle Länder, ohne Ausnahme, gleiche Rechte voraus.

Beifallskundgebung.

Die Arbeiter- und Bauernregierung schafft die Geheimdiplomatie ab und schreitet an die Veröffentlichung aller Geheimverträge. Alles was in diesen Verträgen darauf abzielt, den russischen Gutsbesitzern und Industriellen Privilegien und Vorteile zu sichern, wird von der Regierung bedingungslos und sofort annulliert. Das Recht des Privateigentums an Boden wird für alle Ewigkeit abgeschafft.

Beifallskundgebung.
Weiter. Um in die Verhandlungen einzutreten, schlägt die Arbeiter- und Bauernregierung einen sofortigen Waffenstillstand vor. Wir wenden uns insbesondere an die klassenbewußten Arbeiter der drei fortgeschrittenen Nationen, England, Frankreich und Deutschland, in der Überzeugung, daß gerade diese durch allseitige und entschiedene Tätigkeit uns helfen werden, die Sache des Friedens, und damit die Sache der Befreiung von jeder Sklaverei, erfolgreich zu Ende zu führen.
Langanhaltende Beifallskundgebung.

SINOWJEW Wer dem Appell des Genossen Lenin zustimmt, soll die Hand heben.
Alle Anwesenden erheben sich. Von den Seiten treten Soldaten und Matrosen hinzu. Alle strecken die Hand hoch, schließen sie zur Faust. Sie stimmen die Internationale an.
Noch während des Singens bahnt sich ein Trupp Soldaten, in der Uniform aus dem Ende der zwanziger Jahre, den Weg durch die Versammelten. Sie treten hinter Trotzki. Zwei Offiziere ergreifen ihn an den Armen. Der Gesang ist jetzt beendet. Alle rücken von Trotzki ab. Nur Lenin bleibt neben ihm stehn. Einer der Offiziere verliest ein Schreiben. Alle stehen reglos.

OFFIZIER Verhandelt, in Sachen des Bürgers Trotzki, Lew Davidowitsch, nach Artikel achtundfünfzig zehn der Strafgesetzordnung, wegen der Anschuldigung, sich mit konterrevolutionärer Arbeit befaßt zu haben, die in der Organisation einer illegalen sowjetfeindlichen Partei bestand, deren Tätigkeit in der letzten Zeit auf die Provozierung antisowjetischer Erhebungen und auf die Vorbereitung des bewaffneten Kampfes gegen die Sowjetmacht gerichtet ist. Beschlossen, den Bürger Trotzki, Lew Davidowitsch, aus den Grenzen der Sowjetrepublik auszuweisen. Bekanntgegeben, zwanzigster Januar neunzehnhundert neunundzwanzig.
Die Offiziere und Soldaten zerren Trotzki zurück. Er widerstrebt. Sie heben ihn an den Armen und am Leib hoch und tragen ihn nach rückwärts ab. Lenin bleibt allein an der Mitte des Tisches. Niemand blickt der Gruppe nach.

Zweiter Akt

Gleiches Bild

10. Kronstadt

Trotzki vorn auf einem Stuhl. Blickt durch ein Fernrohr im Halbkreis nach vorn. Im Hintergrund Lew Sedow und Blumkin. Blumkin spricht halblaut, Sedow stellt Fragen, macht Notizen. Natalja Sedowa vorbei, mit einem großen Strauß Blumen.

TROTZKI Ewig blaues Meer. Ewig Sonne. Marmara-Meer. Homerisches Meer. Odysseus auf Prinkipo. Rudern. Fischfang. Zeit zum Schreiben und Studieren. Ewig Ferien. Entsetzlich.
Er schlägt ein Buch auf.
Wißt ihr, wie er mich nennt, der große Vorkämpfer des britischen Imperiums? Menschenfresser von Europa nennt er mich.
Er lacht. Wendet sich dem Hintergrund zu. Blumkin tritt vor.
Er fluchte und raste, er zischte und spie, schlug um sich und intrigierte. So schreibt Churchill. Er wiegelte die Armen auf gegen die Reichen. Er wiegelte die Elendsten auf gegen die Armen. Doch dann warf sich dies niedrigste kommunistische Gesindel über ihn, um ihn selbst zu zerfleischen.
Gelächter. Lew Sedow mit einer Zeitung vor.

LEW SEDOW Und in Berlin schreiben sie, Trotzki möchte nach Deutschland kommen, das könnte ihm passen. Wir werden ihn im Auge behalten, diesen jüdischen Bluthund.
Gelächter.

TROTZKI Da drüben Europa. Hinter dem blauen Meer. Unter der strahlenden Sonne. Was? Wollen sie nicht auf die Barrikaden? Nichts. Nichts zu sehn. Blumkin, was gibts dort außer den Schwarzhemden und den Braunhemden?

BLUMKIN Die deutsche Partei, eine isolierte Enklave. Richtet sich aufs Überwintern ein. Nicht der Faschismus ist der Hauptfeind, sondern die Sozialdemokratie. Daß Sie an die Partei appellieren, sich mit den Sozialdemokraten zu verbünden, das gilt als neuer Beweis Ihres Verrats.

TROTZKI Gelingt die gemeinsame Front nicht, dann ist die Arbeiterbewegung auf Jahrzehnte zerschlagen. Katastrophal, diese Unterschätzung des Faschismus. Dabei lassen sich dessen Vorläufer bis neunzehnhundert fünf zurückverfolgen. Damals genügten den Machthabern schon keine regulären Armeen mehr. Die Brutalität ihrer Methoden war derartig angewachsen, daß sie wüste Schlägerhorden zu ihrer Verteidigung brauchten. Die Schwarzen Hundertschaften, sie wurden rekrutiert aus wildgewordnen Kleinbürgern. Verkrachte Akademiker, arbeitslose Offiziere, wurzellose Jugendliche. Verbitterte. Leichtgläubige. Desperados. Das alles rollt jetzt im Namen des Kapitalismus über die Arbeiter hinweg, um deren Kader zu zermalmen.

BLUMKIN Es heißt bei uns, Trotzki will mit seinem Internationalismus die Welt in ständiger Unruhe halten. Er begreift nicht, daß es notwendig ist, zuerst die Industrialisierung und Kollektivierung durchzuführen, eh wir in der Lage sind, andern zu helfen. Er meint, wenn die Weltrevolution in naher Zukunft nicht siegt, so müssen wir vor der Bourgeoisie kapitulieren. Doch indem er gegen uns Stellung bezieht, und nicht an die selbständcge Kraft unsres Proletariats, unsrer Bauernbevölkerung glaubt, macht er sich zum Parteigänger eben dieser Bourgeoisie. Diesen Standpunkt hat unsre Opposition weitgehend übernommen. Nicht mal mehr Pjatakow, Smirnow, Mratschkowski, Radek halten zu Ihnen. Sie alle haben Frieden mit der Partei geschlossen.

TROTZKI Nicht Radek. Er ist zu sehr Europäer, Marxist. Mit einem Vierteljahrhundert revolutionärer Tätigkeit hinter sich. Hat sich doch eben noch dafür eingesetzt, daß man mich zurückholt.

BLUMKIN Radek? Ich hör ihn lachen. Ich und gegen Trotzkis Verbannung agitieren? Ich hab definitiv mit Lew Davidowitsch gebrochen. Wir sind jetzt politische Feinde.

TROTZKI Das ist seine Taktik.

BLUMKIN Nur noch Rakowski. Aber was kann der schon machen, schwer krank, Herzanfälle. Die Opposition, sie sieht zwar, proletarische Demokratie ist noch nicht vorhanden. Glaubt aber doch an die Zukunft einer Masseninitiative von unten. Alle wissen, draußen haben sie überhaupt keinen Einfluß. Nur innerhalb der Partei können sie was erreichen.

TROTZKI Und verwechseln den Aufbau der Staatsgewalt mit dem Aufbau des Sozialismus. Halten den Fünfjahresplan für das Fundament der internationalen Revolution.

BLUMKIN Sehn Sie, Lew Davidowitsch. Bucharin, Sinowjew, Kamenew, sie winden sich, sie schrecken zurück vor den Zwangsmaßnahmen. Aber dann sind sie gleich wieder bereit, nachzugeben,

Abbitte zu leisten. Sinowjew hab ich schon wimmernd und zitternd angetroffen, weil er meint, sie würden ihn für eine geäußerte Kritik zurück nach Sibirien bringen. Bucharin, der den Kulaken mal zurief, bereichert euch, er schreit am lautesten im Chor, Tod den Kulaken. Smirnow, Mratschkowski, die im Bürgerkrieg niemanden und nichts fürchteten, sie lassen Lobeshymnen auf die Führung los, um nicht wieder in Ungnade zu fallen. Und da ist dieser ungeheure Enthusiasmus, der sich im Land ausbreitet. Alle Gewalt scheint gerechtfertigt. Sechsundzwanzig Millionen Kleinbauern werden aus ihrem archaischen Zustand gerissen. Anstatt Holzpflügen, Geschwader von Traktoren und Erntemaschinen. Fabriken, Staudämme werden aus dem Boden gestampft. Eisenbahnen, Flugzeuge, Tanks, Kanonen gebaut. Was sich da widersetzt, wird weggefegt wie Spreu.

LEW SEDOW Das hat das Land fünfzehn Millionen Kühe, vier Millionen Pferde, sieben Millionen Schweine und vierzig Millionen Schafe gekostet.

BLUMKIN Die Verluste werden noch ansteigen. Sie gehören mit ins Grab des Kulaken. Die reißen mit sich, was sie packen können. Das verstärkt nur den Haß gegen sie. Revolution heißt jetzt, Kampf um die russische Erde. Der Epigone ist kein Epigone mehr. Die Dichter, Filmschöpfer, Maler verherrlichen ihn. Der Allwissende Vater. Der Große Steuermann. Die Rote Sonne. Diese Huldigungen gehören zum Bild der allgemeinen Begeisterung. Er selbst tritt eher dämpfend auf. Ihr seid vor lauter Erfolgen von Schwindel befallen, sagt er zu den Beamten, wenns in den Kolchosen danebengeht. Macht sie verantwortlich für seine eigenen Fehlberechnungen. Und doch wärs falsch, in ihm nur den Despoten zu sehn. Ist überzeugt, daß er im Interesse des Arbeiterstaats handelt, daß er nur die Errungenschaften der Revolution sichert.

TROTZKI Ja. Der Arbeiterstaat ist noch vorhanden. Die Bedingungen zum Aufbau des Sozialismus sind gegeben. Die Menschen sind da, denen die Revolution noch in den Gliedern sitzt. Doch die Revolution läßt sich nicht konservieren in einem Land. Sie ist Teil eines einzigen zusammenhängenden Prozesses. Ein nationaler Sozialismus kann Rußland nur wieder in die alte Rückständigkeit werfen. Hat Lenin nicht bis ins letzte unsre Abhängigkeit von der internationalen Revolution betont?

BLUMKIN Rußland ist vom Kapitalismus umschlossen.

TROTZKI Desto mehr kommt es drauf an, den Ring zu durchbrechen.

Gerade weil das Weltproletariat verschiedensten Bedingungen unterworfen ist, weil es sich nicht gleichzeitig erheben kann, müssen wir überall in engster Beziehung zu ihm stehn. Während der Sowjetstaat sich isoliert, die Gefahr in Deutschland nicht überblickt, die Revolution in China verrät, außer acht läßt, was sich anbahnt in Südamerika, stärkt sich der Imperialismus.

BLUMKIN Der Name Trotzki wird ausgekratzt aus den Annalen der Revolution. In Eisensteins Film über den Oktober kommen Sie nicht vor. Die Heranwachsenden werden von Ihnen nichts mehr wissen. Die Geschichte wird neu geschrieben. Übrig bleibt nur Er. Er, als einziger, stand von Anfang an neben Lenin. Er führt aus, was Sie und Lenin planten, vor zehn Jahren, und was Ihnen nicht gelang. Sie wollten den Sozialismus auf dem Weg der Erziehung, auf dem Weg der Kulturrevolution erreichen. Er will ihn erreichen mit Gewalt und ohne Rücksicht auf Menschenleben. Und er wird recht behalten. Er wird das Land industriell und militärisch so stark machen, daß es jedem Angriff gewachsen ist. Auch Sie, Lew Davidowitsch, haben ja Gewalt nicht abgewiesen, wenn es um die Verteidigung der proletarischen Diktatur ging.

TROTZKI Blumkin, Sie dürfen nicht zurück. Man wird Sie an die Wand stellen, wenn man erfährt, Sie haben mit mir gesprochen.

BLUMKIN Ich bin ein alter Terrorist, das wissen Sie. Ich könnte nicht in der GPU sein und gleichzeitig in der Opposition, wär ich nicht mit allen Wassern gewaschen. Und ich kann mich immer rausreden, ich hätt Sie nur als Agent besucht, um Sie zu provozieren.
Blumkin ab.

LEW SEDOW Er wird sich nicht halten können. Nicht mal Dsershinski, lebte er noch, wär imstande, ihm zu helfen. Blumkin war immer zu desperaten Handlungen bereit. Neunzehnhundert achtzehn, als er den deutschen Botschafter erschoß, setzte er die Revolution aufs Spiel. Wollte um jeden Preis den unversöhnlichen Krieg.

TROTZKI Terror. Dieser Begriff hat viele von uns verwirrt. Wir wiesen den individuellen Terror ab. Den Romantizismus einer Handvoll Revolteure, die meinten, sie könnten mit Revolverschüssen, einem Messer und ein paar Bomben den Zarismus zu Fall bringen. Die Massen sollten zum Klassenkampf gelangen, nicht zur Hoffnung auf einige Rächer und Befreier, die für sie eine Mission ausführten.

LEW SEDOW Und heute, Vater? Du verurteilst Gewaltaktionen, Sabotagen gegen den Bürokratismus?

TROTZKI Terror als Mittel der Opposition? Das wäre Abenteurertum.

Die Sowjetunion muß verteidigt werden um jeden Preis. Unsre Aufgabe ist es, die Internationale zu stärken. Den Kampf draußen zu unterstützen.

Trotzki steht auf. Geht hin und her.

Der einzige Terror, den wir je anerkannten, war der Massenterror. Er war notwendig im Kampf gegen die Bourgeoisie, die Sozialrevolutionäre, die Menschewiki. Nur mit diesem politisch begründeten Terror, mit dieser revolutionären Gewalt, konnte das russische Proletariat, damals winzige Minderheit, zur Herrschaft kommen. Ungeheure Kühnheit. Ungeheure Leistung. Während die riesigen Arbeitermassen Europas, mit ihren mächtigen Parteien, passiv blieben, sich ergaben. Was war dieser Terror, diese Gewalt gegen den Terror des Kapitalismus? Nur verrechneten wir uns. Der Klassenfeind ging noch nicht zugrunde an seinen eigenen Widersprüchen. Er sammelte neue Kraft. Expandierte unbehindert. Das Kaiserreich, das britische Weltreich, sie werden übertroffen vom amerikanischen Finanzkapital, das jetzt einen Kontinent nach dem andern unter sich legt. Die Revolution? Ja, sie wird weitergehn. Aber unter Schwierigkeiten, die wir uns damals nicht vorstellen konnten. Die Massen werden zu neuer Gewalt gezwungen, eh sie sich vom Imperialismus unsrer Zeit befreien können. Der Gegner ist ungeheuerlich. Ungeheuerlich seine Speichellecker, seine Arschkriecher. Massenterror. Revolutionäre Gewalt. Ja. Ohne Zweifel. Ohne Zögern.

Es erscheinen die Teilnehmer an Gesprächen um den Parteikongreß, März 1921. Lenin, Alexandra Kollontai, Dsershinski, Pjatakow, Schljapnikow, Radek und andere. Sie nehmen am Tisch und in der Nähe des Tisches Platz. Lew Sedow ab.

LENIN Das Gejammer der westlichen Welt um den Bürgerkrieg und die Leiden in Rußland. Es hätte keinen Bürgerkrieg gegeben, wenn die alten Cliquen nicht jedem Schritt der Arbeiterklasse Widerstand geleistet, wenn sie nicht bewaffnete Hilfe von außen gerufen hätten. Die Revolution selbst war so in jedem Zug geplant, daß sie nur ein paar Dutzend Tote kostete. Über den Hunger, die Not, die Armut in Rußland schreiben sie, um ihre Arbeiter abzuschrecken. Seht, so wird es euch gehn, wenn ihr die Revolution versucht. Die enormen Ungleichheiten in ihrer Gesellschaft erwähnen sie nicht. Ja, wir haben nicht den Reichtum, mit dem ihre Privilegierten ausgestattet sind. Wir sind noch nicht mal zu dem Minimum gekommen, das wir versprachen. Und jetzt, da wir uns vom

Kriegskommunismus zur Neuen Ökonomischen Politik umstellen, haben wir von dem auszugehn, was immer ein Alptraum für uns war, die Isolierung. Mit einem baldigen Sieg, Genossen, mit einem baldigen Sieg der internationalen Revolution ist nicht zu rechnen.

ALEXANDRA KOLLONTAI Aber die Unruhe, die Unzufriedenheit wird stärker mit jedem Tag, an dem nichts zu sehn ist vom Beginn der Arbeiterdemokratie. Und jetzt neue Bestürzung, wegen der Reinigungsaktionen. Man fragt sich, warum werden Zehntausende von Mitgliedern ausgeschlossen?

LENIN Es ist notwendig, daß die Partei wieder zur Avantgarde des Proletariats wird. Nach der Revolution haben wir allzuviel Mitglieder aufgenommen, deren Vergangenheit wir nicht kannten.

DSERSHINSKI Unsre Tribunale sind öffentlich. Die persönliche Vorgeschichte, das moralische Verhalten jedes einzelnen Mitglieds wird überprüft. Jeder kann sich zu Wort melden, für oder gegen eine Person aussagen.

SCHLJAPNIKOW So werden Denunzianten gezüchtet. Strebertum, Rivalitäten gefördert.

ALEXANDRA KOLLONTAI Und alle die Ausgeschlossenen, sie haben vorher am Parteileben mitgewirkt. Beschlüsse gefaßt, Resolutionen formuliert. Plötzlich so viele Unfähige, Unwürdige. Was ist das für eine Partei? Da wird die Partei als Ganzes angezweifelt. Diese Selbstunterdrückung steht im Gegensatz zur Kulturpolitik, die wir durchzusetzen versuchen.

LENIN Genossin Kollontai. Dsershinski vertritt mit der Tscheka unmittelbar die Diktatur des Proletariats. Wir haben ihm höchste Machtbefugnisse gegeben zur Bekämpfung der Konterrevolution. Wir müssen uns jetzt auf jeden verlassen können. Zu einem Zeitpunkt, an dem der Gegner alle strategischen Ideen einsetzt, um uns abzuwürgen, ist keine andre Justiz zu erwägen als diktatorische Gewalt.

ALEXANDRA KOLLONTAI Wir bestimmten im Programm der Kommunistischen Partei entschiedenen Kampf gegen die Bürokratie, Heranziehung jedes Sowjetmitglieds zu Arbeiten in der Verwaltung. Forderten konsequenten Wechsel in diesen Arbeiten, so daß sie sich nach und nach auf alle Gebiete erstrecken. Kein Spezialistentum. Die gesamte Bevölkerung sollte zur Mitarbeit aufgerufen werden. Vielseitigkeit, Hebung des kulturellen Niveaus, zur allmählichen Beseitigung des Staatsapparats. Wir haben damit begonnen, einen neuen Menschen zu erziehn. Werfen in den Schulen den

Ballast der Disziplin, des toten Lehrstoffs über Bord. Fordern zum selbständigen Denken auf. Greifen die verrottete Institution der Familie an.

ZWISCHENRUF Predigen freie Liebe.

ALEXANDRA KOLLONTAI Ja, die Liebe soll schlicht genossen werden, wie ein Glas Wasser.

ZWISCHENRUF Das ist antisozial. Was wird aus den Kindern?

ALEXANDRA KOLLONTAI Wir haben die Abtreibung uneingeschränkt freigegeben. Und die jungen Generationen, sie sollen in eigenen Kommunen aufwachsen, unbeeinflußt von euern Vorurteilen.

LENIN Das ist gut, Alexandra. Die Kinder der Arbeiter und Bauern sind jetzt dran. Sehr gut. Ihr fördert die revolutionäre Kunst. Ihr dreht Filme, macht Theater. Ausgezeichnet. Aber vergeßt nicht, wir haben drei Jahre Bürgerkrieg hinter uns. Die Felder verwüstet. Mehr als die Hälfte der Großindustrie zerstört. Die Kohlengruben unter Wasser. Zehn Millionen Hungernde. Um unsern materiellen Tiefstand zu überwinden, dazu reicht kein Agitprop aus.

PJATAKOW Die proletarische Revolution war siegreich. Aber was ist aus dem Proletariat geworden? Trotz Mißernten hat sich die Bauernschaft erhalten. Nach dem Sturz der Gutsherrn sogar noch gestärkt. Behält jedoch das wenige für sich. Stellt keinen Überschuß her für die Städte. Die Arbeiter haben kaum ein Stück Brot, ein paar gefrorene Kartoffeln am Tag. Der Hunger treibt die meisten von ihnen zum Tauschhandel, zum Diebstahl, zum schwarzen Markt. Viele von denen, die noch Arbeit in den Fabriken haben, stehlen alles, was sie selbst produzieren. In diesem Frühjahr einundzwanzig sehn wir sie, die die herrschende Klasse des neuen Staats sein sollten, zermürbt und demoralisiert.

SCHLJAPNIKOW Sie sagen nicht, wie es zu diesem Verfall gekommen ist, Genosse Pjatakow. Es ist nicht die Schuld der Arbeiter, sondern der Partei. Die Partei sagt zwar, sie vertritt die Interessen der Arbeiterklasse, aber sie vertritt nur noch sich selbst. Ist gefangen in ihrer eigenen Maschinerie.

LENIN Ich habe Ihren Ausschluß aus dem Zentralkomitee nicht gefordert, weil Sie Kritik üben, Schljapnikow, sondern weil Sie die Kritik nach draußen getragen haben. Sich in Druckschriften äußern, die gegen die Partei gerichtet sind. Innerhalb der Partei soll die Kritik mit aller Schärfe geführt werden. Sie aber brechen dieses Gesetz. Dulden wir das, geht die Partei zum Teufel.

SCHLJAPNIKOW Genossen, die Interessen der Revolution geraten in einen Widerspruch zu den Interessen der Kommunistischen Staatspartei. Von allen Seiten wird euch vorgeworfen, es läge euch mehr an der Festigung eurer Machtstellung als an den demokratischen Rechten der Arbeiter.

LENIN Unsre Staatsmaschine taugt noch gar nichts. Ja, sie ist unter aller Kritik. Im Kern noch zaristisch. Nur ganz leicht mit Sowjetöl gesalbt. Voll von alten Beamten, die eigenmächtig schalten und walten und uns teils bewußt, teils unbewußt sabotieren. Diese Elemente durch neue Kräfte zu ersetzen, das holen wir jetzt nach. Aber bis der Apparat absterben kann und die Arbeiter und Bauern gelernt haben, eine Volkswirtschaft zu betreiben, bis dahin wird von uns äußerste Standhaftigkeit verlangt.

SCHLJAPNIKOW Ihr wollt die Arbeit militarisieren. Arbeitszwang einführen. Arbeitslager. Arbeitsbataillone. Wie ist das mit Sozialismus zu vereinbaren? Die Arbeiter sehn in diesen Direktiven der Partei einen Ausdruck der Ungleichheit. Sie fordern, daß Gewerkschaften und Fabrikkomitees die Leitung der gesamten Wirtschaft übernehmen.

TROTZKI In was für Phantasiedämpfen lebt ihr? Eh die Arbeiter tatsächlich zur Führung fähig sind, müssen sie die Methoden der Produktionsdemokratie erlernen. Machen wir uns doch nichts vor. Wir müssen arbeiten um zu überleben. Die Revolution hat Hunderttausende auf die Schlachtfelder geschickt. Sie hat das moralische Recht, die Menschen jetzt zum Aufbau des Landes zu schikken. Und was braucht ihr Gewerkschaften? Um euch damit gegen den Arbeiterstaat zu verteidigen?

LENIN Es ist nicht ganz ein Arbeiterstaat, Lew Davidowitsch. Es ist ein Arbeiter- und Bauernstaat.

ZWISCHENRUF *vom Sprecher des Bucharin:* Was für ein Staat? Ein Arbeiter- und Bauernstaat?

LENIN Ich hör da hinten Genossen Bucharin brüllen. Ja, und ein Staat mit bürokratischen Auswüchsen. Trauriges Etikett. Unser Staat ist derart beschaffen, daß das Proletariat seine Organisationen noch braucht. Gewerkschaften zum Schutz der Arbeiter gegenüber dem Staat. Und zum Schutz unsres Staats durch die Arbeiter. Gewerkschaften, Organisationen der machthabenden, der regierenden Klasse. Derjenigen Klasse, die die Diktatur verwirklicht. Gewerkschaften, zur Erziehung, zur Heranziehung. Eine Schule der Verwaltung. Eine Schule der Wirtschaftsführung. Eine Schule des Kommunismus. Weiter.

SCHLJAPNIKOW Ja. Dort eine Schule. Hier ein Machtapparat. Einerseits Wille zur Befreiung, zur Selbständigkeit. Andrerseits Gewaltmaßnahmen. Die Sache sieht so aus, Genossen, in Kronstadt rufen die Arbeiter und Matrosen offen zum Kampf auf gegen die Parteidiktatur.

RADEK Sollen wir ihnen nachgeben, die jetzt ihre Ausdauer verloren haben? Die ihre wahren Interessen nicht mehr erkennen können? Die sich von reaktionären Gruppen gegen uns aufhetzen lassen?

LENIN Wir kennen deren Schlagworte. Nieder mit den bolschewistischen Tyrannen. Sowjets ohne Kommunisten. Versammlungsfreiheit. Freie Meinungsäußerung. Freie Wahlen. Nebelhaftes Freiheitsgeschrei, das sich steigert zum Ruf, es lebe die dritte Revolution.

SCHLJAPNIKOW Die Arbeiter in Petrograd und die Matrosen von Kronstadt wollen keine bürgerlichen Verhältnisse restaurieren. Sie waren es, die euch an die Macht gebracht haben. Habt ihr das vergessen?

Lenin springt erregt auf.

LENIN Nicht die gleichen. Die damals für die Revolution kämpften, sind heut nicht da. Sie sind gefallen. Oder stehn an den Fronten. Die jungen Matrosen da, verleitet, verwirrt, die wissen nicht, was Revolution ist.

TROTZKI Schljapnikow, ihr in der Arbeiteropposition, ihr habt aus den demokratischen Prinzipien einen Fetisch gemacht. Ihr habt das Recht, Vertreter zu wählen, über die Rechte der Partei gestellt. Solange die Revolution um ihre Existenz kämpft, können wir uns nicht in jedem Augenblick auf die Grundsätze der Arbeiterdemokratie stützen.

SCHLJAPNIKOW Lew Davidowitsch, die Mannschaft der Aurora wird Ihnen gegenüberstehn. Sie waren es, der die Aurora den Stolz und den Ruhm der Revolution nannte.

TROTZKI Es gibt nur eine Antwort auf die Verschwörung der Menschewisten und Anarchisten gegen die proletarische Republik. Diese Antwort wird die Rote Armee geben. Tuchatschewski hat alle notwendigen Befehle erhalten.

ALEXANDRA KOLLONTAI Genosse Trotzki, müssen wir dir wirklich sagen, daß wir für unnachgiebige Diktatur sind, Diktatur der Arbeiterklasse? Aber unter wirklicher Teilnahme der Bevölkerung. Müssen wir dir sagen, daß ohne freien Meinungskampf das öffentliche Leben abstirbt? Ohne Teilnahme der Massen, auf allen Stufen der

Entscheidung, wird jede Planung autoritär. Wollt ihr den Sozialismus aufbaun, wie die Pharaonen eine Pyramide errichteten?

TROTZKI In unserm unzivilisierten Land müssen wir erst Führungskräfte in modernen Arbeitsmethoden ausbilden. Die entwickelte Technik und Industrie gehört weiterhin dem Kapitalismus. Wir brauchen Ingenieure, Wirtschaftsfachmänner, Manager. Müssen zunächst den Austausch zwischen Land und Stadt sichern. Das gelingt uns nur, wenn wir den Bauern einen ökonomischen Anreiz geben. Sie ermutigen zum Verkauf von Überschüssen, an denen sie profitieren können.

ZWISCHENRUF *vom Sprecher des Stalin:* Freier Handel, das wollen die Menschewiki auch. Bei den Kulaken hilft nur Gewalt.

TROTZKI Wir sind noch nicht stark genug zum Frontangriff auf die internationale Bourgeoisie. Deshalb sind wir gezwungen, vorläufig mit ihr zusammenzuarbeiten.

Unruhe.

Bis die Bedingungen zur Revolution im Westen geschaffen sind.

ZWISCHENRUF *vom Sprecher des Stalin:* Es gibt keine revolutionäre Bewegung im Westen. Das ist bloße Hypothese.

TROTZKI Wir werden Handelsbeziehungen zum Westen einleiten. Ausländische Firmen zu Investitionen auffordern. Und sie werden kommen, weil es für sie keine andern Leitsätze gibt als den Profit. Sie werden uns helfen, daß wir uns stärken, um sie zu zerstören.

ZWISCHENRUF *vom Sprecher des Stalin:* Oder daß wir selbst zu Kapitalisten werden.

LENIN Ja, wir werden den Staatskapitalismus einführen. Aber dieser Staat ist kein kapitalistischer, sondern ein proletarischer Staat. Der Staat besetzt die wichtigsten ökonomischen Positionen.

Unruhe.

TROTZKI Wir werden Wettbewerbe, Prämien einführen in den Industrien. Wir werden lernen vom amerikanischen Taylorismus.

ZWISCHENRUF *vom Sprecher des Stalin:* Und den Sozialismus rückgängig machen.

LENIN Nicht das Kapital ist jetzt unser Hauptfeind. Es ist das Spießbürgertum, das sich der staatlichen Planung widersetzt. Wir stellen uns die Neue Ökonomische Politik vor als eine Auseinandersetzung zwischen dem sozialistischen Sektor, der verstaatlichten Großindustrie, der Planwirtschaft und dem privaten Sektor, dem Kleinhandel, dem bäuerlichen Warenmarkt. Der proletarische Staat trägt den Klassenkampf aufs Dorf. Millionen Bauern werden durch

Aufklärung an der Gemeinwirtschaft interessiert und zu besseren Methoden und Verbindungen der Produktion gebracht. In diesem dialektischen Prozeß wird die sozialistische Wirtschaft immer mehr Übergewicht bekommen und schließlich den privaten Bereich verdrängen.

ALEXANDRA KOLLONTAI Und die Parteihierarchie?

LENIN Ja, Genossin. Sie soll verschwinden. Keine Vorschläge, die nicht überprüft, korrigiert, verändert werden können. Meinungsbefragungen. Debatten, an denen die ganze Nation teilnimmt. Die verschiedensten Ansichten sollen vertreten sein. Voraussetzung für eine Partei, die sich auf eine gigantische Volksbewegung stützt. Aber keine Bündnisse, keine Fraktionen, die auf eine Spaltung der Partei abzielen. Offene Diskussion, aber keine organisierte Opposition in der Partei. Jede solche Tendenz muß von uns bekämpft werden.

Eine Delegation von Arbeitern und Matrosen.

MATROSE Die Matrosen der Baltischen Flotte sind der Ansicht, daß die Partei nicht mehr dem Willen ihrer aktiven Mitglieder entspricht. Die Partei ist zu einem Instrument geworden, das jede Initiative erstickt und jede politische Arbeit in Papierkram verwandelt. Sie verlangen, daß die Partei sich grundlegend demokratisiert.

ARBEITER Die Arbeiter von Petrograd sind in den Generalstreik getreten. Sie fordern die Wahl von eigenen Betriebsräten, Gewerkschaftsleuten und Sowjets, die Freilassung aller Verhafteten sowie die Aufhebung des Ausnahmezustands. Wir sind bereit, bis zum letzten Mann für unsre Rechte zu kämpfen. Laßt es nicht so weit kommen.

Trotzki springt auf.

TROTZKI Wenn die verblendeten Genossen nicht zur Vernunft kommen und sich bedingungslos ergeben, können sie mit keiner Gnade der Sowjetrepublik rechnen. Der Aufstand ist mit bewaffneter Gewalt niederzuschlagen.

Einige Augenblicke Stille. Dann die Delegation, und alle Teilnehmer an der Versammlung, außer Trotzki, ab. Schüsse.

11. Lenins Tod

Sinaida Wolkow. Trotzki wendet sich nach ihr um.

TROTZKI Sina?

SINAIDA WOLKOW Muß immer wieder an Nina denken. Konnte nichts für sie tun. Kein Arzt. Keine Medizin. Ging einfach zugrunde an Schwäche. Und jetzt hab ich die Mutter dort zurückgelassen. Wie du damals, in Wercholensk. Da fing alles an. Wir sind nie gesund geworden. Meine erste Erinnerung. Wo ist Vater? Da im Bett. Da lagst du. Eine Strohpuppe. Strohpuppe, das warst du.

Sie beginnt zu weinen. Trotzki geht auf sie zu. Legt den Arm um ihre Schulter. Geht dann hilflos hin und her.

Diese Reise. In Berlin, in Paris, sie fragen mich, was, Sie sind die Tochter von Trotzki? Warum ist er weg? Warum ist er nicht stolz auf sein Land? Auf diese ungeheuren Erfolge. Sie sagen, die Sowjetunion hat die kapitalistischen Staaten bald überholt. Die ausgebeuteten Arbeiter des Westens werden dorthin strömen. Gide sagte zu mir, warum schimpft er noch, dieser Trotzki? Ist wohl neidisch, daß ers selbst nicht geschafft hat? Da kommen die Delegationen nach Moskau, bestaunen die Regierungspaläste, die ersten Bahnhöfe der neuen Metro. Das sind Ballsäle, sag ich dir, Marmor, Spiegel, Kronleuchter. Brecht in Berlin, er meint, nur das beste ist gut genug für sie. Ja, er hat recht. Sie haben alle recht, Piscator und Carola Neher. Aber sie wissen nicht, auf wessen Kosten das erreicht wird. Sie sehn nicht die Armeen von Zwangsarbeitern, die Millionen in Lumpen, die Verhungerten, die riesigen Gefangenenlager. Sie sehn nicht die Strafgerichte. Jeden Tag werden sie da abgeurteilt, Ingenieure, Wirtschaftsleute, Wissenschaftler. Die Fehlschläge in den Industrien werden zurückgeführt auf Sabotage, auf staatsfeindliche Verschwörung. Und hinter allem stehst du. Wahnsinnige Gerüchte von einem trotzkistischen Zentrum. Sinowjew, Kamenew verhaftet. Bucharin, Smirnow, Pjatakow, Mratschkowski wieder auf dem Weg nach Sibirien. Majakowski hat sich rechtzeitig umgebracht. Die besten Schriftsteller und Regisseure werden angegriffen. Ihre Arbeit ist entartet, formalistisch, antisozialistisch. Blumkin, es heißt, Radek hat ihn verraten, Jagoda hat die Erschießung befohlen. Er ist mutig zur Hinrichtung gegangen. Rief noch, es lebe Trotzki. Deine alten Mitarbeiter, alle aus dem Weg geräumt. Sermux, Posnanski verschollen. Glasmann hat sich im Gefängnis erhängt. Butow, sie wollten falsche Aussagen von ihm, er trat in den Hungerstreik, fünfzig Tage, sie haben ihn sterben lassen. Und doch, und doch. Ich versteh die Genossen, wenn sie alles auf Rußland setzen. Diese Kraft, die immer noch von der Oktoberrevolution ausgeht.

Sie setzt sich, dem Zusammenbruch nah.

Mein Mann, ihn haben sie auch verschleppt. Ninas Mann beseitigt. Kümmert dich das? Strohpuppe. Haben wir je was für dich bedeutet? Hast uns allein gelassen.

Sie springt auf.

Wirst mich bald los sein. Und Serjoscha auch. Ja, Serjoscha auch. Sie haben ihn nach Vorkuta gebracht.

TROTZKI Nein.

SINAIDA WOLKOW Ich wollts dir nicht sagen. Aber jetzt kannst du es wissen.

TROTZKI Nicht Serjoscha. Hat sich doch nie um Politik gekümmert. Ist in seinem Institut. Macht seine Forschungsarbeit.

SINAIDA WOLKOW Sie werden ihn kaltmachen. So wie sie Ljowa kaltmachen werden. Und dich.

Natalja Sedowa herein. Sie umarmt Sinaida, führt sie zum Hintergrund.

Sie würden auch Lenin holen, wenn er noch lebte. Ja, Krupskaja hats gesagt. Ich hab sie getroffen. Sie würden ihn holen und unschädlich machen. Das hat Krupskaja gesagt.

Natalja Sedowa und Sinaida Wolkow ab. Trotzki zum Arbeitstisch. Ordnet, mit pedantischen Bewegungen, die Papiere. Sitzt dann einige Augenblicke in der Ausgangshaltung.

Lenin erscheint. Geht schwerfällig, gebeugt, den Kopf gesenkt, nach vorn. Legt sich auf das Feldbett. Preßt die Hände um den Kopf.

LENIN Wir sind immer davon ausgegangen, daß es unmöglich ist, den Sozialismus in einem isolierten Land aufzubaun. Wir hielten uns vor jeder Eile zurück bei der Planung der Industrialisierung und Kollektivierung. Rechneten mit einer anwachsenden Unterstützung der Arbeiter in den fortgeschrittnen Ländern. Jetzt aber breitet sich die Tendenz aus, das internationale Programm zu vernachlässigen. Im Parteiapparat wuchert die Bürokratie. Ich verlange Informationen und der Generalsekretär schneidet in unverschämter Weise meine Verbindungen zum Politbüro ab. Unterm Vorwand, ich sei zu krank, um mich mit organisatorischen Angelegenheiten zu befassen. Lew Davidowitsch, schaffen Sie eine Kommission zur Bekämpfung des Bürokratismus in der Verwaltung.

Trotzki steht auf. Setzt sich auf einen Stuhl neben das Feldbett.

TROTZKI Das genügt nicht. Die Bürokratie ist nicht allein in der Verwaltung verwurzelt. Sondern in der Parteiführung selbst.

LENIN Holen Sie die erfahrensten, die revolutionärsten Arbeiter heran. Bilden Sie Arbeiter- und Bauerninspektionen. Stellen Sie

eine solche Untersuchungskommission der Parteispitze gleich. Wir müssen den Feldzug unmittelbar beginnen.
Er preßt die Hände an die Schläfen.
Wir wollten den Arbeiterstaat. Wir haben versucht, diesen Staat lebendig, demokratisch zu machen. Wir konnten ihn nicht errichten ohne die zentralisierte Partei. Und jetzt hat sich die Maschine gegen uns gekehrt. Es ist so, ich versuche zu steuern, doch das Fahrzeug weicht ab. Es drängt hierhin, dorthin. Hab keine Gewalt mehr über die Richtung, die es einschlägt. Stalin, er muß aus seinem Amt entfernt werden. Vielzuviel Macht in seinen Händen. Wartet nur drauf, daß ich verschwinde. Um die Partei ganz an sich zu reißen. Sinowjew, Kamenew schließen sich ihm an. Sie sind immer schwankend gewesen. Doch sollte man sie nicht nach ihrem Verhalten im Oktober bewerten, sondern nach ihren andern vorzüglichen Eigenschaften. Unter den Jüngeren sind Pjatakow und Bucharin zu einer kollektiven Führung geeignet. Sie, Davidowitsch, sind der Fähigste. Aber Sie sind so voll von Ideen, daß Sie zu Extremen neigen. Schießen oft weit übers Ziel. Verrennen sich dann in administrativen Angelegenheiten. Ja, Sie haben selbst Material geliefert zu dem monolithischen Staat, der jetzt aufwächst. Zu spät sehn Sie Ihre Fehler ein.
Eine Weile Stille. Trotzki sitzt zusammengesunken.
Warum schweigen Sie? Warum sind Sie jetzt, wo es mit mir zu Ende geht, von einer solchen Schwäche befallen? Warum ziehn Sie sich zurück? Warum nehmen Sie meinen Vorschlag nicht an, auf dem Parteitag an meiner Stelle gegen den Bürokratismus und für die Erneuerung der proletarischen Demokratie zu kämpfen?

TROTZKI Das Politbüro behauptet, meine Vorstöße gegen die Bürokratie seien Vorstöße gegen die Partei. Sie schieben den Generalsekretär vor und sehen nicht, daß sie es sind, die von ihm geschoben werden.

LENIN Ist Ihr Warten nicht wieder Ausdruck eines allzugroßen Selbstvertrauens? Glauben Sie, man wird nach Ihnen rufen? Sie zu meinem Nachfolger ernennen?
Eine Weile Schweigen. Lenin liegt ausgestreckt, den Arm über dem Gesicht. Trotzki steht auf, geht hin und her.

TROTZKI Neben dir konnte ich arbeiten. Konnte den Kampf aufnehmen gegen die bürokratischen Methoden. Ich sah die neuen Generationen, die jungen Kader. Konnte mit ihnen reden. Weg mit dem passiven Gehorsam, mit der Servilität. Steht ein für eure Meinung.

Verteidigt sie. Aber als du starbst, da blieb nur noch Machtkampf übrig. Daran konnte ich mich nicht beteiligen.

LENIN Du darfst dich nicht zur Seite drängen lassen, Lew Davidowitsch. Mußt unbeugsam, unnachgiebig sein. Sie werden dir einmal recht geben. Unsre Revolution wird ersticken, wenn sie nicht zur Weltrevolution wird. Dafür müssen alle Opfer gebracht, alle schnell erreichbaren Vorteile aufgegeben werden. Nur festhalten am internationalen Klassenkampf. China steht vor der Revolution. Rußland und China. Wenn Indien hinzukommt, machen wir die überwältigende Mehrheit aus. Weiter. Weiter.

Er liegt mit geschlossenen Augen, starr ausgestreckt. Trotzki setzt sich vorn auf einen Stuhl.

Die vier Soldaten, wie zuvor, im Gleichschritt zum Feldbett. Heben Lenin hoch, tragen ihn zum Hintergrund. Dort erscheinen Kamenew, Sinowjew, Pjatakow, Dsershinski, Rakowski, Smirnow, Bucharin, Stalin.

Die Soldaten legen Lenin auf eine Bahre. Die Versammelten übernehmen die Bahre und tragen sie, eng aneinandergedrängt, nach vorn. Trotzki reglos. Die Schritte in langsamem schleppendem Takt.

STALIN Als Genosse Lenin von uns schied, hinterließ er uns das Vermächtnis, die Einheit der Partei zu hüten. Wir schwören dir, Genosse Lenin, daß wir dein Gebot in Ehren erfüllen werden.

Als Genosse Lenin von uns schied, hinterließ er uns das Vermächtnis, die Diktatur des Proletariats zu schützen und zu stärken. Wir schwören dir, Genosse Lenin, daß wir dein Gebot in Ehren erfüllen werden.

Als Genosse Lenin von uns schied, hinterließ er uns das Vermächtnis, den Grundsätzen der Kommunistischen Internationale die Treue zu bewahren. Wir schwören dir, Genosse Lenin, daß wir unser Leben nicht schonen werden, um den Bund der Werktätigen der ganzen Welt, die Kommunistische Internationale, zu festigen und zu erweitern.

Der Zug im Halbkreis zurück und ab.

Lew Sedow tritt auf. Geht langsam vor zu Trotzki.

LEW SEDOW Vater. Aus Berlin wurde angerufen. Sina ist tot. Hatte sich in ihrem Zimmer eingeschlossen. Den Gashahn aufgedreht.

Trotzki sitzt zusammengesunken. Lew Sedow ab.

Trotzki fühlt sich den Puls. Zählt halblaut. Schüttelt sich. Natalja Sedowa kommt mit einer Decke, einer Zeitung. Breitet die Decke über seinen Knien aus. Legt ihm die Zeitung hin. Trotzki nimmt das Fernrohr. Späht im Halbkreis nach vorn.

TROTZKI Kalt, feucht, dieser Mai. Grenoble jetzt ganz im Nebel. Aber die Berge oben klar. Seh jeden Riß im Stein. Diese Mauern. Die Liquidation rückt näher.

NATALJA SEDOWA Ljowa schreibt aus Paris, er hat nichts ermitteln können über Serjoscha. Unser Aufruf natürlich ohne Folgen. Da helfen nicht mal die Unterschriften von Romain Rolland und Shaw.

TROTZKI Der Junge würde es ertragen, wär er politisch aktiv gewesen. Dann wüßte er, warum. Aber sie nehmen nur Rache an ihm, um mich zu strafen. Was können sie aus ihm rauspressen? Daß er sich lossagt von mir? Daß er mich öffentlich anklagt? Täte ers nur. Wenn er sich damit freikaufen könnte. Wie Rakowski. Rakowski. Wie müssen sie ihn zermürbt und gefoltert haben, daß er nachgab.
Er schlägt die Zeitung auf.
Die Jubiläumsfeiern in London. Was für ein Schauspiel die Bourgeoisie dem Proletariat wieder mal bietet. Und da stehn sie zu Hunderttausenden und schlucken diesen mittelalterlichen Pomp und Plunder. Im Jahr neunzehnhundert fünfunddreißig. Das aufgeklärte England. Sah das schon mal.
Er schüttelt sich wieder.
Wieviel Zeit werden wir noch haben?

NATALJA SEDOWA Du bist erst fünfundfünfzig.

TROTZKI Lenin sagte, das größte Laster ist, älter als fünfundfünfzig zu werden. Nun ja, er war nie lasterhaft.
Von draußen ein paar Stimmen. Dann ein paar improvisiert gesungene Takte der Internationale. Trotzki schreckt zusammen.
Jetzt haben sie uns auch hier aufgespürt.
Er springt auf. Nimmt hinter dem Tisch Deckung.
Sie werden uns abschießen.

NATALJA SEDOWA Es sind sicher die Studenten aus Paris. Die dich besuchen wollten.
Natalja Sedowa ab. Trotzki kriecht unter den Tisch. Eine Gruppe Studenten erscheint. Trotzki zieht ein paar Papiere aus der Tasche, streut sie vor sich aus, sucht sie wieder zusammen. Richtet sich auf.

Wischt sich mit der Hand über die Stirn. Legt die Papiere auf den Tisch.

TROTZKI Der Zugwind.

Er setzt sich an den Tisch. Die Studenten rücken Stühle heran. Das Gespräch beginnt unvermittelt.

FRANZÖSISCHER STUDENT Nachdem es Ihnen verboten ist, nach Paris zu kommen, besuchen wir Sie, als Delegation.

DEUTSCHER STUDENT Wir haben viele Fragen. Vieles zu diskutieren. Ich bin gebürtiger Deutscher. Judenstempel im Paß. Vater in Dachau. Sie haben sich einmal gegen den jüdischen Separatismus gewandt. Ist Ihre Einstellung heut noch die gleiche? Jahrzehntelang wurde den deutschen Arbeitern internationale Solidarität gepredigt. Und jetzt nehmen sie teil an der Verfolgung der jüdischen Familien. Es hat uns nichts genutzt, daß wir uns nicht als Juden betrachteten. Wir wurden zu einer Rasse erklärt. Auch in der Sowjetunion werden jüdische Bürger diskriminiert. Hätte ein jüdischer Staat das Problem lösen können?

TROTZKI Die Assimilation der Juden mißglückte. Weniger weil die Juden es nicht wollten, sondern weil sie weiterhin gebraucht wurden, zur Entlastung, zur Ablenkung vom Klassenkampf. In Deutschland zeigt sich dies Muster mit unverschämter Offenheit. In der Sowjetunion ist Antisemitismus schwieriger festzustellen. Niemand kann sagen, die verhafteten Juden werden für was andres bestraft als ihre Kritik an der Parteiführung.

FRANZÖSISCHER STUDENT Wenn die Dialektik verdrängt wird von Emotionen, kriecht auch Hetze, Pogromstimmung wieder hoch. Als Gegenzug, verstärkter Zionismus.

TROTZKI Rückständige Alternative. Ich sehe auch Gefahr in der jüdischen Einwanderung nach Palästina. Kann nur zu wachsendem arabischen Widerstand führen. Einzige Möglichkeit, erweiterter Kampf zur Wiederherstellung der Internationale.

DEUTSCHER STUDENT Und währenddessen sind Hunderttausende von Juden in Deutschland unmittelbar bedroht. Nur wer genügend Mittel hat, wird von den kapitalistischen Staaten aufgenommen. Die Zurückbleibenden, sollen sie ihrem Untergang entgegensehn? Wir wissen, die Nazis planen ihre systematische Ausrottung.

TROTZKI Für mich sind die Juden nur Teil der Weltbevölkerung, die jetzt vor einer Auseinandersetzung auf Leben und Tod steht. Ja, sie zahlen einen schrecklichen Preis dafür, daß sie sich mittreiben ließen. Oft den Übergang des Kapitalismus zum Faschismus unterstützten. Aber was geschieht gleichzeitig? Die Italiener bereiten sich zum Eroberungskrieg gegen Äthiopien vor. Die Japaner planen einen neuen Vorstoß auf China. Die Vereinigten Staaten schicken Truppen nach Bolivien und Paraguay, um ihr Zinn, ihr Erdöl zu sichern. Revolten in den rhodesischen Kupfergruben werden von den Kolonisatoren niedergeschlagen. Streikende Arbeiter in Asturien werden erschossen. Der Kampf der Juden um ihr Überleben ist in der großen Konfrontation von geringer Bedeutung. Sie sind nur Opfer eines Widerstreits innerhalb des Kapitalismus. Verstehen nicht, daß sie über Nacht auf die Seite der Ausgeplünderten geraten sind. Kennen sich dort nicht aus. Werden keine Zeit mehr haben, sich zu wehren. Das ist ihre Tragik. Die Hauptfront verläuft zwischen den verarmten Völkern und den besitzenden Mächten. Selbst wenn diese zunächst wieder aufeinander losziehn werden. Wir müssen die Perspektiven in Sicht behalten.

FRANZÖSISCHE STUDENTIN Sie riefen zur Einheitsfront in Deutschland auf. Die Komintern verhinderte sie, und der Faschismus siegte. Beim Generalstreik in Frankreich schlossen sich die Arbeiter verschiedener Parteien spontan zusammen. Studenten, Intellektuelle waren an ihrer Seite. Aber Sie, Genosse Trotzki, wenden sich jetzt gegen die Volksfrontregierung.

TROTZKI Die Volksfront ist nicht die Einheitsfront. Auf den gemeinsamen Kampf der Arbeiter kommt es an. Nicht auf eine Allianz mit bürgerlichen Parteien. Die Arbeiter müssen sich bewaffnen. Ihre eigenen Komitees, ihre Milizen bilden. Die Fabriken besetzen. Die französische Volksfront dient zu nichts anderm, als die Energie der Arbeiter zu brechen und die sozialistische Revolution zu verhindern.

FRANZÖSISCHE STUDENTIN Warum schlagen Sie vor, wir sollen uns der Partei Léon Blums anschließen, die keine revolutionäre Partei ist?

TROTZKI Um den Reformismus in seiner eigenen Hochburg zu bekämpfen.

FRANZÖSISCHER STUDENT Dort wird man uns höchstens in der Agitation gegen die Kommunisten ausspielen. Wir sind eine winzige Gruppe. Solche Besuche in fremden Parteien machen die eigenen Reihen kaputt. Eine Vierte Internationale läßt sich so nicht errichten.

DEUTSCHER STUDENT Ist der Gedanke der Vierten Internationale überhaupt tragbar? Weder in Amerika noch in England hat die ökonomische Krise zu einer revolutionären Situation geführt. Obgleich

Sie dies prophezeiten. Meinten, das kapitalistische System hätte jetzt das Stadium des Zerfalls erreicht. Jetzt endlich. Zum wievielten Mal erwarten Sie es?

TROTZKI Der Kapitalismus stinkt vor Fäulnis. Die Bedingungen zur proletarischen Revolution sind längst vorhanden. Die Massen sind auf dem Weg. Aber sie werden blockiert von ihrer eigenen konservativen bürokratischen Maschinerie. Unsre Situation ist nicht geprägt von der Unfähigkeit der Arbeiter, sondern von der Erstarrung ihrer Führung. Deshalb die Notwendigkeit einer neuen Internationale. Agitation, Massenstreiks, unnachgiebige Forderungen, und das verrottete kapitalistische System würde zerplatzen.

INDOCHINESISCHER STUDENT Unsre indochinesische Partei wird zur Revolution finden. Für uns gilt noch die Internationale, wie sie von Lenin und Ihnen konzipiert wurde. Die permanente globale Revolution ist drin aufgezeichnet.

TROTZKI Daß wir so wenige sind, soll uns nicht täuschen. Die revolutionären Kräfte sind zur Zeit unübersichtlich. Was ich meine, Genossen, das ist, wir können mit keinen unmittelbaren Erfolgen in unsern Metropolen rechnen. Vielleicht wird der kommende imperialistische Krieg uns alle vernichten. Was jedoch bestehen bleibt, das ist die Grundsituation. Der Befreiungskampf derer, auf derem Rücken der Krieg ausgetragen wird. Sehn Sie, in China hat eine neuartige revolutionäre Bewegung begonnen. Mao Tse Tung zieht eine Bauernarmee im Innern des Landes zusammen. Während Tschiang Kai Shek noch seinen bürgerlich nationalen Kampf gegen sie führt, bildet Mao bereits Bauernsowjets und nimmt Landverteilungen vor.

FRANZÖSISCHE STUDENTIN Das widerruft Ihre Theorie, daß der Kampf vom städtischen Proletariat geführt werden muß.

TROTZKI Der Kampf begann in den Städten. Aber die revolutionären Arbeiter wurden von der Kommunistischen Internationale gezwungen, sich der Kuomintang zu unterstellen. Ihr wißt, wie es ging. Tschiang Kai Shek ließ sie abschlachten.

FRANZÖSISCHE STUDENTIN Warum hielt die Komintern weiter am Bündnis mit Tschiang Kai Shek fest?

FRANZÖSISCHER STUDENT Machte ihn zu ihrem Ehrenmitglied.

TROTZKI Weil Moskau jede Erweiterung der Revolution vermeiden wollte. Weil nichts den eigenen Aufbau gefährden durfte. Nach der sowjetischen Analyse handelte es sich in China nur um eine bürgerlich demokratische Revolution. Zunächst sollte Chinas

Kampf gegen den Imperialismus, England, Amerika, Japan, unterstützt werden. Durch die Unterbrechung verlagerte sich das Schwergewicht der Revolution aufs Land. Doch man glaubte nicht an die revolutionäre Kraft der Bauern.

INDOCHINESISCHER STUDENT Sie selbst nannten die Bauern einmal das Packpferd der Zivilisation. Auch Sie hielten es für unmöglich, daß die Landbevölkerung zum Träger einer kommunistischen Partei werden könnte.

TROTZKI Ich befürchtete, daß die Revolution Mao Tse Tungs zu sehr die Interessen der Bauern aufnimmt und die Arbeiter aus der Sicht verliert. Daß eine Revolution, die vom Land in die Städte getragen wird, dort gewaltsam mit dem Industrieproletariat zusammenstößt. Erfolgreich kann die Revolution nur werden, wenn die Arbeiter den Kampf gleichzeitig mit den Bauern führen.

DEUTSCHER STUDENT Für diese Ansicht verlangte die Komintern Ihren Kopf.

INDOCHINESISCHER STUDENT Für uns ist die chinesische Revolution das Vorbild. Bei uns in Viet Nam ist der Unterschied gering zwischen Arbeitern, Bauern, Studenten. Wir sind alle Besitzlose. Wir fassen den Begriff des Proletariats in einem weiteren Sinn, als Sie es in Europa tun. Auch bei uns entstehen die ersten Kader und Sowjets nicht nur in den Häfen und Fabriken, sondern auch in den Dörfern und Plantagen. Die Luftangriffe der Franzosen, zur Niederschlagung der Revolten, richteten sich gegen Bauern. Die Kolonisatoren wissen, der Gegner ist übers ganze Land verteilt.

FRANZÖSISCHER STUDENT Was in Viet Nam, in China geschieht, entspricht den Theorien der Permanenten Revolution. Überspringen der bürgerlich demokratischen Phase. Unaufhörliche, überraschende Guerillaaktionen. Trotzdem behalten Mao Tse Tung, und die Indochinesische Partei, nach außen hin Richtlinien bei, die für die asiatische Revolution unzutreffend sind.

DEUTSCHER STUDENT So groß ist der Ruf Moskaus, als Sitz der Weltrevolution.

INDOCHINESISCHER STUDENT So groß ist die Nachwirkung von Lenins Schriften. Nguyen Ai Quoc, der Führer unsrer Partei, erzählt, wie er in Tränen ausbrach, als er zum ersten Mal die Thesen zur nationalen und kolonialen Frage las. Ja, so ist es, rief er, als Emigrant in Paris, nach dem Weltkrieg. Landsleute, Märtyrer, rief er. Das ist es, was wir brauchen. Das ist der Weg zu unsrer Befreiung.

TROTZKI Und so beginnt die Befreiung immer wieder dort, wo die Lage am unerträglichsten ist. In den dunkelsten, vergessensten Gebieten.

DEUTSCHER STUDENT Genosse Trotzki. Ihr habt die alte Gesellschaft gestürzt. Ihr habt die Eigentumsverhältnisse von Grund auf verändert. Aber es ist euch nicht gelungen, die Revolution auch auf den Menschen auszudehnen.

TROTZKI Ihr verlangt, daß wir in wenigen Jahren auch das Denken hätten umstülpen können. Ihr vergeßt, daß wir allein standen. Daß der Kampf um die neuen ökonomischen Grundlagen alle Kräfte in Anspruch nahm.

DEUTSCHER STUDENT Ihr kamt selbst von euerm autoritären Denken nicht los. Ihr habt zwar die Klassen abgeschafft. Aber die Befreiung des Bewußtseins habt ihr verhindert. Sie, Genosse Trotzki, haben die Zwangsarbeit eingeleitet, die heute verwirklicht ist. Sie haben die Entmachtung der Gewerkschaften befürwortet, die heute Tatsache ist. Sie selbst wollten die völlige Staatskontrolle über das Proletariat. Sie haben auf die opponierenden Arbeiter einschießen lassen.

Trotzki springt empört auf.

TROTZKI Damals stand die Revolution vor der Gefahr des Zerfalls. Es gab keine andre Lösung. Sie möchten sogleich jede Autorität, jede Einschränkung aufheben. Wie unsre alten Anarchisten. Die meinten, wenn erst mal alles zerschlagen wäre, dann würde das Neue schon von allein kommen. Doch Sie vergessen, daß die Revolution das autoritärste Ding ist, das es gibt. Eine Handlung, durch die ein Teil der Bevölkerung mit äußerster Gewalt dem andern Teil sein Diktat aufzwingt. Und will der siegreiche Teil seine Herrschaft bewahren, so darf er auf lange Zeit seine Waffen nicht abgeben.

DEUTSCHER STUDENT Für unsre Väter war die Oktoberrevolution der große Auftakt. Aber wir sehn die Widersprüche. Was ist aus der berühmten Köchin geworden?

FRANZÖSISCHE STUDENTIN Welcher Köchin?

DEUTSCHER STUDENT Nach Lenin wär jede Köchin befähigt, den Staat zu führen. Doch die Arbeiter werden von Staatsdirektoren geführt. Und was wurde aus der Zerschlagung der reaktionären Familieneinrichtung? Rückkehr zum häuslichen Herd, zur heiligen Urzelle, zu den Mutterfreuden. Anstatt Selbständigkeit durch Bildung und Wissen, Gefügigkeit durch Administration. Anstatt revolutionärer Kunst, anstatt Kunst als Entdeckerfreude, Schreck vorm Unbekannten, Sentimentalität, hohler Idealismus. Wo ist der neue sozialistische Mensch, ohne Eigensucht, Machtstreben, Rivalitäten und niedrige Absichten?

TROTZKI Ich hab manchmal auch schwer anzukämpfen gegen diese Nostalgie, Genosse. Diese individualistische Vision von der Kürze der Lebenszeit, den vergeblichen Anstrengungen. Aber dann seh ich sie immer vor mir. Arbeiter, Soldaten, Matrosen, Bauern. Frauen, Männer, alte, junge Aktivisten. Diese Gesichter. Diese Haltungen. Wenn ich die Fehlschläge im Sozialismus betrachte, wenn ich an meine eigene Unzulänglichkeit denke, dann werden diese Weiterlebenden deutlich. Trotz der Deformierungen stellt ihre Gesellschaft immer noch den größten Fortschritt dar, den Menschen erreicht haben. Im Kampf gegen den Faschismus werden sie die Hauptlast zu tragen haben. Ihr müßt sie stützen.

AFROAMERIKANISCHER STUDENT Lenin sprach in der Komintern vom Recht des schwarzen Amerikaners zur Selbstbestimmung. Aber er schlug keine Taktik vor. Wie sollen wir soziale, politische, ökonomische Gleichheit erreichen? Viele von uns fordern einen separaten schwarzen Staat.

TROTZKI Dieser Slogan hält euch fest im Rassismus. Der Kampf um gleiche Rechte ist notwendig, doch darf er nicht wegleiten vom Klassenstandpunkt. Auch das schwarze Kleinbürgertum ist für eure Forderungen. Wird jedoch nicht weiterkommen als bis zur Ideologie der weißen Arbeiter. Ihr wollt mehr. Im amerikanischen Klassenkampf macht euer Proletariat die wichtigste, die entscheidende Kraft aus.

AFROAMERIKANISCHER STUDENT Ein Zusammengehn mit den weißen Arbeitern ist unmöglich. Sind mehr als in andern Ländern chauvinistisch. Werden uns auch in Zukunft auf dem Arbeitsmarkt, in den Gewerkschaften, in den Wohnorten bekämpfen.

TROTZKI Wenn die weißen Arbeiter sich weiter betrügen lassen, wenn sie meinen, der Staat gehöre ihnen, weil ihre Gewerkschaftsaristokraten Geschäfte machen mit Industrie und Militär, dann werdet ihr zunächst um eure nationale Befreiung kämpfen müssen. Das wäre ein Riesenschritt vorwärts. Zeichen eines großen moralischen und politischen Erwachens. Und indem ihr euch Bildung erobert, muß auch eine marxistische Führung entstehn. Ihr dürft euch nie abschließen vom Block des weißen Proletariats. Ihr braucht Verbündete, ihre braucht eine gemeinsame militante Partei. Ihr macht die Vorhut aus. Aber bleibt ihr allein, dann werdet ihr einzeln abgeschlachtet.

LATEINAMERIKANISCHER STUDENT Die Manöver, die von den Vereinigten Staaten in Pearl Harbour abgehalten werden, diese riesigen Flugzeuggeschwader, dies Anwachsen der Rüstung, es zeigt nicht nur, was für Lösungen für Westeuropa geplant sind. Sondern auch, was in Lateinamerika bevorsteht. Roosevelt redet zwar noch von der Politik der guten Nachbarschaft. Aber wir wissen, wir werden nicht nur gegen die Kompradoren zu kämpfen haben, sondern gegen die ganze Übermacht Nordamerikas. Unsre Zukunft, die Guerilla.

TROTZKI Die Bedingungen für Lateinamerika sind anders als für China. Und wieder anders für Afrika, für Indien. Eurer Landbevölkerung ist die Armut, die Schwäche, seit Jahrhunderten zur Gewohnheit geworden. Die revolutionären Führer Chinas leben zwischen den Bauern. Es gibt bei euch keinen gemeinsamen kulturellen Hintergrund. Wenn ihr zu den Ackerbauern, Hirten, Indianern kommt, werden sie mißtrauisch sein. Ihr sprecht nicht ihre Sprache. Ihr seid in den Städten aufgewachsen. Könnt schreiben und lesen. Sie kennen nichts als ihre Berge, ihr Flußtal, ihren Wald.

LATEINAMERIKANISCHER STUDENT Und es ist doch leichter dort, in den Einöden, als in den Städten, den Industrien. Grade die tägliche Not hat sie dran gehindert, sich wohl zu fühlen unter den Ausbeutern. Sie wissen nichts von Anpassung an irgendwelche Vorteile. Sie sind noch nicht ganz verkommen unter der Geldherrschaft, weil sie Geld kaum kennen. Von ihnen ist noch alles zu erwarten. Sie haben nichts zu verlieren.

TROTZKI Trotzdem halte ich dran fest, daß es die Arbeiter sind, in den Industrien, den Städten, die zuerst ihre Lage erkennen. Die sich ein grundlegendes Wissen verschaffen. Ohne politische Konzeption, ohne Partei geht es nicht.

LATEINAMERIKANISCHER STUDENT Ich kann mir vorstellen, Genosse Trotzki, daß die Direktiven der städtischen Parteien für uns nichts taugen. Es gibt noch keine Theorien für unsern Kampf. Vielleicht müssen wir völlig neu anfangen. So wie ihr damals, zu Beginn des Jahrhunderts, mit einer Handvoll von Berufsrevolutionären. Unsre Strategie in der Praxis entdecken.

TROTZKI Ich meine nicht, daß die rückständigen Länder geduldig warten sollen, bis das Proletariat der Metropolen sie befreit. Die Bindungen für den bewaffneten Aufstand müssen überall geschaffen werden. Mit verschiedenen Mitteln. In den Städten mit politischem Kampf, mit legalen, mit halblegalen, illegalen Tätigkeiten. Auf dem Land mit Aufklärung, in einfachster Form. Die Arbeiter, da sie eine Klasse sind, können sich zu gemeinsamen Forderungen zusammenschließen. Diesen Forderungen mit Streiks, Demonstrationen Ausdruck geben. Die illiteraten Kleinbauern aber sind noch klassenlos. Oft zerrissen durch Nationalitäten, Stammeswesen, Religionen, Aberglauben. Sie können spontan rebellieren gegen Wucherer, Feudalherrn. Ihr Hunger, ihr Elend treibt sie an. Doch eine langandauernde Revolution kann nur getragen werden von politischer Überzeugung. Deshalb muß ein Aufstand, wenn eine Befreiungsbewegung aus ihm werden soll, von aufgeklärten Arbeitern geführt werden.

LATEINAMERIKANISCHER STUDENT Es wird sich zeigen, ob in Guatemala, in Bolivien, Peru objektive Bedingungen im klassischen Sinn nötig sind. Ob sie sich nicht herstellen lassen durch überraschende subjektive Handlungen.

Die Studenten stehen auf. Beginnen, abzugehen.

FRANZÖSISCHER STUDENT Sie wissen, unten im Gemeindehaus, in Grenoble, da sitzen Thorez und Ilja Ehrenburg bei den Honoratioren. Wir waren bei der Veranstaltung. Ehrenburg sagte, nach einer Lobeshymne auf sein Regime, die Hoffnung auf Frieden, die liegt jetzt in der Roten Armee. Wir fragten ihn in der Diskussion, ob er nicht den Gründer der Roten Armee hier oben am Berghang besuchen wollte.

Die Studenten unter Gelächter ab. Trotzki nach vorn. Ergreift wieder das Fernrohr, hält es vor die Augen.

13. Volksfeind

Trotzki setzt sich. Blickt durch das Fernrohr im Halbkreis nach vorn.

Natalja Sedowa erscheint.

NATALJA SEDOWA Hier hast du ja nur die Scheune und den Zaun vor dir. Warum drehst du den Stuhl nicht? Drüben ist der Fjord.

Trotzki steht auf. Natalja Sedowa hilft ihm, den Stuhl seitwärts zu wenden. Er setzt sich wieder.

TROTZKI Kannst du unterscheiden zwischen einer schönen und einer weniger schönen Aussicht?

Er hält Ausschau durchs Fernrohr.

Da unten das Dorf. Wie heißt es? Ich vergeß immer den Namen.

NATALJA SEDOWA Hönnefoss.

TROTZKI Weißt du, vorhin, da mußte ich mich lange bemühn, rauszufinden, wo ich bin. Absolute Leere. Ja. Hönnefoss. Ja. Norwegen. Da unten auf dem Weg, da kommt ein Auto.

NATALJA SEDOWA Das wird der Arzt sein.

TROTZKI War der Handwerker schon da? Hat er die Antenne montiert?

NATALJA SEDOWA Ja. Wir können Moskau hören.

Ein Arzt, mit Begleiter. Der Arzt gleich zu Trotzki. Der Begleiter geht umher, sieht sich prüfend um, betrachtet die Papiere auf dem Tisch.

TROTZKI Diese Atemnot. Druck über der Brust. Puls unregelmäßig, manchmal rasend. Schwindel. Gedächtnisschwund. Ja, völliger Gedächtnisschwund.

ARZT Machen Sie den Oberkörper frei.

Trotzki zieht Jacke und Hemd aus. Der Arzt horcht ihn mit einem Stethoskop ab, beklopft ihn.

Tief einatmen. Husten Sie.

Trotzki krampfhaft hustend.

Lunge, Herz normal. Ihr Brustkorb ist außerordentlich stark.

TROTZKI Aber nachts. Ich kann nicht schlafen. Liege in Schweiß gebadet.

ARZT Nervöse Übermüdung. Verständlich, verständlich.

Er beginnt, heftig zu lachen.

TROTZKI Was lachen Sie so?

ARZT Haben Sie Ibsen gelesen? Ein Volksfeind. Sie sind ja Doktor Stockmann, wie er leibt und lebt. Der Einzelgänger. Der sich dem Allgemeinen nicht fügen, nicht unterordnen will.

TROTZKI Soweit ich mich erinnere, deckte Stockmann die Korruption in seiner Stadt auf.

ARZT Wenn er auch in Einzelheiten recht hat, so wird er doch zum Verlierer. Denn es gelingt ihm nicht, sein Wissen zu verbreiten. Er verachtet die Menge, die Masse, diese verfluchte kompakte Majorität. Er ist der geistige Aristokrat. Eine hilflose, ich möchte sagen, tragische Figur. Wie er uns zum Schluß wimmernd sein Credo gibt, am stärksten in der Welt ist der, der allein steht.

Der Arzt bricht wieder in Gelächter aus. Trotzki springt auf.

TROTZKI Wer sind Sie eigentlich?

Der Arzt lacht. Trotzki wendet sich an dessen Begleiter.

Und Sie. Was suchen Sie da? Was spionieren Sie da herum?
Arzt und Begleiter lachend ab. Natalja Sedowa kommt.
Wir müssen unbedingt Bewachung fordern von Knudsen. Hier kann jeder kommen. Wer war das? Das war kein Arzt.
Im Hintergrund erscheint der Ankläger der Moskauer Prozesse. Seine Worte hin und wieder undeutlich, abgebrochen.

ANKLÄGER Haben die Voruntersuchungen ergeben, daß sämtliche Angeklagte ihre niederträchtigen verräterischen Handlungen auf Anweisung des im Ausland befindlichen Volksfeindes Trotzki betrieben. Die zutage getretenen Umstände beweisen, daß das konterrevolutionäre trotzkistische Gesindel Anschläge auf das Leben der hervorragendsten Führer der Partei und der Regierung –
Unterbrechung.
Ihre Tätigkeit zielte ab auf Untergrabung unsrer wirtschaftlichen und militärischen Stärke, auf Beschleunigung eines faschistischen Kriegsüberfalls, auf Hilfeleistung an fremdländische Aggressoren bei der Besitzergreifung und Zerstückelung unsres Landes, auf den Sturz der Sowjetmacht und die Wiederherstellung der kapitalistischen Gesellschaftsordnung –
Unterbrechung.
Diese verruchten Schädlinge, Diversanten, Spione und Terroristen, diese elende Bande von Betrügern und Mördern –
Unterbrechung.
Die Angeklagten Sinowjew, Kamenew, Smirnow, Rykow, Mratschkowski, Pjatakow, Radek, Bucharin, Rakowski, Antonow, Schljapnikow, Tuchatschewski –
Es erscheinen Sinowjew, Kamenew, Smirnow, Mratschkowski, Pjatakow, Radek, Bucharin, Rakowski und die Zeugin Safonowa. Sie stellen sich weit voneinander verteilt auf. Natalja Sedowa sitzt im Hintergrund. Trotzki steht vorn, mit entblößtem Oberkörper, das Hemd in der Hand.
Angeklagter Mratschkowski. Sie waren der nächste Vertrauensmann Trotzkis. Betrieben zusammen mit ihm seit neunzehnhundert dreiundzwanzig sowjetfeindliche Arbeit. Waren Mitglied des Zentrums der illegalen trotzkistischen Organisation –

MRATSCHKOWSKI Als ich neunzehnhundert neunundzwanzig aus der Verbannung zurückkehrte, legte ich ein Bekenntnis ab für die Richtigkeit der Generallinie der Partei. In Wirklichkeit aber kam ich als Doppelzüngler zurück, mit dem Ziel, den Kampf gegen die Partei fortzusetzen. Neunzehnhundert einunddreißig wurde in unsrer Gruppe die Frage des Terrors schon offen gestellt. Smirnow brachte aus Berlin eine Direktive von Trotzki mit, die er durch den Sohn Trotzkis, Sedow, erhalten hatte.

ANKLÄGER Was war der Inhalt dieser Direktive?

MRATSCHKOWSKI Solange wir die Parteiführer nicht beseitigen, können wir nicht zur Macht kommen.

ANKLÄGER Was bedeutet der Ausdruck beseitigen?

MRATSCHKOWSKI Er bedeutet ermorden. Da die trotzkistische Gruppe allein zu schwach war, kam die Frage der Notwendigkeit einer Vereinigung mit andern konterrevolutionären Gruppen auf. Trotzki billigte den Zusammenschluß mit den Sinowjewleuten, teilte aber mit, daß der Block auf der Basis des Terrors errichtet werden müsse.

ANKLÄGER Angeklagter Sinowjew. Wann wurde das vereinigte Zentrum organisiert?

SINOWJEW Im Sommer zweiunddreißig.

ANKLÄGER Worin kam dessen Tätigkeit zum Ausdruck?

SINOWJEW Das wichtigste war die Vorbereitung von Terrorakten.

ANKLÄGER Gegen wen?

SINOWJEW Gegen die höchsten Führer der Partei.

ANKLÄGER Angeklagter Smirnow. Haben Sie von Trotzki die Direktive über den Terror als Kampfmittel erhalten?

Smirnow schweigt.

Angeklagter Mratschkowski. Sie haben Smirnow nach seiner Rückkehr aus Berlin getroffen?

MRATSCHKOWSKI Ja.

ANKLÄGER Sie haben mit ihm gesprochen?

MRATSCHKOWSKI Ja.

ANKLÄGER Zusammen mit Safonowa?

MRATSCHKOWSKI Ja.

ANKLÄGER Smirnow hat Ihnen Trotzkis Weisung überbracht?

MRATSCHKOWSKI Ja.

ANKLÄGER Smirnow, haben Sie gehört?

Smirnow schweigt.

Angeklagter Sinowjew. War die Anerkennung des Terrors die entscheidende Bedingung für die Vereinigung der Trotzkisten und Ihrer Leute?

SINOWJEW Ja. Wir waren davon überzeugt, daß die Führung um jeden Preis abgelöst werden muß. Daß sie von uns im Bund mit Trotzki abgelöst werden muß.

ANKLÄGER Angeklagter Sinowjew. Sowohl Sie als auch Kamenew gingen in zwei Richtungen vor. Einerseits versuchten Sie, auf jede Weise Ihre Loyalität mit der Partei zu beweisen. Andrerseits bereiteten grade Sie Terrorakte gegen die Führer der Partei vor. Bekennen Sie sich dieses schweren Verbrechens schuldig?

SINOWJEW Ja.

ANKLÄGER Die gleiche Frage stelle ich an den Angeklagten Kamenew.

KAMENEW Ich antworte bejahend.

ANKLÄGER Angeklagter Kamenew. Wie soll man Ihre Erklärungen einschätzen, die Sie im Jahr dreiunddreißig abgaben und in denen Sie Ihre Ergebenheit für die Partei äußerten. Als Betrug?

KAMENEW Schlimmer als Betrug.

ANKLÄGER Als Treubruch?

KAMENEW Schlimmer als Treubruch.

ANKLÄGER Schlimmer als Betrug. Schlimmer als Treubruch. Finden Sie das Wort. Verrat.

KAMENEW Sie haben es gefunden.

ANKLÄGER Was waren Ihre Beweggründe?

KAMENEW Unsre Hoffnung auf die Möglichkeit einer Spaltung der Parteiführung war zunichte geworden. Es blieben zwei Wege übrig. Entweder den Widerstand ehrlich und vollständig einzustellen, oder ihn fortzusetzen, aber schon ohne Hoffnung auf jede wie immer geartete Massenunterstützung, ohne politische Plattform, ohne Ideologie, nur mit Hilfe des individuellen Terrors. Wir haben den zweiten Weg gewählt. Wir ließen uns leiten von unsrer grenzenlosen Verbitterung gegen die Führung der Partei und des Landes, von unsrer Gier nach Macht.

ANKLÄGER Ihr Kampf gegen die Führung der Partei und der Regierung wurde von Motiven persönlicher niedriger Machtgier geleitet?

KAMENEW Ja. Von der Machtgier unsrer Gruppe.

ANKLÄGER Hat das etwas mit gesellschaftlichen Idealen gemein?

KAMENEW Es hat das gemein, was Revolution und Konterrevolution miteinander gemein haben.

ANKLÄGER Sie stehen also auf der Seite der Konterrevolution?

KAMENEW Ja.

ANKLÄGER Sie führten also bewußt einen Kampf gegen den Sozialismus?

KAMENEW Wir sind uns bewußt, daß wir einen Kampf betrieben gegen Partei und Regierung, die das Land zum Sozialismus führen.

ANKLÄGER Dadurch sind Sie auch gegen den Sozialismus?

KAMENEW Sie ziehen den Schluß eines Historikers und Anklägers.

ANKLÄGER Angeklagter Smirnow. Sie sind ein naher Freund Trotzkis. Sie werden als Leiter des trotzkistischen Zentrums gekennzeichnet. Sie haben Ihrer illegalen Organisation die Terroranweisung Trotzkis übermittelt.

SMIRNOW Ich habe nicht angenommen, daß diese Information als Anweisung Trotzkis aufzufassen war.

ANKLÄGER Angeklagter Mratschkowski. Wovon war in Trotzkis Direktive die Rede?

MRATSCHKOWSKI Es wurde darauf hingewiesen, daß alle bisherigen Kampfmittel überholt seien. Daß man zu andern, schärferen Methoden übergehen müsse. Es wäre kindisch, zu glauben, die Bürokratie könnte beseitigt werden durch einen Beschluß des Sowjetkongresses. Normale Befugnisse reichten nicht mehr aus, die Führer der Partei und der Regierung abzusetzen. Nur mit Gewalt könnten sie zum Sturz gebracht werden.
Trotzki springt vor.

TROTZKI Ja, mit revolutionärer Gewalt. Das schrieb ich. Aber nicht in einer geheimen Anweisung, sondern in einem offenen Brief. Ich schrieb, daß die Herrschaft an die Avantgarde des Proletariats abgegeben werden müsse. Jeder kann es lesen. Ihr aber vertauscht die von mir geforderte Rückkehr zur revolutionären Tradition gegen konspirativen individuellen Terror.

ANKLÄGER Angeklagter Smirnow. Wurde das Zentrum auf der Grundlage des Terrors organisiert?
Smirnow schweigt.
Was geben Sie denn zu?

SMIRNOW Ich gebe zu, daß ich mich an der illegalen trotzkistischen Organisation beteiligte, daß ich in den Block eintrat, daß ich in das Zentrum dieses Blocks eintrat, daß ich Sedow einunddreißig in Berlin gesehn und seine Meinung über den Terror angehört habe, die ich dann, ohne mit ihr einverstanden zu sein, nach Moskau weiterleitete.

ANKLÄGER Zeugin Safonowa. Hat Smirnow sich in Ihrer Gegenwart über die Notwendigkeit geäußert, Terrorakte gegen die Führer der Partei zu begehen?

SAFONOWA Er sprach von Trotzkis Anweisung, daß das Zentrum zu terroristischen Kampfmethoden übergehen müsse.

ANKLÄGER Sprach er von der Notwendigkeit, die Parteiführung zu ermorden?

SAFONOWA Er äußerte in kategorischer Form, daß man die Parteiführer ermorden müsse.

ANKLÄGER Angeklagter Smirnow. In welcher Beziehung standen Sie zu Safonowa?

SMIRNOW In guten.

ANKLÄGER Nicht mehr?

SMIRNOW Wir standen einander sehr nah.

ANKLÄGER Sie waren Mann und Frau?

SMIRNOW Ja.

ANKLÄGER Persönliche Differenzen bestehen zwischen Ihnen nicht?

SMIRNOW Nein.

ANKLÄGER Angeklagter Smirnow. Sie geben zu, daß der Block den Standpunkt des Terrors eingenommen hatte?

SMIRNOW Ja.

ANKLÄGER Sie geben zu, daß der Block diesen Standpunkt eingenommen hatte, im Zusammenhang mit Trotzkis Direktiven?

SMIRNOW Ja.

ANKLÄGER Und Sie waren es, der die Direktiven in Empfang genommen hat?

SMIRNOW Ja.

ANKLÄGER Und der die Direktiven an den Block weiterleitete?

SMIRNOW Ja.

ANKLÄGER Folglich waren Sie es, der den Block auf den Standpunkt des Terrors gebracht hat.

Smirnow schweigt.

Angeklagter Smirnow. Der Kreis ist geschlossen.

Smirnow sinkt in die Knie, stürzt dann zusammen.

Zwei Soldaten. Bajonette an den umgehängten Gewehren. Schnell auf Smirnow zu. Schleppen ihn ab.

Safonowa folgt ihnen.

Angeklagter Pjatakow. Was können Sie über Ihre verbrecherische trotzkistische sowjetfeindliche Tätigkeit aussagen?

PJATAKOW Ich erhielt von Trotzki die Anweisung, allen Maßnahmen der Sowjetregierung, besonders auf dem Gebiet der Wirtschaft, entgegenzuwirken.

ANKLÄGER Wo haben Sie damals gearbeitet?

PJATAKOW Ich habe damals im Obersten Volkswirtschaftsrat als Vorsitzender der Chemischen Industrie gearbeitet.

ANKLÄGER Und während Sie das Vertrauen der Regierung hatten, traten Sie auf als gemeiner Saboteur, Spitzel und Schädling gegen den Sowjetstaat.

PJATAKOW Unsre verbrecherische Tätigkeit führte zu Katastrophen in Kohlengruben, Traktorenfabriken, Hüttenwerken, Schiffswerften und elektronischen Anlagen. Wir zerrütteten das Verkehrswesen, behinderten den Wohnungsbau, schädigten landwirtschaftliche Produkte. Auch nahmen wir Massenvergiftungen an sowjetischen Arbeitern vor.

ANKLÄGER Betrieben Sie dies alles auf eigene Initiative oder auf Weisungen?

PJATAKOW Im allgemeinen wurde es gemäß der Direktive Trotzkis getan.

ANKLÄGER Was war Trotzkis Zielsetzung?

PJATAKOW Trotzki schrieb, daß die Anweisung zur Zerstörungsarbeit nicht etwas Zufälliges, nicht einfach eins der scharfen Kampfmittel sei, die er vorschlage, sondern ein äußerst wesentlicher Bestandteil seiner Politik. Er äußerte, es war Mitte vierunddreißig, daß es jetzt, nach Hitlers Sieg, vollständig klar sei, daß seine These von der Unmöglichkeit der Errichtung des Sozialismus in einem Land sich gerechtfertigt habe, daß ein militärischer Zusammenstoß bevorstehe und daß wir Trotzkisten, um uns als politische Kraft zu erhalten, die Niederlage der Sowjetunion aktiv vorbereiten müßten.

ANKLÄGER Sie arbeiteten auf eine militärische Niederlage der Sowjetunion hin?

PJATAKOW Dies war das Ziel. Da nach Trotzkis Auffassung der Krieg unvermeidlich war, und zwar in allernächster Perspektive, der Krieg mit Deutschland, und möglicherweise mit Japan, so handelte es sich darum, durch eine entsprechende Verständigung mit den Regierungen dieser Länder eine wohlwollende Einstellung gegenüber dem Machtantritt des Blocks zu erreichen. Durch eine Reihe von Zugeständnissen an diese Länder, unter im voraus vereinbarten Bedingungen, sollte der Block eine Unterstützung erlangen, um sich an der Macht halten zu können. Ende fünfunddreißig erhielt Radek hierzu einen ausführlichen Instruktionsbrief.

ANKLÄGER Angeklagter Radek. Haben Sie einen solchen Brief oder mehrere Briefe erhalten?

RADEK Ich erhielt einen Brief im April vierunddreißig und einen zweiten im Dezember fünfunddreißig. Im ersten Brief schrieb Trotzki, daß der Krieg zu einer Niederlage der Sowjetunion führen würde. Diese Niederlage sei die Voraussetzung für einen Machtantritt des trotzkistischen Blocks. Folglich müsse der Block an einer Beschleunigung des Kriegsausbruchs und damit an einer Niederlage der Sowjetunion interessiert sein.

ANKLÄGER Wovon war im zweiten Brief die Rede?

RADEK Fragt man nach der Formel, so war dies die Rückkehr zum Kapitalismus. Die Restauration des Kapitalismus. Er sah voraus, daß als Folgen der Niederlage bedeutende Industrieobjekte Deutschland und Japan in Konzession gegeben würden. Weiter sollte der Privatsektor in der gesamten Produktion wiederhergestellt werden. Und schließlich müßten die Kollektivwirtschaften einer neuen Kulakenschicht zufallen.

ANKLÄGER Sprach Trotzki von territorialen Zugeständnissen?

RADEK Es hieß, daß territoriale Zugeständnisse notwendig sein würden.

ANKLÄGER Welcher Art?

RADEK Will man sich mit den Deutschen aussöhnen, schrieb er, so muß man in der einen oder andern Form darauf eingehn, sie zu befriedigen und ihre Expansion hinzunehmen.

ANKLÄGER Die Ukraine abtreten?

RADEK Wir hatten keinen Zweifel darüber, daß es sich um die Ukraine handelte. Was Japan anbelangt, so sprach Trotzki von der Abtretung der fernöstlichen Küstengebiete.

ANKLÄGER Hatte Trotzki bereits Verhandlungen geführt mit der deutschen und der japanischen Regierung?

RADEK Er stand mit Heß, dem Stellvertreter des deutschen Führers, in Verbindung. Den Vertretern der japanischen Regierung hatte er mitgeteilt, daß er der Eroberung Chinas durch Japan keinerlei Hindernisse in den Weg legen würde.

ANKLÄGER Angeklagter Pjatakow. Bestätigen Sie den Inhalt dieser Briefe?

PJATAKOW Ja, ich bestätige den Inhalt.

TROTZKI Natasha, warum schickt Ljowa nicht das Material? Der sitzt wohl nur herum in Paris? Jede Einzelheit kann widerlegt werden. Aber schnell, schnell. Sonst fallen sie alle.

ANKLÄGER Wurde es nicht notwendig, persönlich mit Trotzki zusammenzutreffen?

PJATAKOW Es wurde eine Begegnung mit Trotzki in Norwegen vereinbart. Ich entschloß mich zu dieser Reise, die für mich mit großem Risiko verbunden war.

ANKLÄGER Wo befanden Sie sich zu diesem Zeitpunkt?

PJATAKOW Ich war Anfang Dezember fünfunddreißig in dienstlichem Auftrag in Berlin. Am zwölften Dezember, frühmorgens, flog ich vom Tempelhofer Flugplatz ab und landete um drei Uhr nachmittags auf einem Flugplatz in der Nähe von Oslo. Dort stand ein Auto bereit. Wir fuhren etwa dreißig Minuten und kamen in einem Villenvorort an. Wir stiegen aus, gingen in ein nicht übel eingerichtetes Häuschen, und dort erblickte ich Trotzki, den ich seit neunzehnhundert achtundzwanzig nicht gesehen hatte.

TROTZKI Hatten Sie ein norwegisches Visum? Konnten Sie Berlin verlassen, ohne der Sowjetbotschaft mitzuteilen, wohin Sie reisen? Wie war es Ihnen möglich, sich von den Sowjetvertretern in Oslo zu verbergen? Mit was für einem Flugzeug sind Sie geflogen?

ANKLÄGER Angeklagter Pjatakow. Sie sind auf einem norwegischen Flugplatz gelandet?

PJATAKOW Ja. Bei Oslo.

ANKLÄGER Wie hieß der Flugplatz?

PJATAKOW Ich weiß keinen bestimmten Namen.

ANKLÄGER Hat es irgendwelche Schwierigkeiten bei der Landung gegeben?

PJATAKOW Nein. Ich fuhr sofort zum Vorort, in dem Trotzki mich erwartete.

TROTZKI Ich wohne nicht eine halbe Stunde, sondern zwei Stunden von Oslo, in den Bergen.

ANKLÄGER War bei Ihrer Unterhaltung jemand zugegen?

PJATAKOW Absolut niemand. Die Zusammenkunft war von außerordentlicher Verschwiegenheit umgeben.

TROTZKI Haben Sie meine Frau nicht gesehn? Haben wir Ihnen nichts zu essen angeboten? Sie mußten doch hungrig sein nach der langen Reise.

ANKLÄGER Worüber sprachen sie?

PJATAKOW Ich erzählte, was das Zentrum bisher geleistet habe. Er unterbrach mich wiederholt. Ließ bissige Worte und Zwischenbemerkungen fallen über Versöhnlertum, Nichtverstehn der Situation. Sagte, ihr lebt noch im alten Trott. Könnt euch nicht losreißen von der Nabelschnur der Partei. Sagte, daß viele von uns Trotzkisten sich noch der Illusion hingeben, ein Massenkampf könnte organisiert werden. Dies sei unmöglich, weil die Arbeiter, die Bauernbevölkerung sich unter der Hypnose des gewaltigen Aufbaus befinden, eines Aufbaus, der von ihnen als sozialistischer Aufbau aufgefaßt wird. Wir könnten nur mit einem Staatsstreich zur Macht kommen, mit allen sich daraus ergebenden Folgen auf dem Gebiet der Kampfmethoden.

ANKLÄGER Sprach er über seine Verhandlungen mit dem stellvertretenden Führer der deutschen nationalsozialistischen Partei?

PJATAKOW Er sagte, er habe mit Heß grundsätzlich beschlossen, daß das deutsche Kapital zur Ausbeutung von Rohstoffquellen in der Sowjetunion zugelassen werde.

ANKLÄGER Was war das Neue in Trotzkis Anweisungen?

PJATAKOW Das Neue wurde hinreichend eindeutig formuliert. Die trotzkistische Organisation verwandelt sich ihrem Wesen nach in ein Werkzeug des Faschismus.

Natalja Sedowa vortretend.

NATALJA SEDOWA Knudsen läßt offiziell bestätigen, daß im Winter fünfunddreißig kein ausländisches oder privates Flugzeug aus Berlin auf dem Flugplatz Kjeller bei Oslo landete. Als Hauswirt Trotzkis erklärt er, daß keinerlei Unterhaltung zwischen Pjatakow und Trotzki in Norwegen stattgefunden hat.

ANKLÄGER Angeklagter Pjatakow. Hieß der Flugplatz Kjeller?

PJATAKOW Es ist möglich, daß er Kjeller hieß.

ANKLÄGER Die Sowjetvertretung in Oslo teilt mit, daß der Flugplatz Kjeller das ganze Jahr für Flugzeuge aller Länder geöffnet ist.

PJATAKOW Bürger Richter. In diesem Augenblick, in dem wir vor dem Sowjetgericht die volle Verantwortung für unsre Verbrechen zu tragen haben, wird derjenige, in dessen Namen und auf dessen Anstiftung hin wir dies alles vollbrachten, nichts andres finden, als sich von dem loszusagen, was wir mit ihm gemeinsam taten, als uns zu verleumden, zu lügen und uns der falschen Aussage zu bezichtigen.

ANKLÄGER Angeklagter Rakowski. Sie waren Trotzkis persönlicher Freund?

RAKOWSKI Ich war sein persönlicher Freund.

ANKLÄGER Sie teilten seine politischen Ansichten?

RAKOWSKI Ich teilte seine politischen Ansichten.

ANKLÄGER Weshalb haben Sie diesen Kampf gegen den Sowjetstaat geführt?

RAKOWSKI Wir handelten im Fieberwahn. Die Tatsache, daß wir hohe verantwortliche Posten innehatten, verdrehte uns den Kopf. In unsrer Selbstverblendung scheuten wir vor keinem Betrug, keiner Bestechung, keinem Mord zurück, um zur Herrschaft zu gelangen. So gingen wir schließlich das Bündnis mit Hitler und dem Mikado ein, um die Errungenschaften des sozialistischen Aufbaus in der Sowjetunion zu vernichten und die kapitalistischen Verhältnisse wieder einzuführen. Unsre revolutionären Gewohnheiten waren zu konterrevolutionären Gewohnheiten geworden.

ANKLÄGER Was hatten Sie schon für revolutionäre Gewohnheiten?

RAKOWSKI Man kann nicht abstreiten, ich gehörte auch einmal –

ANKLÄGER Sie gehörten nie zu Revolutionären. Sie Söldling des Faschismus.

RAKOWSKI Ja, ich bin des Hochverrats schuldig. Bereits im Jahr neunzehnhundert vierundzwanzig trat ich dem britischen Intelligence Service bei. Nach meiner Entlassung aus der Verbannung neunzehnhundert vierunddreißig wurde ich Agent des japanischen Spionagedienstes. Aber wenn wir dachten, daß wir die Macht ergreifen, und sie halten könnten, ohne sie den Faschisten zu übergeben, so war das Wahnsinn, Utopie. Bürger Richter, ich möchte die Schuld, die ich trage, nicht auf Trotzki abwälzen. Ich bin älter als er. Habe nicht weniger politische Erfahrung als er. Doch bedaure ich, daß sich hier, neben uns Angeklagten, nicht der Volksfeind Trotzki befindet. Ich bedaure es, denn das Bild dieses Prozesses verliert an Breite und Tiefe dadurch, daß der Anführer der Bande fehlt. Ich bedaure es, weil die Abwesenheit Trotzkis die Fortsetzung seiner Aktivität bedeutet. Aber ich bin sicher, auch in seinem mexikanischen Versteck, in das er sich nach der Ausweisung aus Norwegen verkrochen hat, wird er nicht der Entehrung entgehn, die wir hier erleiden.

RADEK Ich kann mich nicht einmal darauf berufen, daß Trotzki mich vom richtigen Weg abgebracht hat. Ich ging mit der trotzkistischen Organisation nicht im Namen der kläglichen Theorien Trotzkis, deren Verfaultheit ich während meiner ersten Verbannung begriffen hatte, sondern weil es keine andre Gruppe gab, auf die ich mich für die politischen Ziele, die ich mir stellte, hätte stützen können. Ich habe meinen Verrat eingestanden. Doch welche Beweise gibt es für die Verbrechen, die wir begingen? Worauf können Sie Ihre Überzeugung begründen, daß das, was wir gesagt haben, die Wahrheit, die unerschütterliche Wahrheit ist? Es gibt meine Aussagen, daß ich Direktiven und Briefe von Trotzki erhielt, die ich leider verbrannt habe, und die Aussagen Pjatakows, der mit Trotzki zusammengetroffen ist. Alle andern Aussagen der übrigen Angeklagten beruhen auf unsern Bekenntnissen. Genossen Richter –

ANKLÄGER Nicht Genossen, Angeklagter Radek. Bürger Richter.

RADEK Verzeihung. Bürger Richter. Obgleich ich nicht berechtigt bin, als reuiger Kommunist aufzutreten, so darf ich doch darauf hinweisen, daß wir den größten Teil unsres Lebens in der Arbeiterbewegung standen, und daß diese Volksmassen, mit denen wir einmal zusammengingen, immer noch etwas für uns bedeuten. Vor ihnen, glauben Sie mir, lügen wir in dieser Stunde nicht. Wir sagen es allen, die für die Sache des Friedens kämpfen, wir sagen es der ganzen Welt, der Trotzkismus ist eine Waffe der Faschisten, der Kriegsbrandstifter. Es fiel uns unerhört schwer, das einzugestehn. Aber es ist eine historische Tatsache. Und für diese Tatsache werden wir mit unsern Köpfen zahlen.

MRATSCHKOWSKI Ich bin Arbeiter. Sohn und Enkel von Arbeitern. Revolutionär. Sohn und Enkel –

ANKLÄGER Sie sind ein Verräter an der Arbeiterklasse, Mratschkowski. Ein Verräter an der Revolution.

MRATSCHKOWSKI Ich war zum ersten Mal verhaftet im Alter von dreizehn Jahren. Mögen alle bedenken, daß auch Arbeiter, oder Menschen, die aus der Arbeiterschaft hervorgegangen sind, Leute wie ich, zu Konterrevolutionären werden können. Ich verdiene nicht, weiter zu leben. Doch bitte ich darum, mir zu glauben, daß ich mich von allem Schmutz, den ich auf mich nahm, gereinigt habe.

SINOWJEW Niemand von uns kann gegen die Partei im Recht sein. In der letzten Instanz hat die Partei immer recht, weil sie das einzige geschichtliche Instrument ist, daß die Arbeiterklasse zur Lösung ihrer Aufgabe besitzt. Nach Lenins Tod war ich es, der Trotzki ermahnte, sich diesem fundamentalen Prinzip zu unterstellen. Doch er weigerte sich, das Gesetz anzuerkennen. Er brach es. Trotzdem schloß ich mich ihm an. Mein defekter Bolschewismus wurde zu Antibolschewismus. Ich wurde zum Feind der internationalen Arbeiterbewegung.

BUCHARIN Einmal standen wir neben Lenin –

ANKLÄGER Sie Heuchler. Sie, Bucharin, standen nie neben Lenin.

BUCHARIN Dann versuchten wir, das Werk Lenins, das heute von der Parteiführung mit gigantischem Erfolg fortgesetzt wird, zu zerschlagen. Aber wir sind selbst zerschlagen worden. Das trotzkistische Banditentum ist zerschmettert. Ich beuge mein Knie vor der Partei, vor dem ganzen Volk, vor der weisen Führung des Landes.
Smirnow wird von bewaffneten Soldaten hereingeführt. Steht gebeugt. Spricht tonlos.

SMIRNOW Ich wende mich an die zerstäubten Haufen der Trotzkisten, die noch im Land umherirren, an alle, die den Widerstand noch nicht aufgegeben haben. Streckt die Waffen. Ich rufe alle auf, bekämpft den Trotzkismus und Trotzki. Es gibt keinen andern Weg für unser Land, als den Weg, den es geht. Es kann keine andre Führung haben als die, die ihm von der Geschichte gegeben ist.

Im Hintergrund eine Anzahl namenloser Angeklagter, begleitet von Soldaten. Einige treten vor.

ANKLÄGER Ich fordere, daß diese tollgewordenen Hunde allesamt erschossen werden. Unkraut und Disteln sollen über ihren Gräbern wachsen. Auf ewig sollen sie von den ehrlichen Sowjetmenschen, vom ganzen Sowjetvolk geächtet sein.

Die Hauptangeklagten werden von den Soldaten zum Hintergrund geführt. Sinowjew leistet Widerstand.

SINOWJEW Ihr habt versprochen, unser Leben zu schonen, wenn wir bekennen.

Gelächter der Soldaten. Sinowjew klammert sich an die Beine eines Soldaten.

Bitte, um Himmels willen. Rufen Sie Yosif Vissarionowitsch. Er hat es uns persönlich versprochen.

KAMENEW Ich wende mich an meine Kinder. Seht nicht zurück. Geht weiter. Zusammen mit dem sowjetischen Volk.

SMIRNOW Laßt meine Frau, meine Tochter frei.

Sinowjew wird abgeschleppt. Er schreit.

SINOWJEW Höre Israel. Höre Israel. Unser Gott ist der einzige Gott.

Während die Gruppe abgeführt wird, treten einige der Namenlosen zu Trotzki vor.

NAMENLOSER 1 Sie haben nicht gewagt, Schljapnikow vor Gericht zu stellen. Er hätte dem Ankläger ins Gesicht gespien. Sie haben ihn, mit Tausenden, die nichts bekennen wollten, in den Kellern erledigt. Auch Peterson war darunter. Der lettische Soldat, der einmal den Befehl führte über deinen Panzerzug.

NAMENLOSER 2 Eh sie Antonow erschossen, gab er seinen Mantel, seine Jacke, seine Schuhe den Mitgefangenen. Er bat uns, wenn wir einmal freikämen, jedem zu sagen, daß Antonow ein Bolschewik war, und ein Bolschewik blieb bis zur letzten Stunde.

NAMENLOSER 3 Sie haben deinen Sohn Sergej nach Moskau zurücktransportiert. Er hat allen Verhören und Folterungen standgehalten. Sich geweigert, irgendeine Erklärung zu unterschreiben. Sie gaben ihm den Genickschuß.

NAMENLOSER 4 Ljowa ist tot. Wurde in Paris in ein Krankenhaus eingeliefert. Vergiftet. Irrte noch im Delirium in den Korridoren herum. Als nächster bist du dran.

Alle Angeklagten ab. Nur Natalja Sedowa im Hintergrund zusammengesunken auf einem Stuhl. Trotzki vorn, die Arme herabhängend. Das Hemd in der Hand. Steht einige Augenblicke reglos. Plötzlich Maschinengewehrfeuer. Natalja Sedowa springt auf. Trotzki zum Tisch, stürzt den Tisch um, nimmt Deckung dahinter. Natalja Sedowa wirft sich schützend über ihn. Erneut Schüsse.

14. Das Testament

Herein Alfred Rosmer, Sylvia Ageloff, Frank Jacson, Joseph Hansen, Harold Robins, ein paar mexikanische Polizisten und Oberst Salazar, Leiter der mexikanischen Geheimpolizei. Trotzki und Natalja Sedowa stehen auf.

SALAZAR Sie sind nicht verletzt?

Trotzki befühlt seinen Körper. Lacht. Zieht das Hemd an.

Trotzkis Freunde und Mitarbeiter bemühen sich um Natalja Sedowa. Auch sie ist unverletzt. Der Tisch wird aufgerichtet. Harold Robins ordnet Papiere, Bücher und Schreibwerkzeug auf dem Tisch. Die Polizisten untersuchen den Raum nach Geschoßeinschlägen.

FRANK JACSON Es waren über zwanzig Mann. In Polizeiuniform. Haben die Wachen überrumpelt. Geknebelt, gefesselt.

TROTZKI Wie kamen sie rein? Über die Mauer? Durch die elektrisch geladenen Drähte? Warum ging das Alarmsignal nicht?

FRANK JACSON Sheldon ließ sie durchs Tor. Er war bei den Wachen.

SALAZAR Wo ist dieser Sheldon?

FRANK JACSON Sie haben ihn mitgenommen.

SALAZAR Glauben Sie, er stand mit den Leuten in Verbindung?

TROTZKI Sheldon Harte? Unmöglich. Hätte er meine Ermordung gewollt, er brauchte dazu nicht zwanzig Helfer. Nur einen Dolch.

SALAZAR Und die andern Hausbewohner?

TROTZKI Dies ist Sylvia Ageloff, eine amerikanische Genossin. Frank Jacson, ihr Freund. Dies mein Sekretär, Harold Robins. Joseph Hansen, Alfred Rosmer, nahe Mitarbeiter seit vielen Jahren.

SALAZAR Die Angreifer hatten genaue Kenntnisse von den Räumlichkeiten. Nahmen Deckung hinter den Bäumen im Hof. Beschossen von verschiedenen Punkten aus Ihr Zimmer.

POLIZIST 1 Ich zähle dreiundsiebzig Einschläge in der Wand.

TROTZKI Ich dachte erst, ihr habt wieder mal so ein mexikanisches Feuerwerk losgelassen.

SALAZAR Ich versteh nicht, daß Sie so ruhig sein können. Das Attentat war nur möglich mit Hilfe von Personen, die Ihnen nahestehn.
Er führt Trotzki zur Seite.
Haben Sie irgendeinen Verdacht? Ihre Hausangestellten?

TROTZKI Die haben unser volles Vertrauen.

SALAZAR Ihre Sekretäre?

TROTZKI Absolut zuverlässig.

SALAZAR Wir werden sie ins Verhör nehmen müssen.

TROTZKI Dagegen würde ich strengstens protestieren.

SALAZAR So viele Angreifer. Maschinengewehre. Brandbomben. Und es wurde niemand verletzt. Sonderbar. Wer, glauben Sie, war der Urheber des Überfalls?
Trotzki lacht.

TROTZKI Ich werde es Ihnen sagen. Der Urheber war die GPU.
Ein paar Polizisten einer Motorradpatrouille herein.

POLIZIST 2 Wir haben eins der Autos, in denen sie geflohen sind. Ein paar Mann festgenommen. Sie sagen aus, ihr Anführer ist Siqueiros.

TROTZKI Siqueiros, der Maler?

POLIZIST 2 David Alfaro Siqueiros. Die Gruppe, die er sich zusammengeholt hat, das waren Spanienkämpfer und Bergarbeiter.

ALFRED ROSMER Siqueiros. Der hat schon in Spanien die Trotzkisten bekämpft.

TROTZKI So ein schwerer Angriff. So sorgfältig vorbereitet. Und so kläglich mißlungen.

POLIZIST 3 Sie sagen, sie haben Trotzki nur erschrecken wollen.

ALFRED ROSMER Mit scharfem Feuer. Über dreihundert Schüsse wurden abgegeben.

TROTZKI Die Komintern hat sich wieder mal lächerlich gemacht.

JOSEPH HANSEN Wir müssen das Tor und die Fenster panzern. Einen höheren Wachturm bauen. Ein besseres Alarmsystem einrichten.

FRANK JACSON Beim nächsten Mal benutzen sie andre Methoden.

JOSEPH HANSEN Was für Methoden?
Jacson zuckt die Schultern. Salazar und die Polizisten gehen ab.

TROTZKI Jacson, sehen Sie nach den Kaninchen? Die müssen einen ziemlichen Schrecken bekommen haben.
Jacson und Sylvia Ageloff ab.

JOSEPH HANSEN Ich trau diesem Jacson nicht. Als er kürzlich in New York war, hat er unser Hauptquartier nicht besucht.

TROTZKI Du solltest entgegenkommend zu ihm sein. Um ihn unsrer Sache näherzubringen. Wir müssen immer davon ausgehn, daß Leute verändert werden können.

NATALJA SEDOWA Was treibt Jacson eigentlich?

TROTZKI Er vermittelt belgische Diamantenschleifer nach Mexiko.

JOSEPH HANSEN Du darfst nie jemanden allein zu dir lassen.

TROTZKI Wir können nicht jeden verdächtigen.

JOSEPH HANSEN Alle Besucher müssen visitiert werden.

TROTZKI Diese amerikanischen Sitten kann ich nicht übernehmen. Wir müssen unsre Freunde ohne Vorbehalt einlassen.

JOSEPH HANSEN Der Gegner kann sich als dein Freund ausgeben.

TROTZKI Dann kann ich ihm ohnedies nicht entgehn. Ich kann mich nicht absperren. Kann nicht im Verborgenen arbeiten. Unmöglich, diese ständige Selbstverteidigung. Da verliert das Leben seinen Sinn. Wir hausen ja schon in einer mittelalterlichen Burg. Diese schweren Türen. Dcese Mauern. Wie in meinem ersten Gefängnis in Kherson.

Harold Robins hat unterdessen die Ordnung auf dem Tisch mit äußerster Sorgfalt hergestellt. Robins und Natalja Sedowa ab.
Es erscheinen Diego Rivera und André Breton.

DIEGO RIVERA Siqueiros. Held des spanischen Bürgerkriegs. Führer der mexikanischen Bergarbeiter. Was war seine Absicht mit dem Überfall? Wollte er die Einheit von Kunst und Revolution beweisen? Oder wollte er sich nur der Partei gegenüber hervortun?

TROTZKI Im Grunde folgte er meiner These, Diego, daß die Sowjetunion unter allen Umständen geschützt werden muß. Wir alle wissen, das sowjetische Bündnis mit den deutschen Faschisten dient nur dem Zeitgewinn. Früher oder später muß es zum Zusammenstoß kommen. Nichts darf in dieser schwierigen Lage den Kurs gefährden. Und immer noch sehen Siqueiros, und alle parteitreuen Kommunisten, in mir den Hauptfeind. Durch meine bloße Existenz beunruhige ich die gegenwärtige Führung. Siqueiros will mich liquidieren, in höherem Auftrag.

DIEGO RIVERA So haben die Prozesse ihr Ziel erreicht. Die ungeheuren Verleumdungen gegen dich, obgleich wir sie in jeder Einzelheit widerlegten, haben dich ein für alle Mal abgestempelt.

TROTZKI Diego, stell dir vor, es hieße, Rivera ist ein Geheimagent des Katholizismus. Seine großen Fresken, in denen er die Kirche und die Ausbeuterklassen geißelte, die hat er nur gemalt, um seine wahren Anschauungen zu kamouflieren. Wer würde dieser Behauptung auf die Dauer glauben? Könntest du mit solcher Leidenschaft, und trotz allen Drohungen und Angriffen, denen du ausgesetzt bist, die Ideen der Weltrevolution verkünden, wenn du im Grunde ein Reaktionär wärst?

ANDRÉ BRETON Auch das würde man glauben. Wir sind eingetreten ins Zeitalter der wahnsinnigen Entstellungen und Fälschungen. Die Übermacht der Deformierung ist so total, daß der einzelne dagegen nicht mehr anzukämpfen vermag. Die Angeklagten in Moskau riefen nicht, es ist Lüge, alles, was wir aussagten, ist Lüge. Die Weltpresse war versammelt. Ein Wort hätte genügt, und das monströse Phantasiegebilde wäre zerrissen. Aber sie waren schon gefangen in dem Betrug. Sie erkannten die Beweisführung der Sinnlosigkeit an. So daß wir uns alle in den kollektiven Selbstmord stürzen konnten.

TROTZKI Breton. Wenn die Vorgänge nicht mehr faßbar scheinen, gerade dann muß unsre Vernunft einsetzen. Wir haben nur diese einzige Waffe. Sagen wir, die Schlächtereien, die Preisgabe des eigenen Ichs, das ist nicht zu begreifen, dann stellen wir uns auf die Seite der Henker. Wir können die Gründe aufdecken für die Handlungsweise der Geopferten. Wir müssen es tun. Die Sowjetunion wird versteinern, wenn nicht Klarheit geschaffen wird über diese Zeit.

ANDRÉ BRETON Warum ließen sie es zu, daß ihnen jegliche Würde genommen wurde? Warum ließen sie, die Erbauer des Sozialismus, sich so tief in den Schmutz treten? Es waren die Besten. Die gesamte Generation der Revolutionäre. Alle führenden Bolschewiki. Zeigten sie damit nicht den Bankrott ihrer Ideologie?

JOSEPH HANSEN Die Verurteilten blieben bis zum Schluß überzeugte Kommunisten. Ihr ganzes Leben stand im Dienst der Partei. Die Solidarität mit der Partei war unverbrüchlich, selbst wenn sie deren Richtlinien als falsch erkannten. Es kann angenommen werden, daß sie es für ihre Pflicht hielten, sich dem Mehrheitsbeschluß zu unterwerfen, auf sich zu nehmen, was von ihnen gefordert wurde.

ANDRÉ BRETON Das ist religiöser Mystizismus. Die Vereinigung mit dem Leib Gottes. Das Preisgeben der eigenen Urteilsfähigkeit. Es ist wie in der Inquisition. Die Opfer erkennen an, daß die Bestrafung gut für sie ist.

JOSEPH HANSEN Ich widerspreche André Breton, wenn er meint, daß sie sich der Unwahrheit nicht bewußt waren. Es gibt Genossen, die sich die falschen Aussagen, die erfundenen Bekenntnisse folgendermaßen erklären. Die Verhafteten sahen, daß die Niederlage des deutschen, des italienischen Proletariats vollständig war. Sie hatten den Glauben an revolutionäre Hilfe von außen verloren. Auf der einen Seite Deutschland. Auf der andern Seite Japan. Der Krieg unausweichlich. Da mußte auch die verhaßteste Parteiführung unterstützt werden. Lieber die uneingeschränkte Herrschaft des Tyrannen, als Unsicherheit, Defaitismus vor dem faschistischen Angriff. Sie machten sich zum Sündenbock für alle Fehlberechnungen und Unglücksfälle in der Industrie, der Wirtschaft. Hofften, der Bevölkerung neuen Auftrieb zu geben, jetzt, da ja alle vermeintlichen Schädlinge ausgemerzt waren.

ANDRÉ BRETON Das ist für mich keine rationale Erklärung. Eher ein psychiatrischer Krankenbericht. Ich kann in einer derartigen Selbsterniedrigung keine sinnvolle politische Aktion sehn. Darin bestätigt sich nur der definitive Bruch zwischen einer abstrakten entpersönlichten Welt und den elementarsten menschlichen Ansprüchen. Indem die zentralisierte allmächtige Partei ihre Bürger neuen Zwangsordnungen unterwarf, anstatt sie endlich davon zu befreien, machte sie das Bild rückgängig, von dem die Revolutionäre ausgegangen waren. Der Prozeß spiegelt sich auch auf der Ebene der Kunst. Völlige Zerschlagung des autonomen Denkens. Vernichtung jeder wirklich revolutionären Handlungsweise. Ich hörte Eisensteins grauenhaftes Schuldbekenntnis. Er lag auf den Knien und flehte um Gnade. Die letzten Reste seines anarchistischen Individualismus wollte er abwerfen und mit Hilfe der Partei zur richtigen Auffassung finden.

DIEGO RIVERA Meyerhold und Isaak Babel, und viele andre, demütigten sich nicht. Wenn verdummte spießige Funktionäre dem besten Theaterleiter, dem besten Schriftsteller des Landes die Arbeit nahmen, was für einen Grund gab es dann noch für sie, weiterzuleben?

ALFRED ROSMER Wir haben uns oft gefragt, wessen Mut größer war, der Mut derjenigen, die sich den Anklagen des Gerichts aussetzten, oder derjenigen, die keine Bekenntnisse unterzeichnen wollten. Die es vorzogen, sich in den Kellern abknallen und durch die Falluke wegrollen zu lassen.

ANDRÉ BRETON Neben allen Forderungen der Loyalität gegenüber der Partei gibt es eine höhere Forderung, die Forderung der Wahrheit. Es ist dies Schweigen, dieser Selbstbetrug, der den Marxismus zu einer Grabkammer macht. Nichts kann uns über die Tatsache hinwegtäuschen, daß die Kämpfer der Oktoberrevolution sich nur vernichten ließen, weil sie dem Alleinherrscher im Weg standen.

JOSEPH HANSEN Breton, Sie vermissen den greifbaren Hintergrund. Aber neben den Bemühungen der Gefangenen um die Erhaltung einer Partei standen Erfahrungen aus einem Bereich, dessen Schrecken wir uns nicht vorstellen können. Alle, ohne Ausnahme, waren Monate lang, manchmal ein Jahr lang, schweren Folterungen ausgesetzt worden. Ihre Frauen und Kinder waren als Geiseln festgenommen. Nach dem Gesetz konnte selbst auf Zwölfjährige das Todesurteil erstreckt werden. Sie glaubten, daß sie mit einem Geständnis ihre Angehörigen retteten. Vergessen Sie nicht diese Verzweiflung, die ihre Aussagen mitbestimmte.

ANDRÉ BRETON Trotzdem fügten sie dem Sozialismus einen Schaden zu, der nie wieder gutzumachen ist. Was beabsichtigten sie? Sie waren für eine Lockerung und Humanisierung der Politik eingetreten. Für eine Beendigung der terroristischen Parteigewalt. Für eine breitere Demokratisierung. Nun stellten sie sich als Verräter und Überläufer dar, die nichts andres wollten, als die Wiedererrichtung der bürgerlichen Gesellschaftsordnung, zu deren Niederwerfung sie ihre Existenz eingesetzt hatten. Lenins gesamtes Politbüro, eine Bande von Gaunern und Halunken. Welche Verhöhnung der Arbeiterbewegung.

TROTZKI Ich stimme Ihnen zu, Breton, daß die russische Bevölkerung sowohl von den Mördern als auch von den Gemordeten der Partei hinters Licht geführt wurde. Daß die Gesellschaftsordnung, die zum Ziel hatte, den Kampf des Menschen gegen den Menschen zu beenden, selbst zu einem System wurde, das sich gegen den Menschen richtete. Doch stimme ich Ihnen nicht zu, wenn Sie meinen, der Sozialismus könne sich nicht von diesem riesigen historischen Schock erholen. Was geschehen ist, beweist nicht die Falschheit des Sozialismus, sondern die Gebrechlichkeit, die Unerfahrenheit in unsern revolutionären Handlungen. Es war uns nicht gelungen, menschliche Schwäche, menschliche Feigheit, menschliche Niedertracht zu vertilgen. Sehn Sie, der Versuch in der Sowjetunion ist wenig mehr als zwei Jahrzehnte alt. Die Revolution in China geht weiter. In Indochina stärkt sich, wie ich höre, die Befreiungsbewegung. In Lateinamerika nehmen die Unruhen zu. Die europäischen Arbeiter werden durch den Krieg ihre Aufgabe neu erlernen. Auch der Sowjetstaat kann noch einmal zum Vorbild des revolutionären

Kampfes werden, wenn er es wagt, sich mit den Verirrungen, den Verrätereien der Vergangenheit zu konfrontieren und mit ihnen, von den Wurzeln her, aufzuräumen. Dem Sozialismus gegenüber steht immer noch die andere Ordnung. Die Ordnung der absoluten Gemeinheit, der absoluten Habgier, des absoluten Eigennutzes. Diese Ordnung ist unveränderlich. Sie kann ihrem Wesen nach nur noch räuberischer, nur noch destruktiver werden. Der Sozialismus aber, trotz der Verbrechen, die in seinem Namen begangen wurden, ist veränderlich, ist zu verbessern, zu erneuern.

DIEGO RIVERA Du mußtest erleben, daß alle, die aus der Einschnürung der Gedanken, aus der Enge, der Gleichschaltung herauswollten, erdrückt und zerrieben wurden. Du mußtest erleben, daß alle deine Gefährten untergingen. Trotzdem bist du Optimist geblieben?

TROTZKI Ich kann den Glauben an die Vernunft, an die menschliche Solidarität nicht aufgeben. Seit meiner Jugend ist dieser Glaube nur noch stärker geworden. Ich habe nie eine persönliche Tragik gekannt. Mein Leben gehörte unlöslich zusammen mit den Phasen der Revolution. Die Mißerfolge und Enttäuschungen können mich nicht dran hindern, hinter dem jetzigen Niedergang den Aufstieg aller Unterdrückten zu sehn. Dies ist keine utopische Prophezeiung. Es ist die nüchterne Voraussicht des dialektischen Materialismus. Nie habe ich das Vertrauen an die revolutionäre Kraft der Massen verloren. Doch müssen wir uns vorbereiten auf einen langen Krieg. Auf Jahre, wenn nicht Jahrzehnte von Aufständen, Bürgerkriegen, neuen Aufständen und Kriegen. Und wenn es aussieht, als erlahme der Klassenkampf zeitweilig, unter der Erpressung, den Lügen der bürgerlichen Herrschaft, unter der Splitterung der politischen Führung, dann werden junge Generationen kommen. Studenten. Wie am Anfang des Jahrhunderts in Rußland. Doch diesmal in einer umfassenden Bewegung. Von den Universitäten aller Kontinente aus. Sie werden den Kampf aufnehmen und vorantreiben. Sie werden lernen, eine gemeinsame Sprache, ein gemeinsames Handeln mit den fortgeschrittenen Arbeitern zu finden. So wie die Entbehrungen, die Opfer getragen werden von der Arbeiterklasse, so werden die Umwälzungen, der Aufbau des Zerstörten, von ihr getragen. Der Sieg über das Weltkapital wird dann möglich, wenn wieder eine revolutionäre Partei an der Spitze des Proletariats steht. Überraschte mich heute der Tod, so könnte ich sagen, ich habe gearbeitet für den ununterbrochenen Befreiungskampf der Ausgeplünderten und Kolonialisierten. Für die

Notwendigkeit der weitesten Entfaltung von Kultur und Wissenschaft. Für eine Kunst, die dem Erneuerungsdrang des Menschen unbehinderten Ausdruck gibt. Für eine Förderung der Technologie, die einmal, wenn sie die Energien des Atoms zu nützen versteht, unser Dasein erleichtert. Alles war beherrscht vom Gedanken der internationalen Revolution. Nur diese kann endgültig Ausbeutung, Gewalt und Kriege aufheben.

Alle Anwesenden ab. Trotzki geht zum Arbeitstisch. Setzt sich. Vervollkommnet die Ordnung seiner Schreibwerkzeuge und Papiere. Verweilt einige Augenblicke in der Ausgangshaltung.

15. Die Hinrichtung

Trotzki richtet sich auf. Vorn erscheint Natalja Sedowa.

TROTZKI Schön. Das Leben ist schön. Dieses glänzende Gras. Die weiße Mauer. Der blaue Himmel hinter dir. Seit langem hab ich mich nicht so wohl gefühlt.

Natalja Sedowa tritt neben ihn. Legt ihre Hand auf seine Schulter.

Weißt du, Natasha, auf dieser Bühne, da bist du die Hauptfigur.

Sie lachen.

Fast vier Jahrzehnte haben wir zusammen gelebt. Es wär mir nicht möglich gewesen, ohne dich.

Natalja Sedowa küßt ihn auf die Stirn.

NATALJA SEDOWA Jacson ist draußen. Er will dir seinen Aufsatz zeigen.

TROTZKI Ja, über die Situation im besetzten Frankreich. Ich kann mir nicht denken, daß er sehr inhaltsreich ist.

Er lacht.

Aber wir müssen ihn ermutigen.

Seitlich vorn erscheint Frank Jacson. Er trägt einen Hut und unterm Arm, eng an den Leib gepreßt, einen Regenmantel. Natalja Sedowa geht ihm entgegen.

NATALJA SEDOWA Warum tragen Sie Hut und Mantel? Es ist doch so heiß.

FRANK JACSON Überm Berg sind Gewitterwolken. Es wird sicher regnen.

NATALJA SEDOWA Ich seh Sie sonst immer ohne Mantel, auch im Regen.

Frank Jacson lacht nervös.

Sie sehn schlecht aus, Jacson.

FRANK JACSON Mir ist übel. Das Essen steht mir bis hier.

Er führt die Hand mit ruckhafter Bewegung zum Hals.

NATALJA SEDOWA Wollen Sie eine Tasse Tee?

FRANK JACSON Etwas Wasser. Ich hab schrecklichen Durst. Kann ich ein Glas Wasser haben?

Natalja Sedowa ab. Frank Jacson zum Tisch. Zieht ungeschickt ein Manuskript aus der Manteltasche. Hält dabei den Mantel fest an sich gedrückt. Trotzki nimmt die Blätter entgegen. Frank Jacson setzt sich auf die Kante des Tisches. Er behält den Hut auf.

TROTZKI Gut, daß es mit der Maschine geschrieben ist. Ich kann es sonst schwer lesen.

Er beugt sich über das Manuskript, in der Haltung der Ausgangssituation.

Natalja Sedowa herein, mit einem Glas Wasser. Sie reicht es Jacson. Er trinkt es aus.

NATALJA SEDOWA Wie geht es Sylvia?

FRANK JACSON Sylvia? Sylvia?

NATALJA SEDOWA Kommt Sylvia heute noch? Sie wollen verreisen beide?

Frank Jacson nickt.

Dann sehn wir uns später im Garten.

Natalja Sedowa ab.

Trotzki über das Manuskript gebeugt, den Federhalter in der Hand. Er liest einige Augenblicke, wendet sich dann irritiert Jacson zu, der immer noch auf der Kante des Schreibtischs sitzt. Jacson steht auf, mit nervösem Grinsen. Bleibt abwartend hinter Trotzki stehen.

Trotzki reglos über dem Manuskript, in der Ausgangshaltung.

Frank Jacson tritt lautlos dicht hinter Trotzki. Zieht langsam aus dem Mantel eine Eishacke hervor. Ihr Griff ist gekürzt. Er hebt die Hacke mit beiden Händen hoch über Trotzkis Kopf. Holt zum Schlag aus.

Dunkel

Bibliographische Nachbemerkung

Die Grundlage für dieses Stück bilden vor allem die Schriften Trotzkis und Lenins. Von diesen seien besonders hervorgehoben:

TROTZKI Geschichte der russischen Revolution, Berlin 1960
Mein Leben, Berlin 1929
Literatur und Revolution, Wien 1924
Tagebuch im Exil, Köln/Berlin 1958
The Permanent Revolution, New York 1965
LENIN Staat und Revolution, Berlin 1948
Über Kultur und Kunst, Berlin 1960
Was tun?, Berlin 1946
Zwei Kritiken der Sozialdemokratie, Berlin 1946

Da die sowjetische Geschichtsschreibung Trotzkis Namen immer noch mit einem Tabu belegt – wenn sie nicht die Verleumdungen aus der Stalinschen Epoche fortsetzt – war ich im übrigen auf Bücher von Historikern bürgerlicher Länder angewiesen. Hiervon die wichtigsten Titel:

CONQUEST, ROBERT The Great Terror, Toronto 1968
DEUTSCHER, ISAAC Trotzki, 3 Bände, Stuttgart 1962
Stalin, Oxford 1949
EASTMAN, MAX Since Lenin died, London 1925
LEWIN, MOSHÉ Le dernier combat de Lénine, Paris 1967
NOVACK, GEORGE The Case of Leon Trotsky – Preliminary Commission of Inquiry, New York, 1968
PAYNE, ROBERT The Rise and Fall of Stalin, London 1966
POSSONY, STEFAN Lenin, London 1964
RAUCH, GEORG VON Geschichte des bolschewistischen Rußland, Wiesbaden 1965
REED, JOHN Ten Days That Shook the World, Harmondsworth 1966
SHUB, DAVID Lenin, Wiesbaden 1952
WOLFE, BERTRAM D. Lenin, Trotzki, Stalin, Frankfurt/Main 1965
ZEMAN, Z. Freibeuter der Revolution, Köln 1964

Neben KRUPSKAJA, N. K., Memories of Lenin, London 1930, und der Stalinbiographie eines sowjetischen Autorenkollektivs, Moskau 1947, benutzte ich die Prozeßberichte »Über die Strafsache des sowjetfeindlichen trotzkistischen Zentrums«, Moskau 1937, sowie die Berichte über den Prozeß gegen Bucharin, Moskau 1938, und gegen Sinowjew, Moskau 1939.

Der Prozeß

Stück in zwei Akten

Personen

JOSEF K., Prokurist in einer Bank, dreißig Jahre alt
FRAU GRUBACH, Besitzerin einer Pension
FRÄULEIN BÜRSTNER, Mieterin in der Pension
FRÄULEIN MONTAG, Mieterin in der Pension
DER HAUPTMANN, Frau Grubachs Neffe, Bewohner der Pension
FRANZ, Beauftragter des Gerichts, Wächter
WILLEM, Beauftragter des Gerichts, Wächter
DER AUFSEHER
KAMINER, Bankangestellter, Gehilfe der Wächter
KULLICH, Bankangestellter, Gehilfe der Wächter
RABENSTEINER, Bankangestellter, Gehilfe der Wächter
DIREKTOR-STELLVERTRETER, Ks Vorgesetzter in der Bank
DER DIREKTOR, Chef der Bank
STAATSANWALT HASTERER, Ks Bekannter
DER GERICHTSDIENER
DIE FRAU DES GERICHTSDIENERS
DER GERICHTSWÄCHTER
ANGEKLAGTE
DER UNTERSUCHUNGSRICHTER
DER STUDENT
DER PRÜGLER
DER KAUFMANN
DER MALER TITORELLI
MÄDCHEN BEIM MALER TITORELLI
DER ONKEL
ADVOKAT HULD
LENI, Gehilfin des Advokats
DER FABRIKANT
BLOCK, ein Angeklagter
DER ITALIENISCHE GESCHÄFTSFREUND
DER KAPLAN
DER MANN, der K behilflich ist
MÄNNER und FRAUEN, Bewohner der Räumlichkeiten vor dem Gericht
BEISITZER, beim Gerichtsverhör
ANGESTELLTE DER BANK

Die Bühne ist zu drei stufenweise ansteigenden Höhen aufgeteilt. Vorderbühne: rechts ein Bett, ein Waschtisch, ein paar Stühle, links ein Schreibtisch, ein Schreibtischsessel.
Der vordere Spielraum ist von geringer Tiefe.

Mittelbühne: links führen ein paar breitere Stufen hinauf, rechts ein paar schmalere. Von dieser Erhöhung an müssen schnelle Szenenveränderungen möglich sein. Diese werden entweder durch eine Drehbühne vollzogen, oder durch Wendungen, Drehungen, Verschiebungen der Bauelemente. Es werden dazu Möbelstücke, am besten in Form von Kuben, benötigt.
Hinterbühne: von hier aus ist eine Erweiterung des Spiels möglich, in den Massenszenen und zur Darstellung großer Räumlichkeiten. Von der Mittelbühne an bis hinauf zur Hinterbühne können die Einrichtungsgegenstände leicht zu Podien und Galerien verwandelt werden.
Die Vorderbühne wird in der Mitte abgegrenzt durch einen breiten niedrigen Schrank, dessen Tiefe sich in der Mittelbühne befindet. Dieser Schrank läßt, geöffnet, mehrmalige Veränderungen seines Innenraumes zu.
Die Einrichtung der Vorderbühne ist in allen Szenen gleichbleibend.
Die Hinterbühne ist, wenn nichts andres angegeben, verdunkelt.
Die Handlung vollzieht sich zwischen dem 3. Juli 1913 und dem 2. Juli 1914.

Vorbemerkung zur Dramatisierung des Buchs DER PROZESS von Kafka

Der Ausgangspunkt meiner Dramatisierung war der Versuch, mich so nah wie möglich an den Originaltext zu halten. Es schien mir sinnlos, Übertragungen vorzunehmen, die den Stoff auf eine Ebene versetzten, die den Ausschweifungen meiner eigenen Erfindungen oder der Anpassung an irgendwelche »zeitgemäßen« Erscheinungen entsprächen. In früheren Dramatisierungen des Werkes, und auch in Verfilmungen, fanden solche Abänderungen statt, die die Hauptfigur K entweder als den anonymen kleinen Mann oder den Menschen im Räderwerk der Technik oder Politik kennzeichneten.

Der Dramatiker stellt sich hier ganz hinter die Schöpfung Kafkas und sucht nur nach szenischen Mitteln, die dem Inhalt des Buchs gerecht werden können. Textliche Hinzufügungen, wenn solche für den Handlungsverlauf notwendig waren, wurden Kafkas Tagebüchern, Briefen und kurzen Prosastücken entnommen. Die einzige Erweiterung des Themas, die ich unternahm, war die Einordnung der Geschehnisse in einen bestimmten historischen Rahmen, auch diese nur in äußerst sparsamer Anwendung, und begründet in Kafkas eigener Biographie.

Der Zeitraum in dem, nach Kafkas Entwicklungsgeschichte, der Prozeß stattfindet, ist die Periode vom 3. Juli 1913 bis zum 2. Juli 1914, beginnend mit seinem 30., endend mit dem Vorabend seines 31. Geburtstags. Diese Daten entsprechen dem Ausbruch des 2. Balkankriegs und der Zeit um den Mord in Sarajewo, der zur Auslösung des 1. Weltkrieges beitrug. Die Versetzung des Dramas in diesen klar umrissenen Zeitrahmen entspricht der Bemühung, dem Inhalt größere Konkretion zu verleihen.

Dies war notwendig. Was in der Erzählung dargestellt ist, kommt aus einer subjektiven Welt. Da die Praxis des Bühnenhandwerks darin besteht, Ideen und Gedanken sichtbar zu machen, muß eine Objektivität angestrebt werden. Der Einzelmensch, in dessen Innern sich Ängste, Halluzinationen, Zwangsvorstellungen abspielen, steht hier leiblich vor uns. Was wir bei der Lektüre eingeflüstert bekommen, ist ins Handgreifliche zu übertragen. Wir nehmen nicht mehr Traumelemente auf, die wir in der eigenen Phantasie verarbeiten, sondern Verhaltensweisen, Vorkommnisse, Aktionen.

Dieser K führt einen bestimmten Beruf aus. Er bewohnt ein Zimmer in einer Pension. Er bewegt sich zwischen Menschen, wird von diesen gesehen und beurteilt. Die Menschen, seine Mitakteure, begegnen einem Zeitgenossen, es ist ihnen gleichgültig, welche Visionen ihn gerade heimsuchen. Wenn K auf die Bühne gestellt werden soll, so hat es zunächst unter der Voraussetzung zu geschehen, daß hier ein besonderer Einzelner in einer lebendigen Welt erscheint.

Im Roman befindet sich K in keiner meßbaren Zeit. Er bewegt sich nur im Gefüge der Gedankenassoziationen, die frei stehen von überprüfbarer Gesetzmäßigkeit. Beim Lesen des Buches wird dies als etwas Gültiges akzeptiert. Nichts anderes wird von der Außenwelt erwähnt, als das, was in der Terminologie der Traumanalyse als Tagesrest bezeichnet wird. Eine bewußte Beziehung zu den sozialen und politischen Ereignissen, die das Zentrum der Poesie umgeben, besteht nicht.

Bei einer Übersetzung des Traums in die Sprache der äußeren Wirklichkeit (und für den Zuschauer entspricht die Bühne immer einer äußeren Wirklichkeit) entstehen sofort Abhängigkeitsverhältnisse zur Zeitdimension. Die Bühne verlangt nach einer Logik. Auch in der äußersten Absurdität noch ist jeder vollzogene Schritt auf einem vorangegangenen Schritt basiert. Beim Lesen verschwindet der Anspruch auf eine solche Folgerichtigkeit. Der gegenwärtige Augenblick wird immer wieder neu geschaffen. Lücken in der Zeit werden überbrückt durch eigenes Nachsinnen. Es gibt keine Trennung zwischen dem Ausgesagten und dem Erlauschten.

Beim Vorspielen des Inhalts tritt indessen ein Abstand auf. Etwas entrollt sich vor uns, etwas Typisches, Wichtiges, etwas, das einmal erlebt wurde und jetzt nachvollzogen wird. Etwas Vergangenes wird wiederbelebt und in seinem Ablauf demonstriert. Auf der Bühne wird festgestellt, wie K, der als Schriftfigur völlig auf sich selbst gestellt war, und sich selbst genügte, auf andere wirkt.

Was mir, beim Wiederlesen des Buches, auffiel war, daß die Kräfte, die K hinabziehen und schließlich zerstören, insgesamt die Kräfte der Kleinbürgerlichkeit sind. Alles woran er leidet, und was er, trotz verzweifelter Bemühungen, nicht loswerden kann, kommt aus den Regionen der starren Beengungen, der Gesetze und Wahnvorstellungen, die vom Bürgertum geschaffen wurden. Die Menschen in seiner nächsten Umgebung, deren Beurteilung er ausgesetzt ist, sind Kleinbürger. Ihnen gegenüber will er sich behaupten, von ihnen will er anerkannt, ihren Forderungen will er gerecht werden. Er hat nichts anderes im Sinn, als ein Mitglied dieser Gesellschaft zu sein, und sich hier, in seiner Lebenshaltung, in seinem Beruf, an seinem Wohnort, und vor den zuständigen Ämtern und Behörden zu bewähren. Anfangs steht er noch selbstsicher in der Hierarchie der Konventionen. Wenn er dann, unter anwachsendem Druck, mit den Aufgaben nicht mehr zurechtkommt, versucht er nicht, mit all den Geboten zu brechen, im Gegenteil: nun will er erst recht in ihren Sinn eindringen. Auch da er ihre Unmenschlichkeit erkennt, revoltiert er nicht. Er unterwirft sich, bis zur Selbstauslöschung.

Der Zustand der Schuld, in dem K sich befindet, und der unaufhörliche Drang, sich zu rechtfertigen, haben nichts mit einer religiösen Problematik zu tun. Die mystischen Kräfte, denen er ausgeliefert ist, sind durchgehend sozialer Natur, es sind die Kräfte, die mit Erpressungen und Drohungen eine alte Gesellschaftsordnung aufrecht erhalten. Die Vertreter dieser Gesellschaft zeigen sich in ihrer ganzen Erbärmlichkeit und Lügenhaftigkeit. K sieht dies alles deutlich. Dennoch zieht es ihn immer wieder zu den Fürsprechern der Verfälschung, zu den Richtern, den Gerichtshöfen, die im Dienst der Unterdrückung stehen. Das Quälende seines Vorhabens liegt in der Selbsttäuschung, der er sich hingibt. Es zeigen sich ihm nur die niedrigsten Beamten, die Handlanger, die Schergen, er fleht darum, an höhere Instanzen heranzukommen, erhofft sich von ihnen Hilfe, Gerechtigkeit, während sich dort oben ja die eigentlichen Verwalter der Lüge, des Zwangs befinden, diejenigen, denen tatsächlich daran liegt, daß er zermürbt, gefügig gemacht wird. Die Krämer und Philister, die korrupten Streber, mit denen er zu tun hat, sind an ihm persönlich gar nicht interessiert, sie sind nur Werkzeuge des Systems, ebenso unfrei wie er selbst.

Warum wendet er sich nicht ab von den lebensfeindlichen Kräften? Warum gelingt es ihm nicht, die Erleichterung zu finden, deren Vorhandensein er doch ahnt? Warum nutzt er nicht die Impulse seines Zorns, seines Zweifelns aus, um zu bekämpfen, was ihn niederhalten will?

Weil er nicht aus seiner Klassenbindung herauskommt. Alles was er unternimmt, bleibt gefangen innerhalb der Normen, die sein bisheriges Dasein bestimmten. Er nimmt in diesem Bereich, als erster Prokurist in einer Bank, sogar eine gehobene Stellung ein. Er hat Untergebene, Diener. Ihnen gegenüber zeigt er sich als Herr, als Befehlender. Die Frauen, die er trifft, behandelt er nach den Mustern patriarchalischer Besitzergreifung. Er selbst setzt andere der Erniedrigung aus. Die Mitangeklagten, denen er begegnet, sind stets seinesgleichen. K ist in diesem Prozeß ein Verhafteter seiner Klasse.

Er geht durch die Behausungen der Armen, der Arbeiter hindurch. In ihren Augen ist er, als Repräsentant der Bank, ein Feind. Doch der andere Prozeß, der sich hier gegen ihn anbahnt, und der ihn der Wahrheit hätte näherführen können, bleibt ihm verschlossen. Er verharrt zwischen den Zerrspiegeln seiner Ordnung, die er für unabänderlich hält. An dieser seiner eigenen Schwäche zerbricht er.

Peter Weiss

Erster Akt

1. In der Pension

Vorderbühne: Rechts im Bett liegt K, flach ausgestreckt. Die Decke bis zum Hals hochgezogen. Er schläft noch.
Zwischen Schrank und linker Treppe steht Franz, einer der beiden Beauftragten des Gerichts. Er ist schlank, jugendlich. Trägt eng anliegende sportliche Kleidung aus schwarzem Stoff, mit zahlreichen Taschen, Schnallen, Knöpfen und einem Gurt. Dazu Wickelgamaschen. Er hält die Arme verschränkt.
Mittelbühne: Links an den Stufen steht Willem, der zweite Wächter. Er ist älter und von großer Leibesfülle. Auch er trägt einen schwarzen Anzug, doch von einfachem Schnitt, speckig glänzend, zu eng, mit allzu kurzen Ärmeln, darunter eine Arbeitsbluse. Auf dem großen Tisch links ist das Frühstück gedeckt. Frau Grubach, die Besitzerin der Pension, steht an der hinteren Schmalseite des Tischs, die Hände vor sich auf den Tisch gestützt. Sie trägt eine lange Schürze, deren Band tief am Unterleib vorn zusammengebunden ist. Ihr Bauch wirkt dadurch stark vorgewölbt. Ihr graues Haar ist aufgesteckt. Hinter ihr, im Halbdunkel, stehn die drei Gehilfen der Wächter: Rabensteiner, Kullich und Kaminer. Alle in dunkler Geschäftskleidung, mit Stehkragen, Manschetten, Krawatte, Weste.
Rechts neben dem Frühstückstisch, erhöht, befindet sich der Hauptmann, ein Bewohner der Pension. Er trägt einen Schlafanzug, vorn mit breiten Reversen, und macht seine Morgengymnastik: Kniebeugen, Armstreckungen, Atemübungen.
Außer ihm verhalten sich alle reglos, abwartend.
Rechts, oberhalb des Bettes der Vorderbühne, ist Fräulein Bürstners Zimmerecke. Die Bewohnerin ist jedoch nicht anwesend. Ihr Bett ist säuberlich zugedeckt. Daneben ein Nachttisch, mit aufgestellten Photographien. Ein Schrank, ein Stuhl.

K schreckt plötzlich auf.

K Was denn?

Halb aufgerichtet blickt er um sich. Franz, die Arme seitwärts herabstreckend, wendet sich ihm zu.

K Frau Grubach!

Franz tritt einen Schritt auf ihn zu.

K Wer sind Sie?

FRANZ Sie haben gerufen.

K Frau Grubach soll mir das Frühstück bringen.

FRANZ *wendet sich Willem zu:* Er will, daß Frau Grubach ihm das Frühstück bringt.

Willem bricht in ein kleines Gelächter aus, in das Franz einfällt.

FRANZ Unmöglich.

K Das wäre neu.

K schlägt die Decke zurück, springt, im Nachthemd, aus dem Bett, geht auf den Stuhl zu, auf dem seine Kleider liegen, streift schnell seine Hose über.

FRANZ Wollen Sie nicht lieber hierbleiben?

K *wendet sich Frau Grubach zu:* Frau Grubach! Warum haben Sie mich nicht geweckt?

Franz stellt sich ihm in den Weg. K macht eine Bewegung, als wollte er sich losreißen, obgleich er nicht festgehalten wird. Willem geht die Stufen hinab, tritt auf K zu.

WILLEM Sie dürfen nicht weggehn. Sie sind doch verhaftet.

K *zwischen den beiden Wächtern hin und herblickend:* Es sieht so aus. Und warum denn?

WILLEM Wir sind nicht dazu bestellt, Ihnen das zu sagen.

K geht zum Waschtisch. Zieht sein Nachthemd aus. Gießt Wasser aus dem Prozellankrug in die Schüssel. Wäscht sich Gesicht und Oberkörper. Franz hat das Hemd aufgehoben. Er befühlt es, geht zum Schrank, wühlt in den Kleidungsstücken. Frau Grubach hat sich inzwischen aufgerichtet und tritt langsam vor. Der Hauptmann hat seine gymnastischen Übungen beendet, er geht zum Frühstückstisch. Auch die drei Gehilfen nähern sich langsam dem Tisch.

FRAU GRUBACH Und das heute. An seinem Geburtstag. Dreißig Jahre. Einen Kuchen habe ich für Sie gebacken, Herr Prokurist!

WILLEM *wendet sich nach Frau Grubach um:* Den können Sie inzwischen seinen Gästen anbieten!

Die drei Gehilfen eilen gleich zum Tisch. Kullich und Kaminer nehmen Platz, binden sich Servietten um den Hals, schneiden auf den Kuchen ein. Sie beginnen zu essen und Kaffee zu trinken. Rabensteiner trägt einen Teller mit einem Kuchenstück und eine Tasse Kaffee zu Willem, der sich nah an K herangedrängt hat. K trocknet sich ab, geht auf Franz zu, gefolgt von Willem. K nimmt ein Hemd aus dem Schrank. Franz zieht es ihm weg.

FRANZ Nicht so ein feines Hemd.

Er reicht ihm ein andres Hemd. K steht mit dem Hemd in der Hand.

FRANZ Das werden wir aufbewahren. Wie auch die übrige Wäsche. Wenn Ihre Sache günstig ausfallen sollte, geben wir alles zurück.

K Wovon sprechen Sie? Welcher Behörde gehören Sie an?

WILLEM Sie werden alles zur richtigen Zeit erfahren. Seien Sie froh, daß wir so freundlich zu Ihnen sind. Das ist gegen alle Vorschrift.

K *verzieht sein Gesicht zu einem angestrengten Lachen:* Jetzt versteh ich. Ein Spaß, das Ganze. Das haben sich die Kollegen in der Bank ausgedacht. Haben ein paar Dienstmänner von der Straße geholt.
Er lacht stärker, will auch die beiden Wächter zum Lachen bewegen.
Schöner Geburtstagsscherz!

WILLEM *taucht den Kuchen in die Kaffeetasse:* Daß Sie sich in Ihre Lage nicht fügen können.

K Wie kann ich denn verhaftet sein?

WILLEM *stößt seinen Bauch an K:* Nun fangen Sie schon wieder an. Solche Fragen beantworten wir nicht.
K läuft hinüber zum Schreibtisch, zieht ein paar Papiere aus einer Schublade. Franz ist ihm nachgelaufen.

K Hier sind meine Ausweise. Zeigen Sie mir Ihre. Und vor allem den Haftbefehl!

FRANZ Du lieber Himmel!
Die beiden Wächter brechen in schallendes Gelächter aus. Auch die Gehilfen am Tisch fallen in das Lachen ein. Kaminer prustet, verschluckt sich. Der Hauptmann hat sich inzwischen zu ihnen an den Tisch gesetzt und eine Zeitung aufgeschlagen.

FRANZ Hast du gehört, Willem! Er fragt nach dem Haftbefehl. Zeig ihm den Haftbefehl.

WILLEM *jetzt in fast wehmütigem Ton:* Wollen Sie Ihren großen verfluchten Prozeß dadurch schnell loswerden, daß Sie mit uns über Legitimation und Haftbefehl diskutieren? Wir sind niedrige Angestellte. Kennen uns in Papieren kaum aus. Wir haben mit Ihrer Sache nichts andres zu tun, als bei Ihnen Wache zu halten. Dafür werden wir bezahlt. Die Behörden, in deren Dienst wir stehn, sind sehr genau über die Gründe unterrichtet, eh sie eine solche Verhaftung verfügen. Es gibt da keinen Irrtum.

K Führen Sie mich zu Ihrem Vorgesetzten!

WILLEM Wenn er es wünscht. Nicht früher.
Am Tisch hat der Hauptmann die Zeitung vor den drei Gehilfen

ausgebreitet. Er schlägt mit der flachen Hand drauf.

KAMINER Krieg?

RABENSTEINER Krieg?

DER HAUPTMANN Ich sage, es gibt Krieg!

K mit ein paar schnellen Schritten zu den Stufen links. Doch Franz kommt ihm zuvor.

FRANZ So nackt wollen Sie gehn? Wie benehmen Sie sich denn! Dreißig Jahr und wie ein Kind. Komm Willem, ziehn wir ihn an.

Franz schiebt K zur Mitte, ganz nach vorn. Er nimmt ihm das Hemd aus der Hand, beugt das eine Knie, legt K mit Hilfe Willems, der schnell hinzugetreten ist, rücklings darüber. Willem legt die gespreizte Hand auf Ks Brust, tastet ihm die Rippen ab, klopft mit dem Mittelfinger auf die Haut über dem Herzen. Das ganze hat, in der Bestimmtheit der Bewegungen, den Anschein eines Rituals.

Dann richten sie ihn schnell auf, ziehn ihm das Hemd an, legen ihm Kragen und Krawatte um.

Die drei Gehilfen haben sich indessen erhoben. Sie stehn vorgebeugt, starren die Szene an.

Willem führt K zum Schrank. Franz hat eine Weste und ein Jackett aus dem Schrank gehoben.

K Nicht diese Kleider!

WILLEM Es muß ein schwarzer Rock sein.

K Soll ich denn schon vors Gericht?

WILLEM Es muß ein schwarzer Rock sein.

Sie ziehn ihm Weste und Jacke an.

FRAU GRUBACH *am Tisch zu den drei Gehilfen:* Wollen Sie denn dem Herrn Prokuristen das ganze Frühstück wegessen!

KAMINER Wir haben heut noch nichts gegessen!

RABENSTEINER Mußten schon so früh raus!

Frau Grubach hat das letzte Kuchenstück auf einen Teller gelegt. Mit dem Teller und einer Tasse tritt sie nach vorn zu den Stufen. K will sich losreißen.

WILLEM Ich rate Ihnen, sich ruhig zu verhalten und drauf zu warten, was verfügt wird. Sammeln Sie sich. Es werden große Anforderungen an Sie gestellt werden.

Frau Grubach bleibt oben vor den Stufen stehn, Teller und Tasse in den Händen.

Der Hauptmann faltet die Zeitung zusammen, erhebt sich.

Aus dem Hintergrund tritt ein Mann, in schlichter dunkler Kleidung, nach vorn.

DER MANN *wendet sich an K:* Gehn Sie doch einfach raus, Herr Prokurist. Scheren Sie sich gar nicht um die. Die können Ihnen nichts anhaben.

RABENSTEINER *sich den Mund mit der Serviette abwischend:* Mein Herr, mischen Sie sich nicht in fremde Angelegenheiten.

Der Mann tritt langsam zurück, verschwindet im dunklen Hintergrund. Die Gehilfen begeben sich in die Wohnecke des Fräulein Bürstner, wo der Aufseher wartet. Franz geht rechts die Stufen zu ihnen hinauf. Rabensteiner streckt sich auf dem Bett aus. Er nimmt eine Photographie vom Nachttisch, betrachtet sie. Kaminer und Kullich öffnen den Schrank. Sie nehmen Damenkleider heraus. Kaminer kostümiert Kullich damit. Legt ihm ein Korsett um, streift ihm Rock und Bluse über, setzt ihm einen großen, mit einer Fülle von Blumen geschmückten Hut auf. Er begutachtet den Kollegen mit Vergnügen. Dieser betrachtet sich im Spiegel.

Frau Grubach steht immer noch mit Teller und Tasse. Ihr Mund ist vor Erstaunen geöffnet. Der Hauptmann hat sich stramm aufgestellt, die Zeitung unterm Arm.

WILLEM *den Arm um Ks Schulter legend:* Sie sind wohl sehr überrascht?

K Überrascht schon. Aber nicht sehr.

WILLEM Nicht sehr?

K Überraschungen bin ich gewohnt. Die nehme ich nicht allzu schwer. Besonders die heutige nicht.

WILLEM Warum besonders die heutige nicht?

K Gut, ein Spaß ist es nicht. Dafür ist der Aufwand zu groß. Andrerseits aber kann die Sache auch nicht besonders wichtig sein. Ich bin angeklagt – aber ich seh' nicht die geringste Schuld. Von wem bin ich angeklagt? Wer führt das Verfahren? Sind Sie überhaupt Beamte? Keiner von Ihnen trägt Uniform –

WILLEM Sie befinden sich in einem großen Irrtum. Wir sind für Ihre Angelegenheit völlig nebensächlich. Ich kann Ihnen auch nicht sagen, daß Sie angeklagt sind. Oder vielmehr, ich weiß nicht, ob Sie es sind.

K Ich soll also nichts über den Grund meiner Verhaftung erfahren?

WILLEM Sie sollten im Reden zurückhaltender sein.

Rabensteiner hat eine der Photographien aus dem Rahmen genommen und in seine Brusttasche gesteckt. Franz räumt den Nachttisch ab und stellt ihn mitten vor das Bett. Rabensteiner steht auf. Franz setzt sich versuchsweise auf das Bett hinter den Tisch, rückt den

Tisch zurecht, erhebt sich dann. Die drei Gehilfen stellen sich vor dem Schrank auf. Ihre Haltung ist erwartungsvoll. Kullich noch in seiner Verkleidung.

FRANZ *mit überraschender Schärfe:* Der Aufseher ruft Sie!

Willem nimmt K mit festem Griff am Arm. Führt ihn links die Stufen zum Mittelgrund hinauf. Frau Grubach und der Hauptmann treten zu den Seiten zurück. Frau Grubach streckt K den Teller und die Tasse entgegen. Doch K geht, festgehalten von Willem, an ihr vorbei, auf die Wohnecke des Fräulein Bürstner zu.

K Haben Sie sich auch bei Fräulein Bürstner eingebrochen? Frau Grubach! Was sagen Sie denn dazu!

FRAU GRUBACH Die Herren sagten, sie brauchten das Zimmer.

K Und das gestatten Sie?

FRAU GRUBACH Die Mieterin ist nicht zuhause.

K Fräulein Bürstner ist eine anständige Dame. Was man mir auch vorwerfen mag, Fräulein Bürstner hat nichts damit zu tun.

Er reißt sich los, läuft ein paar Schritte zurück zum Telephon, das sich links an der Stufenecke befindet.

K Ich möchte telephonieren. Mit Staatsanwalt Hasterer. Ein guter Freund von mir!

WILLEM Das können Sie schon. Ich weiß nur nicht, welchen Sinn das haben sollte.

K Welchen Sinn? Sollte es keinen Sinn haben, einen Staatsanwalt anzurufen, wenn ich angeblich verhaftet bin?

WILLEM Aber doch, bitte, telephonieren Sie doch.

K. nimmt den Hörer ab. Hält dann aber inne. Steht so einen Augenblick. Willem, Frau Grubach, der Hauptmann sehn ihm zu. Dann hängt er den Hörer wieder auf. Geht zu Willem zurück.

K Nein, ich will nicht mehr.

WILLEM Sehn Sie.

Beim Anblick des verkleideten Gehilfen hebt K. erschreckt die Arme.

KULICH Aber, Herr Prokurist.

KAMINER Wir sind doch zu Ihrer Unterstützung da.

RABENSTEINER Wollten Ihnen eine Freude machen.

Willem ist vorausgegangen. Er winkt K. zum Nachttisch, hinter dem der Aufseher auf dem Bett sitzt.

DER AUFSEHER Treten Sie heran!

K *sieht sich nach einem Stuhl um:* Ich kann mich doch setzen?

DER AUFSEHER Das ist nicht üblich.

Während Kullich die Kleidungsstücke abwirft schiebt Franz K vor den Tisch.

Frau Grubach und der Hauptmann stellen sich horchend, der Gruppe zugewandt, auf.

K Sagen Sie mir jetzt – wer sind Ihre Auftraggeber?

DER AUFSEHER Machen Sie nicht solchen Lärm! – Sie kennen Fräulein Bürstner?

K Wenig.

DER AUFSEHER So?

K Sie arbeitet in einem Büro.

DER AUFSEHER Und womit beschäftigt sie sich dort?

K Sie ist Stenotypistin.

DER AUFSEHER Sind Sie sicher?

K Warum fragen Sie?

DER AUFSEHER Sie scheint sehr früh zur Arbeit zu gehn.

K Das weiß ich nicht.

DER AUFSEHER Oder ist sie noch gar nicht nach Hause gekommen?

FRANZ *sich Frau Grubach zuwendend:* Frau Grubach! Ist Fräulein Bürstner heut nacht nicht nach Hause gekommen?

FRAU GRUBACH *herbeieilend:* Ich hab sie nicht gesehn.

DER AUFSEHER Bleibt sie oft fort nachts?

FRAU GRUBACH Manchmal. Manchmal kommt sie auch sehr spät.

K *erregt:* Warum haben Sie mich in dieses Zimmer geführt?

DER AUFSEHER Sind Sie zum ersten Mal hier?

K Ja.

WILLEM Ist es Ihnen nicht recht? Haben Sie es eilig? Wollen Sie gehn?

K *verwirrt:* Erst halten Sie mich auf. Dann fragen Sie, ob ich gehn wolle –

Der Aufseher steht lachend auf. Auch Franz bewegt sich plötzlich entspannt, als sei die Untersuchung beendet. Die drei Gehilfen treten mit freundschaftlichen Gesten auf K zu.

K *noch unsicher:* Die Angelegenheit ist also beendet? Am besten, wir denken nicht mehr nach über die Berechtigung oder Nichtberechtigung Ihres Vorgehns.

Er tritt, plötzlich erleichtert, auf den Aufseher zu, streckt ihm die Hand entgegen.

K Geben wir der Sache einen versöhnlichen Abschluß.

Der Aufseher nagt an seinen Lippen, blickt auf Ks ausgestreckte Hand. Dann nimmt er seinen Hut, der auf Fräulein Bürstners Bett liegt. Es ist ein harter, schwarzer, runder Hut. Er setzt ihn sich mit beiden Händen langsam und vorsichtig auf, wie zu einer Anprobe. K steht immer noch mit ausgestreckter Hand.

DER AUFSEHER Wie einfach Ihnen alles vorkommt. Ein versöhnlicher Abschluß! Nein, das geht wirklich nicht. Womit ich nicht sagen will, daß Sie verzweifeln sollen. Nein, warum denn? Sie sind nur verhaftet, nichts weiter. Das hatte ich Ihnen mitzuteilen. Damit genug für heute. Ja, wir können uns jetzt verabschieden, aber nur vorläufig. Sie werden wohl jetzt in die Bank gehn wollen?

K *trotzig:* Wie kann ich in die Bank gehn, wenn ich verhaftet bin?

DER AUFSEHER Sie haben mich mißverstanden. Sie sind verhaftet, gewiß. Aber das soll Sie nicht hindern, Ihren Beruf auszuüben. An Ihrer Lebensweise soll sich nichts ändern.

K Dann war die Mitteilung der Verhaftung auch kaum notwendig.

DER AUFSEHER Es war meine Pflicht.

K Merkwürdige Pflicht.

DER AUFSEHER Verlieren wir nicht unsre Zeit. Sie wollen in die Bank gehn. Das heißt, ich zwinge Sie nicht dazu. Nehme nur an, daß Sie es wollen. Um Ihre verspätete Ankunft möglichst unauffällig zu machen, stehn Ihnen hier drei Herren, Ihre Kollegen, zur Verfügung.

K blickt die Gehilfen erstaunt an. Diese nicken und lachen, um sich zu erkennen zu geben.

KULLICH Die Bank ist groß, Herr Prokurist! Da werden untergeordnete Leute leicht übersehen.

KAMINER Und dabei begegnen wir uns doch täglich, wenn ich die Post bringe.

K Aber natürlich, Herr Kaminer! Verzeihen Sie mir! Guten Morgen, Herr Kullich! Also gleich an die Arbeit, Herr Rabensteiner!

Er reicht den Herren die Hand. Diese stellen sich in einem Halbkreis vor ihn hin. Dahinter verschwinden der Aufseher, Willem und Franz unmerklich. Frau Grubach hat inzwischen die auf den Boden geworfenen Kleidungsstücke aufgesammelt und in den Schrank gehängt. Dann ist sie zum Frühstückstisch geeilt und räumt dort ab. Der Hauptmann hat sich zurückgezogen.

Kullich, Kaminer und Rabensteiner springen die Stufen rechts herab, suchen auf der Vorderbühne nach Ks Hut, finden ihn, werfen ihn einander zu, jonglieren damit.

K kommt von links zur Vorderbühne herunter. Kaminer überreicht ihm feierlich den Hut. K setzt sich den Hut auf, rückt Kragen und Schlips zurecht.

Dann geht K links auf den Schreibtisch zu.
Kullich, Kaminer und Rabensteiner folgen ihm.

2. In der Bank

Bei einem nicht durch Drehbühne vollzognem Szenenwechsel muß die Veränderung der Räumlichkeiten schlagartig einsetzen. Die Angestellten der Bank, hin und hereilend mit Aktenstößen, Papierbündeln, sind an den Verschiebungen, Abdeckungen, Drehungen der Bauelemente beteiligt.
Mittelbühne: Links eine Reihe von Stühlen. Dort nehmen Kunden oder Bittsteller Platz. Der große Tisch mit Akten und Papieren bedeckt. Der Schrank rechts wird zu einem Tresor. An Stehpulten wird Geld gezählt. Rechts eine Gruppe von Herren, über Geschäftsbüchern. Schreibmaschinen, Rechenmaschinen knattern.
Hinterbühne: Eine Reihe von Schaltern, dahinter Kunden, die zuweilen ihre Gesichter in die Luken strecken, den Bankbeamten entgegen. Ein gedämpfter, alltäglicher Betrieb. Alle Bewegungen beherrscht, geordnet.
K, vorn auf dem Weg zum Schreibtisch, nimmt den Hut ab. Kullich nimmt den Hut entgegen, hängt ihn an den Kleiderhaken links vom Mittelschrank. Kaminer legt einige Briefe auf den Schreibtisch, schneidet sie schon mit dem Brieföffner auf, nimmt die Blätter aus den Umschlägen, breitet sie aus.
Rabensteiner tritt schnell, ehe K sich auf den Schreibtischsessel setzt, auf ihn zu. Wie bei einem Zauberkunststück zieht er aus der Brusttasche die Photographie heraus und reicht sie K.
RABENSTEINER Zur Erinnerung.
Während K noch das Foto anstarrt, entfernt er sich. Kullich ordnet Stempel, Stempelkissen, Federhalter, Papiere auf dem Schreibtisch. Kaminer legt eine schwarze Lederdecke über das Bett rechts. Kullich und Kaminer gehen ab, Rabensteiner erscheint wieder.
RABENSTEINER Der Direktor-Stellvertreter hat schon nach Ihnen gefragt. Ich hab ihm gesagt, Sie sind im Haus. Längst tätig! Längst tätig!
Aus der rechten Gruppe oben tritt der Direktor-Stellvertreter vor. Er ist groß, kräftig, elegant gekleidet. Kommt schnell die Stufen rechts herab, mit ein paar Schriftstücken in der Hand. Rabensteiner zieht sich zurück. K steht noch vor dem Schreibtisch, die Photogra-

phie betrachtend. Der Direktor-Stellvertreter bleibt in einigem Abstand hinter ihm stehn, betrachtet ihn, mit spöttischem Lächeln. K schnellt herum, das Foto mit der Hand auf dem Schreibtisch verdeckend.

K Nein! Ich bin eben erst gekommen!

DIREKTOR-STELLVERTRETER Aber Herr Prokurist! Bei Ihren Fähigkeiten holen Sie das schnell auf. Fünf Jahre in der Firma, und nicht ein einziges Mal zu spät gekommen!
Die Pünktlichkeit und Zuverlässigkeit selbst. Und außerdem – meinen Sie, daß ich die Bedeutung des heutigen Datums vergessen hätte?
Er streckt K die Hand entgegen. K reicht ihm zuerst die linke Hand, da die rechte noch über dem Foto liegt, wendet sich dann ganz um, reicht dem Direktor-Stellvertreter die rechte Hand.

DIREKTOR-STELLVERTRETER *mit ironischer Feierlichkeit:* Dritter Juli Neunzehnhundertdreizehn! Ich darf Ihnen hier *er zieht einen Briefumschlag aus der Brusttasche* – auch im Namen des Herrn Direktor – eine Gratifikation überreichen.

K *verlegen:* Aber das ist –

DIREKTOR-STELLVERTRETER Bitte, bitte –
Er drückt K den Briefumschlag in die Hand. Wird dabei auf die Photographie aufmerksam, die jetzt offen auf dem Schreibtisch liegt. Er hebt sie hoch, betrachtet sie.

DIREKTOR-STELLVERTRETER Eine hübsche Dame.
K will ihm das Foto entreißen. Der Direktor-Stellvertreter hält es weit ab.

DIREKTOR-STELLVERTRETER Wer sind denn die übrigen Herrschaften?

K *verwirrt:* Bekannte, Verwandte von mir.

DIREKTOR-STELLVERTRETER Ihre Verlobte? Ah, welche Figur! Ich sehe – ein schöner Tag – Sie stehn vorm Dom – Sie selbst – haben das Bild aufgenommen. Nur etwas schief, leider.
Der Direktor-Stellvertreter zieht das Foto noch einmal spielerisch zurück, da K es greifen will. Dann überläßt er es ihm lachend.

DIREKTOR-STELLVERTRETER Oder ist es eine ganz neue Eroberung?

K *gequält:* Herr Vorsteher! Dort sitzen die Kunden. Sie warten drauf, vorgelassen zu werden.

DIREKTOR-STELLVERTRETER Die kleinen Sparer. Ja, die sind beunruhigt! Aber Sie wissen, wir können keine Darlehen geben, in diesen Tagen. Bei der Kriegsgefahr. Wie leicht können wir hineingerissen werden.

K scheint nicht zuzuhören. Er steht über den Schreibtisch gebeugt, die Hände auf die Platte gestützt.

Der Direktor-Stellvertreter legt seine Hand auf Ks Schulter.

DIREKTOR-STELLVERTRETER Sie aber, ich verstehe es, Sie wollen grade jetzt Sicherheit. Ja, Heim, Familie müssen wir bilden, um etwas zu haben, an das wir uns halten können.

Der Direktor-Stellvertreter geht links zum Mittelgrund hinauf. Gleichzeitig führt Rabensteiner einen der Bittsteller die Stufen hinab. Dieser bleibt mit gesenktem Kopf in der Nähe des Schreibtischs stehn, während Rabensteiner zurückgeht. K bemerkt ihn nicht. Er hat auf dem Sessel Platz genommen. Er hält das Foto in der einen Hand, ergreift eine Schere, schneidet sorgfältig die Figuren rechts und links von der Frauengestalt auf dem Bild ab. Steckt dann die Photographie in die Brusttasche.

Von rechts oben kommt der Direktor herunter, ein schmaler, kränklich aussehender älterer Herr.

Schnell kommen von der andern Seite Rabensteiner und Kaminer und führen den Bittsteller wieder ab. Dieser läßt es willenlos geschehn. Der Direktor bleibt hinter Ks Stuhl stehn. Er hüstelt. K fährt herum und springt auf.

K Herr Direktor!

DER DIREKTOR Mein Lieber, ich höre, Sie sind unpäßlich. Noch nie waren Sie krank! Was ist Ihnen?

K O nichts, nichts!

DER DIREKTOR Wollen Sie einen Urlaub nehmen?

K Danke vielmals, Herr Direktor, aber das kann ich mir nicht leisten.

DER DIREKTOR Sie leben doch allein. Haben keine Verpflichtungen.

K schweigt, senkt den Kopf.

DER DIREKTOR Richtig! Allzusehr zurückgezogen haben Sie gelebt. Sie brauchen eine Wohnung, die Ihrer Stellung angemessen ist. Sie arbeiten zu hart, Verehrter. Sie überanstrengen sich. Sie haben nicht einmal mehr Zeit, mich zuhause zu besuchen.

K *zögernd:* Herr Direktor –

DER DIREKTOR Ja? Was ist denn geschehn? Sprechen Sie vertrauensvoll zu mir.

K Heute morgen – *Er unterbricht sich.*

DER DIREKTOR Ja –

K steht verstummt.

DER DIREKTOR Ja – Sie kamen zu spät. Sehn Sie, so kann es anfangen. Wer einmal zu spät aufwacht, der kann ganz weggezogen werden von seinem Platz –

Er schiebt seinen Arm unter Ks Arm, geht langsam, schief an ihm hängend, mit K hin und her.

DER DIREKTOR Es ist schön, wenn man morgens alles so wiederfindet, wie es am Abend war. Ja, es gehört schon viel Geistesgegenwart dazu, mit dem Augenöffnen alles so zu fassen, wie man es abends losgelassen hat. Das Aufwachen ist deshalb auch der riskanteste Augenblick am Tag. Ist er einmal überstanden – und es hat sich nichts verändert – so können wir den ganzen Tag über getrost sein –

K Und ich –

DER DIREKTOR Und Sie?

K Nein! Besondre Möglichkeiten sehe ich jetzt! Große Möglichkeiten!

DER DIREKTOR So ist es recht! Sie befinden sich noch am Anfang Ihrer Laufbahn. Sie streben nach Höherem. Das schätze ich sehr an Ihnen. Sie sind eine unsrer besten Kräfte.

Er bleibt stehn, greift K an beiden Armen, hält ihn von sich ab und blickt ihn an.

DER DIREKTOR Ich erwarte noch viel von Ihnen.

Er wendet sich ab, geht nach links, dreht sich noch einmal um.

DER DIREKTOR Und kommen Sie bald abends zu uns.

K verbeugt sich.

Kullich und Kaminer kommen dem Direktor entgegen. Sie stützen ihn an den Armen. Führen ihn links hinauf. Die Kunden erheben sich von den Stühlen, verneigen sich.

K bleibt noch einige Augenblicke stehn, geht dann schnell nach rechts zum Waschtisch, zieht seine Jacke aus, beugt sein Gesicht tief über die Schüssel, überschüttet es mit Wasser. Die Büroräume im Hintergrund werden verdunkelt.

3. In der Pension

Mittelbühne: Hier ist nur der Tisch beleuchtet, an dem Frau Grubach sitzt, bei einer Strickarbeit. Vor ihr ein Haufen Strümpfe.
Vorn trocknet sich K das Gesicht vorm Waschtisch ab, zieht seine Jacke an. Wendet sich dann Frau Grubach zu.

K Es wird bestimmt nicht wieder vorkommen.

FRAU GRUBACH *von der Arbeit aufblickend, leise:* Nein, das kann nicht wieder vorkommen.

K geht auf sie zu.

K Meinen Sie das ernstlich?

Er stellt sich ihr gegenüber an den Tisch.

FRAU GRUBACH Ja. Sie dürfen es nicht zu schwer nehmen. Was geschieht nicht alles in der Welt! Nun ja, die Wärter haben mir ja einiges erzählt. Es handelt sich ja um Ihr Glück, und das liegt mir wirklich am Herzen. Ich habe also einiges gehört. Aber es war nichts Schlimmes. Sie sind zwar verhaftet, aber nicht so wie ein Dieb verhaftet wird. Diese Verhaftung – entschuldigen Sie, wenn ich etwas Dummes sage – es kommt mir wie etwas Gelehrtes vor, das ich nicht verstehe, das man aber auch nicht verstehn muß.

K Es ist gar nichts Dummes, was Sie da sagen, Frau Grubach. Zum Teil bin ich auch Ihrer Meinung. Nur urteile ich über das Ganze noch schärfer als Sie. Ich halte es nicht mal für etwas Gelehrtes, sondern überhaupt für nichts. Ich wurde überrumpelt, das war es. Ich wollte eigentlich auch gar nicht mehr drüber sprechen. Nur Ihr Urteil wollte ich hören. Ich bin froh, daß Sie mit mir übereinstimmen.

Er beugt sich über den Tisch, streckt ihr seine Hand entgegen. Frau Grubach aber blickt nicht auf. Sie schweigt eine Weile, in tiefem Ernst.

FRAU GRUBACH *als hielte sie ein Weinen zurück:* Nehmen Sie es doch nicht so schwer.

K Ich wüßte nicht, daß ich es schwer nehme.

Er richtet sich auf, zieht die Hand zurück.

K Ist der Hauptmann zuhause?

FRAU GRUBACH *gedankenverloren:* Er war so enttäuscht heute morgen, als Sie nicht die Übungen mit ihm machten –

K Ist er noch in der Garnison?

FRAU GRUBACH *immer noch abwesend:* Glauben Sie, daß wir mobilisieren werden?

K Ist Fräulein Bürstner da?

FRAU GRUBACH *jetzt aufblickend:* Nein. Wollen Sie etwas von ihr?

K Ich wollte nur ein paar Worte mit ihr reden.

FRAU GRUBACH Ich weiß nicht, wann sie kommt.

K Ich wollte mich bei ihr entschuldigen, daß ich ihr Zimmer in Anspruch genommen habe.

FRAU GRUBACH Das ist nicht nötig. Das Fräulein weiß ja von gar nichts. Es ist auch alles in Ordnung gebracht. Sehn Sie selbst.

Sie steht auf, geht zu Fräulein Bürstners Zimmerecke. Gedämpftes

Licht über den Möbeln.

K *vorwurfsvoll, als trage Frau Grubach die Verantwortung dafür:* Daß sie so spät nach Hause kommt!

FRAU GRUBACH Wie eben junge Leute sind.

K Das kann aber zu weit gehn.

FRAU GRUBACH Wie recht Sie haben. Ich will Fräulein Bürstner nichts nachsagen. Sie ist ein gutes, liebes Mädchen, freundlich, ordentlich, arbeitsam. Aber eins ist wahr, sie sollte stolzer, zurückhaltender sein. Ich habe sie öfter in entlegenen Straßen gesehn – und immer mit einem andern Herrn –

K *in plötzlicher Wut:* Sie haben mich mißverstanden! Ich kenne das Fräulein sehr gut. Es ist nichts davon wahr, was Sie sagen.

Er wendet sich ab. Geht zurück nach links. Frau Grubach eilt ihm nach. Ihre Schürze ist aufgegangen, die Bänder flattern.

FRAU GRUBACH Herr Prokurist! Ich habe es ja auch nur Ihnen anvertraut! Schließlich muß es doch im Sinn meiner Mieter sein, wenn ich die Pension rein zu halten suche.

K Reinheit! Wenn Sie die Pension rein halten wollen, müssen Sie zuerst mir kündigen.

Er läuft die Stufen hinab nach vorn. Wirft sich auf sein Bett. Springt nach einigen Augenblicken auf, geht hin und her.

Frau Grubach packt ihre Handarbeit zusammen, geht ab.

K legt sich wieder auf das Bett.

Ein leises Singen ist zu hören. Aus dem dunklen Hintergrund tritt langsam Fräulein Bürstner vor. Sie geht summend, im großen Halbkreis, auf ihr Zimmer zu.

K richtet sich vom Bett auf.

Fräulein Bürstner tritt in ihr Zimmer ein. Sie nimmt einen großen seidnen Schal von den Schultern, beginnt, vor dem Schrankspiegel, ihr Kleid aufzuknöpfen. Ihren Hut hat sie noch nicht abgenommen. Sie trägt die gleichen Kleidungsstücke, mit denen Kullich sich kostümierte.

K springt vom Bett auf, rückt den Schlips zurecht, läuft die linke Treppe hinauf, geht, an den dunklen Möbelkuben vorbei, auf Fräulein Bürstner zu.

K *flüsternd:* Fräulein Bürstner.

FRÄULEIN BÜRSTNER *sich umwendend:* Ist jemand hier?

K *vortretend:* Ich bin es.

FRÄULEIN BÜRSTNER Ach Sie?

K Ich wollte ein paar Worte mit Ihnen sprechen –

FRÄULEIN BÜRSTNER Jetzt? Muß das jetzt sein?

K Ja.

FRÄULEIN BÜRSTNER Ich bin zum Hinfallen müde. Aber kommen Sie.

Sie tritt zurück zum Bett. K steht einige Schritte von ihr entfernt.

FRÄULEIN BÜRSTNER Was wollen Sie also? Ich bin wirklich neugierig.

K Sie werden vielleicht sagen, daß die Sache nicht so dringend ist, um jetzt besprochen zu werden, aber –

FRÄULEIN BÜRSTNER Einleitungen überhöre ich immer.

K Das erleichtert meine Aufgabe. Ihr Zimmer ist heute früh, durch meine Schuld, in Unordnung gebracht worden.

Fräulein Bürstner sieht statt des Zimmers K prüfend an.

FRÄULEIN BÜRSTNER Mein Zimmer?

K Ja, es war eine Untersuchungskommission hier.

FRÄULEIN BÜRSTNER *legt die Hände tief an die Hüften:* Ihretwegen?

K Ja. *Er zeigt auf die Photographien auf dem Nachttisch.* Zum Beispiel Ihre Photographien –

FRÄULEIN BÜRSTNER *jetzt auf die Fotos blickend:* Sie sind durcheinander gebracht – Ja! Ein Bild fehlt!

K So waren diese Leute! Und dann haben sie mich verhört!

FRÄULEIN BÜRSTNER Nein!

K Doch! Glauben Sie denn, daß ich schuldlos bin?

FRÄULEIN BÜRSTNER Nun, schuldlos – das kann ich nicht sagen. Ich kenne Sie doch nicht. Es muß schon ein schwerer Verbrecher sein, dem man gleich eine Untersuchungskommission auf den Leib schickt. Aber Sie sind doch frei – ich schließe jedenfalls aus Ihrer Ruhe, daß Sie nicht aus dem Gefängnis entlaufen sind. So können Sie doch kein solches Verbrechen begangen haben.

K Die Kommission hat vielleicht eingesehn, daß ich unschuldig bin.

FRÄULEIN BÜRSTNER Worum handelt es sich denn?

K Das ist eben der Haken. Das weiß ich selbst nicht.

FRÄULEIN BÜRSTNER *enttäuscht:* Dann war es höchst unnötig, mich so spät in der Nacht zu besuchen.

K Was ich weiß, habe ich Ihnen gesagt. Es war eigentlich auch keine Untersuchungskommission. Ich nenne es nur so, weil ich keinen andern Namen dafür habe. Es wurde gar nichts untersucht. Ich wurde nur verhaftet.

Fräulein Bürstner lacht. Sie setzt sich auf das Bett.

FRÄULEIN BÜRSTNER Wie war es denn?

K Schrecklich.

FRÄULEIN BÜRSTNER Das ist zu allgemein.

K Soll ich Ihnen zeigen, wie es gewesen ist?

FRÄULEIN BÜRSTNER Ich bin zu müde. Ich hätte Sie nicht mehr hereinlassen sollen.

K Darf ich den Tisch vor Ihr Bett rücken?

FRÄULEIN BÜRSTNER Was fällt Ihnen ein?

K Ich kann es Ihnen sonst nicht zeigen.

Er hat den kleinen Tisch schon vor sie hingeschoben. Stellt sich davor.

K *auf Fräulein Bürstner weisend:* Da sitzt der Aufseher. Und da *er zeigt herum* – steht ein Wächter – und da am Schrank stehn die Gehilfen. Einer von diesen Lümmeln hat sich Ihr Kleid angezogen, eben dieses Kleid, und diesen Hut –

FRÄULEIN BÜRSTNER Bitte, nicht so laut, Sie wecken ja das ganze Haus.

K Der Aufseher ruft, er schreit gradezu. Ich muß leider, wenn ich es Ihnen begreiflich machen will, auch schreien. Er ruft meinen Namen.

Fräulein Bürstner legt den Finger vor ihren Mund.

K Josef, schreit er –

FRÄULEIN BÜRSTNER Ach, Josef heißen Sie?

K *schreit:* Josef! *Noch lauter.* Josef!

Ein hartes Klopfen, von den Seiten her. Fräulein Bürstner erschrickt, legt die Hand aufs Herz.

K Wer hat da geklopft?

FRÄULEIN BÜRSTNER Sicher der Hauptmann. Daß Sie so schreien mußten.

K stellt den Tisch an seinen Platz zurück. Fräulein Bürstner nimmt ihren Hut ab. Ihr rötliches Haar ist in der Mitte gescheitelt und im Nacken fest zusammengehalten.

K faßt sie bei der Hand, dann beim Handgelenk. Er küßt sie auf die Stirn.

FRÄULEIN BÜRSTNER Weg! Weg! Gehn Sie doch! Was wollen Sie! Er hört doch alles. Wie Sie mich quälen.

Sie steht auf. K hält sie immer noch am Handgelenk.

K Sind Sie mir böse?

FRÄULEIN BÜRSTNER Nein, ich bin niemals und niemandem böse.

K geht neben ihr, hält sie am Handgelenk. Dann umarmt er sie plötzlich, mit überraschender Heftigkeit, küßt sie auf den Mund, über das ganze Gesicht, auf den Hals, die Gurgel.

Es wird wieder geklopft, diesmal verhaltner, dazu ist das Räuspern des Hauptmanns zu hören. K eilt davon. Fräulein Bürstner bleibt stehn. Ihr Kleid ist vorn aufgerissen, das Korsett ist sichtbar. Links hinter dem großen Tisch taucht der Hauptmann auf. K ist am Tisch vorbeigelaufen, springt die Stufen links nach unten. Der Hauptmann folgt ihm. Er ist in den Schlafanzug gekleidet, dessen Jacke er sich abstreift. Vorn öffnet K seinen Schlips, seinen Kragen. Der Hauptmann wirft die Jacke auf den Boden, steht geduckt, in Kampfhaltung, auf den Stufen. Er knipst mit den Fingern. K dreht sich erschreckt um, hebt die Hände zur Abwehr. Mit einem Satz springt der Hauptmann, breit grinsend, auf K zu, wirft ihn zu Boden. K wehrt sich kaum. Der Hauptmann kniet sich auf ihn, preßt seine ausgebreiteten Arme nieder.

DER HAUPTMANN *schnaufend:* Um die Morgengymnastik haben Sie sich gedrückt – wenigstens die Abendübung müssen Sie mir gönnen!

Über ihnen, im Hintergrund, hat sich Fräulein Bürstner das Kleid ausgezogen und das Korsett aufgeknöpft. Dabei singt sie wieder leise. Dann springt der Hauptmann auf, macht ein paar Kniebeugen, protzt mit seinen Armmuskeln. Mit federnden Schritten läuft er links die Stufen hinauf. Verschwindet. Während K mit ausgebreiteten Armen auf dem Rücken liegen bleibt, streift Fräulein Bürstner den Unterrock ab. Sie steht nackt, summend, mit hochgehobenen Armen, öffnet ihr Haar zu einem großen Schwall. Dunkel.

4. In der Bank

Schlagartig einsetzende Geräusche aus den Büroräumen. Dazu ein schrilles Telephonsignal. K richtet sich vom Fußboden auf. Rabensteiner ist zum Telephon gelaufen, hat den Hörer abgenommen, steht dort nickend. K richtet seine Kleidung her.

RABENSTEINER Herr Prokurist! Ein Gespräch für Sie

Rabensteiner steht mit hoch erhobenem Telephonhörer. K läuft auf ihn zu. Er nimmt den Hörer, nickt, verbeugt sich ein paar Mal, hängt dann den Hörer auf. Bleibt in sich versunken am Telephon stehn.

Der Direktor-Stellvertreter tritt von hinten an ihn heran.

DIREKTOR-STELLVERTRETER Schlechte Nachrichten?

K *erschreckt:* Nein, nein.

K geht hinunter zum Vordergrund. Der Direktor-Stellvertreter folgt ihm.

DIREKTOR-STELLVERTRETER Eine Frage – möchten Sie am Sonntag eine Partie auf meinem Segelboot mitmachen? Es wird eine größere Gesellschaft sein. Ich habe auch Ihren Bekannten schon eingeladen, Herrn Hasterer –

Er wendet sich zurück nach oben, wo eben der Staatsanwalt erschienen ist. Dieser kommt mit schnellen Schritten hinunter.

K Herr Staatsanwalt!

Der Staatsanwalt tritt auf K zu, begrüßt ihn freundschaftlich.

DIREKTOR-STELLVERTRETER Nun – wollen Sie kommen? Kommen Sie doch!

K Vielen Dank – aber ich habe leider morgen keine Zeit. Ich habe schon eine Verpflichtung.

DIREKTOR-STELLVERTRETER Schade.

Der Direktor-Stellvertreter geht schon ab. K hält ihn zurück.

K *sich entschuldigend:* Ich bin eben antelephoniert worden, ich soll irgendwohin kommen, aber man hat vergessen, mir zu sagen, zu welcher Stunde.

DIREKTOR-STELLVERTRETER Fragen Sie doch noch einmal an.

K Es ist nicht so wichtig.

DIREKTOR-STELLVERTRETER Dann können Sie doch –

K Nein, es ist unmöglich. Ich muß unbedingt –

DIREKTOR-STELLVERTRETER *abgehend:* Dann auf ein andres Mal –

Der Staatsanwalt legt den Arm um K. Er ist breit, kräftig. Das Haar pomadisiert, in der Mitte gescheitelt. Kleiner bürstenartiger Schnurrbart.

DER STAATSANWALT Ich hoffe, ich störe Sie nicht, Herr Kollege.

K Aber bitte, bitte –

DER STAATSANWALT Ich muß mich wieder einmal aussprechen. Mit einem verständnisvollen Menschen.

K vollzieht eine wegwerfende Handbewegung. Entzieht sich der Umarmung des Staatsanwalts. Bleibt dann, leicht vorgebeugt, ihm gegenüber stehn.

DER STAATSANWALT *mit gepreßter Stimme, mit den Armen seitwärts ausholend, als wolle er eine Last vor sich herwälzen:* Da laufe ich von Verhandlung zu Verhandlung und versuche, alle Verstellung und Lüge unter wirksame Anklage zu setzen. Ich arbeite die Nächte hindurch. Das Material, all diese Schriftsätze, Zeugenaussagen, Verhandlungsprotokolle, Entscheidungsgründe – von fast undurchdringlicher Fülle! Zehnmal, zwanzigmal schreibe ich meinen Antrag. Jedesmal denke ich, jetzt wird dir endlich Genugtuung zuteil werden. Und dann, wenn ich vor dem Angeklagten stehe – wo kommt er denn her, aus welcher Unterwelt kommt er denn herauf – dann, sehn Sie, dann zerplatzt plötzlich der gesamte Tatbestand, verpufft, verflüchtigt sich – meine Beurteilung wird zu etwas Nebensächlichem, ich müßte völlig neu beginnen –

K Und doch –

DER STAATSANWALT Und doch?

K Und doch! Das Gericht, das Sie vertreten, ist greifbar! Was Sie aufgefunden haben, kann nicht zurückgenommen werden.

DER STAATSANWALT Wie meinen Sie das?

K Mit Ihrem Rechtsspruch – selbst wenn Sie ihn für unzureichend halten – und er muß immer unzureichend sein – gliedern Sie den Angeklagten in eine Ordnung ein. Auch wenn Sie ihm die härteste Strafe beimessen, begnadigen Sie ihn. Das ist Ihre Genugtuung!

DER STAATSANWALT Gut, wir haben unsre Normen, daran müssen wir festhalten, wo kämen wir denn sonst hin. Wir haben unsre Grundsätze, schön, sehr schön. Aber dann, wenn wir eine Schuld aufgezeigt und eine Sühne gefordert haben, und plötzlich diese anderen Mächte auftreten, diese Mächte, für die wir nicht mehr zuständig sind, was dann? Da greift etwas um sich, da stehn Massen auf, der einzelne Fall entzieht sich, da setzt etwas Dumpfes, Gewaltsames ein –

K *emphatisch:* Sie dürfen den Angeklagten nicht im Stich lassen!

DER STAATSANWALT Andre machen sich jetzt zu Richtern –

K Wie, wenn es kein Verständnis mehr gäbe? Wenn sich nichts Gemeinsames mehr finden ließe?

Der Staatsanwalt ist einige Schritte hin und hergegangen. Er bleibt stehn, mit machtlos erhobenen Armen.

DER STAATSANWALT Über diese Dinge wollte ich gar nicht mit Ihnen sprechen. Sondern über Helene. Sie haben sie getroffen, zu Hause bei mir. Was denken Sie von ihr?

K *gepeinigt:* Herr Staatsanwalt, es steht mir nicht zu –

DER STAATSANWALT Sagen Sie es nur!

K *stotternd:* Vielleicht ihre Kleidung – etwas zu auffallend –

DER STAATSANWALT Sie ist zu fett für den tiefen Ausschnitt im Rücken.

Dieses alte Ballkleid! All diese Fransen! Ich weiß, Sie wagen es nicht einmal, sie anzusehn! Den ganzen Tag liegt sie im Bett. Liest diese Fortsetzungsromane. Gähnend, ungepflegt, schamlos erwartet sie mich. Nie kämmt sie ihr Haar. Wie verklebt diese schwarzen Locken sind!

K Herr Staatsanwalt! Denken Sie, wie verloren wir wären, wenn jede Anklageschrift fehlte, und wenn auch keine Verteidigung mehr erbracht werden könnte, weil es unmöglich ist, zu urteilen, unmöglich überhaupt, zu leben –

DER STAATSANWALT *wieder auf K zutretend, seine Schultern fassend:* Das sagen Sie, Josef? Als nüchternen Geschäftsmann kenne ich Sie! Als einen Menschen der Pflicht! Der nach einem erfüllten Leben trachtet!

K Ich bin ein elender, unfähiger –

DER STAATSANWALT *K wieder umarmend:* Josef! Nenne mich Herbert! Mach dich frei, mein Freund! Komm morgen! Stell dir vor – dahinsegeln auf dem Fluß – hinaus in die Sonne – an den Weinbergen entlang!

K entzieht sich ihm, schüttelt den Kopf.

DER STAATSANWALT *beim Abgehn:* Wir erwarten dich!

Der Staatsanwalt verschwindet im Hintergrund. K bleibt reglos stehn. Die Geräusche in den Büroräumen wachsen an.

Rabensteiner, Kullich, Kaminer kommen herbei. Sie ordnen die Papiere auf dem Schreibtisch, rücken die Stühle zurecht, füllen frisches Wasser in die Kanne auf dem Waschtisch, entleeren die Schüssel in einen Eimer, tragen den Eimer hinaus. Während ihrer Handhabungen wenden sie sich an K.

KAMINER Sie haben die Adresse erhalten?

K blickt fragend auf.

KAMINER Man hat Ihnen die Nummer des Hauses genannt?

K Was wollen Sie?

RABENSTEINER Wir wissen, wohin Sie morgen sollen. Zu einer ersten kleinen Untersuchung in Ihrer Angelegenheit.

KULLICH Immerhin rücksichtsvoll, die Verhandlung auf den Sonntag zu legen. Da stört man Sie nicht in der beruflichen Arbeit.

RABENSTEINER Es wär ja auch in der Nacht möglich. Aber da wären Sie wohl nicht frisch genug.

KULLICH Am besten, Sie sind gleich um neun Uhr früh da.

KAMINER In der Juliusstraße. Es ist ein langer Weg. In der Vorstadt, beim Güterbahnhof.

K scheucht die Beamten mit einer Armbewegung zurück. Steht dann, als sei er bereit zu einem Sprung.

5. Vor dem Gericht

Während die Vorderbühne unverändert bleibt, wird die übrige Bühne, mit der plötzlich einsetzenden Bewegung des Wegtragens, Verschiebens und Umstellens, mit den Drehungen und Wendungen der Bauelemente, zu einer weitverschachtelten Räumlichkeit.
Mittelbühne: Von den Seiten her und aus dem Hintergrund drängen sich Menschen hinein in vielfältig verkeilte Lebensbezirke, Kammern, Schuppen gleich. Sie bilden Gruppen, auf den Abstufungen, um Tische, Kisten, Betten. Die Männer in Hemdsärmeln, die Frauen oft im Unterrock, mit Kindern im Arm. Manche liegen halbbekleidet, ein umschlungenes Paar ist zu sehn, ein Mann sitzt barfüßig, liest eine Zeitung, Körbe, Eimer werden hin und hergetragen, Wäsche wird über Kübeln gewaschen und zum Trocknen auf Leinen ausgespannt. Bettlaken werden ausgeschüttelt, Decken hochgeschwungen.
Hinterbühne: Auch hier Räumlichkeiten, doch Estraden, Galerien gleich, Leitern werden angelegt, Menschen klettern hinauf, kaum sichtbar regen sie sich hinter den Baukonstruktionen.
Gleichzeitig mit der Einrichtung der Szenerie setzt der Lärm von Stimmen ein, von Rufen, Pfeifen, Gesang, dazu die harten Stöße des Bauens, Hammerschläge, auch undeutliche Musik von Ziehharmonika oder Flöte.
Das dichte Gewühl ist jedoch ohne Hektik, eher ruhig, träge, nachlässig, gleichgültig.

Einige Bewohner dieses Gebiets gehn vorn an K vorbei, der in seiner zum Sprung ansetzenden Haltung dasteht.
K hält einen jungen Mann in Arbeitskleidung am Arm fest.

K Hier sollen irgendwo Verhandlungen stattfinden?
DER ARBEITER Verhandlungen?
K Gerichtsverhandlungen.
DER ARBEITER Davon weiß ich nichts.

Der Arbeiter entfernt sich. Eine Frau mit einem großen Bündel Bettzeug geht an K vorbei, stößt ihn an. Er tritt zur Seite, blickt sich suchend um. Wendet sich dann an eine andre Frau. Diese ist in ein lockeres, schürzenartiges Hemd gekleidet und trägt einen Eimer voller Wäsche.

K Finden hier Verhandlungen statt?
Die Frau stellt den Eimer ab, wischt sich mit dem nassen Arm über die Stirn.

DIE FRAU Ja. *Sie zeigt hinauf zum Hintergrund.* Aber der Raum ist schon voll.

K Ich werde erwartet.

DIE FRAU Dann gehn Sie. Folgen Sie mir. Nach Ihnen muß ich schließen. Es darf niemand mehr hinein.
Sie gehn zusammen links die Stufen hinauf in das Gedränge. Hier bewegt sich alles wieder neuen Veränderungen entgegen. Die Wäscheleinen werden abgenommen, die Betten überdeckt. Aus den Kuben werden Podeste, Ränge, Galerien. Anstelle der Bewohner der Kammern sind jetzt Männer zu sehn, die in lange schwarze Jacken und Röcke gekleidet sind. Diese Kleidungsstücke sind von altertümlichem Schnitt, sie hängen zumeist weit und lose an den Körpern. Viele der Anwesenden, die sich wie zu einer Versammlung reihenweise hinsetzen, haben weiße Bärte, doch hat ihr patriarchenhaftes Aussehn etwas Steifes, Künstliches. In angestrengter Würde sitzen sie in zwei großen Gruppen, rechts und links. Einige sind bis auf die Vorderbühne gekommen und haben rechts auf dem Bett Platz genommen. Auch links, hinter dem Schreibtisch, sitzt eine Gruppe, und die Stufen der linken Treppe werden als Sitzplätze benutzt.
Manche haben Polster, Kissen mitgebracht, bereiten sich scheinbar auf eine lange Verhandlung vor. Sie tragen alle kleine runde Abzeichen am Rockaufschlag.
Das Raunen und Brodeln der Stimmen hält an. Von rechts kommen einige Herren in strengerer schwarzer Kleidung herbei. Sie scharen sich um den Schreibtisch, breiten dort schäbige, aufgelöste Schreibhefte, zerfledderte Bücher um sich aus.
Der Untersuchungsrichter, klein und schnaufend, setzt sich auf den Schreibtischsessel, die Rückenlehne gegen den Schreibtisch gedreht. Er läßt den Blick rings über die Versammelten gleiten, schlägt mit der flachen Hand hinter sich auf die Schreibtischplatte.
Es wird still.
Von rechts oben tritt nun die Wäscherin vor.
K folgt ihr.
Sie gehn beide die Stufen rechts hinab.
Der Untersuchungsrichter zieht eine Uhr aus der Westentasche. Er blickt K an.

DER UNTERSUCHUNGSRICHTER Sie hätten vor einer Stunde und fünf Minuten erscheinen sollen.

Ein kurzes Murmeln und Murren der Versammelten.

K Selbst wenn ich zu spät komme – jetzt bin ich hier.

Von rechts, vorn und im Hintergrund ein kurzes Beifallklatschen.

DER UNTERSUCHUNGSRICHTER Ja, aber ich bin nicht mehr verpflichtet, Sie zu verhören.

Von links ein Murren.

DER UNTERSUCHUNGSRICHTER Trotzdem will ich es ausnahmsweise tun. Treten Sie vor.

Ein paar vor ihm Sitzende rücken auseinander, lassen K hindurch. Der Untersuchungsrichter blättert in einem der Hefte. Ein paar zerknitterte, verschmierte Seiten fallen heraus.

DER UNTERSUCHUNGSRICHTER Also, Sie sind Zimmermaler?

K Nein. Sondern erster Prokurist in einer großen Bank.

Die Versammelten, die rechts hinter K sitzen, beginnen ein Gelächter, das so herzlich ist, daß K mitlachen muß. Die Leute schlagen sich vor Lachen auf die Knie, schütteln sich wie unter Hustenanfällen. Auch oben auf den höchsten Galerien rechts vereinzeltes schallendes Gelächter. Auf der linken Seite aber verhalten sich die Zuhörer still.

K Ihre Frage, Herr Untersuchungsrichter, ob ich Zimmermaler bin, ist bezeichnend für die ganze Art des Verfahrens, das gegen mich geführt wird. Sie können einwenden, daß es ja überhaupt kein Verfahren ist. Sie haben sehr recht, denn es ist ja nur ein Verfahren, wenn ich es als solches anerkenne. Aber ich erkenne es für den Augenblick an, aus Mitleid sozusagen.

Er blickt sich um, als warte er wieder auf Beifall. Es herrscht jetzt jedoch gespannte Stille. In dieser Stille tritt die Wäscherin zwischen ihn und den Untersuchungsrichter. Sie stellt den Eimer ab, nimmt die Wäschestücke heraus, läßt sie knallend ausschwingen, legt sie über den nackten Arm. Alle Blicke sind auf sie gerichtet. Auch der Untersuchungsrichter hat sich halb vom Sessel erhoben, verfolgt jede ihrer Bewegungen. Dann ergreift sie den Eimer und geht links die Stufen hinauf, zurück zum Hintergrund, wo sie verschwindet. Jetzt wenden sich alle wieder K zu. Der Untersuchungsrichter lehnt sich weit zurück. Er liegt fast, seine Beine baumeln in der Luft.

K Es hilft nichts! Auch Ihr Heftchen, Herr Untersuchungsrichter, bestätigt, was ich sage.

Er tritt auf den Untersuchungsrichter zu, nimmt ihm das Heft aus der Hand und hält es mit den Fingerspitzen hoch, an einem mittleren Blatt, so daß beiderseits die engbeschriebenen, verschmierten Blätter hinunterhängen.

K Das sind die Akten des Untersuchungsrichters. Lesen Sie darin ruhig weiter, Herr Untersuchungsrichter. Vor diesem Schuldbuch fürchte ich mich nicht!

Mit großer Aufmerksamkeit strecken sich ringsum die Zuhörer K entgegen.

K Was mir geschehn ist, ist ja nur ein einzelner Fall, und als solcher nicht sehr wichtig. Ich nehme es nicht schwer. Aber es ist Beispiel für ein Verfahren, wie es gegen viele geübt wird. Für diese Vielen stehe ich hier ein, nicht für mich.

Aus den hinteren Reihen rechts vereinzeltes Klatschen, mit hoch erhobenen Händen. Dazu ein paar Rufe:

ERSTE STIMME Warum denn nicht?

ZWEITE STIMME Bravo!

DRITTE STIMME Und wieder Bravo!

K Ich will nicht Erfolg als Redner. Will nur die öffentliche Besprechung eines öffentlichen Mißstands. Hören Sie – ich bin vor zehn Tagen verhaftet worden. Über die Tatsache der Verhaftung selbst lache ich, aber das gehört jetzt nicht hieher. Ich wurde im Bett überfallen. Die Wächter, dieses demoralisierte Gesindel, wollten sich bestechen lassen. Sie wollten mir unter Vorspiegelung Wäsche und Kleider herauslocken. Außerdem beschmutzten sie das Zimmer einer Dame, die ich sehr schätze –

Von links einige Rufe der Empörung: Oh! Pfui! Dazu ein Zischen.

K Und diese Herren hatten nicht nur meine Vermieterin ins Vertrauen gezogen, sie hatten auch drei Angestellte meiner Bank mitgebracht. Warum? Um mein Ansehen zu schädigen! Um meine berufliche Stellung zu erschüttern!

Der Untersuchungsrichter blickt, mit kurzem Kopfnicken, zur linken Zuhörerseite hinüber.

K Und hier gibt neben mir der Herr Untersuchungsrichter jemandem von Ihnen ein geheimes Zeichen. Da sind also Leute, die dirigiert werden. Ich weiß nicht, ob das Zeichen jetzt Zischen oder Beifall bewirken soll. Es ist mir auch völlig gleichgültig. Ich ermächtige den Herrn Untersuchungsrichter, seinen bezahlten Angestellten laut zu befehlen: Jetzt zischt! oder jetzt klatscht!

Der Untersuchungsrichter wendet sich ungeduldig seinen Beisitzern zu. Sie stecken die Köpfe zusammen. K tritt auf den Tisch zu.

Schlägt hart mit der Faust auf die Tischplatte.

K Ich bin gleich zu Ende. Ihre Besprechungen können Sie später abhalten!

Die Herren am Schreibtisch horchen auf. Sie wenden sich K wieder aufmerksam entgegen. Im Hintergrund ist jetzt ein leises Summen und Sausen entstanden, ungewiß, ob es von Stimmen kommt.

K *gegen das anwachsende Sausen ansprechend:* Es ist kein Zweifel, daß hinter diesem Gericht eine große Organisation steht. Eine Organisation, die nicht nur bestechliche Wächter und läppische Untersuchungsrichter beschäftigt, sondern auch eine Richterschaft hohen und höchsten Grads unterhält – vielleicht sogar Henker – ich scheue vor diesem Wort nicht zurück. Und der Sinn dieser großen Organisation, meine Herrn? Er besteht darin, daß unschuldige Personen verhaftet werden, daß gegen sie ein sinnloses, ergebnisloses Verfahren eingeleitet wird.

Links im Mittelgrund das Kreischen einer grellen Männerstimme. Hinter zurückweichenden Zuhörern ist die Wäscherin zu sehn, umschlungen von einem Mann von kleinem Wuchs und mit schütterem rotem Vollbart. Die beiden werden nach vorn gestoßen. Kichernd hält er noch die Frau umklammert. Viele springen auf, drängen sich um sie. Das Sausen ist zu einem Dröhnen angewachsen.

Auch K will die linken Stufen hinauf zu dem Paar eilen. Die Frau hat ihm die Hand entgegengestreckt. Er ist schon nah vor ihr, will die Hand greifen. Einige der Alten aber halten ihn zurück. Seine Finger fahren in ihre Bärte.

K Wer seid ihr alle? Was tragt ihr da für Abzeichen! Ihr seid ja alle Beamte! Ihr gehört ja alle zu diesem Gericht! Ihr habt euch hier um mich gedrängt, als Zuhörer und Schnüffler! Ihr wollt lernen, wie man Unschuldige entwürdigen soll. Laßt mich – oder ich schlage!

Er will nach vorn fliehen. Der Untersuchungsrichter aber ist vom Sessel aufgesprungen und stellt sich ihm in den Weg.

DER UNTERSUCHUNGSRICHTER Einen Augenblick! Ich muß Sie drauf aufmerksam machen, daß Sie sich heute des Vorteils beraubt haben, den ein Verhör für den Verhafteten bedeutet.

K Ihr Lumpen! Ich schenke euch alle Verhöre!

Er schnellt herum, mit den Armen zu den Seiten ausstoßend, rast einige Male hin und her, wirft sich dann rechts auf sein Bett, die Arme über den Kopf gedrückt, während das fluchtartige Abräumen der Szenerie und der Lärm des Umbaus einsetzt.

Nach der mit schweren Stößen, dröhnenden Schlägen akzentuierten Raumveränderung ist Stille eingetreten.
K liegt auf dem Bett, die Arme über dem Kopf.
Mittelbühne: Frau Grubach sitzt wieder über ihrem Strickstrumpf am Tisch. In der Wohnecke des Fräulein Bürstner lehnt der Hauptmann sich in die Kissen des Betts. Er trägt Uniform und Stiefel. Er raucht eine lange Pfeife.
Ein junges Mädchen ist mit dem Auspacken eines Koffers beschäftigt. Fräulein Bürstner nimmt die Kleidungsstücke entgegen, hängt sie in den geöffneten Schrank, ordnet sie in die Fächer ein. Dann richtet das Mädchen eine Ottomane zur Schlafstätte. Sie hinkt, ihr Gang ist schleppend. Möbel werden hin und hergerückt.
K erhebt sich vom Bett. Wischt sich mit den Händen über das Gesicht. Er geht auf Frau Grubach zu.

K Was geschieht denn in Fräulein Bürstners Zimmer?

FRAU GRUBACH Fräulein Montag schafft ihre Sachen zu Fräulein Bürstner hinüber.
Im Hintergrund zieht Fräulein Montag einen großen Koffer hinter sich her. Frau Grubach wendet sich nach ihr um.

FRAU GRUBACH *seufzend:* Ich wollte ihr helfen, aber sie ist eigensinnig, sie will alles selbst rüberschleppen. Ich wundre mich über Fräulein Bürstner. Mir war es schon lästig, dieses Fräulein Montag in Miete zu haben, und jetzt nimmt Fräulein Bürstner sie sogar zu sich ins Zimmer.

K Haben Sie Ihren früheren Verdacht wegen Fräulein Bürstner aufgegeben?

FRAU GRUBACH *hebt ihm die gefalteten Hände entgegen:* Herr Prokurist, Sie haben meine Bemerkung so schwer genommen. Ich wollte doch niemanden kränken. Sie wissen gar nicht, wie ich die letzten Tage gelitten habe! Ich sollte meine Mieter verleumden! Und Sie glaubten es, und sagten, ich solle Ihnen kündigen! Ihnen kündigen!
Sie beginnt zu weinen, hebt schluchzend die Schürze vor ihr Gesicht.

K Weinen Sie doch nicht. Es war nicht so schlimm gemeint. Wir haben eben einander mißverstanden. Glauben Sie denn wirklich, daß ich mich wegen eines fremden Mädchens mit Ihnen verfeinden könnte?

FRAU GRUBACH Das ist es ja eben. Ich frage mich immerfort: warum kümmert sich der Herr Prokurist so sehr um Fräulein Bürstner? Warum zankt er ihretwegen mit mir, wenn er doch weiß, daß mir jedes böse Wort von ihm den Schlaf nimmt?

Ein Poltern ist zu hören, da Fräulein Montag den Koffer abstellt.

K Hören Sie es?

FRAU GRUBACH *steht auf:* Soll ich um Ruhe bitten?

K Aber sie will doch übersiedeln.

FRAU GRUBACH *verständnislos:* Ja –

K Nun also, dann muß sie doch ihre Sachen hinübertragen.

Er wendet sich gereizt um, geht zum Vordergrund zurück. Fräulein Montag kommt langsam, hinkend auf Frau Grubach zu, die ihre Handarbeit zusammenpackt. Sie bleibt neben ihr stehn, flüstert etwas und weist mit der Hand auf K, der ihr den Rücken zuwendet.

FRAU GRUBACH *ruft:* Herr Prokurist! Fräulein Montag möchte gern ein paar Worte mit Ihnen sprechen. Aber Sie wollen doch jetzt bestimmt nicht mehr empfangen?

K *wendet sich heftig um:* Doch! Natürlich! Ich erwarte ihren Besuch.

K fingert nervös an seiner Krawatte. Frau Grubach zieht sich zurück. Im Hintergrund wird es dunkel. Nur über Fräulein Bürstners Wohnecke ist es hell. Der Hauptmann streckt sich aus. Fräulein Bürstner setzt sich neben ihn auf den Bettrand.

Fräulein Montag nähert sich K. Mit den schiefen Bewegungen ihres Oberkörpers, ihren rudernden Armen, gleicht sie einer Schwimmerin, oder einem Menschen, der zu fliegen versucht.

FRÄULEIN MONTAG Ich weiß nicht, ob Sie mich kennen.

K Gewiß. Sie wohnen doch schon längere Zeit hier.

FRÄULEIN MONTAG Sie kümmern sich aber nicht viel um die Pension.

K Nein. – Wollen Sie sich nicht setzen?

Er bietet ihr den Schreibtischstuhl an. Zieht selbst den andern Stuhl heran, setzt sich, in größerer Entfernung von ihr.

FRÄULEIN MONTAG Ich möchte nur im Auftrag meiner Freundin ein paar Worte mit Ihnen sprechen. Sie bittet Sie, sie zu entschuldigen und mich statt ihrer anzuhören. Sie hätte Ihnen auch nichts andres sagen können, als was ich Ihnen sagen werde. Im Gegenteil, ich kann Ihnen sogar mehr sagen, da ich verhältnismäßig unbeteiligt bin. Glauben Sie nicht auch?

K Was wäre denn zu sagen? *Er rückt unruhig auf dem Stuhl hin und her.* Fräulein Bürstner will mir offenbar die persönliche Aussprache, um die ich sie gebeten habe, nicht bewilligen.

FRÄULEIN MONTAG Das ist es. Oder vielmehr, so ist es gar nicht. Sie sagen das so sonderbar scharf. Im allgemeinen werden doch Aussprachen weder bewilligt, noch geschieht das Gegenteil. Aber es kann geschehn, daß man Aussprachen für unnötig hält, und so ist es eben hier. Meine Freundin weiß, worum es in dieser Unterredung gehn soll. Deshalb ist sie überzeugt, daß es niemandem Nutzen bringen würde, wenn die Unterredung zustande käme. Sie hat mir übrigens erst gestern davon erzählt, und nur ganz flüchtig. Sie sagte, es könne auch Ihnen nicht viel an der Unterredung liegen. Sie wären nur durch einen Zufall auf einen derartigen Gedanken gekommen und würden auch ohne Erklärung bald die Sinnlosigkeit des Ganzen erkennen.

K steht auf. Er steht einige Augenblicke lang unschlüssig.

K Ich danke Ihnen. *Er verbeugt sich.*

Fräulein Montag bleibt aber noch sitzen.

K Fräulein Bürstner hat die Bedeutung der erbetnen Aussprache übertrieben.

FRÄULEIN MONTAG So?

K Was sollte ich von ihr schon wollen.

Fräulein Montag erhebt sich.

K Was glaubt denn Fräulein Bürstner eigentlich – ein Schreibmaschinenmädchen –

FRÄULEIN MONTAG Das sagen Sie!

Sie speit vor ihm aus. Geht humpelnd nach links hinauf.

K *ihr nachrufend:* Fräulein Montag. So ist es doch nicht! Ich wollte ihr antragen – so habe ich es ihr auch geschrieben – ich wollte sie bitten –

Fräulein Montag schwimmt davon.

Fräulein Bürstner sitzt leise singend auf dem Bettrand.

Dann beugt sie sich über den Hauptmann. Gleichzeitig wird es dunkel.

Ein Stöhnen und Seufzen, gedämpfte Hiebe, unterdrückte Schreie sind zu hören.

7. In der Bank

Der gesamte Raum hinter der Vorderbühne liegt im Dunkeln. Auch die Vorderbühne ist nur schwach beleuchtet. Aus den Spalten des breiten Schranks in der Mitte dringt Licht. Aus diesem Schrank kommen die Geräusche des Wimmerns, des Schlagens.

K tritt nah an den Schrank heran, steht lauschend, reißt dann die beiden Schranktüren zu den Seiten hin auf.

Es zeigt sich ein niedriger langgestreckter Raum. Die Seiten sind mit Aktenstößen angefüllt. Vorn, zwischen Papieren und Rechenschaftsbüchern, liegen zwei völlig entkleidete Männer. Es sind die Wächter Franz und Willem. Sie liegen auf dem Bauch, die Arme vor sich ausgestreckt. Über ihnen steht ein Mann in schwarzer Lederkleidung, die den Hals bis tief zur Brust und die Arme nackt läßt. Er hebt eben ein Rutenbündel zu neuem Schlag hoch.

K *erregt:* Was treibt ihr hier?

FRANZ *sich aufrichtend:* Herr! Wir werden geprügelt, weil du dich beim Untersuchungsrichter über uns beklagt hast.

K Beklagt habe ich micht nicht. Habe nur gesagt, was sich in meiner Wohnung zugetragen hat.

WILLEM *sich auf die Ellbogen stützend:* Herr! Wenn Ihr wüßtet wie schlecht wir bezahlt sind, Ihr würdet besser über uns urteilen. Ich habe eine Familie zu ernähren, und Franz hier will heiraten. Man sucht sich zu bereichern, wie es eben geht. Durch bloße Arbeit gelingt es nicht. Das mit der Wäsche hat uns verlockt, das war unrecht. Aber Tradition ist es, daß die Wäsche den Wächtern gehört. Was bedeuten denn noch solche Dinge für den, der verhaftet worden ist!

K Ich habe keineswegs eure Bestrafung verlangt. Es ging mir nur um ein Prinzip.

WILLEM Franz, sagte ich dir nicht, daß der Herr unsre Bestrafung nicht verlangt hat? Jetzt hörst du, er hat nicht einmal gewußt, daß wir bestraft werden müssen.

Der Prügler läßt die Rute auf Willems Rücken niederfahren. Willem stöhnt auf.

DER PRÜGLER *wendet sich an K:* Kümmere dich nicht um solche Reden. Die Strafe ist ebenso gerecht wie unvermeidlich.

WILLEM Nein. Wir werden nur bestraft, weil du uns angezeigt hast. Sonst wäre uns nichts geschehn, selbst wenn man erfahren hätte, was wir getan haben.

Er erhält einen neuen Hieb.

WILLEM *jammernd:* Ist das Gerechtigkeit? Wir zwei, besonders ich, haben uns als Wächter lange Zeit bewährt. Wir hatten Aussicht, vorwärts zu kommen. Wären gewiß bald auch Prügler geworden, wie dieser, der eben das Glück hatte, von niemandem angezeigt zu werden.

Er wälzt sich herum, zeigt auf den Prügler, der ihm jetzt einen Schlag über das Gesicht versetzt.

K streckt die Hand nach der Rute aus. Befühlt die langen dünnen Gerten.

K Verursacht denn die Rute solche Schmerzen? Gibt es keine Möglichkeit, den beiden die Prügel zu ersparen?

DER PRÜGLER Nein! Du mußt ihnen nicht alles glauben. Sie sind vor Angst schon halb schwachsinnig. Sieh an, wie fett er ist. Die Schläge gehn überhaupt im Fett verloren. Und wodurch ist er so fett geworden? Weil er allen Verhafteten das Frühstück wegfrißt.

Der Prügler versetzt Willem gleich zwei Schläge, über die Brust, und – da er sich zurückdreht – über den Rücken.

Willem heult auf.

K Muß denn so geschrien werden? Es kostet mich die Stellung, wenn das jemand erfährt!

Willem versucht, sein Heulen in den Händen zu ersticken.

FRANZ Du siehst, wir versuchen, nicht zu schrein.

K *zum Prügler:* Ich würde dich gut belohnen, wenn du sie laufen läßt.

Er zieht seine Brieftasche hervor.

DER PRÜGLER Du willst wohl dann auch mich anzeigen. Und auch noch mir Prügel verschaffen.

K Sei doch vernünftig. Wenn ich gewollt hätte, daß diese beiden bestraft werden, würde ich sie doch jetzt nicht loskaufen wollen. Ich halte sie gar nicht für schuldig. Nein! Schuldig ist die Organisation! Schuldig sind die hohen Beamten!

WILLEM UND FRANZ So ist es!

K packt die Rute, die der Prügler wieder hochgehoben hat.

K Hättest du hier unter deiner Rute einen hohen Richter, ich würde dich nicht hindern, loszuschlagen. Würde dir sogar noch Geld geben, damit du noch kräftiger schlägst!

DER PRÜGLER Ich lasse mich nicht bestechen. Ich bin zum Prügeln angestellt, also prügle ich.

Franz kriecht vor, klammert sich an Ks Beinen fest.

FRANZ Herr, wenn du für uns beide nicht Schonung durchsetzen kannst, so versuche wenigstens, mich zu befreien. Willem ist älter als ich. Er ist weniger empfindlich. Er hat auch früher schon mal Prügel bekommen. Aber ich schäme mich ja so. Unten auf der Straße wartet meine Braut!

Er trocknet sich die Tränen an Ks Hose ab. Der Prügler reißt Franz zurück, packt dann das Rutenbündel mit beiden Händen.

DER PRÜGLER Schluß jetzt!

Mit großer Wucht schlägt er mehrmals auf Franz ein. Willem kriecht zur Seite und sieht mit weit aufgerißnem Mund zu.

Franz stößt einen gellenden, lange nachhallenden Schrei aus.

K *sich die Ohren zuhaltend:* Schrei nicht! Schrei nicht! Das ganze Haus muß es ja hören!

Er stößt Franz, der zusammengebrochen ist, mit den Füßen in das Innre des Schranks, drückt die Türflügel zu. Der Kopf, die Schultern des Gepeinigten aber stemmen sich noch dagegen.

Von weit oben her kommen, mit hocherhobnen Laternen, Kaminer, Kullich und Rabensteiner angelaufen. K drängt sich mit dem Rükken gegen den Schrank, schließt mit Gewalt die Türen, schlägt mit den Händen auf das Holz.

KAMINER Was ist? Wer ist hier?

K Ich bin es!

KAMINER Ist was geschehn, Herr Prokurist?

K Nein, nein, es schreit nur ein Hund auf dem Hof.

KULLICH Aber da ist kein Hund auf dem Hof.

RABENSTEINER Ist etwas mit dem Schrank?

K Nein, da liegt nur alles durcheinander. Sie müssen morgen den Schrank aufräumen! Da versinkt man ja im Schmutz.

RABENSTEINER *zum Schrank gehend, um ihn zu öffnen:* Sollen wir es nicht gleich tun?

K *stößt ihn zurück:* Nein, nein! Jetzt nicht! Jetzt nicht!

Er lehnt sich mit dem Rücken an den Schrank, schlägt noch ein paar Mal mit den Händen auf die Tür.

K Geht! Geht!

Die drei Beamten ziehn sich langsam links zurück, bleiben dann aber oberhalb des Schranks stehn, zwei von ihnen links, einer rechts. So verharren sie, lauschend, die Lampen hochgehoben.

Von innen wird gegen die Schranktüren gedrückt, die Lichtspalten erweitern sich.

K stemmt sich mit aller Kraft gegen die Türen.

Es wird still.

Dunkel.

Zweiter Akt

8. Vor dem Gericht

Die Raumverschachtelungen der oberen Bühne, mit ihren Sitzreihen, Podien, Galerien, wie zuvor, doch jetzt leer.
Mittelbühne: Nur hier sitzen links, auf einer langen Holzbank, Wartende, in ähnlicher Anordnung wie die Kunden und Bittsteller in der Bank. Sie sind dunkel gekleidet, manche fast vornehm, wenn auch eine leichte Vernachlässigung zu erkennen ist. Ihre schwarzen Hüte haben sie unter die Bank gestellt. Sie sitzen abgesondert voneinander, sprechen nicht miteinander, wenden sich einander nicht zu. Ein paar halten Aktenmappen auf den Knien, ein anderer ein Papierbündel, in dem er blättert. Sie blicken manchmal nach vorn, um zu sehn, was geschieht, oder sitzen nur in sich versunken.
Auf dem Schreibtisch vorn liegen einige der verschmierten Hefte und Bücher des Untersuchungsrichters. Eines liegt auch zerknittert, aufgeschlagen auf dem Boden.
K lehnt den Rücken gegen den Schrank, in der Mitte, auch die flachen Hände drückt er seitwärts gegen die Türen
Von rechts die Stufen hinunter kommt die Frau, die sich voriges Mal mit dem Wäscheeimer gezeigt hatte. Sie trägt jetzt ein dunkles hochgeschloßnes Kleid aus schwerem grobem Tuch.
Bei ihrem Erscheinen richtet sich K auf.

DIE FRAU Hat man Sie gerufen?
K Nein. Ich bin trotzdem gekommen.
DIE FRAU Es ist heute keine Sitzung.
K Ist nicht jeden Sonntag Sitzung?
Die Frau schüttelt den Kopf. K geht vor zum Schreibtisch. Nimmt eine der Gerichtsschriften.
K Kann ich mir die Bücher ansehn?
DIE FRAU Nein, das ist nicht erlaubt.
K So läßt der Richter seine Gesetzbücher rumliegen.
DIE FRAU Und wenn schon.
K *sich abwendend:* Dann geh ich wieder.
DIE FRAU Soll ich dem Untersuchungsrichter was melden?
K Sie kennen ihn?
DIE FRAU Natürlich. Mein Mann ist ja Gerichtsdiener.
K *erstaunt:* Sie sind verheiratet?

DIE FRAU Ach, Sie meinen den Vorfall neulich?

K Das ist vergessen.

DIE FRAU Es war übrigens gut, daß ich Sie unterbrach.

K Warum?

DIE FRAU Der Eindruck, den Sie machten, war schlecht genug.

K Und Sie lassen sich einfach –

DIE FRAU Es gibt ja keinen Schutz. Auch mein Mann hat sich damit abgefunden. Will er seine Stellung behalten, muß er es dulden. Es ist ein Student, der da hinter mir her ist. Die Gerichtsleute halten viel von ihm. Er wird bald zu größerer Macht kommen.

K Das paßt zu allem andern.

DIE FRAU Sie wollen hier wohl einiges ändern? Ich habe das schon aus Ihrer Rede geschlossen, die mir gut gefallen hat. Ich habe allerdings nur einen Teil hören können. *Sie ergreift plötzlich seine Hand.* Glauben Sie, daß es Ihnen gelingen wird, etwas zu verbessern?

K Eigentlich bin ich nicht hier, um Besserungen zu erreichen. Wenn Sie das dem Untersuchungsrichter sagten, er würde Sie auslachen oder bestrafen. Ich hätte mich aus freiem Willen in diese Dinge nie eingemischt. Ich bin nur durch meine Verhaftung gezwungen worden, hier einzugreifen – um meinetwillen. Wenn ich dabei auch Ihnen nützlich sein kann, werde ich es natürlich tun. Nicht etwa nur aus Nächstenliebe, sondern weil auch Sie mir helfen können.

DIE FRAU Wie könnte ich denn das?

K Indem Sie mir zum Beispiel jetzt die Bücher da zeigen.

DIE FRAU Aber gewiß.

Sie hebt das Buch vom Fußboden auf, dessen Einbanddeckel zerbrochen ist, wischt es mit dem Ärmel ab, reicht es K. Der schlägt es auf. Eine Abbildung ist zu sehn, eine unbeholfene Zeichnung: ein Mann und eine Frau nackt auf einem Kanapee. Er schlägt das Buch zu.

K Ein gemeines, unanständiges Bild!

DIE FRAU Ein Liebespaar.

K Mit solchen schweinischen Bildern vertreiben die Richter ihre Zeit.

Die Frau lacht. Sie nimmt noch ein zweites Buch, vom Schreibtisch, reicht es K.

K *das Titelblatt lesend:* Die Plagen, welche Grete von ihrem Mann Hans zu erleiden hatte! Das sind die Gesetzbücher, die hier studiert werden. Von solchen Menschen soll ich gerichtet werden.

DIE FRAU Ich werde Ihnen helfen.

K Können Sie das wirklich, ohne sich selbst in Gefahr zu bringen?

DIE FRAU Kommen Sie, wir müssen es besprechen.

Sie zieht ihn zum Bett, setzt sich. Hält seine Hand.

DIE FRAU Sie haben schöne Augen. Man sagt mir, ich hätte auch schöne Augen, aber Ihre sind schöner. Sie fielen mir gleich auf, als Sie zum ersten Mal kamen.

K entzieht ihr die Hand. Tritt ein paar Schritte zurück.

K Ich glaube nicht, daß Sie mir helfen können. Um mir wirklich zu helfen, müßte man Beziehungen zu hohen Beamten haben. Sie kennen sicher nur die niedrigen Angestellten, die sich hier herumtreiben. Sie gefallen mir schon, aber Sie gehören zu der Gesellschaft, die ich bekämpfen muß.

Die Frau springt auf, ergreift wieder seine Hand.

DIE FRAU Sie dürfen so nicht weggehn. Mit einem falschen Urteil über mich.

Sie zieht ihn zum Bett zurück. Er setzt sich neben sie.

K Wenn Ihnen wirklich dran liegt, daß ich bleibe, bleibe ich gern. Ich habe ja Zeit. Aber unternehmen Sie nichts für mich, in meinem Prozeß. Es liegt mir nichts an seinem Ausgang. Über eine Verurteilung werde ich nur lachen. Wenn es überhaupt zu einem Abschluß des Prozesses kommt. Was ich bezweifle. Ich glaube vielmehr, daß das Verfahren infolge Faulheit und Vergeßlichkeit der Beamten abgebrochen wird.

DIE FRAU Soll ich mich nicht doch für Sie einsetzen? Der Untersuchungsrichter ist nicht so faul, wie Sie meinen. Er schreibt sehr viel. Nach dem Verhör mit Ihnen hat er auch die ganze Nacht geschrieben. Er kommt dann immer an mein Bett und zeigt mir, wieviel er geschrieben hat. Es liegt ihm viel an mir, dafür habe ich Beweise. Hier, sehn Sie

Sie steht auf, zieht den Rock bis über die Knie empor und zeigt ihm die Strümpfe:

– die hat er mir geschenkt. Es sind schöne Strümpfe. Viel zu fein für mich. *Sie unterbricht sich und legt die Hand auf Ks Knie, den Rock immer noch hochgezogen.* Still! Bertold sieht uns zu.

Auf einem Podium ist der Student erschienen. Er wühlt mit den Fingern in seinem dünnen roten Bart. K blickt zu ihm hinüber. Erst jetzt läßt die Frau den Rock herabfallen.

DIE FRAU Ich muß jetzt zu ihm. Ich komme gleich zurück. Dann geh ich mit Ihnen, wenn Sie mich mitnehmen. Ich gehe, wohin Sie wollen, Sie können mit mir tun, was Sie wollen, wenn ich nur fort bin von hier.

Sie streicht über Ks Hand. Der Student klopft mit dem Fuß auf den Boden. Sie läuft zu ihm, wirft sich dem Studenten in die Arme.

DER STUDENT *die Frau umschlungen haltend, an ihr vorbei auf K blikkend:* Man hätte ihn nicht so frei herumlaufen lassen sollen. Es war eine Fehlentscheidung. Ich habe es dem Untersuchungsrichter gesagt. Man hätte ihn zwischen den Verhören zumindest in seinem Zimmer halten sollen.

K streckt die Hand nach der Frau aus.

Kommen Sie!

DER STUDENT *mit schriller Stimme:* Nein, nein! Die bekommen Sie nicht!

Mit überraschender Stärke packt er die Frau und trägt sie weg. K will ihnen nacheilen und die Frau losreißen.

DIE FRAU Nein, lassen Sie ihn! Er muß mich zum Untersuchungsrichter tragen.

K wendet sich ab. Die Wartenden haben, ohne besonderes Interesse zu zeigen, zugesehn, sitzen jetzt wieder gebeugt und starr.

Der Gerichtsdiener erscheint, in einem langen, zerschlissenen Gehrock. Zwischen den gewöhnlichen Knöpfen ein paar große vergoldete Knöpfe: das einzige Zeichen seiner Würde.

DER GERICHTSDIENER Haben Sie hier eine Frau gesehn?

K Sie sind der Gerichtsdiener?

DER GERICHTSDIENER Ja – und Sie sind der Angeklagte *als versuche er, sich eines Namens zu erinnern* – ja, jetzt erkenne ich Sie auch. Aber es ist heute keine Sitzung.

K Ich weiß. Ich habe mit Ihrer Frau gesprochen. Der Student hat sie zum Untersuchungsrichter getragen.

DER GERICHTSDIENER Sehn Sie. Immer trägt man sie mir weg. Man gibt mir irgendeinen Auftrag, ich laufe so schnell ich kann, und wenn ich zurückkomme ist sie weg. Wäre ich nicht so abhängig, ich hätte den Studenten längst an der Wand zerdrückt. Davon träume ich immer. Hier an der Wand klebt er, die Arme gestreckt, die Finger gespreizt, die Beine verdreht, und ringsherum Blutspritzer. Aber es ist nur ein Traum.

K Eine andre Hilfe gibt es nicht?

DER GERICHTSDIENER Ich wüßte keine. Man müßte rebellieren.

K Was die sich herausnehmen! Ich habe mir schon gedacht – hier laden sie mich in solche Buden, solche Schuppen – und was habe ich ihnen gegenüber für ein Büro! Ein großer Raum mit Vorzimmer! Fenster über einem Platz mitten in der Stadt!

DER GERICHTSDIENER Ja, ihrer Stellung nach sind Sie alle den Richtern überlegen. *Er zeigt auf die Wartenden.* Aber sehn Sie, wie sie dasitzen. Das hier *er zeigt rücksichtslos von einem zum andern* – ist ein Zolldirektor. Das ein Großkaufmann, weitgereist. Hier ein Regierungsrat –

K Es sind Angeklagte?

DER GERICHTSDIENER Ja, alle, alle, die Sie hier sehn, sind Angeklagte.

K sieht die Sitzenden einige Augenblicke an, wendet sich dann an den als Großkaufmann bezeichneten Herrn. Er ist grauhaarig. Der Anzug von elegantem Schnitt. Doch der Kragen ist aufgerissen. Er hält ihn mit der Hand zusammen.

K Worauf warten Sie, wenn ich fragen darf.

Der Herr springt verwirrt auf.

DER GERICHTSDIENER *fährt ihn an:* Der Herr fragt ja nur, worauf Sie warten. Antworten Sie doch!

DER KAUFMANN Ich warte – *Er stockt.*

Einige der andern erheben sich, treten hinzu.

DER GERICHTSDIENER Weg! Aus dem Weg!

Sie weichen zurück.

DER KAUFMANN Ich habe vor einem Monat wieder einen Beweisantrag in meiner Sache gemacht.

K Sie geben sich ja viel Mühe.

DER KAUFMANN Ja – es ist ja meine Sache.

K Ich bin auch angeklagt, aber ich habe weder einen Beweisantrag gestellt, noch sonst etwas derartiges unternommen.

DER KAUFMANN *zögert mißtrauisch:* Ich jedenfalls habe Beweisanträge gestellt.

K Sie glauben wohl nicht, daß ich angeklagt bin?

DER KAUFMANN *geängstigt:* O bitte, gewiß.

K faßt den Herrn leicht beim Arm. Der bricht sofort in einen gellenden Schrei aus. K stößt ihn heftig auf die Bank zurück. Er bleibt dort zusammengesunken hocken. Auch die andern haben wieder Platz genommen. Ein Wächter, in einem ärmlichen dunklen Anzug, doch mit einem langen über den Boden schleifenden Säbel, erscheint, steifbeinig, mit kurzen Schritten.

DER GERICHTSDIENER Es ist nichts. Da ist nur einer wieder unruhig geworden.

Der Wächter bleibt noch eine Weile stehn, die Hände auf dem Rücken, und beobachtet scharf die Wartenden.

Der Gerichtsdiener geht mit K nach vorn.

K Nun weiß ich, wie es hier aussieht. Ich will jetzt weg.

DER GERICHTSDIENER Sie haben noch nicht alles gesehn.

K Ich will nicht alles sehn. Wo ist der Ausgang?

K wendet sich nach verschiednen Richtungen. Er geht unsicher, bleibt schwankend stehn, legt die Hand an die Stirn.

Wieder, wie beim ersten Besuch vor dem Gericht, setzt ein gedämpftes Sausen ein.

K Es gibt hier so viele Gänge. Helfen Sie mir.

DER GERICHTSDIENER Schreien Sie nicht. Hier sind überall Büros. Da wird gearbeitet.

K Sie müssen mir den Weg zeigen!

Das Geräusch wird stärker. K stützt sich auf einen Stuhl.

DER GERICHTSDIENER Ist Ihnen nicht wohl? Haben Sie Schwindel? Wollen Sie sich setzen?

K setzt sich.

DER GERICHTSDIENER Das ist nichts Ungewöhnliches. Jeder bekommt zu Beginn einen solchen Anfall. Es ist etwas drückend hier. Beim nächsten Mal haben Sie sich dran gewöhnt.

K versucht, aufzustehn, sinkt aber zurück.

DER GERICHTSDIENER Soll ich Sie ins Krankenzimmer führen?

K *mit Mühe aufstehend:* Nein, nicht ins Krankenzimmer! Ich kann schon gehn. Wenn ich hinauskomme, wird mir bestimmt sofort besser. Wenn Sie mich nur ein wenig stützen wollen.

Das Summen und Sausen ist in ein Dröhnen übergegangen. Die Räumlichkeiten des Hintergrunds füllen sich nun mit Menschen. Es zeigen sich wieder die kleinen ärmlichen Haushalte.

Frauen in einfachen Röcken und Schürzen. Männer in Hemdsärmeln, Arbeitsjacken. Auch vorn von den Seiten kommen sie hinzu. Im Gedränge haben sich die Wartenden von der Bank erhoben und sind, wie auch der Gerichtsdiener, verschwunden.

Rechts die Treppe hinab kommt eine Gruppe: ein paar Männer, große Bündel von Bettzeug auf der Schulter tragend, ein paar Frauen mit Körben voller Hausgerät, mit Eimern und Paketen. Eine Frau trägt einen eingewickelten Säugling im Arm.

ERSTE FRAU *auf K zeigend:* Ist das der Verwalter?

Die Menschen versammeln sich um K, der mit gesenktem Kopf auf dem Stuhl sitzt.

ZWEITE FRAU *aus dem Hintergrund:* Da ist der Verwalter!

ERSTER MANN *weit oben:* So bittet ihn doch!

ZWEITER MANN *unten, mit Werkzeugen unterm Arm:* Fragt ihn, ob er von der Bank ist!

ERSTE FRAU *an K herantretend:* Sind Sie von der Bank?

DRITTE FRAU *von oben:* Ein Bevollmächtigter der Bank!

K blickt verwirrt auf.

ERSTE FRAU Herr, laßt uns noch!

DRITTER MANN Wir werden die Miete zahlen, wenn wir nur wieder Arbeit haben!

VIERTER MANN *von weit oben:* Werft ihn doch raus!

VIERTE FRAU Es ist sein Haus!

K erhebt sich schwankend, stützt sich auf die Stuhllehne.

FÜNFTE FRAU *vorn:* Er tut, als höre er nichts.

ZWEITER MANN Das ist leicht!

DIE FRAU MIT DEM SÄUGLING *vor K in die Knie sinkend:* Herr, wo sollen wir denn hin? *Sie ergreift seine Hand, küßt sie.*

K geht ein paar Schritte, wie ein Blinder, mit tastenden Händen.

ERSTE FRAU Gewähren Sie uns Aufschub!

K springt zur Seite. Ein Mann in einfacher Kleidung, der gleiche, der sich am ersten Morgen in der Pension zeigt, tritt an ihn heran, stützt ihn unterm Arm, führt ihn nach rechts, auf das Bett zu. Die Gruppe mit ihrem Hausrat zieht weiter nach links.

VIERTER MANN Ihr hättet ihn nicht einlassen sollen!

Im Hintergrund, im Dröhnen, unter Poltern und krachenden Stößen, beginnt die Umwandlung der Räumlichkeiten.

Der Mann hat K zum Bett geleitet. K setzt sich auf den Bettrand.

K Ich leide sonst gar nicht unter solchen Anfällen. Es kommt mir selbst überraschend.

K legt sich auf das Bett. Der Mann hilft ihm dabei.

K Danke, vielen Dank. Es ist schon wieder gut.

Der Lärm im Hintergrund läßt nach. Langsam geht der Mann zurück.

Die gesamte obere Bühne verdunkelt sich.

9. In der Pension

K auf dem Bett ausgestreckt.

Über ihm, in ihrer Wohnecke, Fräulein Bürstner, in Abendtoilette, vor dem Schrankspiegel. Sie richtet ihre Frisur her. Fräulein Montag hält ein Cape bereit, um es ihr umzulegen.

Links oben am Tisch putzt Frau Grubach Bestecke.

Zwischen ihr und den Stufen zur Vorderbühne der Hauptmann, in Hemdsärmeln, Uniformhose, Hosenträgern.

K springt plötzlich auf.

K *nach rechts hinaufrufend:* Fräulein Bürstner! Gnädiges Fräulein! Hören Sie mich an!

Er läuft die Stufen rechts herauf. Steht mit erhobener Hand, als wolle er auf eine unsichtbare Tür einschlagen.

K Ich muß Ihnen erklären – ich möchte Ihnen sagen –

FRÄULEIN BÜRSTNER Wenn Sie mich wieder belästigen, rufe ich um Hilfe.

K Lassen Sie mich ein!

FRÄULEIN MONTAG Frau Grubach! Herr Lanz!

Frau Grubach blickt auf. Der Hauptmann geht gebückt, in Kampfstellung, langsam links die Treppe hinunter.

K wendet sich ab, eilt zum Waschtisch, beugt sich über die Schüssel, schlägt sich das Wasser ins Gesicht.

Der Hauptmann klatscht in die Hände. K schnellt herum.

DER HAUPTMANN Wie wärs?

K *abwehrend:* Nein! Nein!

Im Hintergrund ist ein Herr erschienen, mit breitem Panamahut, Spitzbart und Pincenez. Er geht auf Frau Grubach zu. Diese erhebt sich, zeigt auf K.

FRAU GRUBACH Sie bekommen Besuch, Herr Prokurist! Ihr Onkel!

Der Herr geht schnell auf K zu, während sich der Hauptmann zurückzieht.

DER ONKEL Was habe ich gehört, Josef!

K *sich abtrocknend:* Willst du dich nicht setzen? Was ist denn?

DER ONKEL Um Himmels Willen, Josef, ist es wahr? Kann es denn wahr sein?

K *unruhig umherblickend:* Ich weiß gar nicht, was du von mir willst.

DER ONKEL Josef, du hast mir immer die Wahrheit gesagt.

K Ich ahne ja, was du willst. Du hast wahrscheinlich von meinem Prozeß gehört.

DER ONKEL So ist es. Ich habe von deinem Prozeß gehört.

K Leise! Von wem hast du es denn gehört?

Der Hauptmann und Frau Grubach haben sich inzwischen links oben lauschend aufgestellt. Rechts sind auch Fräulein Bürstner und Fräulein Montag herangetreten. Sie stehn alle reglos.

DER ONKEL *ohne die Stimme zu dämpfen:* Ich war zuerst in deinem Büro. Da sagten mir ein paar Beamte, daß du jetzt immer bei den

Verhandlungen wärest. Bei welchen Verhandlungen, frage ich. Nun, in dem Prozeß, der gegen den Herrn Prokuristen geführt wird, sagen sie. Was denn für ein Prozeß, frage ich. Eben ein Prozeß, sagen sie, und zwar ein schwerer Prozeß, mehr wüßten sie nicht. Herrgott, was ist denn das für ein Prozeß, Josef? Doch nicht ein Strafprozeß?

K Ein Strafprozeß.

DER ONKEL Und du stehst ruhig hier und hast einen Strafprozeß auf dem Hals?

K *müde:* Je ruhiger ich bin, desto besser ist es für den Ausgang.

DER ONKEL Josef! Denke an dich, an deine Verwandten, an deinen guten Namen. Du warst bisher unsre Ehre, du darfst nicht unsre Schande werden!

K Sprich nicht so laut, man kann uns hören.

Frau Grubach und der Hauptmann sind noch weiter bis an den Rand der Stufen vorgetreten. Fräulein Montag hat den Arm um Fräulein Bürstner gelegt.

DER ONKEL *aufgeregt hin und hergehend:* Ach, deine arme Mutter! Sie würde es nicht überleben!

K Schweig doch!

DER ONKEL Mir ist es völlig unbegreiflich! Jetzt sag mir nur, was soll denn daraus werden? Sag mir offen, was das für ein Prozeß ist.

K Es ist kein Prozeß vor dem gewöhnlichen Gericht.

DER ONKEL Das ist schlimm.

K Wie?

DER ONKEL Daß das schlimm ist, meine ich. Aber wie ist es dazu gekommen? Solche Dinge kommen doch nicht plötzlich. Du weißt, daß ich alles für dich tue. Ich bin ja gewissermaßen noch dein Vormund und war bis heute stolz darauf. Ich werde dir natürlich auch jetzt helfen. Komm zu uns aufs Land. Du mußt dich erholen.

K Ich messe dem Ganzen überhaupt keine Bedeutung bei.

DER ONKEL Josef, du bist wie verwandelt. Du hattest doch sonst immer ein klares Auffassungsvermögen. Willst du denn den Prozeß verlieren? Weißt du, was das bedeutet?

Das bedeutet, daß du einfach gestrichen wirst. *Er reißt sich den Hut ab, rauft sich das Haar:* Josef, deine Gleichgültigkeit bringt mich um den Verstand! Wenn man dich ansieht, möchte man fast dem Sprichwort glauben: Einen solchen Prozeß haben heißt, ihn schon verloren haben!

K Lieber Onkel, deine Aufregung ist unnütz.

DER ONKEL Das Wichtigste ist jetzt, keine Zeit zu verlieren. Wir fahren gleich zum Advokaten Huld. Er war mein Schulkollege. Du kennst den Namen sicher auch.

K schüttelt den Kopf.

DER ONKEL Nicht? Das ist aber merkwürdig. Er hat doch als Verteidiger einen bedeutenden Ruf.

K *gleichgültig:* Mir ist alles recht, was du unternimmst.

Der Onkel schiebt seinen Arm unter Ks Arm. Er setzt sich den Hut wieder auf, geht mit K, den er eng an sich zieht, hin und her.

Der Hauptmann, Frau Grubach, Fräulein Bürstner, Fräulein Montag ziehn sich zurück.

Der Hauptmann zieht seine Uniformjacke an. Fräulein Montag begleitet Fräulein Bürstner zum Hintergrund. Dort tritt der Hauptmann auf Fräulein Bürstner zu, bietet ihr den Arm, geht mit ihr ab. Auch Frau Grubach und Fräulein Montag verschwinden.

Der Hintergrund verdunkelt sich.

DER ONKEL Und nun erzähl mir, was geschehn ist.

K schweigt.

DER ONKEL Sind es Frauengeschichten?

Während sich die obere Bühne verdunkelt, legt eine Frau, in einer langen weißen Schürze, rechts auf das Bett eine riesige Daunendekke. Ein älterer Mann mit weißem Bart kriecht unter die Decke. Er lehnt sich in ein paar große Kissen zurück.

DER ONKEL Es wird sich alles klären. Der Advokat wird dir bestimmt helfen.

10. Beim Advokaten

Die Frau in der Pflegerinnen-Schürze, Leni, stellt sich schützend vor das Bett.

Der Onkel hat K losgelassen und tritt auf das Bett zu. K bleibt in einigem Abstand stehn.

DER ONKEL Es ist zwar etwas spät, aber Herr Huld läßt uns sicher zu sich.

LENI Der Herr Advokat ist krank.

DER ONKEL Ist es das Herzleiden?

LENI Ich glaube wohl.

DER ADVOKAT Leni, wer kommt denn?

DER ONKEL Albert, dein alter Freund ist es.

DER ADVOKAT Ach, Albert.

DER ONKEL *schiebt Leni zur Seite, tritt auf den Advokaten zu:* Steht es wirklich so schlecht?

DER ADVOKAT Ärger als je. Ich schlafe gar nicht, verliere täglich an Kraft.

DER ONKEL Hast du denn die richtige Pflege?

DER ADVOKAT Ich brauche vor allem Ruhe. Leni pflegt mich gut.

DER ONKEL *wendet sich an Leni:* Fräulein, bitte lassen Sie uns allein, ich habe mit meinem Freund eine dringende Angelegenheit zu besprechen.

LENI Sie sehn, der Herr ist so krank, er kann keine Angelegenheiten besprechen.

DER ONKEL *hebt die Hand, als wolle er sie schlagen:* Scher dich weg!

DER ADVOKAT *richtet sich schnell auf:* Du kannst vor Leni alles sagen!

DER ONKEL Es betrifft nicht mich. Es betrifft meinen Neffen, Josef. *Er zeigt auf Josef, der vortritt und sich verbeugt.*

DER ADVOKAT Oh. Ich habe Sie gar nicht bemerkt. Geh, Leni. *Leni zieht sich zurück, K anblickend.*

DER ADVOKAT Was die Sache deines Herrn Neffen betrifft, so würde ich mich glücklich schätzen, wenn meine Kraft für diese äußerst schwierige Aufgabe ausreichen könnte. Hält es mein Herz nicht aus, so wird es doch wenigstens hier eine würdige Gelegenheit finden, gänzlich zu versagen.

K Wie denn? Woher wissen Sie denn etwas über meinen Prozeß?

DER ADVOKAT Ich bin doch Advokat, ich verkehre in Gerichtskreisen, man spricht über verschiedne Prozesse, und auffallendere, besonders wenn es den Neffen eines Freundes betrifft, behält man im Gedächtnis.

K Sie verkehren in diesen Gerichtskreisen?

DER ONKEL Du fragst wie ein Kind.

DER ADVOKAT Mit wem sollte ich denn verkehren, wenn nicht mit Leuten meines Fachs?

K Sie arbeiten doch im Justizpalast, und nicht bei dem Gericht –

DER ADVOKAT Sie müssen bedenken, daß ich bei einem solchen Verkehr auch große Vorteile für meine Klientel ziehen. Natürlich bin ich jetzt durch meine Krankheit etwas behindert, aber gute Freunde kommen zu mir, und da erfahre ich doch einiges. *Links, hinterm Schreibtisch, ein leichtes Klirren, wie von zerbrechendem Porzellan.*

K *wendet sich um:* Ich will nachsehn, was geschehn ist.

Er entfernt sich, ohne Eile, vom Bett. Der Onkel setzt sich auf den Bettrand, beugt sich über den Advokaten.

DER ONKEL Du siehst schon viel gesünder aus, seit diese Pflegerin weg ist.

Der Advokat lacht. Er flüstert etwas. Beide lachen. Der Advokat gräbt eine dicke Weinflasche aus den Bettdecken hervor, erhebt sich. Der Onkel hilft ihm beim Umlegen eines großen grauen Nachtrocks. Sie gehn beide flüsternd, leise lachend ab. Die Weinflasche schlenkert in der herabhängenden Hand des Advokaten.

Leni ist links hinter dem Schreibtisch aufgetaucht. Sie hat den weißen Kittel abgenommen, trägt jetzt eine weiße Bluse zum langen Rock.

LENI Es ist nichts. Ich habe nur einen Teller fallen gelassen, um Sie herzuholen.

K Ich habe auch an Sie gedacht.

LENI Desto besser. Kommen Sie.

Sie zieht ihn zum Schreibtischsessel. K setzt sich dort nieder, während sie sich vor ihm auf den Boden gleiten läßt.

LENI Ich dachte, Sie würden von selbst kommen, ohne daß ich Sie erst rufen müßte. *Sie legt die Arme auf seine Knie.* Vielleicht gefalle ich Ihnen gar nicht?

K Gefallen wäre ja nicht viel.

LENI Oh!

K wird auf ein großes Bild aufmerksam, das über dem Schrank in der Mitte aufgerichtet worden ist. Es stellt einen Mann im Richtertalar da. Er sitzt auf einem hohen vergoldeten Thronsessel, doch nicht in Ruhe und Würde, sondern mit den Händen auf den Seitenlehnen, als wolle er im nächsten Augenblick mit einer heftigen Wendung aufspringen. Ein paar Stufen führen zum Thron hinauf.

K *auf das Bild zeigend:* Vielleicht ist das mein Richter.

LENI Ich kenne ihn. Er kommt öfter hierher.

K Was für einen Rang hat er?

LENI Er ist Untersuchungsrichter.

K Wieder nur Untersuchungsrichter. Die hohen Beamten verstecken sich. Aber er sitzt doch auf einem Thronsessel.

LENI Das ist alles Erfindung. In Wirklichkeit sitzt er auf einem Küchenstuhl, auf dem eine alte Pferdedecke liegt. Aber müssen Sie denn immer an Ihren Prozeß denken?

K Ich denke zu wenig an ihn.

LENI Das ist nicht der Fehler, den Sie machen. Sie sind zu unnachgiebig, so habe ich es gehört.

K Wer hat das gesagt?

LENI Seien Sie nicht so unnachgiebig. Gegen dieses Gericht kann man sich ja nicht wehren, man muß das Geständnis machen. Machen Sie doch bei nächster Gelegenheit das Geständnis. Erst dann können Sie vielleicht loskommen, erst dann. Doch selbst das ist ohne fremde Hilfe nicht möglich. Ich will Ihnen helfen.

K Sie verstehen viel von diesem Gericht, und von den Betrügereien, die hier nötig sind.

Leni drängt sich an ihn, K zieht sie auf seinen Schoß. Sie glättet ihren Rock, rückt die Bluse zurecht. Dann hängt sie sich mit beiden Händen an seinen Hals, lehnt sich zurück, sieht ihn an.

K Und wenn ich das Geständnis nicht mache, dann können Sie mir nicht helfen?

LENI Nein, dann kann ich Ihnen nicht helfen. Aber Sie wollen ja meine Hilfe gar nicht. Es liegt Ihnen nichts daran. Sie sind eigensinnig und lassen sich nicht überzeugen. – Haben Sie eine Geliebte?

K Nein.

LENI O doch.

K Ja, wirklich. Denken Sie nur, ich habe sie verleugnet, und trage doch sogar ein Foto bei mir.

LENI Zeigen Sie es.

K nimmt die zerknitterte, zusammengefaltete Photographie aus seiner Brusttasche.

Leni, zusammengekrümmt auf seinem Schoß, studiert das Bild.

LENI *auf das Foto zeigend:* Sie ist stark geschnürt. Sie gefällt mir nicht. Vielleicht ist sie Ihnen gegenüber sanft und freundlich. Aber würde sie etwas für Sie tun können?

K Sie ist weder sanft und freundlich, noch würde sie etwas für mich tun.

LENI Es liegt Ihnen also gar nicht viel an ihr. Sie ist also gar nicht Ihre Geliebte?

K Doch.

LENI Sie würden sie aber nicht sehr vermissen, wenn sie von Ihnen ginge – oder wenn Sie sie für jemand andern, zum Beispiel für mich eintauschten?

K Das wäre denkbar. Aber sie hat einen großen Vorteil Ihnen gegenüber. Sie weiß nichts von meinem Prozeß.

LENI Das ist kein Vorteil. Sie ist Ihnen eben noch nicht nah genug gekommen. Hat sie keine andern Vorteile?

K *nachsinnend:* Nein –

LENI Hat sie irgendeinen körperlichen Fehler?

K Einen körperlichen Fehler?

LENI Ja. Ich habe nämlich einen solchen Fehler. Sehn Sie *sie spannt die Hand aus* hier – zwischen Mittelfinger und Ringfinger – eine Haut –

K Eine Schwimmhaut –*geängstigt.* Was für eine Kralle!

Er zieht mehrmals ihre Finger auseinander und legt sie wieder zusammen, beugt sich darüber, küßt sie, unsicher, widerwillig.

LENI Oh! Sie haben mich geküßt!

Auf ihren Knien klettert sie höher an ihm empor. Küßt und beißt ihn.

LENI Sie haben mich eingetauscht! Sehn Sie, nun haben Sie mich eingetauscht!

Sie zieht ihn vom Stuhl, zieht ihn, mit lautem Lachen, hinter den Schreibtisch.

Gleichzeitig kommt von rechts der Onkel wieder hervor, im Panamahut. Er geht suchend umher, die Arme hoch erhoben. Rufend geht er bis zur linken Ecke des Vorraums, dann hinauf zum Hintergrund.

DER ONKEL Josef! Josef! – Wo steckt denn der Junge? – Jetzt wo die Rettung am nächsten ist, läuft er davon! – Aber Josef, so komm doch! Der Advokat erwartet dich! Er sitzt bereit für dich! Er hat schon begonnen, eine Eingabe für dich zu schreiben! – Josef! Josef!

Im Hintergrund beginnt schon das Rollen und Pochen des Szenenwechsels.

11. In der Bank

Lebhafter Betrieb in den Räumlichkeiten. Kullich, Kaminer und Rabensteiner gehn ein und aus, legen Akten auf den Schreibtisch, legen die Lederdecke über das Bett, von dem während der Raumveränderung die Steppdecke genommen wurde, leeren das Wasser in der Waschtischschüssel in einen Kübel, füllen den Krug, tragen den Kübel hinaus. Dies alles, ohne K zu beachten, der auf dem Boden unter dem Schreibtisch hockt. Mehrmals gehn sie so nah an ihn heran, treten ihn fast auf Hände und Füße, als wollten sie bekunden, daß sie nur vorgeben, ihn nicht zu sehn.

Der Direktor-Stellvertreter und ein Fabrikant, Kunde der Bank, treten gestikulierend ein, von oben links kommend.
Der Direktor-Stellvertreter sieht sich während des Sprechens suchend nach K um, entdeckt ihn aber nicht.

DER FABRIKANT Aufstände! Revolutionen! Ja, wo sind denn Anlagen noch sicher?

DIREKTOR-STELLVERTRETER Waffen, sage ich Ihnen, Waffen! Da werden Ihnen die höchsten *er entdeckt K, zeigt auf ihn* – Dividenden ausgeschüttet! Aber Herr Prokurist! Was tun Sie denn da?

K *verlegen hervorkriechend:* Der Windzug. Es sind mir Papiere vom Tisch geflogen.
Er erhebt sich, in der Hand ein paar zerknitterte Blätter, die er auf den Tisch legt.

DIREKTOR-STELLVERTRETER Der Herr Fabrikant hat hier eine sehr wichtige Sache –
Der Fabrikant hat schon ein paar Dokumente aus seiner Aktenmappe genommen und auf dem Schreibtisch ausgebreitet. Der Direktor-Stellvertreter beugt sich darüber. Sein Blick fällt auf die von K beschriebnen Papiere. Er hebt ein Blatt auf.

DIREKTOR-STELLVERTRETER *liest:* Eingabe! An das hohe Gericht! Wen verklagen Sie da?

K Nein – eine Verteidigung – *er unterbricht sich.*

DIREKTOR-STELLVERTRETER Ich hoffe, zugunsten der Bank –
Der Fabrikant beschäftigt sich schon mit seinen Dokumenten.

DER FABRIKANT Es handelt sich hier um Ihre Berechnungen im Zusammenhang mit dem letzten Aktieneinkauf, den Sie für mich besorgten. Sehn Sie, da sind ein paar Posten, über die ich mir nicht im klaren bin, vielleicht ist Ihnen da ein kleiner Fehler unterlaufen, das ist ungewöhnlich, Sie haben sich noch nie verrechnet – aber Sie hören mir ja gar nicht zu –

K Doch, doch!

DER FABRIKANT *nicht unfreundlich:* Nein, Sie denken an etwas ganz andres.
Ich rechne – es ist schwierig.

DIREKTOR-STELLVERTRETER Die Sache verlangt ruhige Überlegung. Sie scheinen heute überlastet zu sein. Am besten, ich nehme Ihnen die Angelegenheit ab. Es warten ja auch schon Leute im Vorzimmer auf Sie.

K Nein, nein, ich werde gleich –
Der Direktor-Stellvertreter hat die Dokumente schon an sich ge-

nommen. Er wendet sich an den Fabrikanten.

DIREKTOR-STELLVERTRETER Kommen Sie, wir werden es klären –

Während er links die Stufen hinaufgeht, bleibt der Fabrikant noch einen Augenblick stehn, sieht K prüfend an.

DER FABRIKANT Ein häßlicher Herbst. Sie leiden wohl unter dem Wetter?

K Ja – Kopfschmerzen – Familiensorgen –

DER FABRIKANT Sehr richtig. Jeder hat sein Kreuz zu tragen.

Dann geht auch er ab. Rabensteiner tritt ein.

RABENSTEINER Kann ich jetzt –

K Nein! Sie lassen niemanden ein!

Rabensteiner ab, die Schultern hochziehend, die Hände in einer Geste, als gäbe er alles auf. K beginnt, hin- und herzugehn. Wendet sich an das leere Bett.

K Herr Advokat! Was unternehmen Sie eigentlich? Sind Sie für meine Angelegenheit noch zuständig? Sie haben mich ja noch nicht einmal befragt. Und hier ist doch so viel zu fragen. Fragen ist die Hauptsache. Statt zu fragen, erzählen Sie selbst. Was für endlose langweilige Reden! Wie viele ähnliche Prozesse Sie schon ganz oder teilweise gewonnen haben. Sie haben eine große Erfahrung, sagen Sie. Ihre erste Eingabe sei schon fast fertig. Und dann wieder teilen Sie mit, daß die ersten Eingaben beim Gericht nicht gelesen würden. Man legt sie einfach zu den Akten. Wie? Ach so ! Gewöhnlich werden sie sogar verlegt, oder gehn gänzlich verloren. Ja, ja, das sei bedauerlich. Und nicht ganz ohne Berechtigung. Wieso? Die Verteidigung ist eigentlich gar nicht gestattet. Aha! Nur geduldet. So, so. Es gibt gar keine vom Gericht anerkannten Advokaten. Man will die Verteidigung möglichst ausschalten. Alles soll auf den Angeklagten gestellt sein. Kein schlechter Standpunkt im Grund. – Trotzdem halten Sie sich nicht für überflüssig, Herr Advokat. Herr Advokat Huld. Warum? Sie sind bei den Verhandlungen nicht zugelassen. Sie wissen nichts, nichts vom Verfahren! Kommen Sie mir nicht immer mit Ihren persönlichen Beziehungen! Aha! Darin liegt der Hauptwert der Verteidigung. Sie schnüffeln und bestechen und horchen aus. Aber von mir wollen Sie nichts hören. Wie? Was ich denke, sei nicht wichtig? Wichtig sei nur, was Sie von andern über mich zu hören bekommen? Und da soll ich Ihnen weiter vertrauen! Wie? Sonst wird Ihnen der Prozeß entzogen? Nein, nein, nicht durch mich, das kommt nicht vor! Hat ein Angeklagter einmal einen Advokaten genommen, muß er bei ihm bleiben, geschehe was immer! Was sagen Sie? Es geschieht manchmal, daß der Prozeß eine Richtung nimmt, wo der Advokat nicht mehr mitkommen darf. Die Vertretung entfällt ihm einfach. Sehn Sie! Da können ihm auch die besten Beziehungen nicht mehr helfen. Ausgezeichnet! Der Prozeß tritt in ein Stadium, wo keine Hilfe mehr gegeben werden kann. Solche Fälle sind Ausnahmen, sagen Sie. Glücklicherweise Ausnahmen. Im Ganzen ist das Ergebnis noch sehr erfreulich. Sehr erfreulich! *Er nickt ein paar Mal.* Der Prozeß ist durchaus nicht verloren. Sie sind immer noch dabei, einen Untersuchungsrichter für mich zu gewinnen, und dann – wie sagen Sie – dann ist das ganze eine reine chirurgische Wunde – dann kann man getrost auf das Folgende warten!

Er eilt zum Schreibtisch, setzt sich, blättert in den Papieren, wendet sich wieder dem Bett zu.

K Wie? Sie haben noch nie einen so großen Prozeß geführt? Und dabei sind Sie vielleicht nur angestellt vom Gericht, um eine für mich ungünstige Wendung zu erzielen! Was?

Er springt auf, eilt wieder auf das Bett zu.

K *spöttisch:* Ja, ja – ein sehr schwieriger, also wichtiger Prozeß ist es. Ja, ja – hat bei Gericht gleich große Aufmerksamkeit erregt. Und Sie haben noch nicht einmal die erste Eingabe überreicht. Es ist nötig, daß ich jetzt selbst eingreife!

Er läuft zum Schreibtisch zurück. Hält inne, als sei ihm nachgerufen worden.

K Ob ich mit andern über den Prozeß gesprochen habe? Wer schon alles darüber wisse? Nun, ja, mein Onkel. Fräulein Bürstner? Nein! Sie weiß, daß ich verhaftet worden bin, aber sonst – wie? Alle wissen es? Der Direktor-Stellvertreter auch? Meine Stellung ist bedroht? Ich kann Ihnen nur sagen, ich werde meine Stellung halten! Ich lehne jeden Gedanken an Schuld von vornherein ab! Der Prozeß, der ist nichts andres als ein Geschäft, ja ein Geschäft, wie ich es oft mit Vorteil für die Bank abgeschlossen habe. Nein, Herr Advokat! Abschütteln werde ich Sie! Ich selbst werde eine Eingabe überreichen! Ich brauche Sie nicht! Nein! Nein!

Während seiner letzten Worte ist der Fabrikant von links oben her eingetreten. Er geht auf Zehenspitzen auf K zu. Bei der leisen Anrede schnellt K herum.

DER FABRIKANT Ich hätte, Herr Prokurist, noch eine kleine Mitteilung für Sie. Sie haben einen Prozeß, nicht wahr?

K Das hat Ihnen der Direktor-Stellvertreter gesagt.

DER FABRIKANT Ach nein, woher sollte denn der es wissen?

K Und Sie?

DER FABRIKANT Ich erfahre hier und da etwas von dem Gericht.

K So viele sind mit dem Gericht in Verbindung –

DER FABRIKANT Von Ihrem Prozeß weiß ich durch einen gewissen Titorelli. Er ist Maler. Titorelli ist nur sein Künstlername, seinen wirklichen Namen kenne ich nicht einmal. Er kommt von Zeit zu Zeit in mein Büro und bringt mir kleine Bilder mit – für die gebe ich ihm eine Art Almosen. Es sind übrigens hübsche Bilder. Heidelandschaften und dergleichen. Er arbeitet für das Gericht. Seine Haupteinnahmequelle ist das Portraitmalen. Er malt die Richter. Vielleicht kann er Ihnen ein wenig behilflich sein. Wenn er selbst auch keinen großen Einfluß hat, so kann er Ihnen doch Ratschläge geben. Aber die brauchen Sie wohl gar nicht. Sie sind ja fast ein Advokat. Ich sage immer, der Herr Prokurist ist fast ein Advokat. Ich habe keine Sorgen wegen Ihres Prozesses. Sie sollten aber doch einmal zu Titorelli gehn. Ich gebe Ihnen hier ein Empfehlungsschreiben, und die Adresse.

K Ich werde hingehn.

DER FABRIKANT Es muß nicht heute sein –

Der Direktor-Stellvertreter ist eingetreten. Er legt lachend den Arm um die Schulter des Fabrikanten.

DIREKTOR-STELLVERTRETER Der Herr Fabrikant hat Ihnen schon alles erzählt? Wir haben Ihre Versehen berichtigt. Und was die Aktien betrifft, haben wir es zu einem guten Geschäftsabschluß gebracht. Sie wollen die Papiere doch wohl nicht mehr sehn –

Er leitet den Fabrikanten hinaus.

K hat eilig den Brief in die Tasche gesteckt. Er nimmt den Mantel vom Kleiderhaken. Einen Wintermantel. Schlägt den Kragen hoch. Der Direktor-Stellvertreter wendet sich nach ihm um.

DIREKTOR-STELLVERTRETER Sie wollen jetzt weggehn?

K Es ist dringend.

DIREKTOR-STELLVERTRETER Und die Kunden draußen?

K bleibt stehn, beginnt, den Mantel wieder auszuziehn. Der Direktor-Stellvertreter wehrt mit einer Handbewegung ab.

DIREKTOR-STELLVERTRETER Ich werde mich auch darum kümmern.

Er geht zu Ks Schreibtisch, nimmt die Papiere, die dort liegen, öffnet auch eine Schublade, nimmt einen Stoß Briefschaften hervor.

K *machtlos:* Aber Herr Vorsteher –

DIREKTOR-STELLVERTRETER Ich brauche natürlich alle Unterlagen.

Er geht schon an K vorbei. Die Wartenden, neben denen auch Rabensteiner, Kaminer und Kullich stehn, umringen ihn. Sie gehn alle dem Hintergrund zu, der sich verdunkelt.
K zieht den Mantel wieder an, knöpft ihn zu, setzt den Hut auf, drückt ihn tief in die Stirn. Die Unruhe im Hintergrund hält an, ändert aber den Charakter. Ein Tuscheln, Flüstern und Kichern im Dunkeln. Ein Vorbeihuschen von Gestalten. K geht mit ein paar schnellen Schritten auf den Schrank zu. Schlägt mit der Faust an die Tür.

12. Beim Maler

Nur der Raum vor dem Schrank erhellt.
Im völlig verdunkelten Hintergrund weiter das Flüstern. Kichern und Umherhuschen.
K steht vor dem Schrank. Nach den Schlägen auf die Tür hat er die Hände in die Taschen seines langen Mantels gesteckt.
Langsam, knarrend, öffnen sich die breiten Türflügel des Schranks. Auf der Innenseite der einen Türhälfte ist der Name Titorelli zu sehn: gemalt mit breitem Pinsel und in roter Farbe.
Der langgestreckte enge Raum drinnen ist überladen mit Keilrahmen, Leinwandrollen, Bündeln von Zeichenpapier, Pinseln, Flaschen und kleinen Bildern, die alle speckig düstre Heidelandschaften darstellen. Titorelli tritt aus dem Gerümpel der Kammer hervor. Er hat einen gezwirbelten Knebelbart. Auf dem Kopf ein weites, violettrotes Samtbarett. Trägt eine Staffelei, die er draußen aufstellt. Er lehnt ein begonnenes Bild darauf: das Portrait eines schwarzbärtigen Mannes im Richtertalar.
Sein Nachthemd, das ihn umschlottert, stopft er in seine weite gelbliche Leinenhose, die mit einem Strick zusammengehalten wird.
TITORELLI *sich vor K verbeugend:* Kunstmaler Titorelli.
K *rings ins Dunkel blickend:* Sie leben hier nicht allein?
TITORELLI Ach diese Fratzen! Aus der ganzen Nachbarschaft kommen die Mädchen hierher!
Im Hintergrund Gekicher.
TITORELLI Ich habe eine von ihnen einmal gemalt – seitdem rennen mir alle nach.
K zieht den Empfehlungsbrief aus der Tasche, reicht ihn dem Maler.

K Ich habe durch diesen Herrn von Ihnen erfahren und bin auf seinen Rat hierher gekommen.

Der Maler liest den Brief flüchtig und wirft ihn in die Kammer.

TITORELLI Wollen Sie Bilder kaufen, oder sich malen lassen?

K *verwirrt:* Wieso? – *Er betrachtet das Bild auf der Staffelei.* Sie arbeiten grade an einem Bild?

TITORELLI Ein Portrait. Noch nicht ganz fertig.

K Es ist ein Richter? Ich sehe, er sitzt auf einem Thronsessel –

TITORELLI Das ist Erfindung.

K Sitzt er nicht auf einem Richterstuhl?

TITORELLI Er hat nie auf einem solchen Thron gesessen.

K Und läßt sich doch in so feierlicher Haltung malen? Er sitzt ja da wie ein Gerichtspräsident.

TITORELLI Ja, eitel sind die Herren.

K Wie heißt denn der Richter?

TITORELLI Das darf ich nicht sagen.

K Sie sind wohl ein Vertrauensmann des Gerichts?

TITORELLI *ein verschmiertes Hemd über das Bild der Staffelei werfend:* Nur immer gleich mit der Wahrheit heraus. Sie wollen etwas über das Gericht erfahren. Ich nehme es Ihnen nicht übel. Ja, Sie haben recht: Ich bin ein Vertrauensmann des Gerichts.

K Ist das eine offizielle Stellung?

TITORELLI Nein. Aber solche nicht anerkannten Stellungen sind oft einflußreicher als die anerkannten. – Wollen Sie nicht den Mantel ablegen?

K zieht den Mantel aus und legt ihn über einen Stuhl. Den Hut behält er auf. Im Hintergrund Gekicher.

MÄDCHENSTIMME Er zieht den Mantel aus!

K Ich werde nur kurz bleiben.

TITORELLI Aber setzen Sie sich doch.

Er zeigt auf das Bett. K setzt sich dort auf die Kante. Titorelli zieht den Schreibtischsessel an die Staffelei, nimmt dort Platz.

TITORELLI Sie sind unschuldig?

K *freudig:* Ja!

TITORELLI So. Wenn Sie unschuldig sind, dann ist ja die Sache sehr einfach.

K *lachend:* Aber das Gericht zieht dann doch von irgendwoher eine Schuld hervor.

TITORELLI Sie sind aber unschuldig?

K Nun ja –

TITORELLI Das ist die Hauptsache.

K Sie kennen das Gericht viel besser als ich. Ich habe nur von andern darüber gehört. Die stimmen aber alle überein, daß das Gericht, wenn es einmal anklagt, fest von der Schuld des Angeklagten überzeugt ist.

TITORELLI Und von dieser Überzeugung ist das Gericht niemals abzubringen.

MÄDCHENSTIMME Titorelli, geht er nicht bald weg?

TITORELLI Seht ihr nicht, daß ich mit dem Herrn eine Besprechung habe?

MÄDCHENSTIMME Du wirst ihn malen?

MÄDCHENSTIMME Mal ihn nicht! So einen häßlichen Menschen!

TITORELLI *macht einen Sprung:* Weg mit euch!
Verstärktes Gekicher.

TITORELLI Verzeihn Sie. Auch diese Mädchen gehören zum Gericht. *Scherzhaft.* Es gehört ja alles zum Gericht!

K Ich habe noch keinen Überblick. –

TITORELLI Brauchen Sie auch nicht. Sie sind ja unschuldig. Ich allein hole Sie heraus.

K Aber Sie haben doch eben gesagt, daß das Gericht für Beweisgründe unzugänglich ist.

TITORELLI Unzugänglich nur für Beweisgründe, die man vor Gericht vorbringt. Anders verhält es sich mit dem, was man hinter dem Gericht versucht, in den Korridoren, oder zum Beispiel hier, im Atelier.

K Ja, das stimmt. Das stimmt völlig überein mit meinen bisherigen Erfahrungen.
Wie sind Sie mit den Richtern in Verbindung gekommen?

TITORELLI Das war sehr einfach. Ich habe diese Verbindung geerbt. Schon mein Vater war Gerichtsmaler. Man kann dafür neue Leute nicht brauchen. Man muß alle geheimen Regeln kennen. Und jeder Richter will doch so gemalt werden, wie die alten, großen Richter gemalt worden sind. Das kann nur ich.

K Ihre Stellung ist also unerschütterlich?

TITORELLI Ja, unerschütterlich. Deshalb kann ich es auch wagen, hier und da einem armen Mann, der einen Prozeß hat, zu helfen.

K Und wie tun Sie das?

TITORELLI Zunächst muß ich Sie fragen, welche Art der Befreiung Sie wünschen. Es gibt nämlich drei Möglichkeiten. Die wirkliche Freisprechung, die scheinbare Freisprechung und die Verschleppung. Die wirkliche Freisprechung ist natürlich das Beste. Nur habe ich auf diese Art der Lösung nicht den geringsten Einfluß. Ich habe auch noch nie einen wirklichen Freispruch erlebt.

K Keinen einzigen Freispruch. Das bestätigt die Meinung, die ich von dem Gericht habe. Es ist also zwecklos. Ein einziger Henker könnte das ganze Gericht ersetzen.

TITORELLI Sie dürfen nicht verallgemeinern. Ich spreche nur von meinen eigenen Erfahrungen.

K Sie erwähnten noch zwei andre Möglichkeiten –

Er wischt sich die Stirn.

TITORELLI Die scheinbare Freisprechung und die Verschleppung. – Aber wollen Sie nicht auch die Jacke ausziehn? Es ist Ihnen heiß?

K knöpft die Jacke auf, zögert, zieht sie dann aus. Er legt die Jacke auf seinen Schoß.

MÄDCHENSTIMME Er hat schon den Rock ausgezogen!

K Wie nannten Sie noch die zwei Möglichkeiten –

TITORELLI Die scheinbare Freisprechung und die Verschleppung.

K nickt.

TITORELLI Beides ist durch meine Hilfe erreichbar. Natürlich nicht ohne Mühe. Also zunächst die scheinbare Freisprechung. Wenn Sie diese wünschen, schreibe ich auf einen Bogen Papier die Bestätigung Ihrer Unschuld. Mit dieser Bestätigung mache ich einen Rundgang bei den mir bekannten Richtern. Ich fange bei dem Richter an, den ich jetzt male. Ich erkläre ihm, daß Sie unschuldig sind. Ich verbürge mich für Ihre Unschuld.

K Und der Richter würde Ihnen glauben? Und mich trotzdem nicht wirklich freisprechen?

TITORELLI Mir zu Gefallen würde er seinen Namen unter meine Bürgschaft setzen. Habe ich erst seinen Namen, werde ich auch noch andre Namen gewinnen.

K *zögernd:* Und dann wäre ich frei?

TITORELLI Ja. Aber nur scheinbar frei, oder besser, zeitweilig frei. Die untersten Richter, zu denen meine Bekannten gehören, haben nicht das Recht, endgültig freizusprechen. Dieses Recht hat nur das oberste, für uns alle ganz unerreichbare Gericht.

K Und wenn ich von den untern Richtern freigesprochen werde?

TITORELLI Dann sind Sie für den Augenblick der Anklage entzogen. Aber sie schwebt auch weiterhin über Ihnen und kann, sobald der höhere Befehl kommt, sofort wirksam werden.

K Und der Prozeß beginnt von neuem.

TITORELLI Allerdings. Es besteht aber wieder die Möglichkeit, einen scheinbaren Freispruch zu erwirken. Man muß wieder alle Kräfte zusammennehmen.

K ist in sich zusammengesunken. Der Maler geht auf ihn zu. Er faßt ihn unter das Kinn, hebt seinen Kopf hoch.

TITORELLI Man darf sich nicht ergeben!

K *mutlos:* Und der zweite Freispruch ist schwieriger zu erreichen als der erste –

TITORELLI Und er ist wieder nicht endgültig. Dem zweiten Freispruch folgt die dritte Verhaftung, dem dritten Freispruch die vierte Verhaftung, und so fort.

K senkt wieder den Kopf. Der Maler geht zum Sessel zurück, setzt sich dort.

TITORELLI Der scheinbare Freispruch scheint Ihnen nicht vorteilhaft zu sein. Vielleicht entspricht Ihnen die Verschleppung besser. Soll ich Ihnen das Wesen der Verschleppung erklären?

K nickt. Der Maler lehnt sich weit im Sessel zurück. Sein Nachthemd ist offen. Er schiebt die Hand drunter, kratzt sich die Brust und die Seiten.

TITORELLI Die Verschleppung besteht darin, daß der Prozeß dauernd im niedrigsten Stadium gehalten wird. In regelmäßigen Zwischenräumen geht man zu dem betreffenden Richter. Man sucht ihn auf jede Weise freundlich zu erhalten. Versäumt man in dieser Hinsicht nichts, so kann man annehmen, daß der Prozeß nicht über sein erstes Stadium herauskommt. Der Prozeß hört zwar nicht auf, aber der Angeklagte ist vor einer Verurteilung gesichert. Gegenüber dem scheinbaren Freispruch hat die Verschleppung den Vorteil, daß die Zukunft des Angeklagten weniger unbestimmt ist. Er bleibt vorm Schrecken der plötzlichen Verhaftung bewahrt.

K erhebt sich und beginnt, seine Jacke anzuziehn.

MÄDCHENSTIMME Er zieht den Rock wieder an!

TITORELLI Sie wollen gehn?

K O ja –

TITORELLI *auch aufstehend, an K herantretend:* Sie haben sich wohl hinsichtlich meiner Vorschläge noch nicht entschieden. Ich hätte Ihnen auch davon abgeraten, sich sofort zu entscheiden. Die Vorteile und Nachteile sind haarfein. Man muß alles genau abschätzen.

K zieht den Mantel an.

MÄDCHENSTIMME Jetzt zieht er den Mantel an!

TITORELLI Wollen Sie nicht noch ein Bild sehn, das ich Ihnen verkaufen könnte?

K *ungeduldig:* Ja, bitte –

Der Maler zieht aus dem Gerümpel eines der kleinen ungerahmten Bilder hervor, hebt es vor K hoch: düstere Heide mit zwei Birken, dahinter brennend roter Sonnenuntergang.

TITORELLI Eine Heidelandschaft.

K Schön. Ich kaufe es.

Er zieht die Brieftasche hervor.

Der Maler holt ein zweites Bild, von genau gleichem Aussehn.

TITORELLI Hier ist ein Gegenstück.

K Ich kaufe beide.

TITORELLI Das Motiv scheint Ihnen zu gefallen.

Er holt ein drittes Bild von gleichem Aussehn herbei.

TITORELLI Es trifft sich gut, daß ich noch ein ähnliches Bild habe.

K Ich nehme auch dieses noch. Wieviel kosten die drei Bilder?

TITORELLI Darüber sprechen wir das nächste Mal. Sie haben jetzt Eile. Wir bleiben in Verbindung. Es freut mich wirklich, daß Ihnen die Bilder gefallen. Ich gebe Ihnen alle mit, die ich hier habe! Es sind lauter Heidelandschaften, ich habe so viele Heidelandschaften gemalt, manche weisen solche Bilder ab, sie sind ihnen zu düster. Aber Sie – Sie mögen sie –

K hat während Titorellis Rede seine Brieftasche entleert und die Scheine in die Hand des Malers gedrückt. Dieser winkt abwehrend, nimmt das Geld aber an.

Titorelli steckt ihm einen Haufen Bilder unter den Arm.

K geht mit den Bildern auf den Schreibtisch zu. Titorelli nimmt die Staffelei und tritt zurück in die Schrankkammer, schließt die Türflügel hinter sich.

K zieht eine Schublade im Schreibtisch auf, verstaut die Bilder darin, läßt die Lade krachend zurückfahren.

Das Kichern und Umherjagen nimmt einige Augenblicke lang noch zu. Während einer kurzen Verdunklung der ganzen Bühne ist im Hintergrund Gekreisch und Gelächter zu hören.

13. Beim Advokaten

Die obere Bühne bleibt dunkel. Nur die vordere Bühne teilweise erhellt. Rechts, im Halbdunkel, liegt der Advokat schlafend im Bett.

Am Fuß des Betts steht Leni. Der Onkel tritt erregt vor. K kniet, noch in Mantel und Hut, vor dem Schreibtisch links. Im Hintergrund der Onkel.

K *plötzlich aufspringend:* Herr Advokat! Ich entziehe Ihnen die Vertretung!

Er streift den Mantel rückwärts ab. Die Arme bleiben eine Weile fest stecken in den Ärmeln. Er verharrt so, vorgebeugt, wie in einer Zwangsjacke.

DER ONKEL *heftig vortretend:* Josef! Josef! Ich beschwöre dich, Josef! Nimm die Kündigung des Advokaten zurück! Laß dir erklären *Er streckt den Arm aus.* –

Leni klatscht in die Hände.

Ganz von links kommt ein Mann hervorgekrochen, in ehemals eleganter Kleidung, die jetzt äußerst vernachlässigt ist.

DER ONKEL Laß dir erklären von diesem Herrn, einem Klienten des Advokaten, wie nötig jetzt deine Verteidigung ist –

K *zornig.* Ich setze meine Verteidigungsschrift selbst auf! Ich werde ins Gericht gehn und sie dort vorlegen!

Er schüttelt den Mantel ab, läßt ihn auf den Boden fallen. Auch den Hut wirft er ab. Der Mann ist geduckt, halb kriechend, in die Nähe des Betts gelangt.

LENI Hier, laß dir sagen von Herrn Block, wie wenig dir deine Eingaben nützen!

BLOCK *wendet sich demütig an K:* Wir sind uns bereits im Warteraum begegnet, vorm Gericht.

K Möglich.

BLOCK Sie hielten sich abseits.

K Ihr Warten kam mir so nutzlos vor.

BLOCK Das Warten ist nicht nutzlos. Nutzlos ist nur das selbständige Eingreifen.

K Meinen das alle, die da sitzen?

BLOCK Wir sprechen nicht miteinander. Es gibt keine gemeinsamen Interessen.

K Gemeinsam kann man also nichts durchsetzen?

BLOCK Nur ein einzelner erreicht manchmal etwas, im geheimen.

LENI Und dazu brauchst du Herrn Huld, Josef!

K *wendet sich an Block:* Und hat Herr Huld eine Eingabe für Sie eingereicht?

BLOCK Verschiedene Eingaben.

K Verschiedene?

BLOCK Ja, gewiß.

K Was stand denn darin?

BLOCK *unbeholfen, krumm an K herantretend, den Mund mit der Hand beschirmend:* Viel Gelehrtes. Vor allem viel Latein, das ich nicht verstehe. Dann seitenlange allgemeine Anrufungen des Gerichts. Schmeicheleien für einzelne Beamte. Dann Selbstlob des Advokaten –

LENI *scharf:* Rudi! Schweif nicht ab!

K Und dieser Herr will mir raten –

LENI Er weiß, warum er beim Advokaten bleiben muß. Er weiß es. So viel länger als Sie hat er seinen Prozeß!

BLOCK Ja, seit fünf Jahren wälze ich diesen Prozeß vor mir her. Oh, auch ich war ungeduldig. Mein Prozeß kam nicht vorwärts, und da –

K Ja, ja – und da?

BLOCK *flüsternd:* Da ging ich zu andern Advokaten. Noch fünf andre Advokaten hab ich mir genommen.

K Fünf?

BLOCK Ich war in dem Stadium des Prozesses, in dem Sie sich befinden. Ein halbes Jahr alt war mein Prozeß. Ich wollte Fortschritte sehn. Greifbare Fortschritte –

DER ONKEL Höre Josef! Höre!

BLOCK Ich tat, was am wenigsten erlaubt ist, neben meinem Advokaten nahm ich mir Winkeladvokaten. Ich wollte meinen Prozeß nicht verlieren. Ich verwendete alles, was ich besaß, auf den Prozeß. Früher füllten die Büroräume meines Geschäfts ein ganzes Stockwerk. Heute habe ich nichts mehr. Nur noch eine kleine Kammer in einem Hinterhaus –

DER ONKEL So wird es auch dir ergehn, Josef! Deine Arbeit vernachlässigst du! Der Direktor-Stellvertreter beschwert sich über dich! Auch dein Freund, der Staatsanwalt – ich hab mit ihm gesprochen – er hält dich für verloren! Und deine arme Mutter – seit mehr als zwei Jahren hast du sie nicht besucht – fast blind ist sie – sie ruft nach dir – du kommst nicht!

BLOCK Ich wollte zu einem Ende kommen. Gerüchte über meinen Prozeß hatten sich verbreitet, unter meinen Geschäftsfreunden, meinen Verwandten. Verdächtigungen, Schädigungen von allen Seiten. Wenn nur die erste Gerichtsverhandlung stattfinden würde!

DER ONKEL Ruiniert ist er! Hörst du, Josef? Sein Familienleben ist zerrüttet!

BLOCK Und da betrog ich meinen Advokaten.

LENI Zeig ihm, Rudi, wie du den Advokaten um Verzeihung bittest, wie du ihn anflehst –

Block läßt sich in die Knie fallen. Er kriecht auf den Knien zum Bett. Er küßt die schlaff herabhängende Hand des Advokaten. Er hebt die Decke auf, küßt seine Füße.

BLOCK *auf allen vieren:* Er ist mein großer Advokat. Ich nenne ihn meinen großen Advokaten, denn er ist der größte von den kleinen Advokaten –

K Gibt es denn größere?

BLOCK *leise:* O ja, die wahren großen Advokaten –

K Wer sind die? Wie kommt man zu ihnen?

BLOCK Es gibt kaum einen Angeklagten, der nicht, wenn er von ihnen erfährt, von ihnen träumen würde. Lassen Sie sich nicht dazu verführen! Wer die großen Advokaten sind, weiß ich nicht. Zu ihnen kommen kann man wohl gar nicht. Ich kenne keinen Fall, von dem sich sagen ließe, daß sie eingegriffen hätten. Es ist besser, nicht an sie zu denken – sonst kommen einem die Besprechungen mit den andern Advokaten so widerlich vor, daß man am liebsten alles wegwerfen, sich ins Bett legen und von nichts mehr hören wollte!

K Und Sie dachten damals doch an die großen Advokaten.

BLOCK Vollständig vergessen kann man sie leider nie.

Eine Weile Schweigen.

LENI *schnell und hart:* Wer ist dein Advokat?

BLOCK Huld ist mein Advokat.

LENI Und außer ihm?

BLOCK Niemand außer ihm.

Leni legt die Hand des Advokaten auf Blocks Kopf.

DER ONKEL Josef, sieh doch! Schon fast vernichtet war er, und der Advokat schenkte ihm seine Gnade!

Block kriecht zu Leni, drückt seinen Kopf an sie. Sie fährt ihm mit den Fingern durchs Haar.

K *zu Leni:* Jetzt hast du diesen hier gewählt?

LENI Er ist ja immer beim Advokaten. Er wohnt ja fast bei uns.

K Er schläft wohl auch bei dir?

LENI Ja, er schläft unterm Tisch in meinem Zimmer.

Block hat Lenis Hand ergriffen. Er zieht ihren Mittelfinger und Ringfinger auseinander, so wie K es früher getan hat. Er küßt ihre Finger. Leni zieht seinen Kopf am Haar hoch.

LENI Ist er nicht schön?

BLOCK *sich an K wendend:* Leni findet die meisten Angeklagten schön. Sie hängt sich an alle, liebt alle. Und sie scheint auch von allen geliebt zu werden. Sie erzählt mir manchmal davon –

LENI *K anblickend:* Es gibt unter den Schönen auch besonders schöne. Aber schön sind alle, selbst dieser –

Sie stößt Block wieder mit einem Fußtritt zurück.

K Kann die Schuld denn schön machen –

LENI Nein, nicht die Schuld. Es ist das Verfahren, das ihnen anhaftet –

Der Onkel tritt auf K zu, er legt seine eine Hand auf dessen Schulter.

DER ONKEL Josef! Und jetzt sagst du dem Advokaten, daß du übereilt gehandelt hast. Er hat mir versprochen, deinen Fall weiterzuführen. Ja, die ganze Zeit über hat er für dich gearbeitet, so großzügig ist er! Komm, Josef, komm!

K reißt sich von ihm los.

K Nein, meine Entscheidung steht fest.

Leni entfernt sich.

Block folgt ihr, auf allen Vieren.

Der Onkel schließt sich ihnen an, jammernd, sich an die Stirn schlagend.

K geht langsam zum Schreibtisch.

Dunkel.

14. In der Bank

Mit einem Krachen setzt der Betrieb in den Büroräumen ein, mit dem Knattern von Schreibmaschinen, mit hin und her eilenden Angestellten.

Kaminer, Kullich, Rabensteiner, bringen den Raum im Vordergrund in Ordnung.

K sitzt mit aufgerissenem Hemdkragen am Schreibtisch. Seine Hände hat er vor sich flach ausgestreckt.

Über dem Schrank ist ein großes Bild zu sehn: eine überdimensionierte Kopie der bekannten Heidelandschaft.

Der Direktor-Stellvertreter tritt ein, geht langsam an K vorbei, der ihn nicht bemerkt. Er betrachtet ihn mit seinem spöttischen Lächeln. Bleibt einige Augenblicke unterhalb des großen Bilds stehn, nickt, wendet sich dann K zu.

DIREKTOR-STELLVERTRETER Wir haben heute einen besondren, einen ganz besondren Auftrag für Sie. Einen Auftrag, der Ihnen nicht Mühe, o nein, nicht die gewöhnliche Mühe, sondern Zerstreuung, Vergnügen bereiten wird.

K blickt auf, mit abwesendem Ausdruck.

DIREKTOR-STELLVERTRETER Ein italienischer Geschäftsfreund ist zu Besuch in der Bank. Er ist äußerst kunstinteressiert, möchte sich gern die Kulturschätze der Stadt ansehn. Sie, Herr Prokurist, sind der geeignete Mann, ihn zu führen.

K *leise:* Ich habe zu viel zu tun –

DIREKTOR-STELLVERTRETER Sie sind doch sonst immer bereit, das Büro zu verlassen.

K Meine Kenntnisse des Italienischen –

DIREKTOR-STELLVERTRETER Sie schreiben ausgezeichnete Geschäftsbriefe in dieser Sprache.

K Meine kunsthistorischen Kenntnisse –

DIREKTOR-STELLVERTRETER Sie sind Mitglied des Vereins zur Erhaltung der städtischen Denkmäler.

K Längst nicht mehr. War es auch nur aus geschäftlichen Gründen.

DIREKTOR-STELLVERTRETER Sie wollen doch nicht den ausdrücklichen Wunsch des Herrn Direktors abweisen?

K *erhebt sich:* O nein, nein –

DIREKTOR-STELLVERTRETER Dann bereiten Sie sich vor. Ruhen Sie sich noch eine Weile aus. Sie sind müde? *Er zieht an Ks Hemdkragen.* Und richten Sie Ihre Kleidung her! Wollen Sie so die Kunden empfangen?

K knöpft resigniert seinen Kragen zu, rückt den Schlips zurecht. Der Direktor-Stellvertreter hat sich auf die Schreibtischkante gesetzt. Er drückt an der Leiste am Rand der Tischplatte herum.

DIREKTOR-STELLVERTRETER Und Ihr Schreibtisch – haben Sie das noch nicht bemerkt. *Er bricht die Leiste am Rand der Platte ab.* – Ihr Schreibtisch ist am Zerfallen – er wird *er zieht ein Taschenmesser hervor, läßt die große Klinge aufklappen, bohrt sie in die Tischplatte, hebt die Platte an, spaltet ein Brett ab* – er wird bald zusammenbrechen!

Inzwischen ist von links oben der Direktor, begleitet vom italienischen Geschäftsfreund, die Stufen hinuntergekommen. Der Direktor ist bleich, er geht gebeugt, stützt sich auf einen Stock. Der Italiener ist äußerst elegant gekleidet, trägt einen graublauen buschigen Schnurrbart.

DIREKTOR-STELLVERTRETER *sich zum Direktor umwendend:* Sehn Sie, wie der Herr Prokurist mit dem Eigentum der Firma umgeht!

Der Direktor-Stellvertreter lacht, wie über einen Witz. Der Italiener fällt in das Gelächter ein, doch offensichtlich ohne die Worte verstanden zu haben. Der Direktor zeigt auf K. Der Italiener nickt lachend.

Er wird auf das Bild der Heidelandschaft aufmerksam, stellt sich bewundernd unterhalb des Bildes auf.

DER ITALIENER Ah! Un conoscitore! Un specialista! Un mecenate!

K *mit wegwerfender Handbewegung:* Es ist nicht –

DER ITALIENER Quale capolvavoro!

Der Direktor-Stellvertreter zieht einige Schubladen aus dem Schreibtisch, entleert sie: zahllose kleine Bilder von Heidelandschaften fallen auf den Boden.

Der Italiener eilt hinzu, hebt ein paar Bilder auf.

DIREKTOR-STELLVERTRETER Kunst, sehn Sie, nur noch mit Kunst beschäftigt sich der Herr Prokurist.

DER ITALIENER Ah! Variazioni!

DIREKTOR-STELLVERTRETER Nein, immer das gleiche! Immer das gleiche!

DER ITALIENER Geniale!

Der Direktor, der schweigend zugesehn hat, auf den Stock gestützt, tritt nun auf K zu, zieht ihn beiseite.

DER DIREKTOR *mit leidender Stimme:* Ich bitte Sie sehr, unsern Freund um drei Uhr im Dom zu erwarten. Ein Spaziergang an diesem Nachmittag – es ist doch Frühling – wird auch Ihnen – so dachte ich mir – angenehm sein –

K Natürlich, Herr Direktor, natürlich. Ich werde mein Möglichstes tun.

DER DIREKTOR Unser Gast will auch keinesfalls in Eile alle Sehenswürdigkeiten ablaufen. Er möchte vor allem den Dom, diesen aber gründlich, kennenlernen. Er freut sich so darauf, die Besichtigung mit einem so gelehrten und liebenswürdigen Mann vornehmen zu können. – Signore –

Er geht langsam, mit schleppenden Schritten, zu dem Italiener zurück. Wendet sich noch einmal um.

DER ITALIENER Mio caro amico –

DER DIREKTOR Und sein Italienisch werden Sie sicher bald verstehn. Sie müssen nur genau zuhören –

Die drei Herren ziehn sich zurück.

DER ITALIENER *K zuwinkend:* A reviderci in duomo!

Kaum sind sie links die Stufen hinaufgegangen, eilt K zum Schrank. Kramt dort zwischen den Akten, zieht ein geheftetes Buch hervor. Geht mit dem Buch zum überdeckten Bett, legt sich nieder, blättert in den Seiten.
Rabensteiner, Kaminer und Kullich kommen von oben herbei. Sie packen die Bilder in die Schubladen des Schreibtischs ein, blicken dabei, vorwurfsvoll grimassierend, kopfschüttelnd, zu K hinüber. Sie befestigen die losgebrochenen Bretter der Tischplatte mit harten Hammerschlägen. Ziehn dann den Schreibtisch ganz nach links zur Seite.
K legt das Buch nieder, drückt die Arme über den Kopf.
Nach dem Abgang der drei Beamten legt er sich auf die Seite, zieht die Knie an den Leib.
Es wird still.
Der Hintergrund verdunkelt sich.
K liegt mit geschlossenen Augen.
Plötzlich erscheint rechts neben dem Bett Leni. Sie stützt sich auf die Bettkante, neigt sich steil über K, mit gespanntem Körper.
LENI *flüsternd:* Sie hetzen dich!
K fährt auf. Leni ist schon wieder verschwunden.

15. Im Dom

Im selben Augenblick, in dem K aufschreckt, ertönen drei starke, helle Glockentöne. Gleichzeitig weht, mit mächtigem Schwung, von rechts hinterm Bett ein goldner Vorhang hinein, der den ganzen Hintergrund, noch vor dem Schrank, abdeckt.
Langsam kommt von links ein Mann in einem langen schwarzen Gewand, bleibt in der Mitte des Raums stehn. K springt aus dem Bett, das Buch in der Hand.
DER KAPLAN Du bist Josef K.
K Ja.
DER KAPLAN Du bist angeklagt.
K Ja.
DER KAPLAN Ich bin der Gefängniskaplan.
K Ja –
DER KAPLAN Ich habe dich hierher rufen lassen, um mit dir zu sprechen.
K Ich bin gekommen, um einem Italiener den Dom zu zeigen.

DER KAPLAN Laß das Nebensächliche. Was hältst du in der Hand? Ein Gebetbuch?

K Es ist ein Album der städtischen Sehenswürdigkeiten.

DER KAPLAN Leg es aus der Hand.

K schleudert das Buch weit von sich.

DER KAPLAN Weißt du, daß dein Prozeß schlecht steht?

K Es scheint mir auch so. Ich habe mir alle Mühe gegeben, aber ohne Erfolg. Habe auch die Eingabe noch nicht fertig.

DER KAPLAN Wie stellst du dir das Ende vor?

K Früher dachte ich, es müsse gut enden. Jetzt zweifle ich. Ich weiß nicht, wie es enden wird. Weißt du es?

DER KAPLAN Nein. Ich fürchte, es wird schlecht enden. Man hält dich für schuldig.

K Aber ich bin nicht schuldig. Es ist ein Irrtum.

DER KAPLAN So pflegen die Schuldigen zu reden.

K Wie kann denn ein Mensch überhaupt schuldig sein? Wir sind hier doch alle Menschen, einer wie der andre.

DER KAPLAN Was willst du in deiner Sache tun?

K Ich will noch Hilfe suchen.

DER KAPLAN Du suchst zuviel fremde Hilfe.

K Weißt du denn eigentlich, was für einem Gericht du dienst?

Der Kaplan antwortet nicht.

K Verzeih mir. Ich wollte dich nicht beleidigen.

DER KAPLAN *mit schneidender Stimme:* Siehst du denn nicht zwei Schritte weit!

Einige Augenblicke stehn sie einander schweigend gegenüber.

K So gib mir einen Rat, wie ich aus dem Prozeß ausbrechen – wie ich außerhalb des Prozesses leben könnte. Eine solche Möglichkeit muß doch bestehn.

Der Kaplan schweigt.

K Hast du Zeit für mich?

DER KAPLAN Soviel Zeit, wie du brauchst.

K Ich habe Vertrauen zu dir. Mit dir kann ich offen reden.

DER KAPLAN Täusche dich nicht.

K Worin sollte ich mich denn täuschen?

DER KAPLAN In dem Gericht täuschst du dich.

K Dann sage mir, was für ein Gericht es ist.

DER KAPLAN Nur du kannst es finden.

K Viele sprechen von dem Gericht. Aber es hat sich mir noch nie gezeigt.

DER KAPLAN Es ist die Aufgabe derer, die mit dem Gericht zu tun haben, über das Gericht zu sprechen. Was auch immer können sie darüber aussagen. Sie können dir das Gesetz auslegen, wie sie wollen.

K Wie können sie mich schuldig befinden?

DER KAPLAN Es steht ihnen frei, dir jede Schuld zuzusprechen.

K Sie wissen oft nicht einmal meinen Namen.

DER KAPLAN Dein Name ist dir ja auch eine Last.

K Sie verwechseln mich mit andern.

DER KAPLAN Sie können dich nennen, wie es ihnen gefällt. Sie können dich mit einem Buchstaben, einer Ziffer bezeichnen.

K Dann nehmen sie mir auch das Recht, zu leben –

DER KAPLAN Sie können dir nach eignem Gutdünken das Recht dazu nehmen.

K Und wenn ich mich weigre, ihre Richtsprüche anzuerkennen?

DER KAPLAN Auch ohne ihre Richtsprüche besteht das Gesetz.

K Wie finde ich Eingang in das Gesetz?

DER KAPLAN Das Tor zum Gesetz steht immer offen. Du kannst, wann immer du willst, den Türhüter um Einlaß bitten. Du kannst eintreten in das Gesetz, auch wenn der Türhüter es dir verbietet. Doch merke: er ist nur der niedrigste Türhüter. Von Saal zu Saal stehen Türhüter, einer mächtiger als der andre. Schon den Anblick des dritten kannst du nicht mehr ertragen.

K Aber andre werden hier Einlaß begehren, wie ich.

DER KAPLAN Niemand kann Einlaß erhalten als der, für den dieser Eingang bestimmt ist.

K So gibt es für jeden nur einen einzigen Eingang in das Gesetz?

DER KAPLAN So ist es. So steht es in der Schrift.

K Und wenn ich die Macht der Türhüter bezweifle?

DER KAPLAN Die Türhüter sind da. Sie sind zum Gesetz gehörig. Du kommst erst zum Gesetz.

K Und wenn ich das Gesetz nicht für wahr halte?

DER KAPLAN Man muß nicht alles für wahr halten. Man muß es nur für notwendig halten.

Schweigen.

K So wird die Lüge zur Weltordnung gemacht.

Langsam wendet sich der Kaplan ab, geht nach links zurück.

K Warte noch!

Der Kaplan bleibt stehn, wendet sich um.

DER KAPLAN Ich warte.

K Willst du nicht noch etwas von mir?

DER KAPLAN Nein.

K Du warst freundlich zu mir. Jetzt aber entläßt du mich, als läge dir nichts an mir.

DER KAPLAN Du weißt, wer ich bin.

K Du bist der Gefängniskaplan.

DER KAPLAN Ich gehöre also zum Gericht. Warum sollte ich also etwas von dir wollen. Das Gericht will nichts von dir. Es nimmt dich auf, wenn du kommst, und es entläßt dich, wenn du gehst.

Der Kaplan wendet sich wieder ab.

Gleichzeitig ein einziger, lange nachhallender Glockenschlag, bei einsetzender Dunkelheit.

Der goldne Vorhang rauscht zurück.

16. Vor dem Gericht

Die ärmlichen Behausungen, mit ihren Bewohnern, wie beim ersten Besuch vorm Gericht. Die Menschen in ihren Kammern, an den Tischen, auf den Betten. Aufgehängte Wäsche. Gemächliche, alltägliche Bewegungen. Kinderstimmen, Gesang, ein Pfeifen, entfernte Musik. An der rechten Treppe zur Mittelbühne sitzen ein paar Männer, in Arbeitskleidung.

K steht in der Mitte der Vorderbühne.

Von oben links kommt eine andere Gruppe von Hausbewohnern. K wendet sich ihnen zu.

K Ich suche nach dem Gericht. Tagt hier das Gericht?

ERSTE FRAU Was für ein Gericht?

K Hier finden Verhandlungen statt.

ZWEITE FRAU Wovon redet er?

ERSTER MANN Von einem Gericht.

Oberhalb der rechten Treppe sind einige Bewohner vorgetreten.

DRITTE FRAU *von rechts oben:* Es ist der Verwalter!

VIERTE FRAU *in der linken Gruppe:* Der Mann von der Bank.

DRITTE FRAU Was will er denn hier?

K Ich muß vor das Gericht.

Die Gruppe unten geht weiter nach rechts. Der Mann, der K bei seinem vorigen Besuch vorm Gericht behilflich war, tritt aus der Gruppe hervor.

DER MANN Wer hat dich denn gerufen?

K Ich muß mich stellen.

DER MANN Wer befiehlt dir denn? Wer beherrscht dich so?

K Ich gehe freiwillig.

DER MANN Du hast das Urteil schon anerkannt?

K Ja.

DER MANN Du setzt dich nicht zur Wehr?

K Es ist nutzlos.

DER MANN Du findest keine Einwände mehr?

K Nein.

ZWEITER MANN *unten, im Vorbeigehn, zu Ks Helfer:* Rede doch nicht mit ihm!

DRITTE FRAU *von rechts oben:* Laß ihn doch zu seinen eignen gehn!

VIERTE FRAU *unten:* Da kommen immer solche Herren daher. Was geht uns deren Gericht an.

ZWEITER MANN *unten:* Sollen sie sich doch verurteilen lassen!

K faßt den Mann, seinen früheren Helfer, am Arm.

K Seid ihr meine Richter?

DER MANN Deine Richter? Vielleicht.

ZWEITER MANN *unten:* Halte dich nicht auf!

DER MANN *zu K:* Bleibe hier. Sprich dir ein andres Urteil.

K Es ist zu spät. Es gibt für mich keinen neuen Anfang mehr.

VIERTE FRAU *unten, im Vorbeigehn:* Nein, für ihn nicht.

Die Gruppe ist zur rechten Treppe gekommen. Die Männer dort erheben sich. Langsam gehen alle rechts hinauf.

Ks früherer Helfer, der noch einige Augenblicke gewartet hatte, folgt jetzt der Gruppe, die sich hinauf zur Mittelbühne begibt.

Die Geräusche oben nehmen zu.

Unter Singen, Pfeifen, dröhnenden Stößen verändert sich der Raum.

Die obere Bühne verdunkelt sich.

K steht in der Mitte der Vorderbühne.

17. In der Pension

Mittelbühne: Links am Tisch der Hauptmann. Hemdsärmel, Hosenträger. Er hat die Zeitung vor sich ausgebreitet. Ihm gegenüber Frau Grubach, mit ihrer Strickarbeit.

Rechts in ihrer Wohnecke Fräulein Bürstner und Fräulein Montag.

Fräulein Bürstner setzt sich ihren großen, mit Blumen überladenen Hut auf.
Der obere Hintergrund der Bühne ist verdunkelt.
K geht nach rechts.
Der Hauptmann schlägt mit der flachen Hand auf die Zeitung.

FRAU GRUBACH *entsetzt aufblickend:* Krieg?

DER HAUPTMANN Krieg, sage ich! Es gibt Krieg!

K *unterhalb der Stufen rechts, hinaufrufend:* Fräulein Bürstner! Gnädiges Fräulein!
Fräulein Montag schiebt sich schräg, humpelnd, auf ihn zu.
K zieht aus der Brusttasche die zerknitterte Photographie hervor.
Er streckt sie Fräulein Montag entgegen.

K Geben Sie dies Fräulein Bürstner. Ich bitte sie, mir zu verzeihn.
Fräulein Montag beugt sich ihm entgegen, nimmt das Foto, geht zurück zu Fräulein Bürstner. K starrt zu ihnen hinauf.
Fräulein Bürstner betrachtet das Foto, lacht kurz auf, zerreißt das Papier, läßt die Fetzen auf den Boden fallen.
K geht zum Waschtisch, zieht die Jacke aus, gießt Wasser in die Schüssel, wäscht sich.
Der Hauptmann faltet die Zeitung zusammen. Er erhebt sich.
Frau Grubach legt die Strickarbeit nieder, rollt ein Garnknäuel auf.
Der Hauptmann zieht seine Uniformjacke an.

DER HAUPTMANN *leise:* Jetzt beginnt es.
Er knöpft die Jacke zu.
Fräulein Montag spannt einen Sonnenschirm aus. Sie hält den Schirm über Fräulein Bürstner. Beide gehn langsam nach vorn.
Frau Grubach ist vom Tisch aufgestanden. Auch sie und der Hauptmann treten langsam vor.
Das Licht über der Mittelbühne stark gedämpft.

18. Das Ende

Mittelbühne: Ganz vorn, in der schwachen Beleuchtung, stehn der Hauptmann und Frau Grubach, Fräulein Montag und Fräulein Bürstner. Sie beobachten die Vorgänge auf der vorderen Bühne.
Fräulein Bürstner summt, singt, mit verhaltner hoher Stimme. K ordnet sorgfältig Kragen und Schlips, geht zum Schrank, holt eine vornehme schwarze Jacke hervor, kleidet sich fertig an. Er setzt sich den Hut auf, rückt einen Stuhl rechts vor das Bett, setzt sich, steif aufrecht,

die Hände auf den Knien, starrt hinüber zur linken Treppe.
Aus dem dunklen Hintergrund oben links kommen zwei Männer, in prall anliegendem Frack, Zylinderhut auf dem Kopf. Es sind die Wächter Franz und Willem.
Sie gehn langsam die linke Treppe hinunter, im Gleichschritt. In genau berechneter Wendung gehn sie auf K zu.
K erhebt sich.
Die beiden stellen sich rechts und links neben ihn, ergreifen Ks Arme, drängen sich mit den Schultern eng an ihn.

K Warum hat man grade euch geschickt?
Keine Antwort.

K Ihr seid wieder zu Ehren gekommen?
Keine Antwort.

K Schön habt ihr euch ausstaffiert. Wie Tenöre.
Keine Antwort.

K Und pünktlich kommt ihr. Morgen ist mein Geburtstag.
Die beiden gehn ein paar Schritte mit K vor. Sie tragen ihn mehr, als daß er mit ihnen ginge.

K Ein kurzer Prozeß. Ein Jahr.
Sie gehn bis zur Mitte der Vorderbühne. Wenden Sich dann nach vorn.
An der gleichen Stelle, an der sie sich mit K am Morgen der Verhaftung befanden, bleiben sie stehn. Sie nehmen K den Hut ab, ziehn ihm die Jacke, die Weste, das Hemd aus.
Das leise Summen und Singen des Fräulein Bürstner versiegt.
Franz beugt das Knie. Willem legt K rücklings über das gebeugte Knie. Ks Arme sind steif zu den Seiten ausgestreckt.
Willem kniet sich neben Franz nieder. Er öffnet seine Frackjacke und nimmt aus einer Scheide, die an einem über die Weste gespannten Gürtel hängt, ein langes dünnes Fleischermesser, hält es hoch, prüft dessen Schärfe im Licht.

K Wo sind die Richter? Wo ist das hohe Gericht?
Die Mittelbühne erhellt sich.
Neben dem Hauptmann und Frau Grubach tritt der Onkel, mit dem Panamahut.
Weiter zurück, unregelmäßig verteilt, mehr und mehr erhöht, stehn der Staatsanwalt, der Direktor-Stellvertreter, der Direktor, der Fabrikant, der italienische Geschäftsfreund, Rabensteiner, Kaminer und Kullich. Während alle andern auf ihrem Platz verweilen und mit großer Aufmerksamkeit dem Geschehnis vorn zusehn, schlei-

chen sich die drei Bankangestellten auf Zehenspitzen, mit übertriebenen Bewegungen der Vorsicht, den Finger auf den Mund legend, bis zum Ansatz der Vorderbühne, sie hocken sich dort nieder und beobachten die Vorgänge gebückt und lauernd.

Neben Fräulein Montag und Fräulein Bürstner, die den Sonnenschirm über sich halten, stehn Leni, Block, die Frau des Gerichtsdieners. Hinter ihnen, ebenso unregelmäßig verteilt wie links, haben sich der Advokat, der Gerichtsdiener, der Untersuchungsrichter und der Maler Titorelli aufgestellt.

Weiter hinten sind der Student, die Teilnehmer am ersten Verhör, mit ihren weißen Bärten, ihren Bratenröcken zu sehn, sowie der Prügler und eine Gruppe von Wächtern, in dem gleichen, eng anliegenden schwarzen Schnallenanzug, den Franz am ersten Morgen trug.

Willem reicht Franz, über K hinweg, langsam das Messer. Dieser nimmt das Messer entgegen, läßt es niedrig über Ks Hände, Arme und Brust gleiten, als wollte er ihn auffordern, das Messer selbst zu ergreifen. Dann reicht er das Messer an Willem zurück.

Willem legt die gespreizte Hand auf Ks Brust, tastet die Haut über dem Herzen ab.

Franz umfaßt mit seiner Hand Ks Gurgel.

Da Willem mit der rechten Hand das Messer hebt, dreht K den Kopf und starrt schräg zum Hintergrund hinauf. Dort ist, über dem Schrank, abgesondert von allen andern, der Mann, der sich K als Helfer angeboten hatte, erschienen. Er hebt die Hand und vollzieht eine leichte, winkende Bewegung, als wollte er K zu sich rufen.

Doch K dreht den Kopf schon zurück.

Willem stößt ihm das Messer, zwischen den gespreizten Fingern seiner linken Hand hindurch, in die Brust.

Leise.

K Wie ein Hund.

Willem dreht das Messer zweimal um.

Dunkel.

Anhang

»Gesang vom Lusitanischen Popanz«

Entstehung: 1966. *Uraufführung:* Scala Teatern, Stockholm, 20. 2. 1967. Regie: Etienne Glaser, mit Theaterkollektiv und Autor. Bild und Kostüme: Gunilla Palmstierna-Weiss. Musik: Bengt-Arne Wallin.
Mit Lena Brundin, Allan Edwall, Nils Eklund, Björn Gustafson, Yvonne Lundequist, Monica Nielsen, Isa Quensel.
Deutschsprachige Erstaufführung: Schaubühne am Halleschen Ufer, Berlin, 6. 10. 1967. Regie: Karl Paryla. Bühnenbild und Kostüme: Waltraut Mau, Ilse Träbing, Klaus Weiffenbach. Musik: Bengt-Arne Wallin.
Mit Lore Calvies, Ursula Gompf, Siegrid Hackenberg, Peter Herzog, O. A. Buck, Alexander Welbat, Gerd Martienzen, Heinz Kammer, Wolfgang Condrus, Wolfgang Unterzaucher, Horst Schultheiß, Ulrich Herrlitz, Hermann von Harten, Irmgard Wehner-Madin, Ursula Alexa, Evelyn Meyka, Daisy Byrck, Wolfgang Wermelskirch, Hans-Jürgen Mikolajczak.
Erstveröffentlichung: in der Zeitschrift »Theater heute«, Velber bei Hannover, 6/1967.

Peter Weiss · Zum »Lusitanischen Popanz«

Peter Weiss und Hans Magnus Enzensberger, Eine Kontroverse. In: Kursbuch, Frankfurt am Main, 6/1966, S. 165 ff.
Peter Weiss, Che Guevara! In: Kursbuch, Frankfurt am Main, 11/1968, S. 1 ff.

»Diskurs über die Vorgeschichte und den Verlauf des lang andauernden Befreiungskrieges in Viet Nam als Beispiel für die Notwendigkeit des bewaffneten Kampfes der Unterdrückten gegen ihre Unterdrücker sowie über die Versuche der Vereinigten Staaten von Amerika die Grundlagen der Revolution zu vernichten«

Entstehung: Herbst 1966 bis Frühjahr 1968. *Uraufführung:* Städtische Bühnen Frankfurt, 20. 3. 1968. Regie: Harry Buckwitz. Bühnenbild und Kostüme: Gunilla Palmstierna-Weiss. Musik: Peter Schat.
Mit: Rudolf Plent, Jodoc Seidel, Peter Fitz, Fritz Nydegger, Ursula Mörger, Kirsten Dene, Mogens von Gadow, Hansjoachim Krietsch, Gerhard Retschy, Hans Otto Ball, Werner Eichhorn, Wolfgang Hinze, Joachim Böse, Frank Rehfeldt, Jürgen Hilken, Michael Habeck, Winfried Küppers, Peter Brombacher, Claus Fuchs.
Erstveröffentlichung: Buchausgabe im Suhrkamp Verlag, Frankfurt am Main, 1968.

Peter Weiss · Das Material und die Modelle

Notizen zum dokumentarischen Theater.

Das realistische Zeittheater, das seit der Proletkultbewegung, dem Agitrop, den Experimenten Piscators und den Lehrstücken von Brecht zahlreiche Formen durchlaufen hat, wird heute mit verschiedenen Bezeichnungen versehen, wie Politisches Theater, Dokumentar-Theater, Theater des Protests, Anti-Theater, um es unter einen gemeinsamen Nenner zu bringen. Ausgehend von der Schwierigkeit, eine Klassifizierung zu finden für die unterschiedlichen Ausdrucksweisen dieser Dramatik, wird hier der Versuch unternommen, eine ihrer Spielarten zu behandeln, diejenige, die sich ausschließlich mit der Dokumentation eines Stoffes befaßt, und deshalb Dokumentarisches Theater genannt werden kann.

I.

Das dokumentarische Theater ist ein Theater der Berichterstattung. Protokolle, Akten, Briefe, statistische Tabellen, Börsenmeldungen,

Abschlußberichte von Bankunternehmen und Industriegesellschaften, Regierungserklärungen, Ansprachen, Interviews, Äußerungen bekannter Persönlichkeiten, Zeitungs- und Rundfunkreportagen, Fotos, Journalfilme und andere Zeugnisse des Gegenwart bilden die Grundlage der Aufführung. Das dokumentarische Theater enthält sich jeder Erfindung, es übernimmt authentisches Material und gibt dies, im Inhalt unverändert, in der Form bearbeitet, von der Bühne aus wieder. Im Unterschied zum ungeordneten Charakter des Nachrichtenmaterials, das täglich von allen Seiten auf uns eindringt, wird auf der Bühne eine Auswahl gezeigt, die sich auf ein bestimmtes, zumeist soziales oder politisches Thema konzentriert. Diese kritische Auswahl, und das Prinzip, nach dem die Ausschnitte der Realität montiert werden, ergeben die Qualität der dokumentarischen Dramatik.

2.

Das dokumentarische Theater ist Bestandteil des öffentlichen Lebens, wie es uns durch die Massenmedien nahegebracht wird. Die Arbeit des dokumentarischen Theaters wird hierbei durch eine Kritik verschiedener Grade bestimmt.

a) Kritik an der Verschleierung. Werden die Meldungen in Presse, Rundfunk und Fernsehen nach Gesichtspunkten dominierender Interessengruppen gelenkt? Was wird uns vorenthalten? Wem dienen die Ausschließungen? Welchen Kreisen gelangt es zum Vorteil, wenn bestimmte soziale Erscheinungen vertuscht, modifiziert, idealisiert werden?

b) Kritik an Wirklichkeitsfälschungen. Warum wird eine historische Person, eine Periode oder Epoche aus dem Bewußtsein gestrichen? Wer stärkt seine eigene Position durch die Eliminierung historischer Fakten? Wer zieht Gewinn aus einer bewußten Verunstaltung einschneidender und bedeutungsvoller Vorgänge? Welchen Schichten in der Gesellschaft ist am Verbergen der Vergangenheit gelegen? Wie äußern sich die Fälschungen, die betrieben werden? Wie werden sie aufgenommen?

c) Kritik an Lügen. Welches sind die Auswirkungen eines geschichtlichen Betrugs? Wie zeigt sich eine gegenwärtige Situation, die auf Lügen aufgebaut ist? Mit welchen Schwierigkeiten muß bei der Wahrheitsfindung gerechnet werden? Welche einflußreichen Organe, welche Machtgruppen werden alles tun, um die Kenntnis der Wahrheit zu verhindern?

3.

Obgleich die Kommunikationsmittel ein Höchstmaß von Ausbreitung erreicht haben und uns Neuigkeiten aus allen Teilen der Welt zukommen lassen, bleiben uns doch die wichtigsten Ereignisse, die unsre Gegenwart und Zukunft prägen, in ihren Anlässen und Zusammenhängen verborgen. Die Materialien der Verantwortlichen, die uns Aufschluß geben können über Tätigkeiten, von denen wir nur die Ergebnisse sehen, werden uns unzugänglich gemacht. Das dokumentarische Theater, das sich z. B. befassen will mit der Ermordung Lumumbas, Kennedys, Che Guevaras, mit dem Massaker in Indonesien, den internen Absprachen während der Genfer Indochina-Verhandlungen, mit dem letzten Konflikt im Mittleren Osten und den Vorbereitungen der Regierung der Vereinigten Staaten zur Kriegführung in Vietnam, sieht sich zunächst dem künstlichen Dunkel gegenüber, unter dem die Machthabenden ihre Manipulationen verheimlichen.

4.

Das dokumentarische Theater, das sich gegen jene Gruppen richtet, denen an einer Politik der Verdunkelung und Verblindung gelegen ist, das sich gegen die Tendenz von Massenmedien richtet, die Bevölkerung in einem Vakuum von Betäubung und Verdummung niederzuhalten, befindet sich in der gleichen Ausgangssituation wie jeder Bürger des Staates, der seine eigenen Erkundigungen einziehen will, dem dabei die Hände gebunden sind, und der schließlich zum einzigen Mittel greift, das ihm noch bleibt: zum Mittel des öffentlichen Protests. Wie die spontane Versammlung im Freien, mit Plakaten, Spruchbändern und Sprechchören, so stellt das dokumentarische Theater eine Reaktion dar auf gegenwärtige Zustände, mit der Forderung, diese zu klären.

5.

Die Kundgebung auf offener Straße, das Verteilen von Flugblättern, das Vorgehen in Reihen, das Eindringen in ein breites Publikum, dies sind konkrete Aktionen von direkter Wirksamkeit. In ihrer Improvisation sind sie von starker Dramatik, ihr Verlauf ist nicht abzusehen, in jedem Augenblick können sie sich verschärfen im Zusammenstoß mit den Ordnungsmächten, und somit den gewaltsamen Widerspruch in den gesellschaftlichen Verhältnissen kennzeichnen. Das dokumentarische Theater, das eine Zusammenfassung des latenten Zündstoffes wiedergibt, versucht, die Aktualität in seiner Ausdrucksform beizubehalten. Doch schon beim Komponieren des Materials zu einer geschlossenen Aufführung, festgesetzt auf einen bestimmten Zeitpunkt und auf einen begrenzten Raum mit Agierenden und Zuschauern, werden dem dokumentarischen Theater andere Bedingungen gestellt als die, die für das unmittelbare politische Eingreifen gelten. Die Bühne des dokumentarischen Theaters zeigt nicht mehr augenblickliche Wirklichkeit, sondern das Abbild von einem Stück Wirklichkeit, herausgerissen aus der lebendigen Kontinuität.

6.

Das dokumentarische Theater, soweit es nicht selbst die Form des Schauspiels auf offener Straße wählt, kann sich nicht messen mit dem Wirklichkeitsgehalt einer authentischen politischen Manifestation. Es reicht nie an die dynamischen Meinungsäußerungen heran, die sich auf der Bühne der Öffentlichkeit abspielen. Es kann vom Theaterraum her die Autoritäten in Staat und Verwaltung nicht in der gleichen Weise herausfordern, wie es der Fall ist beim Marsch auf Regierungsgebäude und wirtschaftliche und militärische Zentren. Selbst wenn es versucht, sich von dem Rahmen zu befreien, der es als künstlerisches Medium festlegt, selbst wenn es sich lossagt von ästhetischen Kategorien, wenn es nichts Fertiges sein will, sondern nur Stellungnahme und Kampfhandlung, wenn es sich den Anschein gibt, im Augenblick zu entstehen und unvorbereitet zu handeln, so wird es doch zu einem Kunstprodukt, und es muß zum Kunstprodukt werden, wenn es Berechtigung haben will.

7.

Denn ein dokumentarisches Theater, das in erster Hand ein politisches Forum sein will und auf künstlerische Leistung verzichtet, stellt sich selbst in Frage. In einem solchen Fall wäre die praktische politische Handlung in der Außenwelt effektiver. Erst wenn es durch seine sondierende, kontrollierende, kritisierende Tätigkeit erfahrenen Wirklichkeitsstoff zum künstlerischen Mittel umfunktioniert hat, kann es volle Gültigkeit in der Auseinandersetzung mit der Realität gewinnen. Auf einer solchen Bühne kann das dramatische Werk zu einem Instrument politischer Meinungsbildung werden. Was jedoch unter den besonderen, sich von herkömmlichen Kunstbegriffen unterscheidenden Ausdrucksformen des dokumentarischen Theaters zu verstehen ist, muß erörtert werden.

8.

Die Stärke des dokumentarischen Theaters liegt darin, daß es aus den Fragmenten der Wirklichkeit ein verwendbares Muster, ein Modell der aktuellen Vorgänge, zusammenzustellen vermag. Es befindet sich nicht im Zentrum des Ereignisses, sondern nimmt die Stellung des Beobachtenden und Analysierenden ein. Mit seiner Schnittechnik hebt es deutliche Einzelheiten aus dem chaotischen Material der äußeren Realität hervor. Durch die Konfrontierung gegensätzlicher Details macht es aufmerksam auf einen bestehenden Konflikt, den es dann, anhand seiner gesammelten Unterlagen, zu einem Lösungsvorschlag, einem Appell oder einer grundsätzlichen Frage bringt. Was bei der offenen Improvisation, beim politisch gefärbten Happening, zur diffusen Spannung, zur emotionalen Anteilnahme und zur Illusion eines Engagements am Zeitgeschehen führt, wird im dokumentarischen Theater aufmerksam, bewußt und reflektierend behandelt.

9.

Das dokumentarische Theater legt Fakten zur Begutachtung vor. Es zeigt die verschiedenartige Aufnahme von Vorgängen, Äußerungen. Es zeigt die Beweggründe der Aufnahme. Einer Seite gereicht das Ereignis zum Vorteil. Eine andere Seite wird davon geschädigt. Die Parteien stehen einander gegenüber. Das Abhängigkeitsverhältnis zwischen ihnen wird beleuchtet. Die Bestechungen und Erpressungen werden geschildert, mit denen das Abhängigkeitsverhältnis aufrechterhalten werden soll. Die Verluste erscheinen neben den Gewinnposten. Die Gewinnenden verteidigen sich. Sie stellen sich vor als Erhalter der Ordnung. Sie zeigen, wie sie ihren Besitz verwalten. Im Kontrast zu ihnen die Verlierenden. Die Verräter in den Reihen der Verlierenden, die eigene Aufstiegsmöglichkeiten erhoffen. Die andern, die sich bemühen, nicht noch mehr zu verlieren. Ein ständiges Aneinanderstoßen von Ungleichheiten. Einblicke in Ungleichheiten so konkretisiert, daß sie unerträglich werden. Ungerechtigkeiten so überzeugend, daß sie nach sofortigem Eingreifen verlangen. Situationen so betrogen, daß sie nur mit Gewalt verändert werden können. Kontroverselle Ansichten über denselben Gegenstand kommen zur Sprache. Behauptungen werden mit tatsächlichen Zuständen verglichen. Auf Beteuerungen, Versprechungen folgen Handlungen, die im Widerspruch dazu stehen. Resultate von Handlungen, in versteckten Planungszentren in die Wege geleitet, werden untersucht. Wessen Stellung wurde damit befestigt, wer wurde davon betroffen? Das

Stillschweigen, die Ausflüchte der Beteiligten werden dokumentiert. Indizien werden vorgelegt. Schlußfolgerungen werden gezogen aus einem kenntlichen Muster. Authentische Personen werden als Repräsentanten bestimmter gesellschaftlicher Interessen gekennzeichnet. Nicht individuelle Konflikte werden dargestellt, sondern sozial-ökonomisch bedingte Verhaltensweisen. Das dokumentarische Theater, dem es, im Gegensatz zur schnell verbrauchten äußeren Konstellation, um das Beispielhafte geht, arbeitet nicht mit Bühnencharakteren und Milieuzeichnungen, sondern mit Gruppen, Kraftfeldern, Tendenzen.

10.

Das dokumentarische Theater ist parteilich. Viele seiner Themen können zu nichts anderem als zu einer Verurteilung geführt werden. Für ein solches Theater ist Objektivität unter Umständen ein Begriff, der einer Machtgruppe zur Entschuldigung ihrer Taten dient. Der Ruf nach Mäßigkeit und Verständnis wird als ein Ruf derer gezeigt, die ihre Vorteile nicht verlieren möchten. Die Angriffshandlungen der portugiesischen Kolonisatoren gegen Angola und Moçambique, das Vorgehen der Südafrikanischen Republik gegen die afrikanische Bevölkerung, die Aggressionen der Vereinigten Staaten von Amerika gegen Kuba, die Dominikanische Republik und Vietnam können nur als einseitige Verbrechen aufgezeigt werden. Bei der Schilderung von Raubzug und Völkermord ist die Technik einer Schwarz-Weiß-Zeichnung berechtigt, ohne jegliche versöhnliche Züge auf seiten der Gewalttäter, mit jeder nur möglichen Solidarität für die Seite der Ausgeplünderten.

11.

Das dokumentarische Theater kann die Form eines Tribunals annehmen. Auch hier hat es nicht Anspruch darauf, der Authentizität eines Gerichtshofs von Nürnberg, eines Auschwitzprozesses in Frankfurt, eines Verhörs im amerikanischen Senat, einer Sitzung des Russell-Tribunals nahezukommen, doch kann es die im wirklichen Verhandlungsraum zur Sprache gekommenen Fragen und Angriffspunkte zu einer neuartigen Aussage bringen. Es kann, durch den Abstand, den es gewonnen hat, die Auseinandersetzung von Gesichtspunkten her nachvollziehen, die sich im ursprünglichen Fall nicht stellten. Die auftretenden Figuren werden in einen geschichtlichen Zusammenhang versetzt. Gleichzeitig mit der Darlegung ihrer Handlungen wird die Entwicklung gezeigt, deren Ausschlag sie sind, und es wird aufmerksam gemacht auf noch bestehende Folgeerscheinungen. Anhand ihrer Tätigkeiten wird der Mechanismus demonstriert, der weiterhin in die Wirklichkeit eingreift. Alles Unwesentliche, alle Abschweifungen können weggeschnitten werden zugunsten der eigentlichen Problemstellung. Verlorengehen die Überraschungsmomente, das Lokalkolorit, das Sensationelle, gewonnen wird das Allgemeingültige. Auch kann das dokumentarische Theater das Publikum in die Verhandlungen einbeziehen, wie es im wirklichen Prozeßsaal nicht möglich ist, es kann das Publikum gleichsetzen mit den Angeklagten oder den Anklägern, es kann es zu Teilnehmern einer Untersuchungskommission machen, es kann zur Erkenntnis eines Komplexes beitragen oder eine widerstrebende Haltung aufs äußerste provozieren.

12.
Einige andere Beispiele zur formalen Verarbeitung des dokumentarischen Materials:

a) Meldungen, und Teile von Meldungen, in zeitlich genau bemessenen Abschnitten rhythmisch geordnet. Kurze Momente, nur aus einer Tatsache, einem Ausruf bestehend, werden abgelöst durch längere, kompliziertere Einheiten. Auf ein Zitat folgt die Darstellung einer Situation. In schnellem Bruch verändert sich die Situation zu einer anderen, gegensätzlichen. Einzelsprecher stehen einer Mehrzahl von Sprechern gegenüber. Die Komposition besteht aus antithetischen Stücken, aus Reihen gleichartiger Beispiele, aus kontrastierenden Formen, aus wechselnden Größenverhältnissen. Variationen eines Themas. Steigerung eines Verlaufes. Einfügung von Störungen, Dissonanzen.

b) Das Faktenmaterial sprachlich bearbeitet. In den Zitaten wird das Typische hervorgehoben. Figuren werden karikiert, Situationen drastisch vereinfacht. Referate, Kommentare, Zusammenfassungen werden von Songs übernommen. Einführung von Chor und Pantomime. Gestisches Ausspielen der Handlung, Parodien, Benutzung von Masken und dekorativen Attributen. Instrumentalbegleitung. Geräuscheffekte.

c) Unterbrechungen in der Berichterstattung. Einblendung einer Reflexion, eines Monologs, eines Traums, eines Rückblicks, eines widersprüchlichen Verhaltens. Diese Brüche im Handlungsverlauf, die Unsicherheit erzeugen, die von der Wirkung eines Schocks sein

können, zeigen, wie ein Einzelner oder eine Gruppe von den Ereignissen getroffen wird. Schilderung innerer Realität als Antwort auf äußere Vorgänge. Doch sollen solche heftigen Verschiebungen nicht Verwirrung herbeiführen, sondern aufmerksam machen auf die Vielschichtigkeit des Ereignisses, die verwendeten Mittel nie Selbstzweck, sondern belegbare Erfahrung sein.
d) Auflösung der Struktur. Kein berechneter Rhythmus, sondern Rohmaterial, kompakt oder in ungebundenem Strom, bei der Darstellung von sozialen Kämpfen, bei der Schilderung einer revolutionären Situation, der Berichterstattung von einem Kriegsschauplatz. Vermittlung der Gewaltsamkeit im Zusammenstoß der Kräfte. Doch auch hier darf der Aufruhr auf der Bühne, der Ausdruck von Schrekken und Empörung, nicht unerklärt und ungelöst bleiben. Je bedrängender das Material ist, desto notwendiger ist das Erreichen eines Überblicks, einer Synthese.

13.

Mit den Versuchen des dokumentarischen Theaters, eine überzeugende Ausdrucksform zu erhalten, ist die Suche nach einem geeigneten Aufführungsort verbunden. Läßt es die Vorstellung in einem kommerziellen Bühnenraum stattfinden, mit damit verbundenen hohen Eintrittspreisen, so ist es gefangen in dem System, das es angreifen will. Schlägt es sich außerhalb des Establishment nieder, ist es auf Lokale angewiesen, die zumeist von einer kleinen Schar Gleichgesinnter besucht werden. Anstatt effektiv auf die Zustände einzuwirken, zeigt es oft nur, wie wenig es gegenüber den Bewahrern der Zustände vermag. Das dokumentarische Theater muß Eingang gewinnen in Fabriken, Schulen, Sportarenen, Versammlungsräume. So wie es sich loslöst von den ästhetischen Maßstäben des traditionellen Theaters, muß es seine eigenen Mittel immer wieder in Frage stellen und neue Techniken entwickeln, die neuen Situationen angepaßt sind.

14.

Das dokumentarische Theater ist nur möglich, wenn es als feste, politisch und soziologisch geschulte Arbeitsgruppe besteht und, unterstützt von einem reichhaltigen Archiv, zur wissenschaftlichen Untersuchung fähig ist. Eine dokumentarische Dramatik, die vor einer Definition zögert, die nur einen Zustand zeigt, ohne die Gründe seines Entstehens und die Notwendigkeit und Möglichkeit zu dessen Behebung deutlich zu machen, eine dokumentarische Dramatik, die in der Geste eines desperaten Angriffs verharrt, ohne den Gegner getroffen zu haben, entwertet sich selbst. Deshalb wendet sich das dokumentarische Theater gegen die Dramatik, die ihre eigene Verzweiflung und Wut zum Hauptthema hat und festhält an der Konzeption einer ausweglosen und absurden Welt. Das dokumentarische Theater tritt ein für die Alternative, daß die Wirklichkeit, so undurchschaubar sie sich auch macht, in jeder Einzelheit erklärt werden kann.

(Zuerst erschienen in der Zeitschrift »Theater heute«, Velber bei Hannover, 3/1968)

Trotzki im Exil

Uraufführung: Düsseldorfer Schauspielhaus,
20. Januar 1970
Regie: Harry Buckwitz
Ausstattung: Gunilla Palmstierna-Weiss
Lew Davidowitsch Trotzki: Richard Münch
Wladimir Iljitsch Lenin: Kurt Beck

Hölderlin

Uraufführung: 18. September 1971
Württembergische Staatstheater Stuttgart
Musik: George Gruentz
Regie: Peter Palitzsch
Ausstattung: Karl Kneidl
Musikal. Leitung: Wolfgang Löffler
Hölderlin: Peter Roggisch

Peter Weiss · Bemerkungen zu »Hölderlin«

Zur Betonung des dramatischen Konflikts in diesem Stück ist das Gegensatzverhältnis hervorgehoben worden zwischen der Titelfigur und den Personen, die sie umgeben und an denen sie sich zu messen hat. Hegel, Schelling, Schiller, Goethe und Fichte werden von dieser verschärften Zeichnung betroffen. Der Autor hat darauf verzichtet, ihren Entwicklungsgang ausführlich zu analysieren. Es wird nur der besondere Aspekt geschildert, in dem sie in der Konfrontation mit Hölderlin erscheinen. Weniger um ihre Bedeutung als Klassiker in der Geschichte geht es, als um ihre negative Wirkung auf Hölderlin. Während Hölderlin sich kontinuierlich, konsequent bewegt, und von Anfang an, bis zu seinem Ende, nicht abweicht von seiner Vision, während er in Übereinstimmung bleibt mit sich selbst, auch in der Zeit noch, die Umnachtung genannt wird, sind seine großen Zeitgenossen, vernünftiger als er, normaler als er, den Forderungen der Außenwelt in solchem Maß angepaßt, daß viele ihrer ursprünglichen Ideale verlorengehen, daß gesagt werden kann, sie haben gegen Ende ihres Lebens das betrogen, was einmal ihr Ausgangspunkt gewesen war. Hegel, Schelling und Fichte werden in der dramatischen Methode dieses Stücks aus der zugespitzten Sicht behandelt, die sich aus ihrem Spätwerk ergibt. Der Reformismus des alten Hegel, seine starke Abwehr der Volksmacht, der Revolution, sein Aufgehn in der preußischen Monarchie wird demnach zum Hauptbestandteil seiner Charakteristik. In ihm wird die Gestalt des Sozialdemokraten vorweggenommen, der sich in unserm Jahrhundert als Feind des Revolutionärs entpuppt. Sein philosophisches Werk steht hier nicht zur Diskussion, behandelt wird nur sein zum Opportunismus neigendes Wesen, das sich als Bremsklotz auswirken muß gegenüber dem expansiven Utopismus Hölderlins. Die mit mythologischen Zügen durchsetzte Utopie Hölderlins ist jedoch nicht weltfremd, obgleich Hegel, vor allem in der Empedokles-Szene, ihm dies vorwirft, sie ist bedingt von praktischen Erwägungen über das Reich der Freiheit, in dem die staatlichen Einengungen zertrümmert sind. Für ihn, den Jakobiner, der sich an Babeuf, an Buonarroti orientierte, bedeutete der von Hegel vertretene Nationalstaat, mit König, Heer und Finanzgewalt, eine unerträgliche Regression. Das Furchtbare in der Beziehung Hölderlin–Hegel liegt darin, daß der Freund, der sich in seiner Jugend gegen die Tyrannei des Feudalismus wandte und sich für die grundlegende Veränderung der Gesellschaft einsetzte, später zum erklärten Gegner eben dieser Veränderung wurde, während Hölderlin mehr und mehr allein stand mit seinem Glauben an die Notwendigkeit der Revolution. Schelling war, außer einer kurzen Periode schwärmerischer Begeisterung, der Revolution nie nah. Die Frage nach der Verwirklichung des Reichs Gottes auf Erden wurde von ihm nie so verstanden, daß der Mensch fortan die schöpferischen Kräfte selbst zu tragen habe und für die Errichtung erträglicher Zustände verantwortlich sei. Die praktischen Schwierigkeiten beim Kampf gegen die Nutznießer der Revolution, die unausweichlichen und blutigen Zusammenstöße, unter denen der große Anlauf zermahlen wurde, schreckten ihn so ab, daß er bald zu seinem außerirdischen Gott zurückkehrte. Was Schiller und Goethe betrifft, so werden sie im Stück skizziert, wie sie sich Hölderlin tatsächlich darstellten. Es ist zu bedenken, mit welchen Erwartungen Hölderlin, nach der qualvollen Isolierung in Waltershausen, nach Jena kam, um endlich literarische Anerkennung zu gewinnen, und wie verständnislos und überlegen sich die beiden Dichterfürsten ihm gegenüber verhielten. Auch in diesem Fall geht es nicht darum, dem Werk Schillers und Goethes gerecht zu werden, sondern sie nur in den Situationen zu zeigen, da sie dem jungen Poeten gegenüberstanden, dessen neuartige Versuche sie auf autoritärste Weise abtaten. Zu Fichtes Auftritt sodann ist zu sagen, daß er das von ihm gepriesene Recht auf Revolution und auf den Gebrauch revolutionärer Gewalt später aufgab. Anstatt sich zu verwirklichen als Revolutionär, verwirklicht er sich als der ewige Liberale, festhaltend am Recht auf Eigentum und plädierend für den mit allen Herrschaftsbefugnissen ausgestatteten Staat, dessen Bestimmung es ist, »jedem das Seinige zu geben«. Fichte scheiterte an der damaligen Unaufhebbarkeit der Widersprüche der bürgerlichen Gesellschaft, und überdies zeigt er in seiner Gestalt das Phänomen, dem deutsche Philosophen und Politiker so oft ausgesetzt sind: daß sie mit sich selbst nicht identisch werden können.

Hölderlin, als einziger, hebt sich von dieser Schwäche ab, nichts kann ihn dazu zwingen, sein Gedankenbild zu verleugnen, und wenn der Druck der alltäglichen Forderungen so übermächtig geworden ist, daß er sich in der Außenwelt nicht länger halten kann als der, der er ist, tut er den letzten genialen Schritt in die freiwillige Einkerkerung. So ist vielleicht er, in seinem Turm, der von allen am wenigsten Gebrochene.

Nachbemerkung

Soll bei der Aufführung auch keineswegs der Versuch unternommen werden, die Personen portraitähnlich darzustellen, so können doch folgende Eigenschaften zur Ausformung einiger der führenden Rollen verwendet werden: HÖLDERLIN wird von seinen Zeitgenossen als hochgewachsen und schön geschildert, dies darf jedoch nicht dazu führen, daß er zuerst als jugendlicher Held und später als Der Große Einsame erscheint. Überhaupt soll das Einzelgängerische und Tragische in der Figur nicht hervorgehoben werden. Die Isoliertheit, in die er mehr und mehr gerät, darf nicht als Folge seiner Genialität, seiner Eigenart gezeigt werden, sondern vielmehr als eine im Grunde ungewollte Reaktion auf eine gesellschaftlich bedingte Zwangslage. Nicht nur Hölderlin ist von dieser bestimmten historischen Situation gezeichnet: alle um ihn sind es, jeder auf seine Weise, und am stärksten davon betroffen sind die Vertreter der Landbevölkerung, der Ausdrucksmöglichkeiten weitgehend beraubt.

Seine psychische Verletzbarkeit soll nicht dazu verwendet werden, einen eigenartigen, psychopathischen Charakter zur Schau zu stellen, in dem von Anfang an schon der spätere Untergang angedeutet liegt – vielmehr wäre hervorzuheben, daß er, trotz der Niederlagen, die er erleiden muß, nie den Glauben an eine bessere Zukunft aufgibt.

Ein Leidender im konventionellen Sinne ist er nicht, sein Habitus ist seismographisch, seine Aufnahmebereitschaft, seine Vitalität ist ungewöhnlich groß: doch was ihn trifft, trifft ihn als Repräsentanten eines ausgesetzten, von seiner Epoche in die Enge gedrängten Menschentyps. Je weniger er von individuellem Unglück, individuellem Niedergang geprägt ist, desto stärker können an ihm die Widersprüche, die Zerrissenheit der Zeit demonstriert werden.

Der Aufbau der Rolle sollte vom Schlußpunkt aus bedacht werden: vierzig Jahre lebte der alternde Hölderlin in seinem Turm, die meisten seiner Freunde und Gegner überdauernd – ein merkwürdiges Sinnbild für die Geduld und die Hoffnung, die unter der geistigen Umdunkelung weiterbestehn.

HEGEL ist Hölderlins hauptsächlicher Gegenspieler. Es gibt zwischen den beiden viel Verständnis, sie haben voneinander gelernt, haben einander bereichert, und wenn Hegel Hölderlin angreift, tut er es nie ohne Freundschaft. Trotzdem muß Hegels andersartige Grundhaltung sich allmählich als Position äußern, von der aus es keine Brücke mehr zu Hölderlins Vorstellungen gibt. Er möchte auf Hölderlin einwirken, er sieht das Gefährliche in Hölderlins Leben, er wünscht, der Freund solle sich an das

Mögliche halten, entsprechend dem eigenen vorgegebenen Ideal, Vernunftsmensch zu sein, der es versteht, sich den Bedingungen der Wirklichkeit anzupassen. Im Grunde aber lebt Hegel in einer abstrakten geistigen Welt, und wenn wir diese mit Hölderlins Welt vergleichen, finden wir, daß er, obgleich erfolgreich, installiert als Professor, als Universitätsrektor, die Realität keineswegs tiefer zu deuten versteht, als Hölderlin in seinen hymnischen Visionen.

Doch von seiner Haltung her wirkt er stets fester, überzeugender als Hölderlin, und vielleicht gewinnt er seine Statur gerade im Relief zu Hölderlins mehr fließendem, allseitig offenem Wesen.

Hegel ist scharf und deutlich in seiner Sprache, etwas dozierend zuweilen, doch nicht ohne Humor.

SCHELLING hat nichts von Hegels Überzeugungskraft. Er gibt sich zwar immer sehr ehrlich, war auch zweifellos in seiner Jugend von revolutionären Ideen begeistert, ist aber doch ein ewiger Mitläufer, gewandt und glatt, dem schließlich nichts andres übrigbleibt als althergebrachte Gottgläubigkeit. In ihm kommt die Romantik, der Irrationalismus zur Sprache, die zeitweise auch Hölderlins Weltbild beeinflußten, ihm Utopien aufdrängten und Impulse zur Flucht aus dem Konkreten ins mystisch Unendliche.

Bei seinem Werdegang zum hochgeachteten Bürger bewahrt er zwar die alte Freundschaft zu Hölderlin, verstärkt jedoch ihm gegenüber seine besserwisserische Haltung. Er läßt es den Entgleisten wohl spüren, daß er von Goethe gefördert wird und in Jena die Stellung erhält, die Hölderlin von den einflußreichen Geistern verweigert wurde.

NEUFFER behält neben seinem Amt als Pfarrer die Liebe zur Poesie bei, ist auch stets geneigt, sich eher als Dichter, denn als Geistlicher zu sehn. Weltlichen Genüssen nicht abgeneigt und voll Verständnis für die Gegebenheiten des Alltags, ist er doch voller Zuneigung für den entwurzelten und ständig an den Rand des Abgrunds gelangenden Hölderlin. Mit seinem naiven, warmen Wesen steht er Hölderlin näher, als Schelling und Hegel es vermögen. Seine Beziehung zu Hölderlin ist eine fast zärtliche, was sich in den zeitgemäßen Umarmungen und Küssen äußert.

SINCLAIR, aus schottischem Adelsgeschlecht (worauf die Ballade »O Edward« hinweist), wird von Hölderlin, seines kühnen feurigen Charakters wegen, bewundert. Es ist jedoch zweifelhaft, ob Sinclair der Gestalt entspricht, die Hölderlin ihm in manchen Gedichten zuschreibt. Bei aller Radikalität, aller Bereitschaft, für seine Überzeugung jede Strafe auf sich zu nehmen, behält er stets etwas Undurchsichtiges bei: eine Eigenschaft, die er später auch im Beruf des Diplomaten auszunutzen versteht. Als

Tyrannenmörder bleibt er eine poetische Figur, und da von ihm nur wenig biographisches Material überliefert ist, können wir uns die Freiheit nehmen, ihn so erscheinen zu lassen, wie er sich in Hölderlins Augen darstellt: als ein Halbgott. Doch soll nicht vergessen werden, daß seine Konspirationen auf höchster politischer Ebene weniger im Dienst eines Volksaufstands stehen, als eines Staatsstreichs von oben, und daß seine jakobinischen Ideale von den Interessen einer Bildungselite geprägt sind. Gerade in seiner privilegierten Stellung läßt er sich, von Hölderlins unrealistischem Anflug, in einen mythischen antiken Helden verwandeln. Sinclair seinerseits, trotz seines höfischen Umgangs, vergißt jedoch nie, für seinen sozial weniger begünstigten Freund einzuspringen, auch zu einer Zeit noch, da die Katastrophe über Hölderlin zusammenschlägt. Daß er ihn bei sich aufnimmt, ihm im landgräflichen Schloß die Stellung eines Bibliothekars verschafft, ist ein Zeichen seiner Bewunderung gegenüber dem Dichter, dessen Kompromißlosigkeit und sprachliche Neuschöpfungen sich ihm tief eingeprägt haben.
Doch wenn Hölderlin auch im engsten Freundeskreis Verständnis und Verehrung gefunden hat – eine Tatsache, welche die vernichtende offizielle Kritik aufwiegen könnte –, so muß es doch zum Ende zu einer Scheidung zwischen seiner Welt und der Welt der Freunde kommen: Sinclairs Versuche, ihm zu helfen, sind davon nicht ausgeschlossen. Auch für Sinclair gibt es letztlich keinen Zugang mehr zu der tiefen Vereinsamung, in die Hölderlin gerät. Doch während Hegel, Schelling und Neuffer den Gedanken an den Eingesperrten aus ihrem Bewußtsein verdrängen, ist anzunehmen, daß Sinclair, während seiner letzten Jahre im diplomatischen Dienst, die Erscheinung des Freundes und dessen Weltbild in sich bewahrte.
SCHMID befindet sich bis zum Ende in naher verwandtschaftlicher Beziehung zu Hölderlin. In Armeezügen und Spitälern verkommen, macht er eine Figur aus, die unter der Gewalt der Zeitereignisse die Spuren hinter sich auslöscht und somit den gleichen Weg geht, der Hölderlin in den Turm und das unendliche Exil führt. Schmid, in seiner Hilflosigkeit, seinem Unvermögen, eine prägnante Form für sein unruhiges, verfahrenes Dasein zu finden, weder wissenschaftlich noch poetisch besonders begabt, doch voll heftiger Reaktionen gegen die Unterdrückungs-Mechanismen seiner Epoche, steht, gleichsam anonym, für viele andre, die nichts als ihr Leben aufzuweisen haben, und ihre ungeduldige Hoffnung auf gesellschaftliche Erneuerung.
Schmid ist den namenlosen Landarbeitern, Knechten und Mägden nah, die hin und wieder kurz ins Blickfeld treten und in der Form von

Gassenhauern, Spottliedern etwas von der Empörung mitteilen, die in der Bevölkerung im Gären begriffen ist, ohne noch zu einer Gemeinsamkeit zu finden.

Diese ARBEITER und ARBEITERINNEN sollten, wenn sie sich auch nur sporadisch zur Bildung eines Leitmotivs zeigen, mit großer Deutlichkeit und Überzeugungskraft dargestellt werden, denn sie, obgleich hier nur eine kleine Gruppe ausmachend, repräsentieren die große Mehrzahl des Volks, das zwischen all den in diesem Stück versammelten Dichtern und Denkern sonst kaum zur Sprache kommt.

Weil dieses Stück vor allem vom Überbau handelt, und von dessen Auswirkungen auf einige der hervorragenden Persönlichkeiten in Kunst und Wissenschaft, so sollen die Auftritte der Arbeiter mit Stärke auf das Fundament hinweisen, das die Gesellschaft trägt.

GOETHE, von kleinem, untersetztem Körperbau, stramm, sehr aufrecht, ist sich seiner Stellung als führender Aufklärer und Humanist bewußt. Wie kein andrer ist er mit seinem Universalgeist offen für die Entwicklungsmöglichkeiten, Spannungen und Krisen seiner Zeit, doch weiß er auch, dem Beunruhigenden und Destruktiven immer eine Ausgeglichenheit entgegenzustellen.

Hölderlin, nach dem Jahr in Waltershausen voller Ungeduld, voller Aufbegehren gegen die Schranken, die sich seinem künstlerischen Werdegang auflegen wollen, wird mit der monumentalen Stabilität Goethes konfrontiert. Der Realismus und Positivismus in Goethes Naturell führen diesen zu einer Abwendung von jenen Künstlern, die von der Problematik und Konfliktsituation am stärksten betroffen sind. So wie er sich vernunftsmäßig auflehnt gegen die Verunsicherung der gesellschaftlichen Ordnung, so verurteilt er auch eine Poesie, die gegen sein Bild des Hellen, Einheitlichen und Zuversichtlichen verstößt und die komplizierte, zerrissene Emotionen aufklingen läßt. Nicht nur auf Hölderlin erstreckt sich sein Widerwillen: auch Novalis oder Kleist weist er ab.

Er begrüßte zwar den Aufbruch von 1789, doch nur als einen Schritt zur bürgerlichen Selbstbefreiung. Jede Gewalt, von einer Volksmacht ausgehend, ist ihm verhaßt. Dagegen sieht er, in seiner Würdigung des Autoritären, im napoleonischen Imperium die gerechte Nachfolgeschaft der Revolution.

Er ist für soziale Verbesserungen auf dem Weg der Reformen, er glaubt an die Evolution durch Bildung und Erziehung – das Elend, der Schmutz, der Hunger des weiter unterdrückten Vierten Standes bleiben ihm indessen fern. Anrüchig war ihm noch Schillers Schauspiel »Die Räuber«, das etwas von der wilden Kraft der unteren Klassen zum Ausdruck brachte.

Erst Schillers Abstandnahme vom Ungebärdigen, seine Betonung der ästhetischen und pädagogischen Werte, führte ihm diesen nahe. Gewisse Vorbehalte gegenüber Schiller aber bestanden weiter: etwas von dieser Haltung kann in der Jenaer Szene zum Ausdruck kommen.

Wenn Goethes Überlegenheit auch, von Hölderlins Standpunkt aus gesehen, übersteigerte, verzerrte Züge annimmt, so soll der tief im Bürgertum verwurzelte Geheime Herzogliche Rat doch nicht karikiert werden.

Je positiver die Darstellung Goethes ist, desto stärker und unbarmherziger wird das Gegensatzverhältnis zweier Welten gezeigt, ein Gegensatzverhältnis an dem Hölderlin zerbrechen muß.

SCHILLER, groß, hager, kränklich, hüstelnd. Von einem Lungen- und Magenleiden angegriffen, fällt es ihm oft schwer, sich aufrecht zu halten. Man hat den Eindruck, daß vieles, was Schiller sagt, eher darauf abzielt, von Goethe als von Hölderlin gehört zu werden. Schiller hat Verständnis für Hölderlins Eigenart, doch zwingt er sich fast krampfhaft, dessen Poetik anzuzweifeln, nur um zur Übereinstimmung mit Goethes Ansprüchen zu gelangen. Deshalb erhält er, trotz seiner Intensität, seines hohen Gedankenflugs, zuweilen etwas Schulmeisterliches.

Für Hölderlin ist Goethes liberale Fortschrittlichkeit ein gewaltiges Hindernis, für Schiller höchste Reife. In seinem ehrgeizigen Bedürfnis, Goethes Achtung zu erlangen und mitzuwirken bei der Errichtung einer Nationalkultur, gerät Schiller leicht in ein Verhalten von Untergebenheit: dies führt zu etwas Spott und Herablassung von Goethes Seite.

Angesichts des in sich selbst ruhenden Goethe tritt Schillers Tragik hervor: er strengt sich übermäßig an, um in seine Rolle als literarischer Erzieher hineinzuwachsen, er bändigt sich, unterdrückt seine Erkenntnis der sozialen Ungerechtigkeiten, zwingt sich zu einer edlen Zurückhaltung.

Eigentlich müßte er zu Hölderlin sagen: Du bist auf dem rechten Weg, tue, wozu es dich treibt, verwirkliche, was dir vorschwebt. Doch in Goethes Gegenwart siegt das Kleinbürgerliche in ihm über seinen ursprünglichen Hang, direkt zur Veränderung der gesellschaftlichen Verhältnisse einzugreifen.

FICHTE wird zum Sprecher des ganzen deutschen Dilemmas. Er, der theoretisch völlig für die Notwendigkeit der Revolution eintritt und dabei auch die Anwendung von Gewalt nicht abweist, schreckt vor einer direkten Übertragung seiner Lehren auf deren praktische Anwendung zurück. Zwar hat er die richtigen Einwände gegen seine eigenen Thesen bei der Hand, er weiß, daß die Voraussetzungen zur Revolution noch nicht gegeben sind, doch kann man sich des Eindrucks nicht erwehren,

daß er, selbst wenn die Bevölkerung zum Aufstand bereit wäre, letzten Endes vor der umwälzenden Tat zurückschrecken würde.
Beklemmend ist es sodann, zu sehn, wie seine wohlgemeinten Forderungen sich von nachfolgenden nationalistischen Gesinnungsarten verdrehen und bis in das faschistische Unheil hinein verwenden lassen.

HEINRICH VON KALB sitzt in verdreckten Stiefeln da. Er, der Landjunker, träumt von Kriegszügen in fernen Erdteilen. Er ist Kolonialist, ehe sein Land noch das imperialistische Stadium erreicht hat. Bei seinen Damen ist er keinesfalls zu Hause, auch den Hof läßt er verkommen. Das Großsprecherische kann nicht verbergen, daß er im Grunde gebrochen ist. Bald wird sein Landbesitz heruntergewirtschaftet sein und ihm nichts andres übrigbleiben, als sich eine Kugel in den Kopf zu jagen. Die Fabeln aus dem Wilden Westen, die er seinem Sohn erzählt, können nicht wiedergutmachen, was er an diesem mit Prügeleien bereits angerichtet hat. In seinem Haus geht alles zugrunde: das macht das Idyll, mit Musik und Getränken, unheimlich und gespenstisch. In Waltershausen verfaulen die letzten Reste des Feudalismus.

CHARLOTTE VON KALB betäubt ihre Verlorenheit mit Wein. Auch sie ist schon etwas verschmuddelt, wenn auch noch mit Spuren einstiger Schönheit. Daß sie vor Kurzsichtigkeit fast blind ist, verstärkt das Hilflose, Ausweglose ihrer Situation. Wenn sie unsicher im Raum herumtappt, so kann damit das Untergehn ihrer Klasse angedeutet werden: doch ohne Symbolismus, nur als trüber und notwendiger Verfall.

WILHELMINE KIRMS ist in diesem Milieu Vertreterin einer zukünftigen Emanzipation. Doch darf sie keinesfalls als Blaustrumpf geschildert werden: sie ist modern, fortschrittlich, äußerst anziehend als Frau. Wenn sie sich Hölderlin nähert, ist nichts von Peinlichkeit dabei. Ihre Direktheit ist selbstverständlich. Beim Entblößen ihrer Brust stellt sie sich nicht dem Publikum zur Schau: die Geste hat nichts Sensationelles, sondern nur Intimität dem Mann gegenüber, den sie sich zum Partner wünscht. Gegenüber ihrer Sachlichkeit sticht all das noch Unerlöste in Hölderlins Wesen desto stärker ab. Ihr Ton, der in der Empedokles-Szene, in der sie die Panthea spielt, zur eigentlichen Höhe kommt, ist in Waltershausen schon vorgezeichnet.

SUSETTE GONTARD, auch sie Opfer ihrer Klasse. Ihre Liebe zu Hölderlin ist platonischer Art. Es gibt für sie, als Besitzstück des großbürgerlichen Herrn, keine Möglichkeit zur Ausflucht. Sie kann sich mit Hölderlin, ihrem Hausdiener und Hauspoeten, nur in einer hysterisch übersteigerten Traumwelt zusammenfinden. Echt mag ihre Liebe sein, so wie auch Hölderlin sich im Verlangen nach ihr verzehrt, doch ist sie von ihrer

Lebenslüge so überschattet, daß jedes Wort, jede Geste, jedes Wagnis einer Umarmung, sofort die Drohung der Strafe dermaßen auf sich zieht, daß schließlich alles in einem Irresein verbrennt.
Zweifellos trug die jahrelange Qual dieser unerfüllten Beziehung zu Hölderlins Zusammenbruch bei: in den kurzen Totentanz-Auftritten des Frankfurter Gartenfests soll deutlich gemacht werden, wie das körperliche Dasein der Liebenden von der ökonomischen Oberherrschaft gepeinigt, zusammengeschlagen und auseinandergerissen wird.
Der CHOR in der Empedokles-Szene wird von den Arbeitern und Arbeiterinnen besetzt, um anzuzeigen, an wen Hölderlin sich nun mit seinem zentralen Thema wendet. In seinen Skizzen zum Trauerspiel DER TOD DES EMPEDOKLES weist Hölderlin mehrmals auf die Bedeutung hin, die er dem »Chor des Volks«, den »Abgesandten des Volks« zumißt.
Nach dem zermürbenden Weg durch die bürgerliche Gesellschafts-Maschinerie, die ihm nun nur noch die Institution des Irrenhauses und schließlich die Verbannung im Turm zu bieten hat, steht er hier denen gegenüber, die er »in ihrer wahrsten Gestalt« sieht, so »wie sie in ihm sich spiegelten, ganz um ihn, dessen Tod seine Liebe, seine Innigkeit ist, so fest an sich zu ketten« – wie er am Ende des Entwurfs der dritten Fassung notiert. Indem er sich mit dem Chor konfrontiert (wobei seine Freunde ihm ständig mit den Argumenten der Angepaßten zusetzen), geht sein Wunsch in Erfüllung, »sie mit dem reinen Blik/dem offenen Gehör« zu erreichen.

Der Prozeß

Uraufführung 28. Mai 1975,
Theater der Freien Hansestadt Bremen

Regie: Helm Bindseil · Bühne: Dieter Flimm · Mitarbeit: Susanne Sommer
Kostüme: Susanne Sommer · Bühnenmusik: Graziano Mandozzi
Dramaturgie: Urs Troller · Mitarbeit Regie: Rudolf Capelli, Bernd Rainer Krieger

Josef K., Prokurist in einer Bank	Wolfgang Schenck
Frau Grubach, Besitzerin einer Pension .	Ruth Puls
Fräulein Bürstner, Mieterin in der Pension	Christina Amun
Fräulein Montag, Mieterin in der Pension	Veronika Nowag
Der Hauptmann, Frau Grubachs Neffe .	Michael Hanemann
Der Aufseher	Claus-Dieter Clausnitzer
Franz, Beauftragter des Gerichts, Wächter	Günther Einbrodt
Willem, Beauftragter des Gerichts, Wächter	Rolf Kadgin
Kaminer, Bankangestellter, Gehilfe der Wächter	Erwin Wirschaz
Kullich, Bankangestellter, Gehilfe der Wächter	Wilfried Grimpe
Rabensteiner, Bankangestellter, Gehilfe der Wächter	Rainer Frieb
Direktorstellvertreter, K.s Vorgesetzter in der Bank	Manfred Böll
Der Direktor, Chef der Bank	Uli Eichenberger
Staatsanwalt Hasterer, K.s Bekannter . .	Robert Dietl

Der Gerichtsdiener	Karl-Heinz Tauss
Die Frau des Gerichtsdieners (die Wäscherin)	Maria Pichler
Der Untersuchungsrichter	Ludwig Badziong
Der Student	Michael Derda

Der Prügler	Hansi Waldherr
Der Maler Titorelli	Horst Fassel
Der Onkel	Kurt Ackermann
Advokat Huld	Eberhard von Gagern
Leni, Gehilfin des Advokaten	Brigitte Kahn
Der Fabrikant	Sieghold Schröder
Block, ein Angeklagter	Thomas Kylau
Der italienische Geschäftsfreund	Rudolf Capelli
Der Kaplan	Jürg Löw
Der Mann, der K. behilflich ist	Günther Huster

Angestellte der Bank, Bewohner der Räumlichkeiten, vor dem Gericht, Beisitzer beim Gerichtsverhör, Angeklagte im Gericht:

Erna Arngart, Heinrich Brandt, Eckehardt Brettschneider, Gisela Bode, Hildegard Dahme, Irmtraut Dede, Siegfried Deitmer, Gerhard Derow, Lutz-Uwe Dünnwald, Ludwig Dymalsky, Margret Etzrodt, Raimund Frick, Heidi Gaffrey, Heinrich Gerling, Petra Gorzawski, Hermann Gründel, Werner Hagedorn, Adolf Jebousek, Heinrich Just, Dieter Lankenau, Karl Lößnitz, Klaus-Dieter Mallwitz, Elsa Mehlgarten, Henry Müller, Hans-Jürgen Nelle, Günther Pohl, Hermann Schütt, Reiner Thomas, Heinrich Tietz, Elisabeth Wetjen, Uta Wittkowski-von Sohl

Mädchen bei Titorelli:

Beate Hentschel, Sylvia Renner, Astrid Stahr, Marion Müller, Annette Schröder, Carmen Grieshaber

»Der Prozeß« wurde am 28. Mai 1975 uraufgeführt: am Theater der Stadt Bremen in der Inszenierung von Helm Bindseil, in Krefeld unter der Regie von Joachim Fontheim.

Peter Weiss · Vorbemerkung zur Dramatisierung des Buches »Der Prozeß« von Kafka

Der Ausgangspunkt meiner Dramatisierung war der Versuch, mich so nah wie möglich an den Originaltext zu halten. Es schien mir sinnlos, Übertragungen vorzunehmen, die den Stoff auf eine Ebene versetzten, die den Ausschweifungen meiner eigenen Erfindung oder

der Anpassung an irgendwelche »zeitgemäßen« Erscheinungen entsprächen. In früheren Dramatisierungen des Werkes, und auch in Verfilmungen, fanden solche Abänderungen statt, die die Hauptfigur K entweder als den anonymen kleinen Mann oder den Menschen im Räderwerk der Technik oder Politik kennzeichneten.

Der Dramatiker stellt sich hier ganz hinter die Schöpfung Kafkas und sucht nur nach szenischen Mitteln, die dem Inhalt des Buchs gerecht werden können. Textliche Hinzufügungen, wenn solche für den Handlungsverlauf notwendig waren, wurden Kafkas Tagebüchern, Briefen und kurzen Prosastücken entnommen. Die einzige Erweiterung des Themas, die ich unternahm, war die Einordnung der Geschehnisse in einen bestimmten historischen Rahmen, auch diese nur in äußerst sparsamer Anwendung, und begründet in Kafkas eigener Biographie.

Der Zeitraum in dem, nach Kafkas Entwicklungsgeschichte, der Prozeß stattfindet, ist die Periode vom 3. Juli 1913 bis zum 2. Juli 1914, beginnend mit seinem 30., endend mit dem Vorabend seines 31. Geburtstags. Diese Daten entsprechen dem Ausbruch des Balkankriegs und der Zeit um den Mord in Sarajewo, der zur Auslösung des 1. Weltkrieges beitrug. Die Versetzung des Dramas in diesen klar umrissenen Zeitrahmen entspricht der Bemühung, dem Inhalt größere Konkretion zu verleihen.

Dies war notwendig. Was in der Erzählung dargestellt ist, kommt aus einer subjektiven Welt. Da die Praxis des Bühnenhandwerks darin besteht, Ideen und Gedanken sichtbar zu machen, muß eine Objektivität angestrebt werden. Der Einzelmensch, in dessen Innern sich Ängste, Halluzinationen, Zwangsvorstellungen abspielen, steht hier leiblich vor uns. Was wir bei der Lektüre eingeflüstert bekommen, ist ins Handgreifliche zu übertragen. Wir nehmen nicht mehr Traumelemente auf, die wir in der eigenen Phantasie verarbeiten, sondern Verhaltensweisen, Vorkommnisse, Aktionen.

Dieser K führt einen bestimmten Beruf aus. Er bewohnt ein Zimmer in einer Pension. Er bewegt sich zwischen Menschen, wird von diesen gesehen und beurteilt. Die Menschen, seine Mitakteure, begegnen einem Zeitgenossen, es ist ihnen gleichgültig, welche Visionen ihn gerade heimsuchen. Wenn K auf die Bühne gestellt werden soll, so hat es zunächst unter der Voraussetzung zu geschehen, daß hier ein besonderer Einzelner in einer lebendigen Welt erscheint.

Im Roman befindet sich K in keiner meßbaren Zeit. Er bewegt sich nur im Gefüge der Gedankenassoziationen, die frei stehen von überprüfbarer Gesetzmäßigkeit. Beim Lesen des Buches wird dies als etwas Gültiges akzeptiert. Nichts anderes wird von der Außenwelt erwähnt, als das, was in der Terminologie der Traumanalyse als Tagesrest bezeichnet wird. Eine bewußte Beziehung zu den sozialen und politischen Ereignissen, die das Zentrum der Poesie umgeben, besteht nicht.

Bei einer Übersetzung des Traums in die Sprache der äußeren Wirklichkeit (und für den Zuschauer entspricht die Bühne immer einer äußeren Wirklichkeit) entstehen sofort Abhängigkeitsverhältnisse zur Zeitdimension. Die Bühne verlangt nach einer Logik. Auch in der äußersten Absurdität noch ist jeder vollzogene Schritt auf einem vorangegangenen Schritt basiert. Beim Lesen verschwindet der Anspruch auf eine solche Folgerichtigkeit. Der gegenwärtige Augenblick wird immer wieder neu geschaffen. Lücken in der Zeit werden überbrückt durch eigenes Nachsinnen. Es gibt keine Trennung zwischen dem Ausgesagten und dem Erlauschten.

Beim Vorspielen des Inhalts tritt indessen ein Abstand auf. Etwas entrollt sich vor uns, etwas Typisches, Wichtiges, etwas, das einmal erlebt wurde und jetzt nachvollzogen wird. Etwas Vergangenes wird wiederbelebt und in seinem Ablauf demonstriert. Auf der Bühne wird festgestellt, wie K, der als Schriftfigur völlig auf sich selbst gestellt war und sich selbst genügte, auf andere wirkt.

Was mir, beim Wiederlesen des Buches, auffiel war, daß die Kräfte, die K hinabziehen und schließlich zerstören, insgesamt die Kräfte der Kleinbürgerlichkeit sind. Alles, woran er leidet, und was er, trotz verzweifelter Bemühungen, nicht loswerden kann, kommt aus den Regionen der starren Beengungen, der Gesetze und Wahnvorstellungen, die vom Bürgertum geschaffen wurden. Die Menschen in seiner nächsten Umgebung, deren Beurteilung er ausgesetzt ist, sind Kleinbürger. Ihnen gegenüber will er sich behaupten, von ihnen will er anerkannt, ihren Forderungen will er gerecht werden. Er hat nichts anderes im Sinn, als ein Mitglied dieser Gesellschaft zu sein, und sich hier, in seiner Lebenshaltung, in seinem Beruf, an seinem Wohnort, und vor den zuständigen Ämtern und Behörden zu bewähren. Anfangs steht er noch selbstsicher in der Hierarchie der Konventionen. Wenn er dann, unter anwachsendem Druck, mit den Aufgaben nicht mehr zurechtkommt, versucht er nicht, mit all den Geboten zu brechen, im Gegenteil: nun will er erst recht in ihren Sinn eindringen. Auch da er ihre Unmenschlichkeit erkennt, revoltiert er nicht. Er unterwirft sich, bis zur Selbstauslöschung.

Der Zustand der Schuld, in dem K sich befindet, und der unaufhörliche Drang, sich zu rechtfertigen, haben nichts mit einer religiösen Problematik zu tun. Die mystischen Kräfte, denen er ausgeliefert ist, sind durchgehend sozialer Natur, es sind die Kräfte, die mit Erpressungen und Drohungen eine alte Gesellschaftsordnung aufrechterhalten. Die Vertreter dieser Gesellschaft zeigen sich in ihrer ganzen Erbärmlichkeit und Lügenhaftigkeit. K sieht alles deutlich. Dennoch zieht es ihn immer wieder zu den Fürsprechern der Verfälschung, zu den Richtern, den Gerichtshöfen, die im Dienst der Unterdrückung stehen. Das Quälende seines Vorhabens liegt in der Selbsttäuschung, der er sich hingibt. Es zeigen sich ihm nur die niedrigsten Beamten, die Handlanger, die Schergen, er fleht darum, an höhere Instanzen heranzukommen, erhofft sich von ihnen Hilfe, Gerechtigkeit, während sich dort oben ja die eigentlichen Verwalter der Lüge, des Zwangs befinden, diejenigen, denen tatsächlich daran liegt, daß er zermürbt, gefügig gemacht wird. Die Krämer und Philister, die korrupten Streber, mit denen er zu tun hat, sind an ihm persönlich gar nicht interessiert, sie sind nur Werkzeuge des Systems, ebenso unfrei wie er selbst.
Warum wendet er sich nicht ab von den lebensfeindlichen Kräften? Warum gelingt es ihm nicht, die Erleichterung zu finden, deren Vorhandensein er doch ahnt? Warum nutzt er nicht die Impulse seines Zorns, seines Zweifels aus, um zu bekämpfen, was ihn niederhalten will?
Weil er nicht aus seiner Klassenbildung herauskommt. Alles, was er unternimmt, bleibt gefangen innerhalb der Normen, die sein bisheriges Dasein bestimmten. Er nimmt in diesem Bereich, als erster Prokurist in einer Bank, sogar eine gehobene Stellung ein. Er hat Untergebene, Diener. Ihnen gegenüber zeigt er sich als Herr, als Befehlender. Die Frauen, die er trifft, behandelt er nach den Mustern patriarchalischer Besitzergreifung. Er selbst setzt andere der Erniedrigung aus. Die Mitangeklagten, denen er begegnet, sind stets seinesgleichen. K ist in diesem Prozeß ein Verhafteter seiner Klasse.
Er geht durch die Behausungen der Armen, der Arbeiter hindurch. In ihren Augen ist er, als Repräsentant der Bank, ein Feind. Doch der andere Prozeß, der sich hier gegen ihn anbahnt und der ihn der Wahrheit hätte näherführen können, bleibt ihm verschlossen. Er verharrt zwischen den Zerrspiegeln seiner Ordnung, die er für unabänderlich hält. An dieser seiner eigenen Schwäche zerbricht er.

506 Augusto Roa Bastos, Menschensohn
508 Alejo Carpentier, Barockkonzert
509 Elisabeth Borchers, Gedichte
510 Jurek Becker, Jakob der Lügner
512 James Joyce, Die Toten/The Dead
513 August Strindberg, Fräulein Julie
514 Sigmund Freud, Eine Kindheitserinnerung des Leonardo da Vinci
515 Robert Walser, Jakob von Gunten
517 Luigi Pirandello, Mattia Pascal
519 Rainer Maria Rilke, Gedichte an die Nacht
520 Else Lasker-Schüler, Mein Herz
521 Marcel Schwob, 22 Lebensläufe
522 Mircea Eliade, Die Pelerine
523 Hans Erich Nossack, Der Untergang
524 Jerzy Andrzejewski, Jetzt kommt über dich das Ende
525 Günter Eich, Aus dem Chinesischen
526 Gustaf Gründgens, Wirklichkeit des Theaters
528 René Schickele, Die Flaschenpost
529 Flann O'Brien, Das Barmen
533 Wolfgang Hildesheimer, Biosphärenklänge
534 Ingeborg Bachmann, Malina
535 Ludwig Wittgenstein, Vermischte Bemerkungen
536 Zbigniew Herbert, Ein Barbar in einem Garten
537 Rainer Maria Rilke, Ewald Tragy
538 Robert Walser, Die Rose
539 Malcolm Lowry, Letzte Adresse
540 Boris Vian, Die Gischt der Tage
541 Hermann Hesse, Josef Knechts Lebensläufe
542 Hermann Hesse, Magie des Buches
543 Hermann Lenz, Spiegelhütte
544 Federico García Lorca, Gedichte
545 Ricarda Huch, Der letzte Sommer
546 Wilhelm Lehmann, Gedichte
547 Walter Benjamin, Deutsche Menschen
548 Bohumil Hrabal, Tanzstunden für Erwachsene und Fortgeschrittene
549 Nelly Sachs, Gedichte
550 Ernst Penzoldt, Kleiner Erdenwurm
551 Octavio Paz, Gedichte
552 Luigi Pirandello, Einer, Keiner, Hunderttausend
553 Strindberg, Traumspiel
554 Carl Seelig, Wanderungen mit Robert Walser
555 Gershom Scholem, Von Berlin nach Jerusalem
559 Raymond Roussel, Locus Solus
560 Jean Gebser, Rilke und Spanien
567 Siegfried Kracauer, Georg

edition suhrkamp

807 Gilles Deleuze/Félix Guattari, Kafka. Für eine kleine Literatur
808 Ulrike Prokop, Weiblicher Lebenszusammenhang
809 G. Heinsohn / B. M. C. Knieper, Spielpädagogik
810 Mario Cogoy, Wertstruktur und Preisstruktur
811 Ror Wolf, Auf der Suche nach Doktor Q.
812 Oskar Negt, Keine Demokratie ohne Sozialismus
813 Bachrach/Baratz, Macht und Armut
814 Bloch/Braudel/L. Febvre u. a., Schrift und Materie der Geschichte
815 Giselher Rüpke, Schwangerschaftsabbruch und Grundgesetz
816 Rainer Zoll, Der Doppelcharakter der Gewerkschaften
817 Bertolt Brecht, Drei Lehrstücke: Badener Lehrstück, Rundköpfe, Ausnahme und Regel
818 Gustav Landauer, Erkenntnis und Befreiung
819 Alexander Kluge, Neue Geschichten. Hefte 1-18
820 Wolfgang Abendroth, Ein Leben in der Arbeiterbewegung
821 Otto Kirchheimer, Von der Weimarer Demokratie zum Faschismus
822 Verfassung, Verfassungsgerichtsbarkeit, Politik. Herausgegeben von Mehdi Tohidipur
823 Rossana Rossanda / Lucio Magri u. a., Der lange Marsch durch die Krise
824 Altvater/Basso/Mattick/Offe u. a., Rahmenbedingungen und Schranken staatlichen Handelns
825 Diskussion der ›Theorie der Avantgarde‹. Herausgegeben von W. Martin Lüdke
826 Fischer-Seidel, James Joyces »Ulysses«
827 Gesellschaft, Beiträge zur Marxschen Theorie 7
828 Rolf Knieper, Weltmarkt, Wirtschaftsrecht und Nationalstaat
830 Manuela du Bois-Reymond, Verkehrsformen zwischen Elternhaus und Schule
832 Herbert Claas, Die politische Ästhetik Bertolt Brechts vom Baal zum Caesar
833 Peter Weiss, Dramen I
834 Friedensanalysen 2
835-838 Bertolt Brecht, Gedichte in 4 Bänden
839 Géza Róheim, Psychoanalyse und Anthropologie
840 Aus der Zeit der Verzweiflung. Beiträge von Becker/Bovenschen/Brackert u. a.
841 Fernando H. Cardoso/Enzo Faletto, Abhängigkeit und Entwicklung in Lateinamerika
842 Alexander Herzen, Die gescheiterte Revolution
845 Ror Wolf, Die Gefährlichkeit der großen Ebene
847 Friedensanalysen 3
848 Dieter Wellershoff, Die Auflösung des Kunstbegriffs
849 Samuel Beckett, Glückliche Tage
850 Basil Bernstein, Beiträge zu einer Theorie

851 Hobsbawm/Napolitano, Auf dem Weg zum ›historischen Kompromiß‹
852 Über Max Frisch II
853 Brecht-Jahrbuch 1976
854 Julius Fučík, Reportage unter dem Strang geschrieben
856 Dieter Senghaas, Weltwirtschaftsordnung und Entwicklung
858 Silvio Blatter, Genormte Tage, verschüttete Zeit
860 Gombrich/Hochberg/Black, Kunst, Wahrnehmung, Wirklichkeit
861 Blanke/Offe/Ronge u.a., Bürgerlicher Staat und politische Legitimation. Herausgegeben von Rolf Ebbighausen
863 Gesellschaft, Beiträge zur Marxschen Theorie 8/9
864 Über Wolfgang Koeppen. Herausgegeben von Ulrich Greiner
866 Fichant/Pêcheux, Überlegungen zur Wissenschaftsgeschichte
867 Ernst Kris, Die ästhetische Illusion
868 Brede/Dietrich/Kohaupt, Politische Ökonomie des Bodens
871 Friedensanalysen 4
872 Piven/Cloward, Regulierung der Armut
873 Produktion, Arbeit, Sozialisation. Herausgegeben von Th. Leithäuser und W. R. Heinz
874 Max Frisch/Hartmut von Hentig, Zwei Reden zum Friedenspreis des Deutschen Buchhandels 1976
875 Eike Hennig, Bürgerliche Gesellschaft und Faschismus in Deutschland
878 Leithäuser/Volmerg/Wutka, Entwurf zu einer Empirie
879 Peter Bürger, Aktualität und Geschichtlichkeit
881 Loch/Kernberg u. a., Psychoanalyse im Wandel
882 Michael T. Siegert, Strukturbedingungen von Familienkonflikten
883 Erwin Piscator, Theater der Auseinandersetzung
884 Politik der Subjektivität. Texte der italienischen Frauenbewegung, Herausgegeben von Michaela Wunderle
885 Hans Dieter Zimmermann, Vom Nutzen der Literatur
886 Gesellschaft, Beiträge zur Marxschen Theorie 10
887 Über Hans Mayer, Herausgegeben von Inge Jens
888 Nicos Poulantzas, Die Krise der Diktaturen
890 Bergk/Ewald/Fichte u. a., Aufklärung und Gedankenfreiheit. Herausgegeben und eingeleitet von Zwi Batscha
891 Friedensanalysen 5
895 Umberto Eco, Zeichen. Einführung in einen Begriff und seine Geschichte
898 Cohen/Taylor, Ausbruchversuche. Identität und Widerstand
902 Ernest Borneman, Psychoanalyse des Geldes
906 Brecht-Jahrbuch 1977
907 Horst Kern, Michael Schumann, Industriearbeit und Arbeiterbewußtsein
910 Peter Weiss, Stücke II
920 Tagträume vom aufrechten Gang. Sechs Interviews mit Ernst Bloch, Herausgegeben von Arno Münster
925 Friedensanalysen 6
954 Elias/Lepenies, Zwei Reden. Theodor W. Adorno-Preis 1977

Alphabetisches Verzeichnis der edition suhrkamp